Veit Heinichen

Keine Frage
des Geschmacks

Roman

Paul Zsolnay Verlag

4 5 15 14 13 12 11

ISBN 978-3-552-05508-7
Alle Rechte vorbehalten
© Paul Zsolnay Verlag Wien 2011
Satz: Eva Kaltenbrunner-Dorfinger, Wien
Druck und Bindung: CPI – Ebner & Spiegel, Ulm
Printed in Germany

»*Winners are losers with a new attitude.*«
David Byrne

»*Ero meravigliato di esser vivo,*
ma stanco di aspettare soccorsi.«
Ennio Flaiano

»*The influence of coffee in stimulating*
the genital organs is notorious.«
John Harvey Kellogg

Ins Wasser kehrt alles zurück

Den Anblick befremdlich gekleideter Touristen war man seit Goethes Italienreise und dem langen Aufenthalt Lord Byrons und der Shelleys im Land gewohnt. Er entlockte niemandem mehr einen abschätzigen Kommentar, seitdem die fernen, in Nordeuropa lebenden Verwandten während der Sommerferien Heimatbesuche machten. Die billige Massenware aus den Einkaufszentren und Outlet-Villages trieb die Globalisierung des schlechten Geschmacks in Riesenschritten voran.

Harald Bierchen jedoch zog die Blicke all jener Spaziergänger auf sich, die an diesem Spätnachmittag den Rive entlang auf den Molo Audace hinausschlenderten, an dessen Ende ein schwerer bronzefarbener Poller auf einem weißen Zementsockel die Windrichtungen anzeigte. Der hochgewachsene, massige Mann trug schlabbrige Hosen aus hellem Leinen mit vollgestopften Taschen, sein dicker Wanst quoll über den Gürtel, ein Zipfel des kurzärmeligen Hemdes hing heraus und gab den Blick auf den rosafarbenen Bauch frei, dessen Farbton sich in den Streifen der Oberbekleidung wiederholte. Seine Füße steckten in jenen billigen Plastiksandalen, die die afrikanischen Straßenverkäufer für ein paar Euro verkauften. Die leichte Brise wirbelte seine langen dunkelblonden Haarsträhnen auf, die er immer wieder von der Stirn nach hinten strich, damit sie die große kahle Stelle bedeckten. Eine riesige Sonnenbrille nahm fast ein Drittel seines Gesichts ein, das wie sein Körper birnenförmig war. Der schwere Sonnenbrand, der die Kartoffelnase und die fleischigen Wangen zeichnete, schimmerte unter den dicken Schlieren schludrig aufgetragener Sonnencreme hervor. Auf gut zwanzigtausend Euro hätten Kenner die Armbanduhr geschätzt, die in der Sonne aufblitzte, als der Riese die linke

Hand an die Stirn legte und aufs Meer hinausschaute. Ein Zweimaster mit gerefften rostroten Segeln tuckerte mit Hilfe des Diesels langsam auf den am Kai winkenden Koloss zu. Die Passanten hielten inne, als das Schiff, an dessen Bug in goldenen Lettern der Name »Greta Garbo« prangte, längsseits kam und eine tiefgebräunte üppige Schönheit im knappen weißen Kleidchen barfuß und mit einem Tau in der Hand an Land sprang, um die Yacht an der Mole zu halten und dem behäbigen Mann an Bord zu helfen. Ihr langes fuchsfarbenes Haar wehte im Wind und lenkte wie ihre Rundungen von dem überschminkten Gesicht mit seinen eher groben Zügen ab. Auf Englisch bat sie ihn nachdrücklich, die Sandalen abzulegen, doch der Riese stapfte über das Deck, als hätte er sie nicht gehört, und ließ sich achtern mit einem zufriedenen Grunzen in einen weißen Sessel fallen. Der Skipper legte sogleich wieder ab, nachdem er den Passagier mit einem flüchtigen Handzeichen begrüßt hatte. Ein junger, muskulöser Mann mit nacktem Oberkörper, großen dunklen Augen und wulstigen Lippen, um dessen Hals eine Kette mit einem pflaumengroßen roten Klunker baumelte.

»Grins nicht, Vittoria, lächle«, sagte er leise. »Der Chef hat ihm ein Abenteuer versprochen, das er nie vergessen soll. Also heiz ihm ordentlich ein. Vergiss nicht, wie viel Geld dir Lele jedes Mal reinschiebt, wenn er sich einsam fühlt. Allein damit machst du schon ein Vermögen.«

»Nur kein Neid, Kleiner. Ein Vergnügen ist das nicht. Mit dir wär's vielleicht etwas anderes.« Sie warf ihm einen funkensprühenden Blick zu, strich sich mit beiden Händen durchs Haar, richtete dann den Sitz ihres Dekolletés und trug schließlich einen Champagnerkübel und zwei Gläser davon. Der Zweimaster passierte bereits den Deich vor dem Porto Vecchio, als sich der Champagner durch ein vorgetäuschtes Ungeschick über ihrem Dekolleté ergoss. Kaum hatte das Schiff die Hafenzone hinter sich gelassen, schob der Skipper langsam den Gashebel nach vorn, stolz durchschnitt der Bug die Wellen, deren Gischt bis aufs Deck spritzte, wo sie langsam in Schaumblasen zerfiel. In einer Stunde etwa würde er zwischen der Isonzo-Mündung und Grado den Anker werfen, damit Harald Bierchen baden konnte. So wie es der Chef befohlen hatte.

*

»Die Handlung ist schon trivial genug, aber so, wie die das abdrehen, ist es noch banaler. Eine angeblich italienische Kommissarin verliebt sich in einen schneidigen teutonischen Staatsanwalt, und nebenbei werden ein paar Mafiosi eingelocht, weil sie auch nachts dunkle Sonnenbrillen tragen und in aller Öffentlichkeit einem Politiker das Bestechungsgeld zustecken«, schimpfte Livia. »Ganz nebenbei entführen sie aber auch noch seine Frau und lassen sie erst wieder frei, nachdem der Mann den Auftrag für den millionenschweren Ausbau des Hafens der richtigen Firma erteilt hat. Einfach lächerlich. Wozu einen Politiker bestechen, wenn seine Frau schon in den Händen der Bösewichte ist?«

»Vielleicht befürchten sie, dass der Mann froh ist, wenn er seine Gemahlin loswird.«

»Nein!«, rief Livia. »Sie ist seine große Liebe.«

»Fernsehen«, kommentierte ihr Vater. »Fiction. Was glaubst du wohl, weshalb ich mir niemals solches Zeug anschaue?«

»Und dann solltest du mal sehen, wie die Schauspieler gekleidet sind, das passt eigentlich nur nach Gütersloh! Dabei ist das eine deutsch-italienische Koproduktion. Und mittendrin sitzt der große Boss vom Fernsehsender und redet allen rein. Ein aufgeblasener Fettwanst, der tut, als gehöre ihm die Welt. Den Schauspielerinnen macht er pausenlos ziemlich unverblümte Avancen, mich hat er auch angebaggert. Am Mittagsbuffet drängt er sich ständig vor, zuhören tut er schon gar nicht. Angeblich hat er auch noch das Drehbuch unter Pseudonym verfasst, wofür er neben seinem Job als Programmchef zusätzlich abkassiert. Das ganze Team ist genervt, und es gibt ständig Krach. Der Regisseur ist leider ein Opportunist, der sich nicht gegen ihn auflehnt. Aber weißt du, was das Beste ist? Heute hat der Boss entschieden, dass am Ende des Films das Gesicht des Politikers in einen Teller Tiramisu klatschen soll, *nachdem* er einen Espresso getrunken hat. Gift. Abgesehen davon, dass der Kaffee erst nach dem Dessert serviert wird, schmoren die Mafiosi da längst im Knast, und niemand weiß, wer ihm das Zeug untergemischt hat. Lediglich ein Schatten wird dann durchs Bild laufen, der suggerieren soll, dass die finsteren Mächte weiterwirken und die Geschichte eventuell eine Fortsetzung haben kann, falls die Einschaltquote stimmt.«

»Unglaublich realistisch.« Laurenti lächelte müde. »Leider fragt nie einer meiner Kunden nach der Quote, sonst würden sie endlich aufhören, immer die gleichen krummen Dinger zu drehen.«

Livia saß mit ihrem Vater auf der großen zum Meer hin offenen Piazza im Schatten der Terrasse von Harrys Grill und nippte an ihrem Aperitif. Seit Wochen kam sie nur aus dem Büro heraus, wenn es am Set unüberwindbare Verständigungsprobleme gab. Dann ereilte sie ein dringender Anruf, sie möge alles stehen und liegen lassen, und sie konnte sich mit dem Motorroller gar nicht schnell genug durch den dichten Verkehr der Stadt fädeln, um als Dolmetscherin zum Prellbock zwischen den Streithähnen zu werden. Auch heute hatte es ordentlich gekracht, als der mächtige Mann vom Sender schon wieder alles über den Haufen warf, was mühsam organisiert worden war.

»Der wollte plötzlich die ganze Szene auf die gegenüberliegende Seite des Canal Grande verlegen, obwohl wir dort keine Drehgenehmigung haben. Und nicht einmal der Anschluss an die vorherige Szene stimmte. Zuerst Sonne, dann plötzlich Schatten. Das würde sowieso niemandem auffallen, behauptete er. Das Licht dort gefiel ihm besser. Erst als Alessandro, der Location-Manager, der vor lauter Stress schon vier Kilo abgenommen hat, ihm klarmachte, dass es Probleme mit den Behörden geben würde, steckte er zurück. Das ist das einzige, was ihn beeindruckt. Stell dir vor, der sitzt da einfach fett auf seinem Stuhl, hält das Drehbuch in der Hand und behauptet, er sei derjenige, der wüsste, was der Zuschauer erwartet. Und der Regisseur, diese Pfeife, nimmt es schweigend hin.« Livia war wütend.

Proteo Laurenti streichelte seiner Tochter die Wange. »Schmeiß den Job hin, Livia. Wir finden etwas Besseres für dich.«

»Wenn ich die jetzt hängenlasse, kann ich lange auf mein Geld warten. Außerdem sind derzeit dreißig Prozent der Leute in meinem Alter ohne festen Job.« Sie schmiegte sich deprimiert an die Schulter ihres Vaters, der dem Kellner winkte und noch einen Americano bestellte, halb Campari, halb Wermut, eine Orangenscheibe, ein Stück Zitronenschale und Sodawasser.

Der Commissario war seiner Tochter zufällig im Zentrum begegnet, nachdem er eine sich endlos hinziehende Sitzung beim Präfekten überstanden hatte, zu der alle leitenden Beamten der Ordnungskräfte geladen waren. Der Statthalter Roms hatte soeben erst seinen Dienst in Triest aufgenommen und eine Antrittsrede gehalten, die sich von denen seiner Vorgänger, die der Commissario in den letzten Jahrzehnten erlebt hatte, kaum unterschied. Die öffentliche Sicherheit sei zunehmend in Gefahr, und alles hinge von unbürokratischer Zusammenarbeit der Beteiligten ab, lautete auch sein Appell. Er war nicht der einzige Neue in der Stadt, auch der Polizeipräsident war ausgewechselt worden, und seine Nachfolgerin sprach ständig von Ordnung und Disziplin.

Die neue Regierung in Rom machte sich vor allem in der Innenpolitik bemerkbar. Die Minister aus der Lega Nord polemisierten am heftigsten. Sie hatten ihren Wählern mit dumpfpopulistischer Ausländerhetze die Stimmen abgeluchst und schrien nun auch nach Steuerföderalismus, als könnten sie sich vom Süden des Landes lossagen. Echten Föderalismus hatte bisher nur das Organisierte Verbrechen geschaffen – Cosa Nostra, Camorra, Sacra Corona Unita und 'Ndrangheta im Verein mit den Clans aus Osteuropa, China und Afrika – seit es gelernt hatte, dass Verhandlungen und Zusammenarbeit die Profite rascher erhöhten als kleinliche Abrechnungen. Ein weltweites Netzwerk höchster Effizienz, das in ganz Europa Einzug in die oberen Etagen von Politik und Wirtschaft gehalten hatte. Nach dem Regierungswechsel begann sich wie üblich das Personenkarussell zu drehen. Die neuen Herren lösten die alten Strukturen auf und besetzten die Schlüsselpositionen mit Freunden und Verbündeten. Laurenti hingegen hatte sich auch noch an eine neue Staatsanwältin zu gewöhnen, die eine brillante Karriere in Rimini vorzuweisen hatte und auf deren Schreibtisch ein Großteil der Ermittlungen bei Kapitalverbrechen und Organisierter Kriminalität zusammenliefen. Wenigstens war seine Abteilung verstärkt worden. Seit drei Monaten tat ein junger Kollege bei ihm Dienst, der zuvor im durchs Erdbeben zerstörten L'Aquila in den Abruzzen eine Menge Staub geschluckt hatte.

Als Laurenti am Nachmittag aus dem klimatisierten Sitzungssaal der Präfektur schließlich auf die sonnenbeschienene Piazza hinaustrat, war ihm Livia über den Weg gelaufen. Überglücklich war sie gewesen, als sie ihren überraschten Eltern vor drei Monaten mitgeteilt hatte, dass sie nach Triest zurückkommen würde. Sie hatte ihre Lektorenstelle in einem Münchener Verlag gekündigt und bei einer Filmproduktion angedockt, die, im Auftrag des italienischen und des deutschen Staatsfernsehens, einen belanglosen Streifen abdrehte und dafür eine zweisprachige Koordinatorin suchte. Das Blaue vom Himmel hatten sie ihr versprochen. Ihr Vater war nicht damit einverstanden gewesen, hübsch, wie sie war, hätte er sie lieber als Schauspielerin gesehen. Doch Laura, ihre Mutter, freute sich und hätte ihr sowieso in allem den Rücken gestärkt.

»Livia, die Zeiten sind zwar nicht rosig, aber du hast glänzende Zeugnisse. Wir finden etwas für dich«, wiederholte Laurenti. »Immer mehr Filme werden hier gedreht, auch Kino. Und wenn das nicht klappt, dann brauchen die kontinuierlich expandierenden Versicherungsgesellschaften oder die großen Kaffeeröstereien in der Stadt jemanden mit deinen Sprachkenntnissen. Ich hör mich um. Wie lange dreht ihr hier?«

»Mindestens noch drei Wochen. Aber wenn die so chaotisch weitermachen, kann es auch länger dauern.«

Laurentis Blick fiel auf den Zweimaster mit den rostroten Segeln, der soeben vom Kai vor der Piazza ablegte. »Weißt du was, wenn du die Sache hinter dir hast, schenke ich dir das Geld für das Segelpatent, das du doch schon so lange machen willst.«

Endlich lächelte sie wieder. Manchmal hilft es zu wissen, dass alles irgendwann ein Ende hat.

*

Mit einem dumpfen Rasseln der schweren Kette senkte sich vom Bug der »Greta Garbo« der Anker auf den Grund vor dem westlichen Ufer des Golfs. An der Bordwand hing die Badeleiter, und Vittoria, die Harald Bierchen nach der zweiten Flasche Champagner nur noch Whisky einschenkte, servierte ihm auf einem Silbertablett die dritte Linie Kokain. Das Kleidchen war bis zur Hüfte hinabgerutscht, und die fleischigen Hände des mächtigen Mannes konnten nicht genug von ihren Silikonbrüsten bekommen.

Der Skipper hatte ganz gelassen einige Aufnahmen der beiden gemacht und verschloss den Fotoapparat in einem Ablagefach im Steuerhaus. Dann ließ er zweimal das Signalhorn brummen, ging unter Deck und zog die Badehose an.

Vittoria hatte verstanden.

»Nein, Süßer, langsam, langsam, ich brauche dringend eine Abkühlung«, hauchte sie und richtete sich auf. Der Fettwanst streckte gierig seine Hände nach ihr aus, doch sie trat zwei Schritte zurück.

»Zuerst ein Bad im Meer«, rief Vittoria. »Komm schon!«

Sie griff nach seiner Hand, zog ihn zur Reling und sprang, bevor eine Idee des Protests in ihm aufflackern konnte, von Bord und riss den vollständig bekleideten Mann mit sich. An einer Stütze aus Edelstahl stieß er sich die Hüfte, der Stoff riss, und er fiel wie ein Sack mit einer halben Körperdrehung in das laue Wasser der Adria.

Harald Bierchen prustete vor Vergnügen, als er wiederauftauchte, und planschte auf Vittoria zu, deren Kleidchen auf den sanften Wellen trieb. Doch plötzlich schlug er hysterisch um sich. Etwas zog ihn mit aller Kraft unter den Wasserspiegel. Ein verzweifeltes Gurgeln drang aus seiner Kehle, als er verschwand. Vittoria sah noch Luftblasen an die Oberfläche steigen, bevor sein heller Körper wie in Zeitlupe in die Tiefe sank.

Katzenfrau

»Eine Frau sollte mit zwei Männern leben, einer mehr Liebhaber, der andere eher ein Freund. Das hat Leonor Fini häufig gesagt und sich tatsächlich siebenunddreißig Jahre lang daran gehalten.« Enrico D'Agostino reichte Laura ein Glas perlenden Franciacorta. »Der eine war Stanislao Lepri, der seine Stelle als italienischer Konsul aufgab und ebenfalls zu malen begann, nachdem er sie kennengelernt hatte. Der andere war Konstantyn Jelensky, ein polnischer Intellektueller.«

»Und welcher hatte die Rolle des Liebhabers?«, fragte Laura, der die Geschichte der Künstlerin seit langem vertraut war.

»Ach, das wird vermutlich gewechselt haben.«

Sie standen im Salon der riesigen Wohnung in der Beletage eines fünfstöckigen Palazzo des Borgo Giuseppino an der Riva Nazario Sauro. In diesem Stadtteil erstreckten sich die ausladenden Gebäude über die gesamte Grundfläche zwischen zwei Parallelstraßen. Der Palazzo war ein Musterexemplar des klassizistischen Baustils: Vier weiße Lisenen hoben sich vom Altrosa der Fassade ab und akzentuierten die zentralen Fenster des ersten und zweiten Stockwerks. Ein wohlhabender serbischer Kaufmann, der es in der Stadt zu beachtlichem Reichtum gebracht hatte, ließ das Gebäude errichten. Im Erdgeschoss an der Ecke zur Via Annunziata befand sich eine alte Bar, an deren Wände alte Fotografien das einst geschäftige Treiben entlang der Molen dokumentierten. Enrico D'Agostino hatte, wie vor ihm seine Mutter, den 1825 erbauten Palazzo geerbt und bald alle großen Flächen in abgeschlossene Einheiten unterteilt; natürlich mit der Unterstützung des Verantwortlichen im Bauamt, der gegen ein paar Gefälligkeiten gerne die Denkmalschutzgesetze übersah. Kleinere Einheiten brachten bessere Mieten, die Enrico Monat für Monat ein beruhigendes Auskommen sicherten. Einige davon hatte er en bloc einer Dienstleistungsgesellschaft im Filmgewerbe überlassen, und die zahlte noch besser. Wie so viele in der Stadt lebte er ausgezeichnet, ohne einen Finger zu rühren. Das hatten die tatkräftigen Ahnen längst für ihn erledigt.

Nur die Wohnung im zweiten Stock, aus deren Fenster sich ein unverbaubarer Blick auf den Triestiner Golf und den Porto Vecchio öffnete, zog sich noch um den gesamten Innenhof und war, vor allem dank der exzellenten Stilsicherheit seiner Frau Carmen, zu einem Schmuckstück geworden. Laura waren die hochwertigen Materialien sofort ins Auge gesprungen, lediglich das wertvolle Parkett in den langen Fluren war übriggeblieben und knarzte noch an manchen Stellen. Die Küche musste so viel Geld gekostet haben, dass man sich davon in Randlagen eine Eigentumswohnung hätte kaufen können. Die Dame des Hauses allerdings konnte das Meisterwerk an Wohnkultur kaum nutzen, sie kannte dafür die Wände ihres Büros im schmucklosen Neubau der größten Kaffeerösterei der Stadt in- und auswendig sowie die Sessel der Business-Class jener Fluglinien, die sie als Marketing-Managerin nutzte, um mit den Topkunden ihres Arbeitgebers auf allen Kontinenten große Deals abzuschließen. Dafür genoss Enrico D'Agostino das Leben in vollen Zügen. Er kontrollierte die Abrechnungen des Verwalters, und wenn sein Lebensstil es verlangte, veräußerte er gelegentlich ein Appartement oder eines der Kunstwerke, die ihm nicht am Herzen lagen. Dicht aneinandergelehnt füllten die Bilder zwei Räume dieser riesigen Wohnung. Laura hätte sie rasend gerne in aller Ruhe inspiziert, ohne Begleitung. Doch hatte D'Agostino nur zwei Werke herausgezogen und sie ihr zur Begutachtung überlassen.

Der leidenschaftliche Segler war als Tombeur de femmes bekannt, ein Lady-Killer, der nicht abließ, bevor er ans Ziel gekommen war. Seit langem hatte er der fast zehn Jahre älteren blonden Frau hinterhergeschielt. Doch erst vor kurzem war es ihm gelungen, Laura in ein Gespräch zu verwickeln, als sie einmal ohne den Commissario, ihren Ehemann, zu einer Vernissage gekommen war. Ein Kompliment nach dem anderen machte er ihr, schwärmte von ihren smaragdgrünen Augen und der angeblich verführerischen Heiterkeit ihrer Körpersprache.

Endlich hatte es wieder eine bedeutende Kunstausstellung gegeben. Für gewöhnlich drang aus dem Kulturreferat nur bleierne Stille nach außen, dabei war das wundervolle Gebäude, das einst den städtischen Fischmarkt beherbergte, erst vor wenigen Jahren aufwendig renoviert worden und sollte, wie jeder damals der Presse entnehmen konnte, mit bedeutenden Ausstellungen großes Publikum anziehen. Doch das Gebäude stand meistens leer und wurde nur selten und stiefmütterlich genutzt. Inzwischen hatte man aus dem Rathaus vernommen, dass man ein kleines Aquarium darin einrichten könnte.

»Leonor Fini ist zweifelsohne unsere berühmteste Künstlerin«, sagte Laura. »Eine beeindruckende Biografie. Ihre Mutter hatte sie in Knabenkleider gesteckt, um die Entführungsversuche des rachsüchtigen Vaters zu vereiteln, der ihnen aus Buenos Aires hinterhergereist war. Und als sie dreizehn war, hat sie sich ins Leichenschauhaus geschlichen, um die Verstorbenen zu porträtieren. Später dann waren ihre Werke so gefragt wie die von Pablo Picasso. Warum bloß haben Sie dieses Bild nicht als Leihgabe für die Ausstellung im Revoltella-Museum gegeben?«

»Niemand weiß von seiner Existenz.«

»Vermutlich ein Selbstporträt.« Sie stand ratlos vor dem Ölgemälde, das Enrico D'Agostino ihr unter der Auflage gezeigt hatte, nicht darüber zu sprechen. Das Werk maß ein auf einteinhalb Meter und zeigte, ganz gegen den sonst so ausgeprägten Ästhetizismus der Künstlerin, drei vierschrötige, dickbäuchige Weiber, in deren Haar Fischgräten steckten und denen ein paar edle rotgetigerte Katzen mit hochmütig gerecktem Schwanz das Hinterteil zeigten. Sie geiferten über eine hübsche, feingliedrige Nackte, die bis zu den Oberschenkeln in den sanften Wellen stand.

»Was halten Sie davon?«

D'Agostino sprach davon, es auf den Markt zu bringen. Und Laura hatte sich nicht zweimal bitten lassen, es zu begutachten. Eine einmalige Chance, für das Versteigerungshaus, an dem sie beteiligt war, an Nachschub zu kommen.

»Das hätte gut als Frontispiz des Katalogs getaugt«, sagte Laura. »Die Stadt hat über Jahrzehnte so wenig von ihr wissen wollen wie von allen anderen, die ihr Ruhm gebracht haben. Dabei hatte Leonor Fini noch als Jugendliche die Bekanntschaft von Italo Svevo und Umberto Saba gemacht, von Arturo Natan und Bobi Bazlen. Und später, als sie über Mailand nach Paris kam, lernte sie die Surrealisten kennen, wurde Freundin von Cocteau, Max Ernst, Man Ray und Paul Éluard.«

»Dieses Bild ist in keinem der Werkverzeichnisse aufgeführt. Sie hat es in den sechziger Jahren gemalt, als sie ein paar Tage hier zu Besuch war. Es trägt einen ziemlich komischen Titel: ›La mare dei mona‹ ...«

Laura prustete vor Lachen. Es war der erste Teil einer unflätigen Redeweise des bisweilen deftigen Triestiner Dialekts, die etwas fatalistisch besagte, dass die Mutter der Idioten endlos neue Kinder austrug. Ein namhafter Journalist war unlängst zu einer Geldstrafe verurteilt worden, weil er ihn auf einen überempfindlichen Lokalpolitiker angewendet hatte. Der Kläger war nicht mehr im Amt, doch an der Wahrheit überlieferten Redensarten ließ sich nicht rütteln.

»Und Sie haben natürlich kein Zertifikat über die Echtheit des Bildes, mein lieber Enrico«, sagte sie amüsiert. »Für solch

satirische Ausführungen ist Leonor Fini nicht unbedingt bekannt.«

»Die Signatur ist so eindeutig wie das Datum. Sie war damals wirklich in Triest.«

»Und Ihre Mutter hat es direkt von der Künstlerin gekauft.
Gibt es dafür Belege oder Korrespondenz?« Laura nahm einige Details des Bildes genauer unter die Lupe.

»Bisher habe ich nichts gefunden.«

»Es sind schrecklich viele Kopien im Umlauf. Von fast allen berühmten Künstlern.« Soeben erst war ihr ein gefälschter
Monet untergekommen, womit der Anbieter sich allerdings
umgehend eine Anzeige wegen versuchtem Betrug eingehan-
delt hatte – bei der anschließenden Hausdurchsuchung waren noch andere falsche Meisterwerke beschlagnahmt worden.

»›La mare dei mona‹ heißt es also. Die Schrift ist auf jeden
Fall ihre«, sagte Laura schließlich. »Wen sie wohl damit ge-
meint hat?«

Enrico D'Agostino präsentierte nun einen signierten und
mit Prägestempel versehenen Schwarz-Weiß-Abzug von Hen-
ri Cartier-Bresson. Er stammte aus dem Jahr 1933 und zeigte
den nackten Torso der schönen Leonor Fini im Prisma des
Lichtspiels des kristallklaren Meerwassers in der Triestiner
Badeanstalt Ausonia.

»Für mich ist das eine Interpretation von Courbets ›L'Origine du Monde‹«, behauptete Enrico d'Agostino kühn. »Die
Perspektive der lasziv geöffneten Schenkel ist fast die gleiche,
auch wenn auf Leonors Schamhügel kein Härchen sprießt.
Vor zweihundert Jahren stand man eben auf einen richtigen
Busch in der Lendengegend. Aber feine nackte Haut ist doch
viel sinnlicher. Finden Sie nicht auch?«

»Und diesen Abzug wollen Sie wirklich verkaufen?« Laura
überging die Anspielung und nahm das Blatt unter die Lupe.
Natürlich kannte sie Wiedergaben des berühmten Fotos, doch

im Originalformat von vierundzwanzig auf sechsunddreißig sah sie es nun zum ersten Mal. Mit der freien Hand strich sie ihr strohblondes Haar zurück.

»Ach, ich ziehe die Natur ihrem Abbild vor. Sie selbst stehen ihr sicher in nichts nach.« Enrico blickte sie herausfordernd mit seinen blauen Augen an.

»Dieses Blatt kaufe ich Ihnen sofort ab. Für das Gemälde aber muss ein Gutachter herangezogen werden. Da geht es um viel Geld. Wer hat diese Bilder gesammelt?«

»Nehmen wir einen Aperitif an der Stazione Rogers«, schlug D'Agostino vor. »Dann erzähl ich es Ihnen gerne.«

Erst vor drei Tagen hatte Laura den quietschroten Alfa Romeo Mito vom Händler abgeholt. Während sie die Rive entlangfuhren, erzählte ihr Enrico D'Agostino von seiner Großmutter, die mütterlicherseits einer griechischstämmigen Triestiner Bankiersfamilie entstammte und eine sachverständige Kunstsammlerin gewesen war, der es nicht an den nötigen Mitteln gefehlt hatte. D'Agostino deutete an, was noch an Gemälden in seiner Wohnung lagerte, die er mit der Zeit, aber ohne Eile, abzustoßen gedachte. Laura prägte sich die Künstler und die Titel der Werke ein, am nächsten Tag würde sie die einschlägigen Kataloge und im Internet die jüngsten Auktionsergebnisse konsultieren und sich über die zuletzt erzielten Preise informieren.

»Halten Sie hier«, sagte der Charmeur, als sie an den Gebäuden der Ruderclubs vorbeifuhr. »Wenn wir schon da sind, kann ich Ihnen rasch mein Boot zeigen. Es liegt gleich da vorne in der Sacchetta.«

»Haben Sie da etwa noch mehr Bilder?«, fragte Laura und bog auf den Parkplatz ein.

Mit dem Sommer öffnet sich die ganze Welt

In den Bergen des Friaul und der Julischen Alpen Sloweniens musste es am Tag zuvor sintflutartig geregnet haben, während die Temperaturen in Triest Rekordwerte für den Juli markierten. In einem smaragdfarbenen Halbkreis drängte das Wasser des Isonzo ins Meer und schob sich stetig Richtung Triest, bis es sich beim Schloss Miramare allmählich mit dem tiefblauen Salzwasser der Adria vermischte. So weit vermochte das Süßwasser nur vorzurücken, wenn der Himmel über den Bergen sämtliche Schleusen geöffnet hatte. Der schäumende Fluss, der im Sommer sonst eher einem Rinnsal glich, trieb dann alles vor sich her ins Meer, und die Segler mussten aufpassen, dass ihre Yachten nicht mit Treibholz oder gar Baumstämmen kollidierten. Dafür war die Luft von kristallener Klarheit, und hinter dem Nordwestufer des Golfs leuchteten die Dolomiten, als hätte ein Bühnenbildner sie auf den Himmel gemalt.

Schon um sechs am Morgen hatte Proteo Laurenti sich in die Fluten der Adria gestürzt und war fast eine ganze Stunde lang geschwommen, weit über die Muschelbänke hinaus, bis zu den Bojen, welche die Reihe der ins Meer versenkten Reusen markierten, zum Fang der »Canoce«, wie die Meeresheuschrecken im Dialekt genannt wurden. Und voll überschäumender Fröhlichkeit war er zwei Stunden später vor der Questura aus seinem Wagen gestiegen, hatte unter den verwunderten Blicken der vor den Schaltern der Ausländerbehörde in langen Schlangen demütig wartenden Menschen federnder Schrittes die Eingangshalle durchquert, um zwei Stufen der breiten Treppe zu den oberen Stockwerken auf einmal zu nehmen. Es war ihm nicht bewusst, dass er unentwegt die Melodie von »Twisted Nerve« aus Quentin Tarantinos »Kill Bill« vor sich hin pfiff, ebenso wie im Film die diabolische Krankenschwester »California Mountain Snake«, bevor sie die Giftspritze ansetzte – was Marietta sehr bald dazu bringen sollte, die Tür zu seinem Büro mit Nachdruck und ganz ohne die sonst nötige Aufforderung zu schließen.

Nachdem seine Frau Laura ihm am Abend zuvor telefonisch mitgeteilt hatte, dass sie zum Abendessen nicht zu Hause sein würde, weil sie eine Bilderkollektion begutachten musste, hatte Proteo Laurenti einen äußerst vergnüglichen Abend verbracht. Trotz des Einsatzes, zu dem er gegen zweiundzwanzig Uhr gerufen wurde.

*

Der Sommer lag gnadenlos heiß über der Stadt, und wer konnte, fuhr am Abend hinauf auf den Karst, wo es etwas kühler war. Gleich als Gemma ihre Praxis geschlossen hatte, waren sie mit Laurentis neuer ferrariroten 300er Vespa hinaufgebrummt, um auf der Terrasse von La Nuova Mormorazione in der Via Bonomeo eine Pizza zu essen. Doch dann war Proteo Laurenti plötzlich in eine Sackgasse eingebogen, die zwischen uniformen Mehrfamilienhäusern, die aussahen, als stammten sie aus der Spielzeugabteilung einer Kaufhauskette, bis zum Waldrand führte.

»Was hältst du von zwei Schritten?«, fragte Laurenti, als er den Motorroller aufbockte.

»In den Wald?« Gemma kicherte. »Ist das nicht gefährlich?«

»Und wie! Bären, Wölfe, Quallen, Haie, Drachen und Räuber! Aber sicher keine Triestiner, die uns kennen. Bei der Hitze bewegen sie sich noch weniger als sonst. Schau, wie schön die Stadt da unten liegt.«

»Wie eine friedlich schlafende Raubkatze, die sich unter der Abendsonne für die nächtliche Jagd ausruht.« Gemma hakte sich bei ihm ein.

Ein paar Meter weiter unten war der Blick aufs Meer schöner, wo er dreißig Seemeilen weit über die Stadt Triest und den nördlichen Golf der Adria schweifen konnte, hinweg über die grünoxidierte und flügelbewehrte Statue der »Vittoria«, der Siegesgöttin, die den weißen Leuchtturm krönte. Wie verliebte Teenager standen sie, eng umschlungen in einen nicht enden wollenden Kuss versunken, inmitten des Eichenwaldes, der sich den steilen Abhang zum Hochplateau des Karsts bis zum Obelisk hinaufzog. Seine Hände steckten unter der malvenfarbenen Bluse, die kaum mehr die gebräunte Haut der jungen Frau bedeckte, während sie seine unrasierten Wangen in ihren Handflächen hielt und ihren Mund so wild auf den seinen presste, als wollte sie ihn mit Haut und Haar verschlingen.

Ein dumpfer Knall störte die Idylle. Proteo Laurenti schrak auf. Ein Geräusch wie der Schuss aus einer schallgedämpften Waffe, die nicht allzu weit entfernt abgefeuert worden war. Als Gemma ihn fragend ansah, legte er nur den Finger auf die Lippen, schloss den Gürtel und stopfte hastig sein Hemd in die Hose. Es knackte laut, wie von morschen Ästen, die unter dem Gewicht eines Lebewesens barsten. Laurenti zog Gemma hinter den dicken Stamm einer alten Eiche und suchte mit seinem Blick die Umgebung ab.

»Dort«, flüsterte er schließlich. »Schau, dort bei dem ausgewaschenen Fels. Kannst du sie sehen? Die mit den schwarzen Streifen sind die Frischlinge, etwa vier Monate alt, und das große ist die Bache. Besser wir verduften, bevor sie uns wittern. Die Alte kann aus Sorge über ihren Nachwuchs ziemlich wild werden.«

»Sie stehen aber genau da, von wo wir gekommen sind.« Gemma schaute sich missmutig um und schloss den untersten Knopf ihrer Bluse.

»Wir schlagen einen Bogen bergauf, komm.« Proteo Laurenti fasste ihre Hand und blieb schlagartig stehen, als erneut ein Schuss fiel. »Scheiß Jäger, verdammt noch mal! Ich verstehe es ja, dass man die Viecher zum Abschuss freigegeben hat, weil sie Schaden anrichten, aber dass man nicht mehr im Wald spazieren gehen kann, ohne das Leben zu riskieren, geht zu weit.« Zwei weitere Schüsse fielen. »Lass uns verschwinden, bevor sie uns auch noch für Wildschweine halten.«

»Seit wann benutzen Jäger schallgedämpfte Waffen?«, fragte Gemma.

»Vielleicht sind das keine Jäger.«

Obgleich ganz in der Nähe der Innenstadt gelegen, kannte Proteo Laurenti diesen Wald kaum. Sie stolperten bergauf und versuchten, die spitzen Kalksteine zu meiden. Laurenti wischte den Schweiß von der Stirn und sah sich um. Sie hatten sich ein gutes Stück in Sicherheit gebracht und suchten nach einem Weg aus dem Wald hinaus zur Straße, wo ihr Fahrzeug stand.

»Das wäre doch der Hit, wenn wir uns hier verirren würden«, meinte Gemma und schaute skeptisch auf das unwegsame Gelände.

»Mir kann nichts passieren«, scherzte Laurenti, »ich bin in Begleitung meiner Hausärztin.«

»Und ich in der eines unbewaffneten Kommissars der Polizia di Stato.«

Acht Schüsse zählte er dieses Mal. Und plötzlich knackte es im Unterholz, als würde eine halbe Armee darüber hinwegstolpern. Laurenti hielt inne. Die Wildschweinrotte stob quiekend davon und verschwand im Dickicht. Vier Männer in Kampfanzügen eilten zu der Stelle, wo die Tiere auf der Suche nach Nahrung den Boden durchpflügt hatten. Einer zog ein langes Messer, dessen schwere Klinge aufblitzte. Laurenti kniff die Augen zusammen und folgte den Bewegungen des Kerls, der sich nun zu dem flach atmenden Frischling hinunterbeugte und ihn scheinbar mühelos abstach. Der Mann richtete sich wieder auf und ließ sich von seinen Kumpanen mit heftigem Schulterklopfen beglückwünschen. Sein Gesicht kam Laurenti bekannt vor. Dann legten sie ein Seil um die Hinterläufe des Kadavers und zogen ihn an einem Ast hoch, um ihn an Ort und Stelle auszuweiden. Mit einem dumpfen Klatschen fiel das Gedärm zu Boden, Herz, Nieren und Leber stopften sie in eine Plastiktüte.

»Das sind Wilderer! Zu viele Kugeln für einen Frischling. Und dann auch noch Kalaschnikows.«

»Und bei der Hitze lassen sie die Eingeweide einfach liegen. Kannst du dir vorstellen, wie das morgen stinkt? Ganz abgesehen von dem Ungeziefer«, flüsterte Gemma. »Was wirst du tun?«

»Telefonieren natürlich, sobald wir aus dem Wald raus sind.«

»Mit der Pizza wird's dann wohl nichts mehr.«

»Eins nach dem anderen, meine Liebe. Glaub bloß nicht, dass ich mich selbst darum kümmere. Wie sollte ich erklären, dass ich mit meiner Hausärztin im Wald war?« Er küsste ihren Hals und tastete nach ihren Hüften.

»Ein Zeckenbiss natürlich!«

*

»In der Stadt können wir einfach nirgendwohin. Wenn einer von uns beiden nach einem Hotelzimmer fragt, steht das morgen in der Zeitung«, sagte Gemma, als sie die Bluse zuknöpfte. »Wenn wenigstens das Boot meines Vaters im Hafen läge. Ich muss mir so schnell es geht eine eigene Wohnung nehmen.«

Zielstrebig hatte sie an der Università Cattolica del Sacro Cuore in Rom ihr Studium durchgezogen und im zugehörigen Polyklinikum ihre praktischen Erfahrungen gemacht, dann zwei Jahre am Ospedale Maggiore in Mailand gearbeitet, bis sie schließlich dank der guten Beziehungen ihres

Vaters in den Orden der Mediziner in Triest aufgenommen wurde und in seine Praxis einstieg. Es war bequem für sie gewesen, nach ihrer Rückkehr wieder in der riesigen Wohnung ihrer Eltern an der Piazza Perugino unterzuschlüpfen, doch ihr Beruf nahm sie seither so sehr in Beschlag, dass ihr für die Suche nach einer eigenen Bleibe keine Zeit blieb. Und ihre eigenen Möbel standen noch in Mailand in dem Appartement, das sie mit Alvaro, ihrem langjährigen Freund, teilte, der dort beim Hubschrauberrettungsdienst arbeitete. Als Unverheirateter wurde er meist für die Wochenendschichten eingeteilt, weshalb sie sich nur sporadisch sehen konnten.

»Die Leute zerreißen sich sowieso schon das Maul. Weißt du, was der alte Galvano gesagt hat? Ich sei viel zu alt für dich!«

»Ach, der muss doch alles kommentieren.«

Zwar hatten sie ein paarmal spätabends, wenn die Putzfrau abgezogen war, die Praxis aufgesucht, in der es nach Desinfektionsmitteln roch, doch es gab wirklich idyllischere Orte sowie breitere und weichere Matratzen als die Behandlungsliege, auf denen Gemma tagsüber die Patienten abtastete. Bei jeder Bewegung rumpelte das Möbel durch den Raum, bis sie schließlich gegen die Wand krachten und einen Hängeschrank voller Medikamentenmuster aus der Verankerung rissen, wild kullerten die Pillen gegen Bluthochdruck aus den zerbrochenen Glasfläschchen über den Boden.

»Wir müssen besser planen. Auf der anderen Seite der Grenze kennt uns keiner«, sagte Laurenti achselzuckend. »Sonst bleibt wirklich nur der Wald. Oder das Auto, wie damals mit achtzehn.«

Vor einer Woche erst war einer der Pressefotografen des »Piccolo« mit seiner braunen Vollblutstute vorbeigeritten, als sie sich auf dem Karst inmitten eines Weingartens in seinem Dienstwagen liebten. Gott sei Dank war der Reiter diskret genug gewesen und hatte weggeschaut, bevor er sie erkannte.

»Planen will ich eben nicht, und die Hotels dort hast du ja schon alle mit Živa Ravno durchprobiert«, entfuhr es Gemma, als sie ihren Rock zurechtzog.

»Woher weißt du das?« Laurenti starrte Gemma an, der Hemdzipfel hing aus seiner Hose. Er war bisher felsenfest davon überzeugt gewesen, dass seine vier Jahre dauernde Affäre mit der Staatsanwältin aus dem kroatischen Pula ein Geheimnis geblieben war. Marietta und der alte Galvano hatten zwar ständig Anspielungen darauf gemacht, doch nachweisen konnten sie es ihm nie.

»Das Geschwätz der anderen, mach dir nichts draus. Ich hab Heißhunger. Wenn wir jemals aus diesem Dickicht hier herausfinden, verschlinge ich eine doppelte Portion.«

Die Sonne hatte sich inzwischen herabgesenkt und den Golf von Triest blutrot gefärbt. Der Kellner wies Laurenti und Gemma einen freien Tisch ganz am vorderen Rand der Terrasse unter den ausladenden Ästen einer Platane zu. Die Pizza kam rasch, und hungrig machten sie sich darüber her. Laurenti hatte eine »Diavola« bestellt mit pikanter Salami und Knoblauch extra, während Gemma große Stücke von einer »Romana« abriss, mit Sardellen und Origano. Immer wieder drängten sich Kinder anderer Gäste direkt vor ihrem Tisch ans Geländer, um die Wildschweine zu sehen, die sich im Gehege unterhalb wild grunzend die Pizzareste streitig machten. Diese Tiere mussten das Schlachtermesser, aber keine Wilderer mit Kalaschnikows fürchten.

»Ich habe gelesen, dass die Waldhüter auf keinen Fall die Muttertiere umlegen sollen«, sagte Gemma, als sie beim Espresso angekommen waren. »Die Leitbache synchronisiert die Paarungsbereitschaft der weiblichen Tiere in der Rotte und sorgt dafür, dass sich nicht schon die jungen Säue fortpflanzen. Die Überlebenschancen der Frischlinge sind höher, wenn alle etwa gleich alt sind.«

»Bei uns zu Hause geht's, was das betrifft, ganz ähnlich zu.« Proteo Laurenti stellte die Tasse zurück. »Laura wäre überglücklich, wenn ihre Töchter …« Bevor er den Satz vollenden konnte, klingelte sein Telefon. Nach einem Blick aufs Display nahm er missmutig ab. Er ahnte bereits, dass es keine gute Nachricht war.

»Entschuldige die Störung zu dieser Stunde, Commissario«, hörte er Carmine Castaldi, den Kommandanten der Hafenfeuerwehr, sagen. »Wir haben eine Leiche aus dem Wasser vor der Diga vecchia gefischt. Ein Mann, bekleidet, er hat uns einigen Kummer bereitet. Er wiegt gut und gern drei Zentner. War nicht gerade leicht, ihn herauszuziehen. Der trieb da einfach auf dem Bauch heran.«

»Unverschämtheit«, sagte Laurenti. »Zeig ihn an.«

»Du musst gleich kommen.«

»Und warum ich?«, fragte Laurenti. Nur mit Mühe gelang es ihm, nicht ungehalten zu reagieren. Jedes Mal, wenn im Zuständigkeitsbereich dieses Kommandanten etwas vorfiel, verständigte er Laurenti, als könnte er ihn nicht leiden. Warum meldete er es nicht den Kollegen von der Wasserschutzpolizei oder den Carabinieri, der Guardia di Finanza oder der Küstenwache? An Behörden fehlte es weiß Gott nicht. Das gesteigerte Ordnungsbedürfnis der Triestiner war seit habsburgischen Zeiten in ihrer DNA festgeschrieben.

»Bei dir sind die Dinge einfach in den besten Händen. Wann kannst du hier sein?«

»Nachher.« Er legte grußlos auf und schnaubte. Gemma erkannte schon an seinem Blick, dass der schöne Abend sein Ende hatte. Laurenti wählte die Nummer des Kommissariats und bat die diensthabende Inspektorin den Ermittlungsapparat anzuschieben, winkte dem Kellner und bezahlte.

*

Vor der Kommandantur der Hafenfeuerwehr am Molo III
lag im grellen Licht der Halogenlampe in einem geöffneten
Leichensack der leblose Körper eines mächtigen Mannes.
Carmine Castaldi ging Laurenti entgegen, als erwartete er ein
Lob, doch der Commissario winkte bereits unwirsch ab, be-
vor der Kommandant zu reden begann.

Helle Hosen, kurzärmliges Hemd mit feinen rosafarbenen
Vertikalstreifen, billige Plastiksandalen. Lange dunkle Haarsträhnen, den Mund halb geöffnet, die Zähne weiß und in
gutem Zustand. Laurenti schätzte den Mann auf etwa fünfzig, er war deutlich übergewichtig und von schlaffer Musku-
latur – ein Bürohengst und ganz sicher keiner, der sich körperlich betätigte. Die Wasserleiche wurde von Alfredo Zerial,
dem Gerichtsmediziner, untersucht, den der Anruf aus dem
Kommissariat ebenfalls vom Abendessen weggerufen hatte.
Sein Atem roch nach Wein.

»Und?«, fragte Laurenti den Gerichtsmediziner, der ihn
mit einem Handzeichen begrüßte.

Von der Badeanstalt auf der Diga vecchia drangen die
Klänge von Hip-Hop-Musik und Gelächter herüber. Die
Partygäste in der Bar auf dem Deich, der jede halbe Stunde
vom Molo Audace aus mit einem Boot angefahren wurde,
ahnten nichts von der Leiche, die vor dem Feuerwehrhaus
lag. Hätte man den Mann bei Tageslicht unter ihren Augen
aus dem Wasser gezogen, wäre einigen von ihnen die Lust am
Sprung ins Wasser vorerst vergangen.

»Vierundzwanzig Stunden höchstens, würde ich aufs erste
sagen. Keine Treibspuren, die Kleidung ist unversehrt, die roten Flecken am Reißverschluss sind kein Blut. Ich tippe auf
Lippenstift. Auf Anhieb kann ich keine Fremdeinwirkung
feststellen. Nur ein Hämatom am linken Oberschenkel, als
hätte er sich gestoßen. Dort fehlt auch an seiner Hose ein
kleiner Fetzen Stoff. Noch kein Anzeichen von Wachshaut,
Fäulnis, Autolyse oder Mazeration. Wir haben seine Tempe-

ratur gemessen und auch die des Wassers, der Rückgang der Körpertemperatur wird uns genauere Auskunft geben. Er kommt erst einmal für zwei, drei Tage bei vier Grad in den Kühlschrank, und dann geht's an die Autopsie. Hier sind die Dinge aus seinen Hosentaschen.« Er deutete auf verschiedene transparente Plastikbeutel mit einer Menge Zetteln darin, ein Portemonnaie, ein dicker Stapel Banknoten und Kreditkarten, zwei vakuumverschlossene Säckchen mit einer braunen Masse, der Autoschlüssel mit weißblauem Logo, sowie eine sündhaft teure Patek-Phillip-Calatrava-Armbanduhr. »Zumindest bleibt er nicht anonym. Dort ist sein Ausweis. Viel Spaß mit den deutschen Behörden.«

Laurenti warf einen Blick auf das Dokument. Harald Bierchen, wohnhaft in Frankfurt am Main, ein Jahr jünger als er. Er bat den Beamten von der Kriminaltechnik, noch in der Nacht Fotografien oder Kopien anzufertigen sowie eine Auflistung dieser Gegenstände zu erstellen, und gab Pina Cardereto, der Inspektorin, die nun im vierten Jahr in seinem Kommissariat Dienst tat, die Anweisung, die Sache zu übernehmen. Die Anfrage nach Deutschland abzuschicken und die vorliegenden Fakten zu dokumentieren. Morgen früh würden sie sich dann zu einer Bestandsaufnahme zusammensetzen. Der Mann war seit geraumer Zeit tot, kein Übereifer würde ihn wieder ins Leben rufen. Es gab keinen Grund, noch länger hierzubleiben.

Laurenti ließ die Vespa an. Der Weg aus dem Gelände des Porto Vecchio, führte an den Lkws eines Filmteams vorbei, das mit seinen Scheinwerfern die tiefe Flucht zwischen den verkommenen Speichergebäuden ausleuchtete, hinter denen die Albanienfähre an der Mole vertäut lag.

Auf der Viale Miramare beschleunigte er. In einer Viertelstunde wäre er daheim im Haus an der Küste. Der Mond hatte sich über die Hügel im Osten der Stadt erhoben und würde gleich mit seinem weißen Licht das Meer erleuchten.

Sex on the Beach

»Da, schau dir diese Sauerei an!«, rief Jeanette McGyver zornig.

Ihre frisch gelegten blonden Dauerwellen wippten wie ein Ruderboot, das in die Bugwelle eines Dampfers geraten war, und ohne zu erröten knallte sie ein Foto nach dem anderen auf den Tisch. Dabei sah sie sich über sich selbst erschrocken um, doch war außer Miriam Natisone niemand mehr im Raum. Die aufstrebende Politikerin hatte den über eine alte Wendeltreppe zu erreichenden Function-Room im Obergeschoss des Horse Pub & Restaurant in der Westminster Bridge Road zur gemütlichen Alternative ihres Abgeordnetenbüros gemacht. Das Champagnerglas tat einen kleinen Satz und schwappte über, als sie so heftig auf die Tischplatte schlug, dass ihr die Handfläche brannte.

»Du bist die einzige, der ich die Bilder zeige. Ganz abgesehen davon, dass es sich hier um die reinste Pornografie handelt, reicht schon die Tatsache, dass ich mit jemandem vögle, der nicht mein Ehemann ist. Meine Karriere steht auf dem Spiel und damit all mein Engagement der letzten fünfzehn Jahre.«

»Wann und wo ist das passiert?«, fragte Miriam Natisone. Die Journalistin war eine hochgewachsene, schlanke, aus Äthiopien stammende Frau, die seit fünfundzwanzig Jahren in London lebte. Ihr wasserstoffblonder Bürstenschnitt kontrastierte auffällig mit ihrer Hautfarbe.

»Norditalien, im Seebad Grado, ›Insel der Sonne‹ genannt. Er hat mich am Strand angesprochen. Das war vor sechs Wochen. Ich hatte es eigentlich schon vergessen.«

Miriam beeilte sich nicht im geringsten mit dem Durchblättern. Trotz der delikaten Aufnahmen, die ihre Freundin in jeglichen denkbaren Stellungen zeigten und auf denen kein schwarzer Balken den gesellschaftlichen Konsens herzustellen versuchte.

»Zumindest musst du deine Freude gehabt haben, der Junge hat ja mächtig was zu bieten. Und schöne Lippen hat er auch.« Ein Lächeln umspielte ihre Mundwinkel.

»Ein Drecksack! Er hat mich reingelegt, wie kam der Fotograf wohl sonst ins Zimmer? Hunderttausend Pfund soll ich dafür berappen. Und das ist sicher erst der Anfang. Wer garantiert mir, dass die Erpresserei nicht weitergeht, selbst wenn ich zahle? Heute ist alles digitalisiert, das läuft nicht mehr so, wie wir es aus alten Illustrierten kennen: Negative gegen Geld. Stell dir vor, der Schweinehund gründet eine Fangemeinde in Facebook und stellt die Fotos rein!«

»Ach herrje! Wer ist der Kampfstier auf dem Bild?«

Ein hochgewachsener junger, Mann mit sinnlichem Mund und den Augen eines Rehs, gut aussehend, schlank und muskulös, mit leicht gewelltem schwarzem Haar und einer prächtigen Erektion, die Jeanette aus nächster Nähe zu inspizieren schien, als studierte sie das Kleingedruckte eines Versicherungsvertrags. Nie hätte Miriam Jeanette, die als Abgeordnete permanent die viktorianischen Tugenden und die heiligen Werte der Familie predigte, eine solche Eskapade zugetraut.

»Ein Italiener, der sogar etwas Englisch spricht, über das übliche ›Ai laff ju‹ hinaus. Er ist offensichtlich darauf spezialisiert, alleinreisende Touristinnen abzuschleppen, sie in solche Situationen zu bringen und zu erpressen. Keine Ahnung, wie viele Frauen ihm bislang zum Opfer gefallen sind.«

Miriam hatte andere Vorstellungen von Opfern. In ihrem Geburtsland in Ostafrika hatte sie es am eigenen Leib erfahren. Bis zu ihrer Flucht. Minister und Abgeordnete, die ihr Amt niederlegen mussten, weil sie mit Nutten erwischt wurden oder mit der Frau eines Kollegen von der Opposition, zählte sie nicht dazu.

»Ich dachte, du wolltest mit John verreisen?«, fragte sie.

»Es ist schon das zweite Mal, dass ich alleine fahren musste. Letztes Jahr war es die Finanzkrise, und diesmal kamen diese Umstrukturierungen in der Bank. Eigentlich wollten John und ich eine Italientour mit dem alten Jaguar-Cabriolet machen. Wir hatten alle Details geplant, jede einzelne Station. Aber dann rauschte plötzlich die Meldung über den Schirm, dass die Europäer die Hedgefonds kontrollieren wollen. John saß in der Klemme, und ich brauchte dringend Erholung. Zuletzt drängten sich die Sitzungen im Unterhaus wie die Schafe in den Highlands.«

»Und weshalb ausgerechnet Grado?«

»Die Werbung im Internet hat mich angesprochen, die Flugverbindung lag günstig, das Hotel war gut, der Sandstrand weitläufig und schön. Dazu war Vorsaison und sicher kein Mensch dort, der mich hätte erkennen können. Und dann so was.« Jeanette winkte verärgert ab. »Er muss herausgefunden haben, wer ich bin. Stell dir bloß die Titelzeile der ›Sun‹ oder der ›Daily Mail‹ vor: ›Sexbestie McGyver – Tory-Abgeordnete betrügt im Italienurlaub Gatten mit Latinlover‹ oder so ähnlich. Du musst mir helfen!«

Miriam schaute grübelnd zum Fenster hinaus. Die Tropfen prasselten gegen die Scheibe. Ein atlantisches Tiefdruckgebiet hatte starke Regenfälle nach London gebracht, für einen jähen Temperatursturz gesorgt und den Sommernachmittag frühzeitig verdunkelt. Das Feuer im offenen Kamin des Nebenraumes des Horse Pub loderte dafür fröhlich vor sich hin. Eigentlich wäre dies ein idealer Nachmittag gewesen, um sich in tiefen Ledersesseln versunken den warmen Erinnerungen der ersten großen Liebe hinzugeben, und nicht mit derartigen Schweinereien auseinanderzusetzen, die Jeanette McGyver tatsächlich den Kopf kosten konnten. Sie kannten sich, seit Miriam Natisone vor acht Jahren eine ganze Reihe britischer Politikerinnen zur Unterstützung einer NGO zu überzeugen versuchte, die sich für die Rechte der Frauen in ihrem Heimatland einsetzte. Die Juristin Jeanette McGyver war damals zum ersten Mal ins Parlament gewählt worden und inzwischen Ehrenvorsitzende des britischen Büros der Vereinigung äthiopischer Rechtsanwältinnen, die unter schwierigsten Bedingungen gegen die an der Tagesordnung stehenden gewaltsamen Übergriffe auf Mädchen und Frauen kämpften. Zaghaft machte das Land Fortschritte, doch die Situation blieb fragil. Jeanette McGyver nahm ihr Ehrenamt sehr ernst, hatte viele Pressekampagnen angezettelt und von ihrem Platz auf der Oppositionsbank aus Eingaben im Parlament gemacht, mit der sie das britische Außenministerium zum Handeln aufforderte, denen allerdings die Mehrzahl der männlichen Abgeordneten nur mit zynischen Kommentaren folgten. Für die NGO, das wusste Miriam, wäre ein imageschädigender Angriff auf die Abgeordnete ein herber Schlag.

»Also, was ist zu tun?«, fragte sie. »Wie hast du das Zeug erhalten?«

»Heute früh per Kurier, in mein Büro, mit dem Hinweis ›persönlich/vertraulich‹. Gottlob war meine Sekretärin beim Zahnarzt.«

»Und der Absender?«

Jeanette tippte auf den Briefumschlag, auf dem noch die Aufkleber des Kurierdienstes prangten. »Ein Reisebüro in Udine, eine Stadt in der Nähe von Grado. Ich habe die Reise per Internet über dieses Büro gebucht. Aber der smarte Junge da, Aurelio nennt er sich, war aus Triest. Achtundzwanzig Jahre alt, angeblich arbeitet er als rechte Hand eines einflussreichen Geschäftsmanns und Drahtziehers, vor dem, wie er sagte, sich alle fürchteten. Und ihm schuldete dieser Hai seit langem den Lohn. Aus diesem Grund wollte er auch den Job nicht wechseln. Wenn er von sich aus kündigen würde, könnte er lange auf sein Geld warten. Aber vermutlich stimmt das so

34

wenig wie sein Name. Wie er weiter heißt, weiß ich nicht. Ich habe ihn nie danach gefragt. Ein Urlaubsflirt, sonst nichts, dachte ich.«

»Dachtest du!« Miriam deutete auf eines der Bilder, auf dem Jeanette vor dem Mann kniete. »Die Goldkette, die er um den Hals trägt, mit diesem auffälligen roten Klunker. Legte er die nie ab?«

Jeanette verneinte.

»Niemals? Nicht einmal beim Vögeln?«

»Nein, die war sein Ein und Alles.«

»Hast du eigentlich für seine Dienste bezahlt? Hast du ihm Geld gegeben?« Ihre Stimme hatte schlagartig etwas Strenges. Sie fixierte Jeanette eine Weile und malte sich aus, wie ihre hübsche blonde Freundin dem jungenhaften, gut gebauten Aufreißer aufgelaufen war. Fern der Heimat, frustriert, gestresst, gelangweilt. Einsam in einem romantischen Urlaubsort, sommerlich leicht gekleidet und berufsbedingt so weit von der Realität des gemeinen Volks entfernt, dass sie nicht die geringste Vorsichtsmaßnahme getroffen hatte. Den Fotos zufolge hatten sie nicht einmal Präservative benutzt. Fehlte nur noch, dass sie von dem Kerl schwanger war oder sich sonst was geholt hatte.

Jeanette schüttelte entschieden den Kopf. »Dort in Grado habe ich ihn natürlich eingeladen.«

»Ja, natürlich«, kommentierte Miriam und fuhr flüchtig mit der Hand über ihren hellen Igelschnitt.

»Und ich habe ihm etwas Geld geliehen, weil seine kleine Tochter, die bei der Mutter lebt, nach einem Unfall eine teure Arztbehandlung brauchte. Der Junge war so unglücklich. Am liebsten wollte er weit weg, sagte er, Australien, Neuseeland. Hauptsache weg.«

»Wie viel?« Ihre Freundin musste im Urlaub einen heftigen Sonnenstich erlitten haben.

»Elftausend.«

Jeanette McGyvers Stimme klang brüchig, als schämte sie sich ihrer Torheit. Diese Frau, der man im Unterhaus als Reminiszenz an die »Iron Lady« den Spitznamen Maggie verpasst hatte, weil kaum einer gegen die kompromisslose Schärfe ihrer Reden und die Härte ihres Auftretens ankam, ihre überlegene Schlagfähigkeit und ihr stets so distanziertes Auftreten. Ihre männlichen Kollegen, die hinter vorgehaltener Hand selten mit Bemerkungen über ihre Figur sparten, bedauerten ihre Unnahbarkeit und sahen sie bereits auf dem Chefsessel des Familienministeriums, wenn Labour fallen sollte. Jetzt war die einflussreiche Politikerin aus betuchtem Elternhause zusammengesunken wie ein Häuflein Elend.

»Wie viel?«, raunte Miriam ungläubig. »Einen Tausender am Tag etwa? Nicht schlecht. Und du bist dir nicht einmal sicher, dass er wirklich Aurelio heißt, während er natürlich deinen ganzen Namen samt Adresse kennt?«

»Das ist doch nicht schwierig. Es genügte, sich im Hotel zu erkundigen. Oder in meiner Handtasche zu wühlen, während ich das Bidet benutzte.«

»Ich fürchte, dir bleibt nur eins: Du musst offensiv damit umgehen. Du musst die Geschichte umdrehen. Unsere Medien lassen keine Gelegenheit aus, wenn es um die Italiener geht. Mit etwas Geschick wird eine glaubwürdige Story daraus, wenn du zwei, drei Bilder einscannst und sie so am Bildschirm bearbeitest, als wäre dein Kopf einmontiert. Du weißt schon, perfekt muss es sein, aber nicht allzu exakt. Ein dicker Balken hier rüber und dort natürlich erst recht. Und dann brauchst du Hilfe von einem Journalisten einer seriösen Zeitung, zu dem du einen verlässlich guten Draht hast. Den gibt's doch wohl. Du ziehst ihn ins Vertrauen und berichtest empört, du würdest mit lausigen Fotomontagen erpresst. Bildmanipulation ist sowieso groß in Mode. Natürlich gibst du zu, dass du in diesem italienischen Badeort warst. Das greift sofort und verändert die Schlagzeilen: ›Jeanette Mc-

Gyver Opfer eines primitiven Erpressungsversuchs. Was der Tory-Abgeordneten und engagierten Menschenrechtlerin im Urlaub in Italien passierte, könnte jedem zustoßen. Handelt es sich um eine Intrige?‹ Oder so ähnlich. Bei den Nachrichten, die uns aus dem Land erreichen, wundert das niemand. Der greise, geliftete Premier mit seiner Haarverpflanzung und den weichgezeichneten offiziellen Fotos, der ganz ungeniert mit seinen Qualitäten als Liebhaber prahlt. Die Weltpresse ist voll davon. ›Ich bin kein Heiliger, doch ich ficke göttlich‹, soll er sogar gesagt haben.«

Die Augen der Politikerin leuchteten kurz auf und erloschen gleich wieder, als sie zu einem der Bilder griff. »Der große Leberfleck, den habe ich wirklich.«

»Der muss natürlich auch wegretuschiert werden«, sagte Miriam.

»Ja, aber was ist, wenn ein Reporter eines dieser sensationsgeilen Boulevardblätter das Schwein in Italien ausfindig macht? Woher wohl kann jemand wissen, dass ich genau an dieser Stelle diesen blöden Fleck habe, den der Bikini gerade noch bedeckt?«

»Probier es wenigstens! Wenn die Wahrheit herauskommt, bist du eh geliefert. Egal wie. Doch die Wahrscheinlichkeit ist gering. Da müssten die Journalisten dir erst das Höschen ausziehen, um es zu beweisen. Lass die Sache gezielt hochgehen und nimm ihnen so den Wind aus den Segeln.«

Miriam lehnte sich zurück und nippte an ihrem Glas. Und dann machte sie sich ein paar Notizen: der Name des Absenders, der Zeitraum der Ferien ihrer Freundin, die Nummer des Mobiltelefons des smarten Kerls, die Jeanette noch immer auf ihrem Blackberry gespeichert hatte.

»Mach es wie diese reiche Frau aus Deutschland, die mit den Videos erpresst wurde. Greif an, Jeanette.«

Im Frühjahr bereits hatte ein aufsehenerregender Erpressungsversuch die Titelseiten der internationalen Yellow Press erobert, und selbst die seriöseren Zeitungen widmeten der Geschichte viel Raum. Dafür räumten alle Blätter ruck, zuck ganze Seiten frei, während gut recherchierte, politisch brisante Hintergrundreportagen, wie Miriam sie lieferte, immer seltener wurden.

Ein smarter, vierundvierzigjähriger Schweizer hatte sich in mondänen Luxushotels an vermögende deutsche Frauen herangeschmissen und sich für seine vermutlich exzeptionellen sexuellen Leistungen sehr teuer abfinden lassen. Zuerst entlockte er ihnen mit mitleiderregenden Schauergeschichten, in denen er sich selbst als ein Erpressungsopfer des Organisierten Verbrechens darstellte, Millionenbeträge, die sie ihm sogar freiwillig aushändigten. Was für ein Erzähltalent musste dieser Mann haben! Als sie dann aber die Handtäschchen nicht noch einmal öffnen wollten, präsentierte er den Damen, die aus allen Wolken fielen, Videos vom gemeinsamen Liebesspiel. Er zog weitere Millionen ein. Bis sich eine der Frauen endlich an die Behörden wandte, die den Schuft dank internationaler Zusammenarbeit rasch dingfest machten. Für die Medien war die Sache ein gefundenes Fressen.

»Diese Frau hat mit ihrem Mut allen einen großen Dienst erwiesen«, sagte Miriam ernst, »sie hat mit der Scheinheiligkeit der ehelichen Treue aufgeräumt, auf die sich diese ganze verlogene Gesellschaft stützt. Sie hat den höchsten Orden verdient, den die christliche Welt zu verleihen hat. Eine Heilige.«

»Der höchste Orden ist das Kreuz«, murmelte Jeanette McGyver so deprimiert, als wartete der Scheiterhaufen auf sie. »Und wer retuschiert mir diese Fotos?«

Sie hatte zwar Kofferträger und Sekretärinnen so viele sie wollte, doch an die würde sie sich schwerlich wenden können.

»Verwendest du eigentlich Depilationscreme oder diese zupfenden Klebestreifen oder den Rasierapparat deines Mannes?« Miriam lachte auf, blätterte den Stapel Fotos durch und nahm drei heraus. »Wenn du mir vertraust, dann kümmere ich mich darum. Und wenn du das nächste Mal fremdgehst, dann schließ wenigstens die Tür hinter dir ab.«

»Du weißt ja gar nicht, wie dankbar ich dir bin.« Jeanette lächelte erleichtert und hob ihr Glas.

»Sobald die Fotos fertig sind, rufe ich dich an. Morgen schon. Überleg doch inzwischen, an welchen Journalisten du dich wendest und was du ihm wie erzählst. Du musst unbedingt ganz keusch erröten, wenn du die Geschichte loswirst. Auch wenn nichts Konkretes mehr zu erkennen sein wird. Du hast immerhin den Ruf einer Moralistin. Und übrigens, was die NGO angeht, habe ich ein Anliegen …«

Es war kein Problem, Jeanette McGyver davon zu überzeugen, dass die Finanzierung der neuen Büroeinrichtung der ehrenamtlichen Mitarbeiterinnen lausig war und dringend eine weitere bezahlte Stelle eingerichtet werden musste. Immerhin ging es um das Schicksal der Frauen in einem der ärmsten Länder der Welt. Und die Konservativen hatten sich wahltechnisch Positionen zu eigen gemacht, gegen die sie früher so vehement polemisiert hatten. In ihren Reihen fanden sich inzwischen mehr Politikerinnen als bei den ehemaligen Linken.

*

Miriam legte sich den Mantel über die Schultern und trat in den Regen hinaus. Zu Fuß eilte sie bis zur U-Bahn-Station Westminster und bestieg einen der überfüllten Waggons der Circle-Line. Sie hatte Glück, an der nächsten Haltestelle wurde ein Sitzplatz frei. Jeanette musste auf jeden Fall gerettet werden. In Italien konnte das Wetter nur besser sein. Eine kleine Reise könnte vielleicht guttun.

Liebend gerne hätte sie diese Geschichte selbst groß aufgemacht. Aber alle wussten von der Freundschaft der beiden

Frauen. An diese Story wäre sie sicher anders herangegangen, als die Kollegen es tun würden. Die Person Jeanette McGyver war letztlich so langweilig wie die Doppelmoral der Politiker, an die man sich schon lange gewöhnt hatte. In Miriams Augen ging es in diesem Fall um die Macht der Bilder, die Abschaffung jeglicher Privatsphäre, Überwachung und Kontrolle, Skandalgeschichten, die einander jagten und am nächsten Tag samt ihrer Opfer schon wieder vergessen waren. Manche waren inszeniert, andere entstanden durch Leichtsinn oder Überheblichkeit. Was aber wäre, wenn jemand auf die Idee käme, abertausende Überwachungskameras anzuzapfen, mit denen die Innenstädte inzwischen überzogen waren, die aber dennoch zu keinem Rückgang der Verbrechensrate führten? In der britischen Hauptstadt lauerten sie an allen Ecken und waren darauf programmiert, jeden ins Visier zu nehmen, der eine auffällige Bewegung machte. Zuschauen statt vorbeugen. In dieser Sache war sie anderer Meinung als Jeanette, die lautstark schärfere Maßnahmen forderte und behauptete, es müsse sich schließlich niemand fürchten, der sich an die Regeln hielt.

Dazu kamen noch die Kameras in Banken und vor Kaufhäusern, an Bushaltestellen, U-Bahn-Schächten, in Supermärkten, Parkhäusern. Schon lange protestierte niemand mehr dagegen. Und jeder, der ein Mobiltelefon besaß, hatte damit auch einen Fotoapparat zur Hand oder eine Videokamera – in Echtzeit ließen sich Bilder manipulieren und irreversibel ins Netz stellen. Eine Denunzianten- und Spannergesellschaft. Beiläufig suchten Miriams Augen den U-Bahn-Waggon nach einer Kamera ab. »Big Brother« war das erfolgreichste internationale Fernsehformat geworden. Zur Sicherheit des Bürgers wurden, wie es hieß, Millionen in die Spionagegesellschaft gepumpt, und die Freiheit wurde Schritt um Schritt abgeschafft. Ein Paradox. Das Internet galt als Instrument genau dieser Freiheit, mit dem man sich angeb-

40

lich alle Informationen beschaffen konnte, welche die klassischen Nachrichtenorgane zunehmend unterschlugen. Wer aber dachte daran, dass jeder einzelne Schritt des Users, seine Interessengebiete und seine Bewegungen im Netz so wenig ein Geheimnis blieben wie seine Kreditkartennummer? Es war doch nur eine Frage der Zeit, bis auch noch Schuhgröße und Blutgruppe folgten. Inzwischen lief die Entwicklung einer DNA-Karte auf Hochtouren – ein Mensch auf einer Scheckkarte.

Miriam tippte ein paar Stichworte in ihr iPhone. Es war absurd, was vorging. Sie erlebte eine schrecklich gelangweilte Gesellschaft, in der Hektik und Stress seit Jahren unverhältnismäßig zunahmen, ohne dass die Bevölkerung davon wirtschaftlich profitierte. Ihre Freundin Jeanette McGyver gehörte auch zu denen, die unablässig von Steuersenkungen quasselten, dabei wurden in Wirklichkeit ständig neue Gebühren und Abgaben eingeführt. Gesundheitswesen und Bildung kosteten immer mehr, doch der Standard sank kontinuierlich und weitere Einschnitte waren angeblich unvermeidbar. Und wie die Idioten rannte man hinter dem Geld her und verschwendete die Zeit mit Smartphone und Internet. Befristete Arbeitsplätze waren die Regel geworden, doch keine Bank gab jungen Leuten ohne festen Job einen Kredit zur Existenzgründung, und niemand vermietete ihnen eine Wohnung, in der sich eine Familie gründen ließ. Die Antwort auf Zukunftsängste war der Appell, den Institutionen zu vertrauen, die alles richten würden. Als könnte man Krisen einfach beiseitereden. Das »Ministerium der Wahrheit« aus Orwells Roman versah seine Aufgabe realistischer, als der Autor es einst ahnte. Und sein »Ministerium der Liebe« zappte einen vorlauten Kritiker nach dem anderen weg. Sogar ein John McGyver, Jeanettes gehörnter Ehemann, musste plötzlich um seine Position im Topmanagement der Barclays-Bank kämpfen. In genau diesem Moment allerdings hatte sich seine überanstrengte, karrierebewusste Frau im ersehnten Urlaub »all inclusive« mit einem Gigolo vergnügt, der verstanden hatte, dass er damit einfacher zu Geld kam als durch harte Arbeit. Wie viele Frauen hielten ihn wohl mehr oder weniger freiwillig über Wasser?

Sieben Haltestellen und zwanzig Minuten später stieg sie in Bayswater aus. Wie immer, wenn sie diesen Ausgang nahm, ärgerte Miriam sich über das »Museum of Brands, Packaging and Advertising« – der private Gründer musste bereits in seinen Jugendjahren wie ein Drogensüchtiger den Weltmarken verfallen sein und hatte diese Leidenschaft kontinuierlich gepflegt: Kellogg's, Nestlé, Vodafone, Barclays Bank, Shell, Esso, British Petroleum, Chiquita, Dole und wie sie alle hießen. Wie viele von denen zogen, obgleich es offiziell längst keine Kolonien mehr gab, immer noch gigantische Profite aus den afrikanischen Ländern, während die einheimische Bevölkerung unter Hungerkatastrophen und Kriegen krepierte? Sie hatte das Elend am eigenen Leib erfahren und war nur durch Glück dem Tod entkommen, während ihre Eltern und der jüngste ihrer drei Brüder es nicht geschafft hatten. Und Starbuck's hatte erst vor kurzem versucht, den äthiopischen Kaffeebauern die Markennamen »Yrgacheffe« und »Sidoma« ihrer besten Anbaugebiete zu stehlen. Erst nach langem Hin und Her und dank der massiven Proteste und PR-Kampagnen zahlreicher Hilfsorganisationen lenkte der multinationale Konzern halbherzig ein.

Nur ein paar Schritte waren es noch zu den Colville Mews, wo Miriam mit ihrer Tochter in der kleinen Wohnung lebte, die sie geerbt hatten, als Candace acht Jahre alt und Nottinghill noch kein In-Viertel war.

Sie warf den Mantel über einen Stuhl und trocknete sich im Bad flüchtig das kurze Haar.

»Bist du da, Candy?«, rief Miriam. Nach dem Geruch des

Joints zu schließen, der in der Wohnung hing, war die Frage überflüssig.

Candace war vor ein paar Tagen erst von einer dreimonatigen Reise zurückgekehrt, Pandschab, Pakistan, Kabul, Iran, Irak, Syrien, Türkei. Sie saß vor dem Bildschirm ihres Computers und bearbeitete die Fotos, die sie mitgebracht hatte, und beklagte sich wie immer über den Archivierungsaufwand. Sie war zu unruhig in ihrem Wesen, als dass sie es stundenlang auf einem Bürostuhl aushielt, um administrative Arbeiten zu verrichten. Candace war in ihrem Element, sobald sie reisen konnte. Darin glich sie ihrem Vater.

»Ciao, Mummy.« Ihr Teint war noch heller als der ihrer Mutter, und den dichten Schopf ihres schwarzen langen Kraushaars hatte sie mit einem bunten Tuch gezähmt, das ihr über die Schulter fiel. Ihre Stimme war leise und sie schaute kaum auf, die Adern auf dem Rücken ihrer schmalen linken Hand, mit der sie die Mouse führte, waren hervorgetreten. »Ist alles okay?«

»Kannst du mir einen Gefallen tun?«, fragte Miriam und nahm einen tiefen Zug von dem Joint, den sie Candace aus den Fingern stibitzt hatte. »Oder besser zwei.«

»Jeden. Was brauchst du?«

»Als erstes musst du schwören, dass du sofort vergisst, um was und wen es sich dreht, die Sache ist mehr als delikat.«

Candace hob belustigt die Hand.

»Zweitens: Ich habe hier ein paar echte Fotos, die so bearbeitet werden müssen, dass sie wie fast perfekte Fotomontagen wirken. Aber nur fast perfekt. Und die intimen Stellen sollten natürlich abgedeckt werden.«

Noch zeigte sie ihr die Fotos von Jeanette nicht, obgleich Candace mit den Fingern schnipste. Miriam nahm noch einen Zug und gab ihr lachend den Joint zurück.

»Ganz schön neugierig, Kleine!«

Als sie die Fotos ausbreitete, brach ihre Tochter in helles

Gelächter aus. »Wow, ausgerechnet die! Das ist wirklich der Hammer! Die geht doch regelmäßig zur Messe.«

»Das gehört zum Job.«

»Oh my God! Da geht's aber mächtig zur Sache. Schau bloß, wie sie sich die Hostie auf der Zunge zergehen lässt, ganz wie eine strenggläubige Ordensschwester. Zu schade, dass ich das verdecken soll. Woher kennst du sie eigentlich?« Sie blätterte die Fotos durch. »Hast du die Fotos ausgesucht, Mama?«

»Vergiss nicht, was du mir versprochen hast«, mahnte Miriam. »Jeanette leistet für unsere NGO wertvolle Arbeit, und der Rest ist ihr Privatvergnügen. Klar?«

Candace drehte einen weiteren Joint. »Solange sie sich nicht erwischen lässt, sehe ich das auch so, auch wenn Politiker eigentlich keine Privatsphäre verdienen, solange sie in das Leben der anderen pfuschen und sich nachher selbst nicht an ihr Gequatsche halten. Und ein bisschen doof muss sie auch sein, sich in solch einer Situation erwischen zu lassen. Findest du nicht?« Sie zündete den Joint an und legte ein Bild nach dem anderen auf den Scanner. »Für wen ist es gedacht?«

»Die liberale Presse. Ich habe Jeanette geraten, es als einen perfiden Erpressungsversuch zu verkaufen, mit dem man sie absägen will. Nach dem Motto: Wehret den Anfängen, denn das kann schließlich jedem passieren.«

»Hoffentlich nicht!«

Von dem schmalen überdachten Balkon, auf dem Miriam in einer kleinen Pfanne die rohen grünen Bohnen über glühender Kohle röstete, zog der Geruch von frischem Kaffee in die Wohnung. Miriam liebte die traditionelle Zubereitung des schwarzen Elixiers und den Duft, die sie an ihre Kindheit erinnerten. Wie vor ihrer Mutter schon die Großmutter, zertrümmerte sie die qualmenden dunklen Bohnen im Mörser, gab das Kaffeemehl löffelweise in die enge Öffnung der Jabana, der langhalsigen geschlossenen Tonkanne, und kochte ihn ein paar Minuten auf. Den Rohkaffee kaufte sie entweder direkt bei D. R. Wakefield, dem Importeur in der Dolben Street, oder in Addis Restaurant in der Caledonian Road, wo sie manchmal einkehrte, um die Gerichte ihrer Heimat zu genießen.

Spencer Elliot, Candace' Vater, war als Kriegsberichterstatter am 4. Oktober 1993 in Mogadischu in einen Hinterhalt geraten: Bill Clinton hatte im Verbund mit malaysischen und pakistanischen Blauhelmtruppen zur Operation »Gothic Serpent« geblasen, die achtzehn amerikanische Soldaten das Leben kostete – und tausende Somalis. Die Bilder von durch die Straßen Mogadischus geschleifter toter Amerikaner waren um die Welt gegangen und hatten bewirkt, dass sich die USA lange nur noch zurückhaltend an Blauhelm-Einsätzen beteiligten. Weder gegen den Völkermord in Ruanda ein halbes Jahr später noch 1995 zur Verhinderung des Massakers in Srebrenica, obgleich die militärische Aufklärung frühzeitig über eindeutiges Fotomaterial verfügte.

Über Jahre hatte Miriam erfolglos recherchiert und war selbst in das von einem nicht enden wollenden Bürgerkrieg erschütterte Somalia gefahren, ein Nachbarstaat ihres Heimatlands. Die genauen Hintergründe, die zum Tod ihres Mannes führten, erfuhr sie nie. Nicht einmal ein halbes Jahr nach ihm wurden zwei italienische Reporter dort unter ungeklärten Umständen ermordet, und auch in ihrem Fall wurde die Aufklärung bis heute verschleppt. Inzwischen wusste man, dass sie einem weltweiten Handel von Waffen und Giftmüll auf der Spur gewesen waren, von der Mafia gelenkt, von internationalen Geheimdiensten und exponierten Politikern gedeckt, die alle Angriffe trotz der Indizien und Beweise unbeschadet überstanden hatten und sich nach wie vor im Amt hielten. Wichtige Zeugen aber waren spurlos verschwunden. Miriam hatte mit den Italienern kurz vor ihrer

Ermordung Kontakt gehabt. War ihr Mann vielleicht an derselben Sache dran gewesen?

Kein Tag verging, ohne dass sie an Spencer dachte. So oft sich die Gelegenheit bot, hatte sie Candace von ihm erzählt, auch davon, wie er sie 1984 in Zeiten größter Hungersnot aus Äthiopien nach England geholt hatte, und dass die Weltöffentlichkeit erst dank seiner Reportage für die BBC erfuhr, was in dem Land passierte. Im Jahr darauf kam Candace zur Welt, die ihm im Wesen so ähnlich war und von klein auf keinen größeren Wunsch kannte, als den Beruf ihres Vaters zu ergreifen. Früh begann sie mit seiner Ausrüstung zu knipsen, und tatsächlich verdiente sie bereits während ihres Studiums ein bisschen Geld mit ersten Reportagen und machte sich nun als Freelancer zunehmend einen Namen. Menschen in Krisenherden, das war ihr Thema. Der gängigen Kriegsberichterstattung wollte sie Gesichter entgegensetzen: die des Leidens, des Verbrechens, des Überlebens und der Liebe in Zeiten des Todes.

Miriam war gerade neunzehn, als der britische Journalist Spencer Elliot in der Provinzstadt Jimma zusammen mit einem Kameramann auftauchte. Die Dürreperiode 1984 und im Jahr darauf Missernten in Äthiopien und der Sahelzone hatten verheerende Auswirkungen für die Bevölkerung, die schon durch die vom kommunistischen Regime des Diktators Mengistu Haile Mariam angeordneten Massenumsiedlungen ihres Lebensunterhalts beraubt war. Acht Millionen Menschen litten an Unterernährung, nach heftig umstrittenen UN-Schätzungen forderte die Hungersnot eine Million Opfer.

Spencer Elliot hatte bereits den Norden samt Eritrea bereist und wollte sich noch ein Bild der Situation im Süden machen. Ein einmotoriges Propellerflugzeug setzte ihn und seinen Kameramann auf der staubigen Landepiste des einhuderttausend Einwohner zählenden Ortes in der Region Oromiyaa ab. Der Reporter befand sich nun dreihundert Kilometer südwestlich von Addis Abeba und auf halbem Weg zum Ilema-Dreieck, dem von Äthiopien, Kenia und Sudan gleichermaßen beanspruchten Niemandsland. Jimma hatte einst auf der Karawanenroute des Königreichs Kaffa gelegen und beanspruchte der Ort zu sein, wo der Legende nach Mönche vor fünfzehnhundert Jahren die Eigenschaften der magischen Bohne entdeckt haben sollen, weil ihre Ziegen keinen Schlaf fanden, nachdem sie die rohen Früchte gefressen hatten.

Das Holzhaus von Miriams Familie, dessen Fassade himmelblau war und seine Vorhänge rosafarben, lag auf halbem Weg von der Landebahn in die Stadtmitte. Ihr Vater, der aufgrund seiner hellen Haut »Sohn eines Weißen« gerufen wurde, unterrichtete am Landwirtschaftskolleg. Seine Kenntnisse waren auch unter der Diktatur Mengistus gefragt, der Kaffee-Export war die Haupteinnahmequelle des Landes. Doch auch seine Familie war in Not, sein karger Lohn reichte nicht mehr aus, sie über Wasser zu halten. Miriam musste nur noch wenige Wochen zur Schule gehen, bis sie das Abschlusszeugnis erhielt. Danach müsste sie sich, wie ihre älteren Brüder, nach einer miserabel bezahlten Arbeit umsehen. Wenn sie Pech hatte, landete sie in Addis Abeba in einem Bordell.

Die beiden Engländer waren ihr an einer Verkehrsinsel begegnet, auf der eine überdimensionierte Kaffeekanne mit bunten Tassen thronte, mit der Aufschrift: »Jimma argama bunaa – Jimma Origin of Coffee«. Neugierig musterte Miriam die Männer mit ihren schweren Taschen. Der hochgewachsene fünfunddreißigjährige Spencer Elliot sprach nur ein paar Brocken der Amtssprache Amharisch, doch das Mädchen antwortete, nachdem sie Mut gefasst hatte, auf Italienisch, das ihr Vater sie gelehrt hatte, und als der Mann immer noch nicht verstand, versuchte sie es mit ihren dürftigen Englischkenntnissen. Aber auf die Frage nach einer Unterkunft konnte sie nicht anders antworten, als sie mit verlegenen Handzeichen aufzufordern, dass sie ihr folgen sollten. Vor der Tür des hellblauen Hauses ließ sie die beiden warten. Elliot hörte Stimmen aus dem Inneren, und lange geschah überhaupt nichts. Als sein Kameramann sich schon zum Gehen wandte, trat endlich ein dünner, fast hellhäutiger Mann mit nacktem Oberkörper heraus, auf dem sich die Rippen abzeichneten. Er bat die beiden Männer herein und hieß sie an einem Tisch Platz zu nehmen, wie Elliot ihn während der ganzen Reise in keinem der Häuser und Hütten gesehen hatte, die er betreten hatte. Massives Edelholz, und in der Mitte der Tischplatte befand sich ein Mosaik aus Elfenbein und farbigen Steinen. Neugierig betrachtete er es, bevor er Platz nahm. Unter einer Krone öffnete sich zu beiden Seiten ein samtroter Baldachin, unter dem wiederum zwei Löwen das Savoyer-Wappen hielten. Kaffeegeruch durchdrang den Raum, Miriams Mutter stellte die traditionelle Kanne genau darauf.

Auf Beschluss des Vaters mussten alle zusammenrücken und einen Raum an die Fremden abtreten. Elliot und sein Kollege blieben drei Nächte, dann machten sie sich zurück auf den Weg in die Hauptstadt. Ein Lastwagen nahm sie mit. Das Geld, das sie auf dem Tisch zurückließen, linderte die Not der Familie vorübergehend. Zwei Wochen später landete das kleine Flugzeug erneut. Diesmal blieb Elliot fünf Tage und sprach, wenn er seine Aufzeichnungen unterbrach, viel mit Miriam, die ihre Schüchternheit längst abgelegt hatte. Sie führte ihn zu den Ruinen der Residenz des König Jiffar, die auf einem kleinen Hügel vor der Stadt thronte, während sein Kameramann das Gerät wartete. Miriam lief mit nackten Füßen flink voraus, und Spencer Elliot hatte beizeiten Mühe, ihr zu folgen. Sie lachte über seine schweren Schuhe, mit denen er schon die ganzen Wochen unterwegs war und deren Sohlen sich lösten.

Miriam schreckte aus ihren Gedanken auf und setzte die Tasse ab, als Candace in die Küche kam und sich zu ihr an den Tisch setzte. Sie breitete die Fotos aus, die Fotomontagen neben die Originale, dann goss auch sie sich Kaffee ein.

»So, und jetzt will ich Jeanettes ganze Geschichte hören, von Anfang bis zum Ende. Du hast es mir versprochen.« Sie platzte vor Neugier. »Wenigstens hatte sie eine Menge Spaß, das ist unschwer zu erkennen: ein Gesichtsausdruck wie ein vom Weihrauch bekiffter Engel.«

»Okay.« Miriam lehnte sich zurück. »Jeanette habe ich durch ihren Mann kennengelernt. Es war vor acht Jahren im The Cock in der Fleetstreet, heute nennt es sich Old Bank of England Pub. Ein beliebter Treffpunkt der Broker, die sich dort nach Feierabend auf ein bis fünf Gläser trafen und mit ihren Tageserfolgen prahlten. Ich arbeitete an einer Reportage über diese seltsamen Typen. John McGyver war ein smarter Kerl, elegant gekleidet, intelligent und deutlich stiller als seine Kollegen, die lauthals übertrieben. Die dachten damals, mit ihrem Geld könnten sie alles kaufen. Und dann die Unmenge an Drinks, die sie mir spendierten und die ich heimlich in den Schirmständer schüttete! McGyver hörte sich an, was die anderen verzapften, um sich daraus dann einen Reim für seine Geschäfte zu machen. Ich war es, die ihn schließlich ansprach. Er sagte, er könne das Geschwätz der anderen sowieso nicht mehr ertragen, und lud mich ins Nobu zum Abendessen ein. Ein Edeljapaner in der Berkeley Street.«

»Soso«, rief Candace, »und dann hast du dich von ihm abschleppen lassen, ich mache jede Wette. Eine echte Hintergrundreportage!«

»Wart's ab. Tags drauf gab er mir ein Interview in seinem Büro und machte mir so unverhohlene Komplimente, dass ich's drauf anlegte, ihn in Schwierigkeiten zu bringen. Doch er stand einfach auf, schloss die Bürotür ab, als wäre es Routine.«

»Und du schriebst natürlich Wort für Wort mit!«

»Mit Punkt und Komma. Es dauerte auf den Tag genau vier Wochen, dann brach er ein und sprach von seiner Frau.«

Paradoxurus hermaphroditus

Was allzu harmlos beginnt, mündet unweigerlich in die Katastrophe. Proteo Laurenti stand am Fenster und schaute auf den Canal Grande hinunter, während Nicola Zadar ihm so sachlich wie möglich die böse Überraschung darlegte. Der Kaufmann hatte sich längst wieder gefangen.

Der Dieb musste von einer athletischen und dennoch schmalen Konstitution gewesen sein. Zwei Kriminaltechniker waren dabei, seine Spuren in den Räumen des Triestiner Hauptsitzes der Firma in einem der neoklassizistischen Paläste am Canal Grande zu sichern. Drei dunkle Haare und eine winzige Blutspur an einem Fensterrahmen waren bisher der einzige konkrete Hinweis. Er hatte sich vom Dach im Hinterhof bis in den dritten Stock abgeseilt und war durch die Toilette eingestiegen, deren gerade mal zwanzig Zentimeter breites, gekipptes Fenster nicht ausreichend gesichert war. Man konnte es gar nicht oft genug predigen, nach dem Stuhlgang das Fenster zu schließen.

»Über den Dächern von Triest. Kaffee statt Brillanten. Das ist ja wie im Film«, kommentierte Laurenti eher gelangweilt. Die Details würden seine Leute aufnehmen. »Ein Fassadenkletterer! Und die dort unten drehen eine Szene, an der nichts stimmt. Schau nur mal, wie die falschen Polizisten gekleidet sind und wie sie sich bewegen.«

»Ich fürchte, der Zuschauer wird's kaum merken, Commissario«, sagte Zadar. »Arbeitet deine Tochter nicht für die?«

»Livia? Du suchst nicht zufällig eine mehrsprachige Mitarbeiterin, auf die du dich blind verlassen kannst? Die Arme muss diese Chaostruppe koordinieren. Täglich fallen Entscheidungen, die alles über den Haufen werfen. Egal wie viel es kostet.«

»Wie in unserem Rathaus«, kommentierte Zadar unbewegt. »Das Geld der anderen. Doch bei denen dort unten müssen wir nicht nach den Dieben suchen. Seit vier Tagen drehen sie vor meiner Tür und sind restlos auf sich konzentriert. Manchmal muss ich warten, bis sie eine Szene abgedreht haben, um mein Haus betreten zu dürfen. Aber eigentlich sind sie okay. Gut, wenn unsere Stadt mal in Szene gesetzt wird, und zwar nicht durch negative Schlagzeilen.«

Gerade wieder hatte Triest es zweimal auf die ersten Seiten der überregionalen Presse geschafft: Zuletzt wegen des kompromisslosen Vorgehens der neuen Polizeipräsidentin, was die illegalen Einwanderer betraf, vorwiegend Afrikaner, die umgehend abgeschoben wurden, weil ihre Papiere nicht in Ordnung waren. Die Gesetzeslage hatte sich durch ein Dekret des Innenministers verschärft und machte sie wie Zuhälter und Drogendealer zu Straftätern. Man trieb sie, selbst wenn sie über einen legalen Arbeitsplatz verfügten, so sie das Land nicht umgehend verließen, in die Fänge der Organisierten Kriminalität, die sie gnadenlos ausbeutete. Zuvor hatte der Fall »Kalì« für Aufsehen gesorgt, der nach sechsmonatigen Ermittlungen von Laurenti und seinen Leuten in Zusammenarbeit mit den Kollegen in Padua aufgedeckt wurde: Ein dreizehnjähriges Roma-Mädchen, das von klein an auf Wohnungseinbrüche abgerichtet worden war und dabei eine besondere Wendigkeit bewiesen hatte, wurde von der eigenen Mutter für zweihunderttausend Euro an andere Roma in der Nähe von Padua verkauft und von dort weiter nach Frankreich verschachert.

Doch jetzt diente die Hafenstadt als einprägsame Kulisse für die deutsch-italienische Koproduktion eines Fernsehkrimis, der laut Zeitungsberichten von Schmuggel, internationaler Korruption, bösen Balkan-Gangstern, eleganten sizilianischen Geschäftsleuten sowie geradlinigen deutschen Ermittlern handelte. Und wie Livia entrüstet erzählt hatte,

förderte die grenzüberschreitende, völkerverbindende Liebes-
geschichte zwischen der Kommissarin und einem Staatsanwalt die reibungslose Ermittlungsarbeit und bescherte dem
Zuschauer das obligatorische Happy End, das ihn beruhigt
schlafen ließ. Die Grenzlage und die Nähe zu vielen osteuro-
päischen Ländern sollte das Stück ebenso wie der große Hafen spannend machen – und idyllische Sonnenuntergänge
über dem Meer gab es öfter, als es das Drehbuch verlangte.

Laurenti löste seinen Blick von der Schauspielerin, die
ganz offensichtlich mit dem Regisseur stritt. Ein einpräg-
samer Typ. Sie fuchtelte wild und blickte an der Fassade des
Palazzo hinauf, wo Proteo Laurenti und Nicola Zadar am
Fenster standen, unter dem ein Relief der Athene prangte,
der Göttin der Weisheit und des Kampfes, mit dem in grie-
chischen Lettern gefassten Satz: »Es lebe die Freiheit«.

Nicola Zadar war ein schlanker, stets in feines Tuch gekleideter Händler von Rohkaffee und führte den erfolgreichen
Familienbetrieb in zweiter Generation. Er importierte die
Ware aus über vierzig Ländern und exportierte sie nach hoch-
komplexen Laboranalysen, Proberöstungen und Zusammen-
stellung der Mischungen nach Kundenwünschen und Markt-
anforderungen wieder in etwa genau so viele Staaten. Zadar
hatte den Commissario auf dem Mobiltelefon angerufen. Sie
waren gleich alt und seit Jahren befreundet, und Laurenti
hörte dem kultivierten Mann, der im Gegensatz zu ihm nur
selten die Ruhe verlor, während der gelegentlichen gemeinsamen Abendessen gern zu, wenn dieser von seinen unzähli-
gen Reisen in die exotischsten Gebiete erzählte, aus denen er
die rohen Bohnen bezog. Kaffee, betonte Zadar oft, war nach
Erdöl der am häufigsten gehandelte Rohstoff und wies unendliche unterschiedliche Varianten und Qualitätsspektren
auf. Doch im Gegensatz zum Rohöl verband er Kulturen und
Künste mit der Welt der Wirtschaft, der Technik und dem
Verbrechen.

53

»Für den direkten Geldwert wird die Versicherung einstehen müssen«, erklärte Zadar gelassen, während ein Mitarbeiter aus dem Labor zwei Tassen servierte. »Nur diesen kleinen Teil haben sie nicht gefunden, es ist eine Probe, die wir erst gestern Nachmittag geröstet haben. Du wirst gleich besser verstehen, um was es sich dreht. Es ist das seltenste Getränk der Welt.«

Laurenti führte die Tasse unter seine Nase und hob erstaunt die Augenbrauen. »Erdig und mild zugleich. Was ist das?« Er nahm einen kleinen Schluck, schmatzte leise und wunderte sich über den nachhaltigen, leicht modrigen Geschmack und die sirupähnliche Konsistenz auf der Zunge. »Es schmeckt nach Komposthaufen und auch nach Schokolade.«

»›Kopi Luwak‹ heißt er. Du hast einen guten Geschmackssinn, Proteo«, sagte Nicola Zadar. »Aber statt Komposthaufen würde ich Regenwald sagen.«

»Da war ich noch nie, entschuldige.« Laurenti roch erneut an seiner Tasse.

»Von dieser Sorte gibt es weltweit nur etwa fünfhundert Pfund im Jahr. Geröstet kostet sie weit über tausend Euro das Kilo. Wenn man sie überhaupt findet. Es gibt lange Wartelisten. Unser Betrieb ist weltweit einer der ganz wenigen, der seit Jahrzehnten damit handelt und sich deshalb eine relativ konstante Quote sichern kann. Samt der beglaubigten Herkunftszertifikate natürlich. Fünfundachtzig Kilo bekommen wir jährlich, kein anderer Abnehmer erreicht diese Menge. Aber jetzt kann ich dir leider nur noch Fotografien vom Rohprodukt zeigen.« Er blätterte in seinen Unterlagen und zeigte Laurenti die Aufnahme eines kleinen, haarigen Tierchens, dessen buschiger Schwanz in etwa der Länge seines Körpers entsprach. »›Kopi‹ ist indonesisch und bedeutet Kaffee, und ›Luwak‹ steht für den Paradoxurus hermaphroditus, eine in Südostasien verbreitete Schleichkatzenart, auch Fleckenmusang genannt. Hermaphroditus wegen der hodenähnlichen Duftdrüse, die beide Geschlechter unterhalb des Schwanzes haben. Nachtaktiv sind sie und ganz verliebt in die überreifen Kaffeekirschen, die sie wegen des süßen roten Fruchtfleischs von den Bäumen stehlen und dann die unverdauten Steine ausscheiden, in denen sich die Kaffeebohnen befinden. Die werden durch die Verdauungsenzyme der Tiere veredelt, die Fermentation gibt ihnen dieses einzigartige Aroma. Und wenn sie ausgeschieden werden, dann kleben diese Steine schön zusammen und sehen beinahe aus wie ein Vollkorn-Knusperriegel. Die Hauptproduktion kommt aus Java, Sumatra und Sulawesi.«

»Katzenkacke? Meine Leute brauchen gute Abzüge dieser Bilder, Nicola. Sonst wissen sie nicht, wonach sie suchen müssen. Bei Kaffee denkt schließlich keiner an Tierkot.« Nachdenklich roch Laurenti an seiner Tasse und nahm stirnrunzelnd einen weiteren Schluck. Das Zeug war gut, doch tausend Euro das Kilo? In Triest gab es eine Menge berühmter Röstereien, auf deren Produkte man sich blind verlassen konnte, sofern bei ihrer Zubereitung nicht gepfuscht wurde. Und er persönlich hatte die professionelle Espressomaschine bezahlt, die in seinem Kommissariat stand und um die seine Abteilung von den Kollegen im Polizeipräsidium beneidet wurde, die sich mit der hauseigenen Bar im Untergeschoss begnügen mussten.

»Abtransportiert haben sie das Zeug auf jeden Fall im Schutz der Dunkelheit mit dem Aufzug. Die Spuren sind eindeutig. Und unten hat vermutlich ein Lieferwagen gewartet. Oder sie hatten ein flaches Boot. So schwer beladen schaffen sie es auch unter der niedrigen Brücke hindurch.«

»Schade, dass die Stadtverwaltung ausgerechnet hier noch keine Überwachungskamera installiert hat. Sie sind wie immer mit allem im Verzug. Weshalb lagerst du eigentlich die Ware hier?«, fragte Laurenti und schaute sich in den weitläufigen, mit rotbraunem Tropenholz getäfelten Büroräumen um. »Du hast doch diesen enormen Speicher am Molo VII im Kaffeehafen.«

»Sicherheitsgründe. Die exklusiven Spitzenprodukte halten wir hier unter Verschluss, wo sie nur wenigen zugänglich sind. Abgesehen von dem halben Zentner ›Kopi Luwak‹, der erst vor vier Tagen eintraf, fehlen zwei Holzfässer à dreißig Kilogramm der Sorte ›Jamaica Blue Mountain‹. Ferner ein Sack ›Hawaii Captain Cook‹ sowie ›Tansania Peaberry‹, der an den Hängen des Kilimandscharo wächst. Alles absolute Raritäten. Der finanzielle Wert beläuft sich auf etwa einhunderttausend Euro, dafür ist der indirekte Schaden gigantisch, denn wir sind eines der wenigen Unternehmen, das diese Spezialitäten führt. Täglich treffen Anfragen aus der ganzen Welt ein, und die gestohlene Ware deckte fast unser gesamtes Jahreskontingent.«

»Der Einbrecher oder sein Auftraggeber kennt sich also bestens aus. Wer weiß außer deinen Mitarbeitern noch davon?«

»Gott und die Welt. Angefangen beim jeweiligen Exporteur und der dortigen Ausfuhrbehörde, unser Zoll natürlich, die Begleitpapiere sind eindeutig. Ferner die Transportversicherung und der Spediteur. Dann auch die Kunden auf der Warteliste, die selbstverständlich über die Lieferbarkeit unterrichtet und zur Vorkasse aufgefordert wurden. Und letztendlich kann man es auch unserer Website entnehmen. Für meine Leute lege ich aber die Hand ins Feuer.« Zadar lächelte, als er Laurentis Stirnfalten sah. »Keine Sorge, ich weiß, dass ihr Polizisten grundsätzlich mit dem Naheliegendsten beginnt. Doch die Zeit dafür kannst du dir sparen.« Trotzdem wusste er, dass Laurentis Beamte den Betriebsablauf in den nächsten Tagen ordentlich stören würden.

»Und wer sind die Kunden für solche Kostbarkeiten?«

»Alles, was Snob und Namen hat.« Zadar zählte ein paar

Namen auf, von Dagobert Duck über James Bond, Majestix bis Doktor No, es fehlte so gut wie keiner.

Berühmte Leute aus der Welt der Wirtschaft, Mode, Werbung und des Films – natürlich auch neureiche Russen, deren Selbstwertgefühl zu steigen schien, je teurer sie einkaufen konnten. Die Adressen in London dominierten. Und lag nicht auch seit ein paar Tagen die sechsundachtzig Meter lange »Ecstasea«, angeblich angetrieben von einer Boeing-737-Turbine, im alten Hafen an der Mole? Eine der fünf Megayachten des russischen Magnaten Roman Abramowitsch. Tausend Euro Liegegebühr am Tag entsprach in etwa dem Großhandelspreis des kostbaren Kaffees aus der asiatischen Schleichkatzenkacke.

»Hast du auch Kunden aus Triest?«, fragte Laurenti, der die Schrullen seiner Mitbürger aus dreißigjährigem Dienst gut kannte und über ihre Skurrilität oft herzhaft lachte.

Niemand in der wohlhabenden Stadt hängte seinen Reichtum heraus. Man gab sich bescheiden und jammerte lieber über die ach so hohen Lebenshaltungskosten, nutzte im Stadtverkehr den Kleinwagen und holte die teuren Autos nur für größere Entfernungen aus der Garage. Natürlich lag eine Menge stattlicher Segelyachten an den Molen, doch in einer Hafenstadt erregte dies kein besonderes Aufsehen. Und kein Triestiner wäre je auf die Idee gekommen, sich ein schwimmendes Meerfamilienhaus samt Hubschrauberlandeplatz und U-Boot zuzulegen, das einer zwanzigköpfigen Besatzung bedurfte – dafür war man wiederum zu arm und zu geizig. Üblicher waren dafür die Wohnungen im Ausland, von denen der heimische Fiskus nichts wusste, und die sich grundsätzlich in der Nähe der anderen aus der Kaste befanden – an der Côte d'Azur, in einem adretten istrischen Küstenstädtchen oder in den Bergen in Bad Kleinkirchheim oder Kitzbühel, falls man Abwechslung von Cortina d'Ampezzo suchte. Und natürlich das Appartement in Paris, London oder New

York. Zeit schien wie Geld keine Mangelware zu sein und von der Arbeit gestresste Triestiner eine selten aufzufindende Spezies.

»Einen einzigen.« Nicola Zadar kniff die Augen zusammen. »Raffaele Raccaro mit seiner Ladenkette.«

»Lele? Da schau einer an.«

Laurenti hätte es sich denken können. Raccaro war ein wichtiger Mann von extravagantem Auftreten, das zwischen extremer Biederkeit und plötzlichen Anfällen von Protz schwankte. Jeder in der Stadt wusste, dass ohne sein Einverständnis hier kaum eine wichtige politische Entscheidung fiel. Er stammte ursprünglich aus einfachen Verhältnissen und konnte auf eine schillernde Karriere zurückblicken, die im Triest der sechziger Jahre begonnen hatte. Kaffee war einer seiner frühen Geschäftszweige gewesen, doch vor zwanzig Jahren hatte er seine erfolgreiche Rösterei für alle unerwartet an einen internationalen Konzern verscherbelt und das erzielte Vermögen in andere Geschäftszweige, vor allem Beteiligungen gesteckt. Seine Zeitarbeitsvermittlung florierte dank der Krise mächtig, und auch mit den Filmleuten arbeitete eine seiner Firmen zusammen. Nicht nur wegen seines immensen privaten Archivs von Kriegsfotografien vermutete man ihn am politisch rechten Rand, obwohl bis heute noch kein Journalist ihm je ein offizielles Statement zu den brennenden Fragen entlocken konnte. Ausgerechnet gestern Nachmittag war auf Laurentis Tisch die Anweisung der Staatsanwältin geflattert, sich Raccaro vorzuknöpfen, weil dessen Telefonnummer im Apparat eines kalabresischen Zitrusfrüchtehändlers gespeichert war, der vor kurzem mit dreißig anderen Mitgliedern der 'Nrdangheta verhaftet worden war. Die Bande hatte afrikanische Immigranten bei der Orangenernte beschäftigt und sie über Monate unter unmenschlichen Bedingungen ausgebeutet. So lange, bis es in einer kalabrischen Landgemeinde zu einem gewalttätigen

Aufstand der Afrikaner gekommen war, die ihre kargen Löhne einforderten. Raccaros Telefone wurden nun überwacht, und Laurenti musste einen Vorwand finden, sich dem Mann zu nähern, ohne ihn aufzuscheuchen. Doch davon konnte der Commissario dem Kaffeehändler nichts erzählen.

»Anzunehmen, dass er die Spezialitäten als besondere Aufmerksamkeit verwendet, wenn andere Argumente nicht ausreichen. Einen Teil aber verkauft er weiter, das ist klar. Natürlich nicht in seinen Supermärkten«, sagte Zadar.

»Bekommt er etwa Rabatt?«

»Nein. Es gibt bei den knappen Mengen genug Leute, denen der Preis egal ist, wurscht, wieviel er draufschlägt. Ich gehe davon aus, weil er Achtelpfund-Packungen reservieren lässt, die er dann röstfrisch abruft. Und das unregelmäßig und in unterschiedlichen Mengen, die unmöglich seinem persönlichen Konsum entsprechen können.«

»Verlierst du denn nichts, wenn Lele gleich eine größere Menge von einer solchen Rarität abnimmt? Der Kunde wird zum Konkurrenten?«

»Ein Kunde ist immer der größte. Preisnachlass gibt es keinen, aber wer hat schon gerne Raccaro zum Feind? Die meisten Abnehmer sind Wiederverkäufer – spezialisierte Cafés und Delikatessenhändler. Und die Mengen für sie alle sind natürlich wiederum durch uns kontingentiert. Schau, wenn du in einem dieser Lokale einen solchen Kaffee bestellst, dann bezahlst du bis zu fünfzig Euro pro Tasse, dazu braucht es gerade mal sieben Gramm. Du kannst selbst hochrechnen. Wareneinsatz mal zwölfeinhalb ist keine schlechte Handelsspanne.«

»Nicht einmal besonders viel, im Vergleich zu einem lauwarmen Espresso auf der Piazza San Marco in Venedig oder auf den Champs-Élysées in Paris, den ein ruppiger Kellner auf den Tisch knallt. Ich werde den Fall in die Hände eines erfahrenen Kollegen legen, Nicola. Er wird mich permanent auf dem Laufenden halten. Wenn sich die DNA seiner Haare in unserer Datei befindet, haben wir leichtes Spiel, und vielleicht gelingt es uns dann sogar noch rechtzeitig, die Ware zu sichern«, sagte Laurenti und erhob sich.

Dass Raffaele Raccaro einen Kaffeedieb beauftragt hatte, der für ihn diese Kostbarkeiten stehlen sollte, konnten sich weder Proteo Laurenti noch Nicola Zadar vorstellen. Der Mann konnte sich schließlich so gut wie alles kaufen, bis hin zu den Politikern. Eher ein Fall für die Steuerfahndung in Laurentis Augen.

*

Es war kurz nach neun Uhr und die Stadt noch von unverbrauchter morgendlicher Frische, als Laurenti, eine Drehunterbrechung des Fernsehteams nutzend, auf die Via Rossini trat und der falschen Kollegin aus Deutschland zuzwinkerte. Die Schauspielerin lächelte zurück, er hob das Revers seines Jacketts, so dass sie seine Dienstwaffe im Achselholster erkennen konnte, und ging amüsiert davon. Sollte sie doch darüber rätseln, ob er Realität oder »Fiction« war.

Morgens ging er gerne zu Fuß durchs Zentrum, um diese Zeit war der Verkehr noch erträglich, die Läden öffneten mit dem Klappern der Blechrollos vor den Schaufenstern, und man begegnete vielen bekannten und freundlichen Gesichtern. Die Menschen hatten noch Blicke füreinander übrig und grüßten. Man gönnte sich einen schnellen Kaffee in einer Bar an der Ecke und wechselte ein paar Worte oder traf eine Verabredung zum Abendessen. Später würde die zunehmende Geschäftigkeit, die der Tag bereithielt, all diese Freundlichkeiten von Stunde zu Stunde zurücknehmen und die wahren Krämerseelen enthüllen. Laurenti kaufte am Kiosk den »Piccolo« und ein paar überregionale Tageszeitungen, klemmte sie unter den Arm und schaute auf das Display seines Mobiltelefons. Er erkannte ein Fragezeichen, das er jeden Morgen per SMS erhielt. Die Praxis seiner Hausärztin lag nur zwei Häuser weiter, vielleicht hätte Gemma Zeit auf einen Espresso. Er schickte eine Nachricht zurück und lehnte sich an eine Straßenlaterne gegenüber dem Hauseingang.

Anfang April sah sich Proteo Laurenti gezwungen, wieder einmal die Praxis seines alten Hausarztes am Canal Grande aufzusuchen. Längst war ein Check-up überfällig, hätte er jedoch den Zeckenbiss nicht entdeckt, dann wäre der Gang trotz der regelmäßigen Ermahnungen seiner Frau Laura wegen tausender dringlicher Termine noch weiter aufgeschoben worden. Der alte Dottor Pier Mora kümmerte sich seit einer halben Ewigkeit um die Wehwehchen des Polizisten, die gottlob nur selten auftraten. Proteo Laurenti hatte kaum Übergewicht, obwohl er nie Diät hielt, sprach überaus gerne dem exzellenten Wein vom Karst zu, schnorrte manchmal die Zigaretten seiner Assistentin Marietta, und Sport trieb er schon lange nicht mehr regelmäßig. Nur sommers schwamm er täglich in der Adria. Er erfreute sich seiner Meinung nach bester Gesundheit – solange niemand auf ihn schoss. So war ihm natürlich entgangen, dass sein Hausarzt – wie viele Triestiner ein passionierter Segler und, dank der vielen Törns auf seiner 45-Fuß-Yacht, stets mit ledernem, tiefgebräuntem Gesicht – sich allmählich in den Ruhestand verabschiedet hatte. Gemma, seine Tochter, war das einzige Kind aus dritter Ehe, des damals schon fünfzigjährigen Dottor Mora. Sie hatte zusammen mit Livia, dem ältesten der drei Kinder von Laura und Proteo, die Schulbank gedrückt. Umso erstaunter war Laurenti, anstelle ihres Vaters plötzlich die junge Frau im weißen Arztkittel vor sich zu sehen, als ihn die Sprechstundenhilfe ins Behandlungszimmer rief. Wenn er das geahnt hätte, dann hätte er vermutlich versucht, den Blutsauger an seinen Genitalien selbst zu entfernen.

Wie immer entzückte ihn ihr Anblick, als sie nun auf ihn zustürmte, einen raschen Blick über die Schulter warf und sich
dann auf die Zehenspitzen stellte und ihm einen schnellen
Kuss gab. Sie war sommerlich leicht gekleidet, wobei sie ein
wunderbares Talent hatte, Stoffe in zarten Farbtönen und
sonnengebräunte Haut so adrett zu kombinieren, dass es nie
obszön wirkte und trotzdem sich alle nach ihr umsahen. Die
Frauen sowieso.

»Nur zehn Minuten, Proteo«, sagte sie, lief an den Tresen
der nächstgelegenen Bar und rief der Signora, die eine Reihe
Untertassen mit geschäftigem Geschirrklappern bereitstellte
und mit Löffelchen versah, ihre Bestellung zu. »Das Warte-
zimmer ist voll, ich muss gleich zurück.« Ihre Zähne blitzten
weiß, und ihre Lippen hinterließen einen karminroten Ab-
druck am Rand der Espressotasse. »Hast du hier zu tun?«

»Ein Einbruch in den Geschäftsräumen eines guten Freun-
des. Morgen steht's dann in der Zeitung.« Laurenti streichelte
verstohlen ihren nackten Oberarm, seine Augen leuchteten.

»Bist du am Abend frei?«, flüsterte Gemma. »Ich schließe
die Praxis um sieben.«

»Ich kann's kaum erwarten. Was hältst du von einem
Sprung ins Meer?«

Er verstummte schlagartig, als sich der Eingang verdun-
kelte, ein Greis mit einem schwarzen Hund das Lokal betrat
und geradewegs auf die beiden zusteuerte.

»Wie geht es deinem Vater, Gemma?«, fragte der alte Galvano. Der hagere Mann mit dem riesigen Schädel auf dem
dürren Hals überragte Laurenti um fast einen Kopf. »Es ist
lange her, dass ich ihn zum letzten Mal gesehen habe.«

»Er ist segeln, macht einen Törn in der Ägäis. Seit Ostern
schon.«

»Griechenland ist preiswert geworden. Deine Mutter hab
ich erst gestern in der Stadt gesehen. Er ist doch nicht etwa
allein unterwegs?«

Gemma lachte hell auf. »Garantiert nicht. Mamma ist natürlich hier. Es ist schließlich stadtbekannt, dass sie seit Jahren eine Affäre mit dem Steuerberater hat. Und ich verwette ein Jahresgehalt, dass auch der alte Pier Mora alles andere als alleine auf dem Schiff ist. Geld hat er genug, und ein Heiliger war er noch nie.«

»Ja, und im Bridge-Club lässt er sich auch nicht mehr sehen, weil er immer verliert.«

»Genau das hat er von Ihnen auch immer gesagt, Galvano. Ich werde ihn von seinem treulosen Freund grüßen. Kollegen kann man euch ja nicht gerade nennen. Mein Vater hat schließlich sein Leben lang daran gearbeitet, dass seine Patienten nicht bei Ihnen landen.«

Galvanos Blick verriet, dass der Schlag gesessen hatte. Gemma warf einen hektischen Blick zur Uhr über der Kaffeemaschine und zwinkerte Laurenti zu. »Ich muss los, meine Patienten warten.«

»Dieses Problem hatte ich Gott sei Dank nie«, raunzte der pensionierte Gerichtsmediziner zerknirscht. Beide schauten der zierlichen Frau nach, deren pechschwarze schulterlange Locken bei jedem ihrer federnden Schritte fröhlich wippten. Vom Eingang winkte sie ihnen noch einmal zu.

»Das hat natürlich nur dir gegolten«, keifte der Alte. Laurenti kannte ihn, seit er in Triest mit der Aufklärung der Gewaltverbrechen beschäftigt war. Galvanos medizinisches Wissen, seine Lebenserfahrung sowie sein erbarmungsloser Blick auf die Menschen, der so scharf sein konnte wie die Skalpelle und Knochensägen, die er bei den Obduktionen verwendete, waren oft eine Hilfe gewesen – sein Zynismus hingegen meist schwer zu ertragen. Trotzdem war er ein guter Freund der Laurentis und hatte nach dem frühen Tod seiner Frau über viele Jahre die Feiertage bei ihnen verbracht.

»Hast du heute etwa Freigang? Man sieht dich kaum noch«, sagte Laurenti. »Oder stimmt die Liebe nicht mehr?«

Trotz seiner fünfundachtzig Jahre befand sich der ehemalige Gerichtsmediziner wieder in festen Händen. Raissa hieß die blonde Russin, ein Vierteljahrhundert jünger als er und früher angeblich eine Primaballerina des Bolschoi-Balletts, wobei von ihrer Grazie nur wenig übriggeblieben war. Selten ließ sie den Alten aus den Augen.

»Sie ist beim Friseur. Aber was treibst du eigentlich so, Laurenti? Auffällig, wie oft du dich mit Gemma triffst, dabei bist du doch doppelt so alt wie die Kleine. Und seit kurzem sogar Großvater! Hast du keine Skrupel, mit einer so jungen Frau zu turteln? Eine Ärztin zur Geliebten zu haben, ist natürlich eine kluge Idee. Sie kann dir die richtigen Medikamente verschaffen, die helfen vielleicht.«

»Gegen Bluthochdruck, Dottore.«

»Wie geht es eigentlich deiner Enkelin? Und der jungen Mutter?«

»Beide sind kerngesund, Galvano, und die Kleine ist unglaublich vital und immer guter Laune. Wenn ich nach Hause komme, strahlt sie übers ganze Gesicht.« Auch Laurenti strahlte.

»Sie kennt dich ja erst seit kurzem. Ich komme sie mir mal ansehen.«

»Patrizia hat schon wieder angefangen zu arbeiten, meine Schwiegermutter kümmert sich um die kleine Barbara. Du kannst ihr Gesellschaft leisten.«

»Ach? Lauras Mutter ist zu euch gezogen? Kein Wunder, dass du ständig deine Hausärztin konsultierst.«

Zu Hause hatte sich viel verändert. Die Familie war größer geworden, die weibliche Mehrheit im Hause Laurenti hatte überproportional zugenommen, und Lauras Mutter dominierte die Abläufe im Haus. Die rüstige alte Frau wurde als Babysitterin gebraucht, und außerdem hatte Laura schon lange davon gesprochen, dass ihre Mutter nun nicht mehr allein leben sollte – und nicht einmal Proteo Laurenti wäre auf die Idee gekommen, sie ins Altersheim abzuschieben. Nach dem Anbau im vergangenen Frühjahr war das Haus schließlich groß genug, und im Sommer boten die Terrassen, die zum Meer hinabführten, ausreichend Platz für alle.

Laurenti warf ein paar Münzen auf den Tresen und suchte nach einer Ausrede, um sich aus dem Staub zu machen, bevor Galvano seinen Vermutungen völlig freien Lauf ließ. Wenn man ihn einmal nicht brauchte, dann tauchte er natürlich auf, und vor seiner Geschwätzigkeit fürchteten sich nicht nur seine Freunde.

*

Im Büro kam Laurenti endlich dazu, die Tagespresse durchzublättern. Die Viertelstunde war ihm heilig. Erst nach diesem Ritual war er bereit, Mariettas Bericht über die Vorgänge in den anderen Abteilungen anzuhören. Dem »Piccolo« entnahm er, dass sechs neue Einkaufszentren in der Stadt errichtet werden sollten, so die einmütige Verlautbarung aus Rathaus und Handelskammer. Dabei litt der Einzelhandel seit geraumer Zeit, und seit Beginn der Wirtschaftskrise mussten selbst alteingesessene Geschäfte dichtmachen. Leles Porträtfoto prangte inmitten des Artikels, er wurde als die treibende Kraft der Projekte dargestellt.

»Marietta!«, rief Laurenti ins Vorzimmer hinüber, »hast du Raccaro vorgeladen?«

Ihre Antwort kam spät, aber entschieden: »Nein.«

»Und warum nicht?«

»Das bringt nur Scherereien, sag das der Staatsanwältin, sie ist schließlich noch neu in der Stadt.«

»Dann erfinde einen Vorwand, bis vor kurzem hattest du vor nichts Skrupel. Schon gar nicht vor schrägen Vögeln, vor allem nicht, wenn sie zwanzig Jahre jünger waren als du. Mach endlich den Termin aus, Anweisung der Staatsanwältin.«

»Ruf ihn doch selbst an!«

Seit gut drei Monaten hatte Marietta sich verändert. Ihr Diensteifer und die eifersüchtige Sorge um ihren Chef – wie oft hatte sie in all den Jahren gemeinsamer Arbeit betont, dass sie länger an Proteos Seite sei als dessen Ehefrau? – waren einer überzogenen Pünktlichkeit gewichen. Früher hatte sie schon einmal auf sich warten lassen, wenn sie gerade ihren Lippenstift nachzog, frisches Make-up auflegte oder im Büro die Nägel lackierte, doch inzwischen vernachlässigte sie ihre Erscheinung immer mehr. Ihr famoses Dekolleté, das die Blicke der Männer jeglichen Alters anzog wie der Nordpol die Kompassnadeln, hatte sich trotz der Außentemperaturen immer höher geschlossen, und mit den Besuchen einiger Kollegen, die unter fadenscheinigen Vorwänden manchmal bei ihr aufgetaucht waren, um einen Blick in die Abgründe zu werfen, war es auch vorbei. Beim Friseur war sie seit Wochen überfällig. Und jedes Mal, wenn Laurenti sie über die Bürozeiten hinaus brauchte, bedurfte es deutlicher Worte, denen Marietta nur widerwillig nachkam. Einmal hatte sie sogar mit der Gewerkschaft gedroht. Das waren völlig neue Töne, über die Laurenti nicht einmal mehr mit der Wimper zuckte, nachdem er sie zweimal in Begleitung eines unscheinbaren, ergrauten Mannes im biederblauen, viel zu engen Anzug gesehen hatte, der ein weißes Häschen mit rosafarbenem Näschen im Arm trug, das Marietta zur Begrüßung lächelnd streichelte und Bobo nannte. Im Bett mussten die beiden einmalig sein, wenn sie Marietta nicht einmal mehr die Zeit ließen, ihr Äußeres zu pflegen.

»Gut zu wissen, wer hier der Chef ist«, maulte Laurenti. »Dann trag mir wenigstens deine Liste vor.«

Stoisch las Marietta die kargen Ereignisse der letzten Nacht vom Blatt. Eine Rotte Wildschweine hatte die Vorgärten der Villen in der Via Romagna umgepflügt. Seit Wochen gab es einen erbitterten Medienkampf zwischen Gutmenschen und der Landwirtschaftsbehörde über dieses neue Zivilisationsphänomen. Die einen forderten den Massenmord, die anderen spielten sich als Tierschützer auf und klagten, dass mit der Jagdfreigabe auf die Viecher zugleich die zivilisatorischen Errungenschaften Mitteleuropas abgemurkst würden. Was auch immer sie darunter verstanden! Einmal war eines der Tiere sogar auf der Piazza Unità vor dem Rathaus gesichtet worden und hatte die Menschen in den Straßencafés aufgeschreckt. Doch niemand sollte erfahren, welches Anliegen es beim Bürgermeister vorzubringen gedachte. Über tausend Wildschweine streiften angeblich im Umland umher – eine sehr lange Jagdsaison war angebrochen, und die Waldhüter trugen doppelläufige Remington-Gewehre vom Kaliber sieben.

Dann berichtete Marietta von den Klagen über nächtliche Ruhestörung in einigen Straßenzügen des Zentrums.

»Was haben die Leute bloß?« Laurenti schüttelte den Kopf. »Als hätten wir nichts Besseres zu tun.«

Umso lauer die Nächte waren, umso häufiger trafen Anrufe bei Polizei und Carabinieri ein, in denen sich das gelangweilte Bürgertum beschwerte. Fenster auf, Klimaanlage an, die TV-Fernbedienung in der Hand. Vermutlich übertönte das Stimmengewirr draußen die Lautstärke der Fernsehwerbung.

»Eine Auswertung des Streifendienstes hat ergeben, dass die Anrufe nicht, wie unterstellt, von den Rentnern kommen.« Marietta wedelte mit einem Blatt. »Die Beschwerden kommen vorwiegend von Leuten um die fünfzig. Da staunst sogar du!«

»Und weshalb sitzen die frustriert zu Hause herum, anstatt sich darüber zu freuen, dass in ihrer Stadt was los ist, jener Stadt, von der sie ständig das Gegenteil behaupten?« Laurenti war fest davon überzeugt, dass die Nörgler bis vor ein paar Jahren ebenfalls auf der Piazza gelacht, getanzt und getrunken hatten.

»Ich kann sie ganz gut verstehen«, sagte Marietta und erhob sich. »Wer sich mit ernsteren Dingen befasst, hat keine Lust, sich diesem oberflächlichen und albernen Getue da draußen auszusetzen.«

»Oculus non vidit, nec auris audivit.«

»Was?«, Marietta drehte sich in der Tür um.

»Was das Auge nicht gesehen noch das Ohr gehört hat. Übersinnliche Wahrnehmungen, Marietta!«

»Ich habe alles gehört und alles gesehen.« Sie zog die Tür ins Schloss.

Er würde Lele nun selbst anrufen müssen, auch wenn seine Assistentin mit ihrer Warnung vermutlich recht hatte.

Hoffnungsträger

Die richtigen Menschen am richtigen Platz nannte man nicht ohne Grund Hoffnungsträger. Raffaele Raccaro plazierte sie, wo immer es ihm gelang. Bei der Besetzung der Schlüsselpositionen in Stadt und Region hatte er seinen Einfluss geltend gemacht, obwohl er dazu niemals öffentlich aufgetreten war. Man munkelte, dass seine Kandidaten bei Amtsantritt sogleich undatierte Rücktrittserklärungen unterzeichneten, die in Leles Safe verwahrt wurden. Dank seines unstillbaren Hungers nach Macht und Einfluss hatte er sich schon in jungen Jahren aus ärmlichen Verhältnissen nach oben gearbeitet. Heute umfasste sein Imperium Supermärkte und Anteile an Einkaufszentren auf der grünen Wiese, eine Agentur für Zeitarbeit sowie andere Dienstleistungsbetriebe, ein immenses Bildarchiv, von dem auf der Website behauptet wurde, es handle sich um die weltweit größte Sammlung an Kriegsfotografien in privater Hand. Finanzbeteiligungen an weiteren Unternehmen rundeten sein Engagement ab. Die Führungspositionen all dieser Firmen hatte er mit ehrgeizigen, meist alleinstehenden Frauen besetzt, die deutlich besser bezahlt wurden als ihre männlichen Kollegen anderswo, woraus er keinen Hehl machte, ebenso wenig wie aus der Tatsache, dass alle, die nicht spurten, ruck, zuck rausflogen. Doch auf die Damen war Verlass, sie leiteten die Firmen seines Imperiums mit eiserner Hand und waren dem Chef ergeben.

Raffaele Raccaro, den alle nur Lele nannten, war ein Nimmersatt. Ein vitaler, spindeldürrer Mann von zweiundsiebzig Jahren, die man ihm nicht ansah. Er lümmelte auf einem riesigen himmelblauen Sofa, dessen Polster ihn zu verschlingen schienen. Seine geringe Körpergröße, die er mit Putin, Berlusconi, Sarkozy und Bernie Ecclestone gemein hatte, versuchte auch Lele vergebens mit eleganten maßangefertigten Brogue-Schuhen auszugleichen, deren Plateausohlen dank der Handwerkskunst des englischen Schuhmachers, den er einmal jährlich in der Jermyn Street aufsuchte, kaum auffielen. Ansonsten kleidete er sich eher preiswert. Raccaro umgab sich gerne mit Frauen, die auf ihn herabschauen mussten und die mindestens um so viele Jahre jünger waren, wie sie ihn an Zentimetern überragten. Eigentlich hatte er die Nase stets in ihrem Ausschnitt.

Auf dem Bildschirm flimmerte eine neue Folge von »Kommissar Rex«, dessen Serienrechte inzwischen ein italienischer Produzent erworben hatte. Samt Hunde-Stuntmen. War die plötzliche Liebe zu den Deutschen Schäferhunden etwa eine Hommage an den Pontifex maximus? Die Filmchen waren nur Füllstoff für die Pausen zwischen den Werbespots, die meist aus der Hand versierterer Regisseure stammten. Hauptsache, es gab keinen Bezug zum politischen Alltag. Märchen für Erwachsene. Aber Geld ließ sich damit verdienen – auch Lele hatte es gerochen. Von der Dachterrasse seiner Wohnung im vierzehnten Stock, zu deren Füßen, dem Teatro Romano gegenüber, auch die Questura lag, hatte er den Überblick. Er investierte in die richtigen Personen, die auf den großen Budgets saßen. Nicht schwer zu erraten, warum er eine Casting-Agentur und die AFI gegründet hatte, die »Action Film Italia«. Ein effizientes Dienstleistungsunternehmen, der Platzhirsch im Norden des Landes, das den Filmproduzenten alles liefern konnte, was sie für ihre Arbeit brauchten. Von den Büroräumen bis zu den Telefonleitungen, Unterkunft und Reisen für Schauspieler und Personal, technisches Gerät bis hin zu Flugzeugrotoren, die Sturm bliesen, wenn Flaute herrschte, Boote und Helikopter. Und beste Verbindungen zu den Behörden, mit denen sich bei den Drehgenehmigungen nachhelfen ließ – und wenn jemand nicht spurte, konnte man ihm damit das Leben schwermachen. Auch wenn die Firma von einer Mailänderin geführt wurde, die ihre Erfahrungen in den USA gemacht hatte, fädelte Raccaro die heiklen Geschäfte jedoch selbst ein. Die AFI sei teuer, aber sehr gut, hieß es in Fachkreisen. Das Geschäftsgebaren jedoch war denkbar einfach, und Leles Argumente waren überzeugend. Erst vor kurzem hatte er einen schönen Stapel frischer Fünfhunderter an einen wichtigen Mann einer deutschen Sendeanstalt übergeben, dessen Macht sich auch in seiner korpulenten Statur ausdrückte, die an jenen dicken Kanzler erinnerte, der vor zwanzig Jahren mit seinem Gewicht die Berliner Mauer zum Einstürzen gebracht hatte. Doch es war nicht Raffaele Raccaros Geld, mit dem er Harald Bierchen schmierte. Der Betrag war bereits in den Rechnungen enthalten, die der mächtige Mann am Ende abzusegnen hatte. Bierchens unendliche Gier, die er immer dreister vortrug, hatte Lele schließlich ernsthaften Kummer bereitet. Nassforsch stellte der Riese Forderungen, die weit über die Absprachen hinausgingen. Er hatte sogar verlangt, dass Raccaro ihn bei seiner Ankunft an der Verladestelle des Autoreisezugs aus Deutschland erwartete, von dem er sein protziges Auto herunterrangierte. Lele war mit seinem alten Motorroller herbeigefahren und hatte dem Geschäftspartner noch an Ort und Stelle einen dicken Briefumschlag und gleich drei Päckchen Kopi Luwak in die Hand gedrückt, die der Dicke nachdrücklich forderte. Dann allerdings begann der Deutsche Andeutungen zu machen. In Bulgarien ließe sich kostengünstiger produzieren, auch die Stadtkulisse von Sofia sei interessant und die Angebote der Verantwortlichen dort besser als die von Raccaro. Und nicht einmal die goldene Patek-Phillip-Calatrava-Armbanduhr, die Lele ihm vor ein paar Tagen mit einem freundschaftlichen Schulterklopfen überreicht hatte, hielt Harald Bierchen davon ab, auch noch mit einem Hinweis an die Triestiner Finanzbehörden zu drohen, sobald das Filmchen hier abgedreht sei. Im Gegensatz zu allen anderen hatte der dicke Mann aus dem Norden keinen Respekt vor Leles Einfluss.

»Das richtige Bild zur richtigen Zeit ist ein Vermögen wert, Aurelio«, sagte Raccaro und schüttelte zweifelnd den Kopf. Mit beiden Händen blätterte der kleine Mann gemächlich einen Stapel Fotos durch und warf ihn schließlich verächtlich auf das Sofa.

Ein tiefgebräunter junger Mann stand neben dem Sofa. Lele sah sein Spiegelbild im Fenster, durch das auch die Lichter des Polizeipräsidiums auf der anderen Straßenseite fielen. Er war dünn, athletisch von Statur. Das mit reichlich Gel zurückgekämmte lange schwarze Haar betonte die hohen Wangenknochen und die leicht hervorstehenden Augäpfel, deren Iris wie dunkler Bernstein schimmerten. Er hatte schöne volle Lippen, und um seinen Hals baumelte an einer Goldkette ein funkelnder Feueropal von drei Zentimetern Durchmesser.

»Ich dachte, du hättest mehr bei mir gelernt«, sagte Lele und knackte mit den Fingernägeln die Schale einer Pistazie. »Woher hast du eigentlich die Schramme an der Schläfe?«

»Nur ein kleiner Kratzer«, winkte Aurelio ab. »Ich habe mich am Türrahmen gestoßen.«

»Geradeausgehen ist nicht jedermanns Sache.« Das Klingeln des Telefons unterbrach den Alten. Stirnrunzelnd betrachtete er die Nummer des Anrufers und nahm schließlich widerwillig ab.

»Ah, Laurenti? Was gibt's? Ich? Zu Ihnen? Worum dreht es sich?« Raccaro sprach in knappen Sätzen, ein alter Trick, um sein Missbehagen auszudrücken. »Eine Vorladung oder ein informelles Gespräch? Eine Zeugenaussage? Ach, nur eine Befragung! Ich bitte Sie! Dafür wenden Sie sich am besten an meine Sekretärin, ich habe keinen Terminkalender zu Hause. Und außerdem verreise ich dieser Tage. Ja, Laurenti, ich mach

72

Ferien, wann es mir passt. Nicht einmal Sie können mir einen kleinen Törn verwehren. Keine Ahnung, wann ich zurückkomme. Also, ich hoffe, es eilt nicht, mein Lieber. Und einen schönen Abend noch, Commissario.«

Er legte auf und schluckte trocken. Was fiel diesem Bullen eigentlich ein, ihn daheim anzurufen und in die Questura zu bestellen wie einen kleinen Gauner? Sollte er doch einen Termin ausmachen und selbst vorbeikommen. Zu Geschäftszeiten natürlich, im Büro. Raccaro nahm sich vor, eine entsprechende Bemerkung fallenzulassen, sobald er zu irgendeinem offiziellen Anlass dem Präfekten begegnete. Dann räusperte er sich und wandte sich wieder dem jungen Mann zu.

»Was wollte er?«, fragte Aurelio. Er konnte seine Anspannung nur mühsam verbergen.

»Plaudern. Was sonst. Wir sind schließlich alte Kameraden«, flunkerte Lele, kam dann aber aufs Thema zurück. »Und nun zu dir: du hast eine eigene Wohnung und dein monatliches Auskommen, für das du reichlich wenig tun musst. Wieso bekommst du den Hals nicht voll? Du kannst von Glück reden, dass es sich um eine Ausländerin handelt, die sich hier nicht auskennt und keine Ahnung hat, wie sie gegen diesen Schweinekram vorgehen kann. Die Mühlen der Behörden bei der internationalen Zusammenarbeit mahlen in Zivilsachen noch langsamer. Mit einer Italienerin aber würde ich das an deiner Stelle nicht riskieren, das könnte dich ruck, zuck den Kopf kosten, wenn sie über die richtigen Beziehungen verfügt. Also denk lieber zehnmal darüber nach, wie du das angehst. Und übertreib es nicht!«

»Die hier«, Aurelio wedelte mit den Fotos in seiner linken Hand, »hat Geld genug und keine Zeit, sich um diese Sache zu kümmern. Sie spricht nur Englisch. Es würde eine Ewigkeit dauern, bis sie hier einen Staatsanwalt oder Polizisten findet, mit dem sie kommunizieren kann. Die zahlt, und damit Schluss.«

»Du bist so naiv! Sprachkundige Anwälte gibt es wie Sand am Meer.«

»Du hast auch mit Fotos Geld gemacht«, maulte Aurelio unzufrieden.

»Nur ein Hobby! Meine Investitionen habe ich noch lange nicht raus. Und außerdem ist das etwas völlig anderes als deine Ferkeleien.«

Lele hob die Augenbrauen und ersparte sich jeden Kommentar, denn das Wesen des enormen Fotoarchivs, das drei Stockwerke in seinem Bürogebäude an der Piazza Oberdan einnahm, hatte Aurelio offenbar noch immer nicht begriffen. Bilder waren nicht gleich Bilder. Leles Sammlung von Kriegsfotografien war in ihrer historischen Dimension einzigartig. Damit ließ sich Geschichte beweisen oder widerlegen, wenn man wusste, welcher der richtige Moment war, sie der Öffentlichkeit zu präsentieren oder vorzuenthalten. Damit konnte man Politik machen, Weichen stellen und im Glücksfall sogar die öffentliche Meinung manipulieren. Zu seinen Kunden gehörten die Medien des Landes und der ganzen Welt – auch wenn er mit der Herausgabe an Medienorgane, denen er politisch nicht gewogen war, geizig umging. Über seine Sammlung wachte eine äußerst zuverlässige Frau, die für diesen Job ihre Anstellung in der Direktion der Städtischen Museen aufgegeben hatte, wo sie für alle giftigen Dokumente zuständig gewesen war, die selbst Historikern noch immer vorenthalten wurden. Ein Schattenarchiv, das niemals einer kompetenten Kommission von Wissenschaftlern geöffnet worden war, die über den Zugang zu den Dossiers entschieden hätte. So wie man unzählige Seiten der Tagebücher des Diego de Henriquez, des unermüdlichen Chronisten Triests, der 1974 grausam verbrannte, mit dem Hinweis auf eine nicht näher spezifizierte Privatsphäre noch lebender Personen dem Zugang der Forscher und der Bürger entzogen hatte. Seine peniblen Aufzeichnungen waren von den ehemaligen Kollaborateuren der Nazibesatzung genauso gefürchtet wie von neofaschistischen Politikern, die sich heute einen demokratischen Anstrich gaben.

Lele Raccaro hatte oft genug gepredigt, dass die Geschichtsschreibung ein heikles Feld sei. Nicht viele vertrügen die ungeschminkten Tatsachen, und man lebte schließlich nicht schlecht in der stabilisierten Halbwahrheit. Warum also sollte man das Machtgefüge stören, das sich über Jahrzehnte hinweg auf Lügen stützte und derzeit seinen absurden Höhepunkt feierte. Die Demokratie hatte sich gewandelt, zu viel Pressefreiheit sei schädlich, hatte der Premier erst vor ein paar Tagen verlauten lassen. Aus Bürgern war Publikum geworden, dessen Anteilnahme sich in Einschaltquoten ausdrückte. Mit einer Flut inhaltsloser Notizen ließ sich Programm machen. Die Meldung hatte die Nachricht verdrängt, und Presseverlautbarungen von Firmen, Parteien und Institutionen waren an die Stelle von recherchierten Hintergrundberichten getreten. Die Show und hektisch wechselnde Bilder ersetzten die Politik, und der beste Showmaster wurde Regierungschef, Parteivorsitzender oder Bürgermeister. In Europa waren die Unantastbaren am Werk, und Lele gehörte dazu.

»Wie bin ich wohl an dieses Gemälde gekommen? Gestohlen etwa?«, schnauzte Raccaro und schleuderte eine Handbewegung auf das einzige Gemälde im Salon, das einsam und verloren an der Wand nach Norden hing. Es maß sechzig auf fünfundfünfzig Zentimeter und trug den Titel »Les bouches du Timavo«. Es war der Mündung des mythischen unterirdischen Flusses Timavo in die Adria gewidmet, die in der Antike als einer der Eingänge in den Hades galt und wohin die Bernsteinstraße aus dem Baltikum führte. Mysteriös war nur, dass in keiner Biografie des französischen Malers Gustave Courbet ein Verweis auf die Reise an den Golf von Triest zu entnehmen und das Werk in keinem Verzeichnis aufzufinden war. Niemand wusste, wann der Künstler des Realismus dieses Bild gemalt hatte.

»Gekauft hast du es jedenfalls nicht«, sagte Aurelio bockig.

»Es sollte versteigert werden. Wäre ich so stur wie du, dann hätte ich es den Leuten vom Auktionshaus kaum vorher wegschnappen können. Wendig wie Proteus muss man sein, wenn man es zu etwas bringen will! Schau dir das Bild genau an, es ist eine Kostbarkeit! Die Vorstudie zum 1866 gemalten ›Origine du monde‹. Jener ›Ursprung der Welt‹ der heute streng bewacht im Musée d'Orsay in Paris hängt und immer wieder für Aufsehen sorgte, bis hin zur Zensur.«

Eine hocherotische Landschaftsdarstellung, die mehr an eine lüstern der Sonne zugewandte Vulva erinnerte als an eine Flussmündung. Aurelio zuckte gleichgültig die Achseln, es war nicht das erste Mal, dass Lele mit dieser Geschichte prahlte. Mit Malerei konnte der Alte sonst nichts anfangen, und vermutlich scherte er sich nicht im geringsten um den künstlerischen Wert des Werkes. Nur eine alte Schwarz-Weiß-Fotografie hielt er wirklich in Ehren. Sie hing neben der Tür und zeigte seinen Vater, den er nie kennengelernt hatte, als Soldat in den Kolonien. Er stützte sich mit einer Hand auf einen Tisch, in dessen Mitte groß das Savoyer-Wappen prangte, und parlierte im Beisein einiger Offiziere mit seinem nobel gekleideten, hochgewachsenen Vorgesetzten.

»Das ist Kunst, das ist Erotik, Junge. Du musst noch viel lernen.«

»Wenn ich nicht nur die Drecksarbeit für dich erledigen müsste, hätte ich eine Chance. Verschaff mir auch einmal einen dieser Jobs in der Politik, wo man, ohne einen Finger zu rühren, abkassiert.«

»Merke dir eines!« Leles Stimme hatte plötzlich die Schärfe einer Kettensäge, obwohl sein Blick fest auf den Fernsehschirm geheftet war. »Alle großen Skandale beginnen mit Kleinigkeiten. Riskiere nicht, mir in die Quere zu kommen.«

Schäferhund Rex sprang soeben durch ein brennendes Fenster, brachte kurz darauf den bösen Mann im Kleiderschrankformat trotz dessen Pistole zu Fall und hielt ihn mit einer Pfote auf dessen Brust in Schach, unter deren Gewicht der Täter ächzte, bis endlich auch der Kommissar mit den Handschellen zur Stelle war. Das Hinterteil des Köters war nicht im Bild, vermutlich wedelte er mit dem Schwanz und freute sich auf die Belohnung.

»Das mit dem Deutschen hast du übrigens gut gemacht. Aus der Film. Ich nehme an, dank Vittorias Hilfe war es ein Kinderspiel. Auf die war er schon die ganze Zeit scharf.«

»Gibt es dafür eigentlich eine Prämie? Oder kriegt die nur Vittoria?«

»Lass dich überraschen.« Lele richtete sich abrupt auf und fuchtelte mit der Hand. »Jetzt muss der neue Flächennutzungsplan im Stadtparlament durchgehauen werden, und auch die Infrastrukturanbindung für unser Einkaufszentrum am Montedoro muss verbessert werden. Es funktioniert noch nicht wie gedacht, meine Geschäftspartner sind ungeduldig, sie müssen investieren. Zu viel Geld, das eine saubere Heimat sucht, die Rendite bringt. Hast du verstanden? Letztlich profitierst auch du davon. Mach also keinen Scheiß mit deinen Privatpornos und sei auf der Hut, sonst kann dir niemand helfen. Wenn du da reinpfuschst, ist mir völlig gleichgültig, wer du bist.«

Aurelio brachte die Tirade dieses Mannes, der bei geschlossener Tür immer wieder einmal behauptete, sein Vater zu sein, und der ihn von Pflegeeltern hatte aufziehen lassen, nicht im geringsten aus der Ruhe. Allerdings fragte er sich oft, warum Lele sich ausgerechnet an ihn erinnerte, als er dabei war, sein Abitur zu machen, und weshalb er ihn seither aushielt. Eines Tages würde er vielleicht doch Haarproben für eine DNA an eines der Labore schicken, die im Internet warben. Aber Aurelios Leben war bequem, warum sollte er es in

77

Frage stellen? Lele scherte sich kaum um ihn. Bis auf die ganz prekären Aufträge war es nicht schwierig, Mädchen für alles zu sein – der Boss war eh meist außer Haus. Und trotzdem verspürte Aurelio den unbezwingbaren Drang, für immer von hier zu verschwinden. So weit wie möglich weg von allem, sein bisheriges Leben für immer vergessen. Nach Australien oder Neuseeland. Auf die andere Seite der Welt.

»Und bring mir jetzt einen Espresso«, befahl Lele. »Jamaica Blue Mountain‹, aber ordentlich zubereitet, wie ich es dich gelehrt habe. Nein, mach mir einen ›Kopi Luwak‹. Gib Acht, dass die Wassertemperatur stimmt – und dann verschwinde. Ich habe zu tun.«

Es war einer der wenigen Abende, die Raffaele Raccaro zu Hause verbrachte. Normalerweise jagte er von einer Verpflichtung zur anderen: Logen- und Aufsichtsratsitzungen, Anwalts- und Notartermine, Abendessen, Versammlungen, Premieren im Teatro Verdi, dem prunkvollen städtischen Opernhaus, Empfänge. Kontakte pflegen und gute Beziehungen nutzen. Wachsamkeit war angesagt, wollte man die Kontrolle nicht verlieren. Zu verhindern war auch in Triest der Fortschritt nur noch in Teilen, und dass der Wandel nicht außer Kontrolle geriet, ließ sich steuern, solange die richtigen Leute am richtigen Ort waren. Wozu gab es ein über Jahrzehnte gesponnenes Geflecht aus Beziehungen und Abhängigkeiten, das den Fluss des Geldes zu lenken vermochte? Raffaele Raccaro war bis heute ein kunstfertiger Schmied dieser Verbindungen. Seine Konten auf der Bank profitierten davon, seine Eitelkeit wurde befriedigt. Es war beruhigend, zu allem gefragt und darum gebeten zu werden, seinen Einfluss geltend zu machen. Die Herren, die von den Bürgern als ihre Repräsentanten ins Parlament oder den Senat nach Rom geschickt worden waren, spurten tadellos, den Machtkampf in der Loge hatte er unbeschadet überstanden, und die Schlüsselpositionen in der Politik blieben damit auch in Zukunft nach seinem Willen besetzt. Doch eine ungewohnte Nervosität machte sich seit jüngstem in der Seilschaft bemerkbar, verbale Überreaktionen folgten einander auf dem Fuße, und manch einer vermutete, dass die Staatsanwaltschaft hinter geschlossenen Türen längst gegen sie ermittelte.

»Noch eines«, sagte Lele. Ohne den Blick vom Fernseher abzuwenden, nippte er an seiner Tasse. »Wer hat die Bilder geschossen?«

»Der Etagenkellner.«

»Bist du sicher, dass er keine Kopien hat?«

»Ganz sicher. Der kann nicht einmal richtig telefonieren. Ich hab ihm einen Fünfziger gegeben, und einen runtergeholt hat er sich gratis.«

»Der Sommer fängt zwar gerade erst an, aber deine Jagdsaison ist mit diesem Schmuddelzeug beendet. Hast du verstanden? Keine Mätzchen mehr. Und jetzt zisch ab, ich hab zu tun.« Lele streckte den Arm mit der leeren Kaffeetasse aus.

Aurelio kannte den Tonfall gut. Lele erwartete jemanden, den er nicht sehen sollte. Tonlos zog er die Wohnungstür hinter sich ins Schloss, rief den Aufzug und fuhr die vierzehn Stockwerke des Hochhauses aus den dreißiger Jahren hinunter, dessen Fassade mit rostbraunen Klinkern verblendet war und das von außen so wenig zu den architektonischen Meisterwerken Triests zählte wie die Questura, von der es nur durch die Ruinen der römischen Arena getrennt war. Von den oberen Etagen aber genoss man einen unverbaubaren Ausblick über die Stadt und den Hafen – ein Adlerhorst, von dem aus man alles unter Kontrolle hatte und sich im richtigen Moment wie ein Blitz auf die Beute stürzen konnte.

Es dämmerte bereits, als Aurelio auf den Largo Riborgo hinaustrat. Ein Streifenwagen schoss mit Blaulicht und Sirene an ihm vorbei. Aurelio suchte Deckung hinter einem Lieferwagen. Lange musste er nicht warten. Wieder war es eine der üblichen langbeinigen Schönheiten, die den richtigen Klingelknopf drückte und wenig später im Entree verschwand. Die Frauen, die Lele bestellte, glichen sich vor allem in ihrer ausladenden Oberweite und der Tatsache, dass sie am nächsten Morgen mit einigen Scheinen mehr in der Handtasche das Haus wieder verließen.

Auch von Lele hatte Aurelio heimlich Bilder gemacht, die er hütete wie seinen Augapfel. Er war der einzige, der Leles Vorlieben kannte.

*

Laurenti hatte unzufrieden den Hörer auf den Apparat geworfen. Den Code der knappen Sätze Raccaros kannte er von anderen einflussreichen Persönlichkeiten – ganz gewiss würde er demnächst von irgendeiner höheren Stelle einen elegant getarnten Rüffel bekommen, den armen Mann zu Hause gestört zu haben. Leute, die sich freiwillig die schwere Verantwortung für das Gemeinwohl auf ihre Schultern lüden, hätten verdient, die raren Momente der Erholung ungestört zu verbringen. Laurenti war solche Ermahnungen gewohnt.

»Keine Sorge, Raccaro«, hatte er noch gesagt, bevor der Alte auflegte. »Wir sehen uns früher, als Sie glauben.«

Proteo Laurenti trommelte ungeduldig mit den Fingern auf die Tischplatte. Natürlich hatte Raccaro die Nummer des Polizeipräsidiums auf dem Display erkannt. Man munkelte, er habe den einen oder anderen Verbündeten unter den Kollegen, der ihn auf dem Laufenden hielt.

Die Gesellschaft spiegelte sich auch ihrem Polizeiapparat: Es gab Beamte, die Leles politischem Umfeld nahestanden, und jene Kollegen, die ihre Aufgabe als bedingungslosen Auftrag zum Schutze der Demokratie verstanden. Dann gab es die Hübschen und die Hässlichen, die Gepflegten und die mit fettigem Haar und Schuppen, jene, die einen faulen Lenz schoben, während ihr Schreibtischkollege sich Tag und Nacht den Arsch aufriss und oft genug aus der eigenen Tasche für Spesen aufkam, die eigentlich die Allgemeinheit zu tragen hatte. Und es gab Plaudertaschen und andere, die niemals das Maul aufbekamen, nicht einmal, wenn es darauf ankam. Laurenti ging davon aus, dass Lele wusste, dass er zu seiner Kalabrien-Connection befragt werden sollte. Natürlich war ihm dann auch klar, dass seine Telefone angezapft wurden, und er hatte sich vermutlich längst mit Nummern versorgt, die Staatsanwaltschaft und Polizei nicht kannten – italienische, slowenische, österreichische oder kroatische.

»Marietta!«, rief Laurenti ins Vorzimmer, aus dem seit geraumer Zeit kein Mucks mehr gekommen war. »Schick Battinelli zu mir.«

Als er keine Reaktion vernahm, erhob er sich und ging hinüber. Der Computer war ausgeschaltet, ihre Handtasche fehlte, dafür hatte sie den randvollen Aschenbecher stehenlassen. Er schaute auf die Uhr, es fehlten sechs Minuten bis zu ihrem Dienstschluss. Sollte das so weitergehen, käme er um ein ernstes Gespräch mit seiner Assistentin nicht umhin.

Laurenti blieb nichts anderes übrig, als selbst den Inspektor zu rufen, der ein paar Sekunden später auf der Schwelle stand.

»Setz dich.« Laurenti warf einen Blick auf die Tür, doch Battinelli hatte sie wie immer geschlossen. »Es gibt da eine Sache, die du überprüfen kannst. Allerdings müsstest du ein paar Urlaubstage dafür opfern.«

Gilo Battinelli mit seinen meerblauen Augen musste normannische Vorfahren gehabt haben. Er stammte von der Insel Lampedusa, war erst seit drei Monaten in Triest und machte den Eindruck, nie wieder weg zu wollen. Bereits nach vier Wochen hatte er sein Gespartes zusammengekratzt und einen Kredit aufgenommen, um ein gebrauchtes Segelboot samt zugehörigem Liegeplatz in der Marina des kleinen Hafens von Grignano beim Schloss Miramare zu erwerben. Seither verbrachte Gilo jede freie Minute auf der Adria, meist in Begleitung eines schönen Mädchens.

»Die Sache muss absolut unter uns bleiben, dafür entkommst du für eine Weile deinem Büro, Gilo, und die Pflicht wird dabei zum Vergnügen.«

»Ich bin ganz Ohr.« Der durchtrainierte Inspektor hob die blonden Augenbrauen, die sich wie zwei klare Pinselstriche von seiner sonnengebräunten Haut abhoben. In der Questura teilte er mit drei weiteren Beamten ein Büro, in dem die Schreibtische so eng aneinanderstanden, dass die Stuhllehnen gegen die Tischplatten stießen. Battinelli war von früheren Dienststellen Schlimmeres gewohnt. Die beiden Jahre in den Abruzzen waren ihm eine Schule fürs Leben gewesen.

»Ist dein Segelboot zum Auslaufen bereit?«, fragte Laurenti.

»Haben Sie Lust auf einen Törn?«

»Ich schwimme lieber.« Nur selten hatte der Commissario Einladungen zum Segeln angenommen und war niemals länger als einen halben Tag mit hinausgefahren. Platzangst. »Solange ich noch nicht übers Wasser gehen kann, ist ein Boot für mich wie ein Gefängnis.«

»Sie müssen fleißig üben, Chef. Für andere ist es der Inbegriff der Freiheit.«

»Deine Nussschale liegt doch im Hafen von Grignano«, sagte Laurenti. »Kennst du die ›Greta Garbo‹?«

»Der Zweimaster aus den dreißiger Jahren mit den roten Segeln?«

Der Mann war von schneller Auffassungsgabe, und als einer der wenigen beherrschte er sogar blind das Zehnfingersystem, während die meisten anderen die Tastatur mit zwei flink fliegenden Fingern malträtierten. Dafür war seine Handschrift unleserlich.

»Soviel ich weiß, wird er demnächst auslaufen.«

»Gestern Nachmittag hat die Yacht am Molo Audace einen Gast aufgenommen, als Sie mit Ihrer Tochter vor Harrys Grill saßen. Ich hab's von der Piazza aus gesehen.«

Laurenti hatte den Inspektor nicht bemerkt. »Kennst du den Eigner?« Er ging davon aus, dass der Kollege die Stadt mit all ihren Verstrickungen noch zu wenig kannte, um in die Fänge eines der freundlichen Herren aus der Kaste geraten zu sein, die hinter den Kulissen die Fäden zogen.

»Raffaele Raccaro?«, fragte der Inspektor. »Ja, natürlich. Die ›Greta Garbo‹ liegt drei Plätze weiter. Wir kennen uns vom Sehen.«

»Und weiß er, wer du bist?«

Gilo Battinelli schüttelte entschieden den Kopf. »Man grüßt sich, das war's. Der Dienstleistungssektor bringt fünfundachtzig Prozent des Bruttosozialprodukts in Triest auf. Wo soll ich schon arbeiten? Das kann man an zwei Fingern abzählen: Versicherung oder Bank. In der Stadtverwaltung oder Landesregierung sicher nicht, die besetzen nur die eigenen Leute. Also, was soll ich tun?«

»Beobachten. Sonst nichts. Vielleicht machst du auch ein paar Fotos, wenn du es für nötig hältst. Ich will wissen, wer an Bord ist und wohin er fährt. Aber nicht länger als drei Tage, sonst fehlst du hier zu lange. Es ist nur ein Versuch, denn niemand kann ausschließen, dass er ganz einfach Urlaub macht. Möglich, dass er sich mit irgendwelchen Leuten trifft, das würde mich dann etwas mehr interessieren. Auf See gibt es keine Überwachungskameras und keine Abhörgeräte.«

»Liegt etwas gegen ihn vor?«

Laurenti runzelte die Stirn. »Kann schon sein«, sagte er zögerlich.

Battinellis Herkunft war hilfreich. Er kannte die Flüchtlingsproblematik, der Westeuropa ausgesetzt war, bereits aus seiner Heimat, der pelagischen Insel Lampedusa zwischen Sizilien und Tunesien, wo die überfüllten Boote aus Libyen voller ausgehungerter, halbverdursteter und von der Reise ausgezehrter Afrikaner anlandeten. Bevor Laurenti ihm schließlich reinen Wein einschenkte, schwor er Battinelli noch einmal darauf ein, dass er nicht einmal in der Questura über seinen Auftrag reden durfte.

Der Inspektor grinste zufrieden, vor allem nachdem der Commissario ihm geraten hatte, zur besseren Tarnung nicht allein rauszufahren. Noch im Flur, vor dem Büro des Chefs, rief Gilo Margherita an, eine der Frauen, die er besonders gerne an Bord hatte und deren Ehemann sich, wie so oft, auf einer längeren Geschäftsreise befand. Sein Boot lief prächtig, eine Nussschale, wie Laurenti es abfällig benannt hatte, war es nicht. Der »Greta Garbo« könnte es leicht folgen. Die einzige Ungewissheit war, wann genau das Spiel begann.

Laurenti aber war nicht besonders zufrieden. Wie immer, wenn er im Büro mit halbgeschlossenen Augen konzentriert über einen Vorgang nachdachte, hatte er die Füße auf den Schreibtisch gelegt und sich in seinem Stuhl tief zurückgelehnt, während sein Blick auf die oberen Stufen des Teatro Romano und die darüberliegende Via Donota schweifte, die zum Burghügel hinaufführte. Dort standen wie gute Freunde zwei alte Wohnhäuser dicht nebeneinander, von denen das eine zwei Stockwerke höher als das andere war. Ihre hellen Fensterläden waren meist geschlossen. So musste die Bebauung bis hinunter zur Questura ausgesehen haben, bevor sich der Ort im Ventennio der Mussolini-Diktatur gemäß den größenwahnsinnigen Bebauungsplänen der Faschisten verändern sollte. Teile des Ghettos und der mittelalterlichen Altstadt wurden durch Trutzbauten ersetzt. Aus dieser Zeit stammte auch das Gebäude, in dem sich heute das Polizeipräsidium befand. Damals wurde es als »Casa del Fascio« realisiert, Sitz der Faschistischen Partei und Kaserne der Schwarzhemden. Über fünftausend solcher Gebäude wurden in ganz Italien sowie in den besetzten Gebieten und den ostafrikanischen Kolonien von opportunistischen Architekten entworfen. In Triests Altstadt sollte der Monumentalbau die vermeintliche gesellschaftliche Erneuerung symbolisieren. Eine Festung, die das Zeichen der Verschlossenheit gegenüber jedem Fremden war und zur Verteidigung einer bedeutenden Grenzstadt, die sich auf den Krieg vorbereitete. Als der Frieden in Europa einkehrte, wurde er zum Generalquartier der Alliierten, unter deren Verwaltung die Stadt als Freistaat bis 1954 stand. Erst nach ihrem Abzug machte man das wuchtige Gebäude zum Polizeipräsidium.

Der Blick aus dem Fenster nach Osten fiel auf die mit rotbraunem Klinker verkleidete Fassade des Hochhauses, aus dessen oberen Etagen man eine ungehinderte Aussicht über die Dächer der Stadt und über das Meer genoss, bis nach Istrien und zur Lagune von Grado. Wer dort wohnte, hatte den Überblick. Wie Raffaele Raccaro, den alle Lele nannten.

Engel reisen

»Angel Travel Agency – Keine Kundenbesuche! Nur Internetbuchungen!« Das Schild über der Tür des Reisebüros in Udine war eindeutig. Der Laden im Erdgeschoss des frisch renovierten Gebäudes machte keinen guten Eindruck. Ein Kabuff von kaum zwanzig Quadratmetern, die Einrichtung schäbig und verdreckt. Mit seinen massiven Hängebacken erinnerte der fette unrasierte Mann mit dem ungewaschenen Haar und den groben Poren, die seine welke Gesichtshaut markierten, an eine räudige Bordeauxdogge. Er schaute schlecht gelaunt vom Bildschirm auf, als Miriam eintrat und zaghaft grüßte, und nahm nicht einmal die dicht behaarten Pranken von der verdreckten Tastatur. Wieder jemand, der störte. Weshalb zum Teufel hatte er den Zusatz in Rot aufs Firmenschild drucken lassen? Auf seinem Schreibtisch stapelte sich das Papier, in dem Regal daneben wucherten die Kataloge der Reiseveranstalter. An den Eselsohren und Einrissen ließ sich unschwer erkennen, dass grob mit ihnen hantiert wurde. Der Fettsack starrte Miriam stumm an und gab ihr zu verstehen, dass es kein Problem wäre, wenn sie gleich wieder wortlos verschwände. Aus ihrer attraktiven Erscheinung schien er sich gar nichts zu machen.

Der freundliche Hotelier hatte ihr beim Frühstück gesagt, das schöne Wetter hielte auch die nächsten Tage an. Eine leichte Bora war aufgezogen, sie möge sich nicht über die Böen erschrecken, die durch die Straßen fegten. Das sei eine Laune dieser Gegend, woanders kenne man solche Naturgewalten nicht, dafür trieb der Wind die Wolken vom Himmel. Er wies ihr auch den Weg zum Autoverleih, und während sie an den Rive entlang zu dem frisch renovierten, langgestreckten Speichergebäude am Molo IV ging, schlug ihr der Wind immer wieder heftig ins Gesicht. Die Luft war glasklar und schien das Nordwestufer des Triestiner Golfs näher an die Stadt zu treiben, als drückten die fernen und doch so klar vom Himmel sich abzeichnenden Dolomiten, die sich mächtig am Horizont erhoben, das Meer herüber. Der Autoverleiher hatte den Weg nach Udine beschrieben und ihr auf dem Computer die Via Castellana gezeigt, in der sich das Reisebüro befand. Eine Dreiviertelstunde später parkte sie vor dem zweistöckigen Gebäude, das zwischen zwei mehrspurigen Straßenzügen lag.

»Ich suche Giulio Gazza«, sagte Miriam, nun mit klarer Stimme, und wedelte mit einem Briefumschlag.

Der Mann hob die Augenbrauen. »Wer soll das sein?«

»Ich wollte mich für sein freundliches Schreiben bedanken.«

Der Kerl streckte nur die Hand aus und schnipste mit den Fingern, als hätte er die Macht, ihr Befehle zu erteilen.

Als sie keine Anstalten machte, ihm das Papier zu übergeben, erhob sich der Dicke endlich mit einem Grunzen und stapfte genervt auf sie zu. Miriam wich keinen Millimeter vom Fleck. Besonders groß war er nicht, und dank seines Leibesumfangs konnte er auch nicht sehr schnell sein. Doch die Art, wie er sich bewegte, strahlte eine unberechenbare rohe Gewalttätigkeit aus. Einer, der jederzeit aus heiterem Himmel zuschlagen konnte, und wenn er traf, dann ganz sicher mit ungeheurer Wucht. Er blieb einen halben Meter vor ihr stehen und warf einen kurzen Blick auf den Briefumschlag, dessen Inhalt Jeanette McGyver in Panik versetzt hatte.

»Sehe ich zum ersten Mal«, sagte er muffig und starrte ihr nun mit Stielaugen ins Dekolleté, als würde er sie jeden Augenblick vergewaltigen, anschließend erwürgen und danach in Stücke sägen wollen. Sein aasfauler Atem widerte sie an.

»Ich habe eine verheißungsvolle Antwort für Gazza. Am

besten ich lasse sie hier«, sagte Miriam und zog den Brief von Jeanettes Anwalt heraus. »Das Original erhalten Sie per Einschreiben und dann bald noch ein Schreiben von der Staatsanwaltschaft. So viele Briefe kriegen Sie sonst sicher nie.«

Ehe sie es sich versah, riss er ihr das Blatt aus den Fingern, faltete es auf und überflog den Inhalt. Seine linke Wange zuckte schwach, als huschte eine böse Ahnung über sein Gesicht. Als er dann endlich die Zahl las, die der Anwalt als gerichtlich einzutreibendes Schmerzensgeld angesetzt hatte, reagierte der Mann deutlicher. Hilflose Wut flackerte in seinem Blick, und er bebte am ganzen Körper, als erwartete ihn die Folter. Unvermittelt machte er einen halben Schritt zurück und sah ihr endlich in die Augen.

»Wer sind Sie?«, fragte er schließlich, seine Stimme hatte jede Sicherheit verloren. »Was wollen Sie von mir?«

Miriam zog den »Independent« heraus, den sie am Bahnhofskiosk erstanden hatte, und deutete auf die Titelseite, die eine keusch gekleidete Jeanette McGyver zeigte und als Opfer des perfiden Erpressungsversuchs einer kriminellen italienischen Bande darstellte. Der Name Giulio Gazza prangte deutlich im Untertitel.

»Lesen Sie das in Ruhe«, herrschte sie ihn an. Jetzt ging sie um den Fettsack herum und musterte ihn von oben bis unten. »Ich weiß zwar nicht, wie Sie mit einem solchen Mistladen diese Summe auftreiben wollen, aber Sie können sicher sein, dass die Anwälte keine Ruhe geben werden, bis nicht der letzte Cent beglichen ist. Dieses Mal haben Sie und der Gigolo das falsche Opfer gewählt. Rechnen Sie mit dem Schlimmsten. Sobald die Staatsanwaltschaft die Klage erhalten hat, können Sie davon ausgehen, dass hier kein Stein auf dem anderen bleibt. Ich mache jede Wette, dass dann auch die Fälle der anderen Frauen auf den Tisch kommen, die Sie zusammen mit diesem Schwanzkopf erpressen. Sie können Ihre Lage ein wenig verbessern, indem Sie damit rausrücken, wer der Mann auf den Fotos ist. Aurelio nennt er sich. Wo steckt er? Im übrigen hat auch die hiesige Lokalpresse diesen Artikel erhalten. Sie werden Schlagzeilen machen, Signore.«

Der Dicke starrte sie noch immer unbeweglich an, Schweiß rann ihm über Stirn und Wangen und versickerte in dem ungepflegten Vollbart. Er glänzte wie eine Speckschwarte. Das vorher hochdruckrote Gesicht hatte schlagartig in fahles Aschgrau gewechselt. Wortlos sah er zu, wie sie mit spitzen Fingern die Identitätskarte aus seinem Portemonnaie auf dem Schreibtisch fischte, aufschlug und sie abfotografierte. Jetzt konnte er nicht mehr so tun, als wäre er ein anderer.

»Setzen Sie sich«, stammelte er, als er sich zu fangen schien. »Ich habe nichts damit zu tun. Wann haben Sie das erhalten?«

»Am Freitag traf es bei Ihrem Opfer ein. Heute ist Dienstag. Wir reagieren schnell, wie Sie sehen.«

»Ich habe das nicht weggeschickt. Ich erpresse niemanden.«

Zum Verhandeln war sie nicht hier, und selbst wenn es irgendwo in dem Laden einen zweiten Stuhl gäbe, würde sie ihn gewiss nicht benutzen. Eine Putzfrau hatte diesen Raum offensichtlich noch nie betreten.

»Erzählen Sie das, wem Sie wollen«, sagte Miriam. »Wer ist der Kerl auf dem Foto?«

Gazza hob langsam die Achseln. »Ich kenne ihn nicht. Jemand anders muss meine Adresse benutzt haben. Fragen Sie doch den Kurierdienst, wer den Brief aufgegeben hat.«

»Die Fingerabdrücke werden zur Zeit analysiert, das ist zuverlässiger.«

»Wer zum Teufel sind Sie eigentlich? Jemand hat meinen guten Namen missbraucht, ich bin selbst ein Opfer dieser Sache.«

»Und ich bin Michelle Obama. Raus mit der Sprache: Wer ist dieser Kerl? Und wer ist der Geschäftsmann aus Triest, für den er arbeitet?« Miriam griff nach seinem Mobiltelefon, er zuckte kurz, doch dann ließ er sie teilnahmslos gewähren. Sie gab die Nummer des Gigolos ein, die Jeanette ihr diktiert hatte. In dem schmierigen Apparat Gazzas war sie nicht gespeichert. Sie hielt ihn vom Ohr entfernt und hörte wie die Ansage meldete, dass der Teilnehmer nicht erreichbar sei. Dann legte sie das Telefon mit spitzen Fingern zurück. Wahrscheinlich war es ein Anschluss, den er nur für Jeanette und die anderen Frauen, denen er zuerst an die Wäsche und dann ans Portemonnaie ging, angemeldet hatte. Das wäre herauszubekommen.

»Ich werde Ihnen helfen, wenn ich kann. Ich werde alles versuchen.« Gazza ließ sich auf seinen Schreibtischstuhl fallen und zwängte mit seinen Händen den Speckgürtel zwischen die Armlehnen. »Sie haben einen englischen Akzent. Sind Sie die Frau, für die ich das Hotel in Triest gebucht habe?«

Miriam verzog die Mundwinkel.

»Gefällt es Ihnen? Sind Sie gut aufgehoben?« Sein Anbiederungsversuch blieb vergeblich.

»O ja, sehr elegant«, sagte sie spitz und wandte sich um. »Und es ist sogar sauber. Sie aber werden mir sagen, wer dieser Aurelio ist und wo ich ihn finden kann. Sie haben Zeit bis morgen. Und wenn Sie tricksen, dann kommt jemand ganz anderes an meiner Stelle und nimmt nicht nur diesen Laden auseinander. Ich scherze nicht und fürchte um Ihre Unversehrtheit. Es gibt keine zweite Warnung.«

Grußlos ging sie hinaus, stieg in den Leihwagen und fuhr vom Hof. Im Rückspiegel glaubte sie noch zu sehen, dass Gazza den Telefonhörer zum Ohr führte. Auch sie griff zum Telefon und wählte Jeanettes Nummer.

*

Was tat man nicht alles für eine Freundin? Vor nicht einmal zwei Tagen war Miriam noch im strömenden Regen von der Haltestelle Covent Garden ins Scoop geeilt.Während sie in diesem exzellenten Eiscafé in Short's Gardens an einem der wenigen Tische auf Jeanette wartete, um ihr die drei retuschierten Fotografien zu übergeben, verrührte sie den Zucker im Espresso und blätterte zerstreut im »Economist«, bis sie auf einen langen Artikel über italienische Kaffeekultur stieß, in dem behauptet wurde, der beste Kaffee Italiens würde nicht, wie landläufig verbreitet, in Neapel, sondern in Triest getrunken, wo außerdem der jährliche Durchschnittskonsum mit fünfzehnhundert Tassen Espresso pro Kopf mehr als doppelt so hoch sei als im Rest des Landes. Weiter hieß es, Triest gelte als der größte Kaffeehafen im Mittelmeerraum, dessen Ware sowohl an der Londoner Terminbörse als auch in New York gehandelt wurde. Namhafte Betriebe für alle Bearbeitungsstufen seien um ihn herum angesiedelt: Importeure von Rohkaffee, Röstereien, Kaffeemaschinenhersteller, Spediteure und Versicherungen, selbst eine Kaffee-Universität gebe es dort. Und die britischen Konsuln Charles Lever und Richard Francis Burton, zwei bedeutende Autoren des neunzehnten Jahrhunderts, hätten in der nördlichsten Hafenstadt des Mittelmeerraumes die Mehrzahl ihrer Werke verfasst – ganz abgesehen von James Joyce, der nach 1904 elf Jahre dort gelebt und die ersten Kapitel des »Ulysses« geschrieben habe. Daraus ließe sich etwas machen. Miriams Entschluss, nach Italien zu fliegen, stand fest. Sie würde sich den Trip bezahlen lassen, von einem Reisemagazin, das mit einem solchen Artikel aus ihrer Feder leicht zu ködern wäre. Als Jeanette in einem Kostüm von der Farbe des Himbeereises in der Glastheke völlig aufgelöst hereinstürmte und sich wie üblich über zu viel Stress beklagte, hatte Miriam bereits mit ihrem iPhone den Flug gebucht. Das Reisebüro in Udine, das als Absender der Erpresserfotos firmierte, hatte ihr per

Internet ein Hotel empfohlen und es für sie reserviert. Eine ganze Woche wollte sie dort bleiben, Zeit genug, um in Kontakt mit den betreffenden Herrschaften zu treten und sie genauer unter die Lupe zu nehmen.

»Das ist verdammt gut«, sagte Jeanette erleichtert und steckte die Fotos in den Umschlag zurück. »Wer hat das gemacht?«

»Meine Tochter. Candace ist eine Meisterin der Bildbearbeitung. Und sie stellt auch keine indiskreten Fragen. Hier sind die Originale, pass gut auf sie auf. Sie hat die Dateien zuverlässig vom Computer gelöscht. Sei ganz beruhigt. Wie sieht es mit dem Journalisten aus?«

»Ich bin mit Bill Madison vom ›Independent‹ zum Lunch verabredet. Er hat mich stets gut behandelt und war sofort bereit, mich zu treffen, zumal ich ihm häufig Informationen zugespielt habe.«

»Ich hingegen werde mich persönlich von den Qualitäten deines Lovers überzeugen. Ich fliege morgen um elf Uhr zehn von Stansted aus.«

»Was hast du vor?«, rief Jeanette entsetzt.

»Kein Grund zur Eifersucht. War nur ein Scherz.« Jeanette hatte sich noch immer nicht aus ihrer Starre gelöst. »Ich werde eine Reisereportage über die Ecke schreiben und mir nebenbei diese Leute ansehen. Ich bin neugierig, wie dieser Kerl reagiert, wenn ich ihm die manipulierten Fotos vorlege und den Artikel, den Madison schreibt. Ich nehme an, der wird gleich morgen erscheinen. Eine solche Geschichte drücken die sofort ins Blatt. Wer ist eigentlich dein Anwalt?«

Jeanette stutzte einen Augenblick. »Jeremy Jones von Beckett, Joyce, Plath, Stein & Woolf. Weshalb fragst du?«

Miriam hob die Brauen. »Schweres Geschütz! Was hältst du davon, wenn Jones eine Klage aufsetzt mit einer exorbitant hohen Schmerzensgeldforderung? Wenn er das bis morgen früh schafft, dann nehme ich davon eine Kopie mit. Solche Schreiben verursachen rasch Panik. Und bei der Presse kommt es übrigens auch gut an, wenn du bereits den Rechtsweg gegen die Kerle eingeschlagen hast. Es macht alles noch glaubwürd.ger. Die Leute werden deine Courage bewundern. Das ist besser als eine Wahlkampagne von Saatchi & Saatchi.«

Jeanette hatte bereits die Nummer gewählt und ließ sich mit ihrem Anwalt verbinden, um einen Termin für den Nachmittag zu vereinbaren. »Du wirst das Schreiben bekommen, und wenn ich morgen einen Fahrer zum Flughafen schicken muss.«

»Der könnte mich dann eigentlich gleich mitnehmen, was meinst du?«

»Wenn ich dich nicht hätte.« Jeanette McGyver drückte der Freundin einen Kuss auf die Wange und entschwand gleich darauf mit wehenden Mantelschürzen, unter denen die in bleiche, blickdichte Nylons gehüllten Waden wie Zündhölzer blitzten. Die hochhackigen Pumps an ihren Füßen waren himbeerfarben wie ihr Lippenstift, die Handtasche und das hochgeschlossene Kostüm. Noch in der Tür hob sie den Arm, um sich ein Taxi herbeizuwinken.

*

Am Tag ihrer Abreise war London noch immer regengrau gewesen, und es schien, als fiele der Sommer auf den Britischen Inseln in diesem Jahr aus. Mit der U-Bahn fuhr sie zum Bahnhof Liverpool Street und stieg in den Stansted-Express um. Eine Stunde dauerte es noch, bis sie sich über die Laufbänder des Flughafens auf den Weg zum Terminal machen konnte, um das Gepäck aufzugeben und schließlich die Passkontrolle zu passieren, wo sie sich wie immer etwas länger als die anderen dem prüfenden Blick des Grenzpolizisten auszusetzen haben würde. Obwohl die Metropole Millionen Einwohner hatte, deren Vorfahren keine blonden Briten waren, schärfte sich der Blick vieler Beamte, wenn ihnen ein Mensch dunkler Hautfarbe gegenüberstand. Vor allem seit die Amerikaner weltweit den Sicherheitsstandard diktierten. Präsident hin oder her. Im Namen der Freiheit. Die Staatsangehörigkeit allein galt längst nichts mehr, erst recht nicht, wenn der Geburtsort auf einem anderen Kontinent lag.

In der Abflughalle musterte Miriam die Leute, die mit ihr das Flugzeug besteigen würden. Vom Rucksacktourist bis zum Schlipsträger war alles dabei, einige Menschen von asiatischem Einschlag, die während der Wartezeit in physikalische Fachliteratur vertieft waren, und einige Frauen mit Kopftuch oder Tschador. Und immer wieder hörte sie slawische Ausdrücke. Ihr Italienisch brächte sie garantiert schnell wieder auf die Reihe, ein Tag würde reichen, immerhin hatte ihr Vater in ihrer Kindheit ausschließlich ialienisch mit ihr gesprochen. Und auch er hatte es von seinem Vater gelernt, so wie Miriam versucht hatte, es an ihre Tochter weiterzugeben.

Ihr Herz schlug höher, als die Maschine nach zweistündigem Flug die Schleife über die sonnenbeschienene Lagune von Grado zog und ihr Blick im Landeanflug auf die Steilküste vor Triest fiel. Die Ansage des Piloten machte die Reisenden darauf aufmerksam, dass sie die Uhren um eine Stunde vorstellen sollten. Die Außentemperatur betrug neunundzwanzig Grad bei stabiler Wettervorhersage. Nach dem langen Anfahrtsweg durch das regennasse London und dem turbulenzenreichen Flug über die Alpen war Miriam überrascht, dass sie die letzten Meter vom Flugzeug zum Terminal des kleinen Flughafens zu Fuß und unter praller Sonne gehen musste. Dennoch dauerte es fast eine halbe Stunde, bis das Förderband an der Gepäckausgabe ansprang. Ihr Taxi war ein ausladender, weißer Kombi, der zuvorkommende Fahrer nahm ihr das Gepäck ab. Beim Einsteigen fiel ihr Blick auf das Buch auf dem Beifahrersitz: eine Biografie von Benito Mussolini, dem Duce, der auf dem Umschlagfoto die Hand zum römischen Gruß reckte. Sie musste die Adresse zweimal wiederholen, noch stockte ihre Aussprache. Der Mann fragte sie höflich, woher sie komme, und schaute, als sie London sagte, zweifelnd in den Rückspiegel.

»Und wo haben Sie Italienisch gelernt?«, fragte er, als er auf die Autobahn einbog und an der Mautstelle ein Ticket zog.

»Mein Großvater war Italiener«, sagte Miriam.

Wieder schaute der Fahrer in den Rückspiegel. »Sooo?«

»Ich lebe zwar in London, bin aber in Äthiopien geboren«, sagte Miriam. »Er war Soldat.«

»Ach ja, unsere Kolonien.« Er räusperte sich kurz.

Sie hörte den Kommentar des Fahrers nicht, ihr Blick fiel auf das weite offene Meer, den Golf von Triest, als der Wagen auf die Küstenstraße einbog, deren Trasse hoch in den steil abfallenden hellgrauen Fels gehauen war. Ein atemberaubendes Panorama, an das sie sich noch oft erinnern würde. Die Sicht war glasklar, die Mittagssonne gleißte und das Wasser war von einem so tiefen Blau wie der Nachthimmel im Hochsommer. Windböen wirbelten an manchen Stellen Schaumkronen auf, an anderen zeichneten sie gerippte Muster auf die Wasseroberfläche. Eine halbe Meile vom Ufer entfernt lagen lange Reihen vertäuter Bojen, Muschelzuchten, die von zwei Kähnen abgeerntet wurden, auf denen Männer in gelbem Ölzeug an einem Förderband hantierten. Kurz hinter einem Tunnel, der durch den grauen Fels getrieben worden war, musste der Fahrer jäh bremsen, Menschen liefen über die Straße, und am Straßenrand parkten eine Menge Lastwagen.

»Schon wieder diese Leute vom Film. In Triest wird immer mehr gedreht, hoffentlich bringt es Touristen. Wie redet man in Äthiopien denn heute über uns? Wir haben damals viel Gutes ins Land gebracht. Aber dann war halt Krieg.«

»Ich lebe schon zu lange in England«, wich Miriam aus. Die Geschichte ihres Heimatlandes kannte sie gut, und die Italiener hatten dort Hunderttausende auf dem Gewissen. Entweder hatte der Taxifahrer einfach keine Ahnung, oder er gehörte zu denen, die den Faschismus verklärten.

»Und Ihr Großvater, wie hieß er mit Nachnamen?«

»Natisone«, antwortete sie zögerlich.

Wieder fixierte sie ein überraschter Blick durch den Rückspiegel.

»Natisone, wirklich?«

»Sagte ich doch, warum?«

»Als Nachname habe ich das noch nie gehört, doch nicht weit von hier gibt es einen kleinen Fluss, der so heißt. Drüben im Friaul. Vielleicht kam er von dort.«

Miriam war überrascht. »Es wird mir kaum mehr jemand sagen können. Meine Eltern sind seit langem tot.«

»Ist er denn nicht aus Abessinien zurückgekehrt?«

»Nein. Er blieb bei Frau und Kindern.«

»Hmm.« Der Taxifahrer schwieg ein paar Sekunden, dann fragte er: »Sind Sie ganz sicher, dass er von Geburt an Natisone hieß?«

»Wie denn sonst?«, murmelte Miriam und schaute aufs Meer hinaus. Vor langem einmal hatte sie gelesen, dass neben Partisanen, die sich im Widerstand den äthiopischen Rebellen angeschlossen hatten, auch manch ein anderer der italienischen Soldaten seine Identität geändert hatte. Entweder um der Bestrafung zu entgehen, weil er sich wider die faschistischen Rassegesetze mit Afrikanerinnen eingelassen hatte, oder weil in Italien eine ganze Familie auf seine Rückkehr wartete. Nach der Niederlage gegen die Engländer waren einige von ihnen in Äthiopien geblieben. Dass auch ihr Großvater seinen Nachnamen geändert haben könnte, war ihr nie in den Sinn gekommen.

Der freundliche Fahrer warf noch einen erstaunten Blick

in den Rückspiegel, als sie auf seine Frage nach dem Grund ihrer Reise antwortete, sie würde eine Reisereportage für den »Traveller« schreiben: Triest und der Kaffee. Irgendwie schien der Mann für diese auffallende Frau mit ihrem wasserstoffblonden Bürstenhaarschnitt, der Markenkleidung und der feinen Handtasche keine Schublade zu finden.

»Geben Sie Acht: Hier ist immer alles anders, als man denkt. Sie werden es schnell bemerken«, sagte der Mann, als er auf den Parkplatz fuhr.

Er setzte sie vor dem Grandhotel an der großen Piazza ab und trug sogar ihr Gepäck bis zur Rezeption. Die beiden Fenster ihres Zimmers öffneten sich auf den Platz, Miriam gefiel dieser Ort. Sie warf einen Blick auf den Stadtplan und stellte fest, dass die Touristeninformation gleich nebenan im Erdgeschoss des Rathauses lag. In einer halben Stunde würde sie dort eine freundliche Dame erwarten, der sie telefonisch ihr Ansinnen vorgetragen hatte. Diese hatte Miriam angeboten, Termine bei Importeuren und Röstereien zu organisieren und ihr ein paar typische Cafés zu nennen, die sie für ihre Reportage unbedingt besuchen sollte. Miriam würde diese Frau auch nach dem Fluss im Friaul fragen, dessen Name wie der ihrer Familie lautete: Natisone.

Hinaus

Internationale Verschwörung mit Sex-Skandal und *Englische Spitzenpolitikerin in Porno-Falle* und *Intrige durch Bildmanipulation.* Die Nachricht brachte Auflage und prangte an diesem Mittwochmorgen in fetten Lettern auf den Titelseiten der Provinzblätter. Gestern Nachmittag war per Kurier ein Schreiben in die unterbesetzten Lokalredaktionen geflattert, Absender war eine Londoner Anwaltssozietät mit entsetzlich langem Namen. Dem Anschreiben war ein Exemplar des »Independent« beigefügt, und die Internetrecherchen der Journalisten bestätigten, dass der Artikel tatsächlich dort erschienen war. Nachdem man Giulio Gazza für eine Stellungnahme nicht hatte auftreiben können und weder Questura noch Staatsanwalt von der Sache wussten, folgte man in großen Zügen dem Artikel der britischen Kollegen und dichtete einiges an Lokalkolorit hinzu: So befürchtete man Konsequenzen für die ohnehin schon von der Wirtschaftskrise gebeutelte Tourismusbranche sowie diplomatische Spannungen, wo doch das Ansehen Italiens gerade in der englischen Presse stark angeschlagen sei, seit die dortigen Boulevardblätter mit geradezu voyeuristischem Hochgenuss über die Eskapaden des Premiers berichteten. Das Anwaltsbüro sei im übrigen eines der mächtigsten Großbritanniens und habe die heftigsten internationalen Schlachten gewonnen. Der Name des Verdächtigen, den die englische Presse preisgegeben hatte, erschien jedoch nur als Initialen G. G., und auf einem verschwommenen Foto verdeckte ein Balken seine Augen. Daneben prangte die retuschierte Aufnahme aus dem »Independent«. Ein junger, schlanker Mann aber war deutlich im Halbprofil abgebildet.

»Marietta!«, rief Proteo Laurenti und legte das Blatt beiseite. »Den kennen wir doch!« Er tippte auf das Foto des Dicken mit dem Balken über den Augen.

Seine Assistentin hatte die Zeitung ganz offensichtlich noch nicht gelesen. Sie überflog die Zeilen.

»Das ist Gazza, ein Stammgast. Erinnerst du dich?«

»Im Winter vor acht Jahren hast du ihn vergeblich ausgequetscht«, schniefte Marietta mit grauem Gesicht. »Schlägerei unter Besoffenen mit Todesfolge. In einer Bar in der Via Rosetti, gegenüber vom Liceo Petrarca. Die Beteiligten hielten alle dicht und schoben dem Toten einmütig alle Schuld zu. Am Ende kamen sie mit Bewährungsstrafen davon. Die Kollegen vom Kommissariat für Eigentumsdelikte kennen den Kerl besser. Soweit ich mich erinnere, hat er eine ganze Reihe Vorstrafen auf dem Buckel, überwiegend Betrügereien. Kein besonders großes Licht.«

Marietta war an diesem Morgen erst spät im Büro erschienen und sah fürchterlich aus. Ihre Augen waren verquollen, als hätte sie die ganze Nacht geheult, und ihr Haar war unordentlich. Seit drei Tagen trug sie dieselbe Bluse. Auf Laurentis besorgte Frage nach ihrem Befinden heftete sie ihren Blick schweigend auf den Bildschirm ihres Computers. Was hatte der weiße Hase Bobo gestern bloß mit ihr angestellt?

»Und der soll in der Lage sein, eine solche Sache zu inszenieren?«

»Immer geht es gegen uns Frauen.« Marietta zog die Nase hoch. »Ich kann es nicht mehr ertragen. Es dreht sich inzwischen alles nur noch um Sex.«

»Hört, hört. Das sind völlig neue Töne, dabei gibt es kaum jemanden, der eine höhere Trefferquote in diesem Landstrich erreicht hat als du. Was ist bloß los mit dir?«

In der Tat hatte Marietta ihr Leben bisher in vollen Zügen genossen und nie Mühe gehabt, wen immer sie wollte abzuschleppen. Bis vor drei Monaten eben. Nicht einmal mehr ans Meer ging sie, wo sie unzählige Sommer jede freie Minute an einem der Nudistenstrände unterhalb der Steilküste verbracht hatte. Trotz des wunderbaren Wetters hatte sie bis jetzt die Sonne gemieden und wurde nur noch in Begleitung des biederen Männchens gesehen, über den man munkelte, er sei eine Wühlmaus im Staatsarchiv.

»Männer, die sich an Frauen ranwerfen, die ihre Töchter sein könnten, sind das letzte.«

»Wen meinst du denn?«

»Den alten Galvano mit seiner Russin zum Beispiel«, sagte sie matt und schloss beim Hinausgehen sorgfältig die Tür.

Laurenti blieb keine Zeit, sich über ihre schnippische Äußerung zu wundern, nach einem energischen Klopfen trat Pina Cardareto mit einem Aktendeckel unter dem Arm ein, um ihn über die Wasserleiche zu unterrichten.

»Auf die knappe Meldung in der Zeitung hat sich noch niemand gemeldet, doch soeben ist die Nachricht der deutschen Kollegen eingetroffen. Harald Birken«, wie sie den Namen Bierchen aussprach, »ist ein hohes Tier in einem Fernsehsender. Fiction-Direktor. Geboren 1955, verheiratet, zwei Kinder, keine Vorstrafen. Die Familie in Frankfurt wurde unterrichtet. Er war wohl alleine unterwegs. In seinem Portemonnaie befanden sich dreitausenddreihundertzehn Euro in Scheinen, überwiegend Fünfhunderter, und zwei Euro zehn in Münzen in der rechten Hosentasche. Das sind seine Autoschlüssel«, sie legte einen Computerausdruck auf den Tisch. »Den Wagen dazu haben wir noch nicht gefunden.«

Ein Emblem, das an verseuchten Mozzarella erinnerte, der nach dem Öffnen der Packung das Blau des bayerischen Himmels annahm.

»Kennzeichen, Typ und Farbe kennen wir. Ein weißer BMW X6M, Listenpreis über einhunderttausend.«

»Ein Panzerwagen.«

»Zwei vakuumverschlossene Beutel trug er bei sich, deren Inhalt sich zur Analyse im Labor befindet. Die Fingerabdrücke stammen von ihm und einer zweiten Person, die nicht in unseren Dateien ist. Und hier sind die Kopien der Notizzettel aus seinen prall gefüllten Hosentaschen.«

Auf Laurentis Tisch flatterten wie in Zeitlupe zwanzig weitere Blätter, eines nach dem anderen. Es war ein schwer entzifferbares Gekrakel. Extreme Unterlängen, kaum ausgeführte Vokale, und selbst auf den Kopien ließ sich erkennen, dass der Urheber den Kugelschreiber heftig durchdrückte und die Buchstaben eng setzte, bei anderen Notizen hatte er den Stift jedoch nur oberflächlich geführt, und die Schriftausdehnung war fahrig weit. Ein Psychologe hätte seine wahre Freude daran, ein Grafologe leichtes Spiel. Soweit Laurenti die Schrift zu deuten vermochte, handelte es sich um eine unbeherrschte Person, die sich einen feuchten Kehricht darum scherte, ob andere sein Gekrakel entziffern konnten.

»Selbst wenn er auf Italienisch geschrieben hätte, wäre es eine nimmer endende Geduldsprobe, diese Aufzeichnungen zu entschlüsseln«, sagte Laurenti und warf die Blätter auf den Tisch zurück.

»Nur wenn man sich nicht zu helfen weiß«, platzte die Inspektorin heraus und strahlte übers ganze Gesicht. »Es sind hauptsächlich Notizen zu Schauspielerinnen und Merkzettel, die den aktuellen Set betreffen. Er will sich bei Raccaro über den Location-Manager beschweren, weil der gesagt habe, man könne die Behörden nicht alle naslang um immer neue Drehgenehmigungen bitten. Vor allem könne man mit Freundlichkeit mehr erreichen. Auch mit den Nerven der anderen sei hauszuhalten. Und hier schreibt er: ›Abendkleidung der Hauptdarstellerin zu sexy, stößt bei unserem weiblichen Publikum auf Ablehnung‹.«

»Wo gibt's denn so was? Seit wann können Sie eigentlich Deutsch, Pina?«

»Die Frau unseres Gerichtsmediziners ist Apothekerin und kommt aus …«

»Gut gemacht. Für den Staatsanwalt brauchen wir aber eine amtliche Übersetzung.«

Sie wühlte in den Papieren und zog ein Blatt hervor. »Dieses ist schon interessanter. Schauen Sie, Commissario: ›AFI‹, dreimal unterstrichen, und dann ›20 000 €‹. Datiert auf den Tag, bevor er aus dem Meer gefischt wurde. Sechzehn Uhr.«

»Zerial liegt mit seiner ersten Einschätzung des Todeszeitpunktes also richtig. Der Mann trieb nur kurz im Wasser. Doch wer zum Teufel ist AFI? Haben Sie das etwa auch schon herausgefunden?« Im selben Augenblick klingelte sein Telefon. Laurenti erkannte die Nummer, und aus einem Augenwinkel sah er, wie Pina Cardareto auf seine Frage den Kopf schüttelte.

»Haben Sie heute schon die Zeitungen in der Hand gehabt, Commissario?«, fragte die Staatsanwältin. »Kommen Sie bitte vorbei, mir liegt eine Anzeige aus London vor. Ich möchte das persönlich mit Ihnen besprechen. Delikate Angelegenheit. Um elf, wenn's geht. Zehn Minuten nur. Arrivederci, Commissario.«

Er holte tief Luft. Iva Volpini wollte die Sache mit der britischen Politikerin doch hoffentlich nicht ihm aufs Auge drücken. Er hatte Wichtigeres zu tun.

»AFI?«, wiederholte er. »Eine Abkürzung für was? Initialen? Eine Firma, eine Institution? Kriegen Sie's raus, Pina.«

Er warf einen Blick auf die Uhr. »Und was sagt der Gerichtsmediziner über das U-Boot?«, fragte er schließlich.

»Er verweigert wie immer eine konkrete Auskunft, solange er die Obduktion nicht durchgeführt hat. Nichts zu machen.«

»Pina, haben Sie das Meer heute gesehen? Ein wahres Spektakel! Das Süßwasser des Isonzo hat alles vor sich hergetrieben. Baumstämme, Äste, alles. Wer weiß, was da noch im Wasser treibt. Erbitten Sie Hilfe von der Küstenwache, und am besten nehmen auch Sie selbst ein Boot von den Kollegen der Wasserschutzpolizei. Fahren Sie Richtung Grado, lassen

Sie sich die Strömungsverhältnisse erklären. Und bitten Sie die Dienststelle in Monfalcone, dort die Parkplätze entlang der Strände und Anleger nach dem BMW abzusuchen. Jede Wette, dass er dort ins Wasser gegangen ist.«

»Oder gegangen wurde«, fügte sie an.

Pina Cardareto hatte oft den Instinkt des Kommissars bewundert, nicht alles war durch Laboranalysen zu lösen. Es hatte seine Vorteile, mit einem Ermittler zusammenzuarbeiten, der keine Furcht vor Obrigkeiten zeigte und für den das Regelwerk des Sicherheitsapparats von großer Elastizität war.

»Muss das wirklich sein?«, fragte Pina zögerlich. »Schicken Sie bitte einen Kollegen.«

Nie hatte Pina einen Hehl daraus gemacht, dass ihr jegliche Form von Wassersport zuwider war. Jedes Mal, wenn der Job von ihr verlangte, auf ein Boot zu steigen, hielt sie sich krampfhaft an der Reling fest und hoffte mit grünlichem Gesicht darauf, dass der Horrortrip schnell zu Ende ging. Die Fahrt nach Grado und zurück, die Laurenti von ihr verlangte, würde ihr alles abverlangen, zumal die Seebären von der Wasserschutzpolizei gerne die Power ihrer Boote ausreizten.

»Es fährt, wer den Fall betreut, Kollegin. Sie werden es überstehen. Sonst noch was?« Er schob die Zeitungen beiseite, um Platz für die Akten zu schaffen.

*

Es war drei Minuten vor elf, und zum Gerichtspalast fehlten gerade noch zweihundert Meter, als Galvano in der Via del Coroneo mit dem hinkenden schwarzen Hund an der Leine und einer Tageszeitung in der Hand aus der Bar Basso herausschoss und ihn am Ärmel packte. Als hätte er dem Commissario aufgelauert. In letzter Zeit zeigte sich der zwangspensionierte Gerichtsmediziner häufig in dieser kleinen Bar, in der ausschließlich regionale Köstlichkeiten serviert wurden, vom Kaffee über Bier, Wein, Schinken und Käse – Wodka, Campari oder Coca-Cola bestellte man vergeblich. Laurenti warf einen Blick über Galvanos Schulter und sah, wie die blonde Russin am Tresen ihr Weinglas in einem Zug leerte und den Wirt in einem geröllartigen Wortschwall nachzuschenken aufforderte. Der Alte war also wieder unter Aufsicht.

»Alles Quatsch, Commissario! Der ist doch nicht Superman, der ist nur ein gelifteter Greis.« Galvano wedelte mit dem Blatt, dessen aufgeschlagene Seite ein großes Konterfei des Premiers zeigte und daneben das Bild eines blonden Callgirls aus Apulien mit herben, fast maskulinen Gesichtszügen. »Diese Sex-Abenteuer sind doch inszeniert«, brüllte der Fünfundachtzigjährige speichelspeiend, als befände er sich nicht in Triest, sondern am Speakers' Corner im Londoner Hyde Park.

Zwei ältere Damen, die im Fischladen und den Feinkostgeschäften am Largo Piave ihre Einkäufe fürs Mittagessen getätigt hatten, blickten sich neugierig nach ihm um. Obwohl sie keinen Meter von Galvano entfernt standen, schien dieser sie nicht zu bemerken. Sie stellten ihre Einkaufstüten ab und blockierten den Gehweg. Galvanos schwarzer Köter schnüffelte unbeachtet an einer der Tüten.

»Eine Weibergeschichte nach der anderen. Glaubst du etwa, der ist wirklich so gut im Bett, wie es in den Abhörprotokollen steht? In seinem Alter? Und dann reißt er angeblich auch noch ein achtzehnjähriges Blondinchen auf, das ihn in aller Öffentlichkeit schamlos Papi nennt.«

Galvano hatte sich bereits heiser geschrien und weitere Zuschauer angelockt. Inzwischen steckte der struppige Kopf seines Hundes ganz in der Einkaufstüte.

»Ganz unrecht hat dieser Grantler ja nicht«, sagte die eine der beiden Damen mit dem blonden Pferdeschwanz. »Es ist schon erschreckend, wie viele Frauen es gibt, die einmal an der Macht lecken wollen.«

»Was führt sich der Alte eigentlich so auf«, maulte ein Mann mit grüner Baseballmütze und grünem Einstecktuch, der kaum jünger war als der ehemalige Pathologe. »Ihr Kommunisten seid viel schlimmer!«, rief er. »Jetzt kommt endlich wieder Recht und Ordnung ins Land.«

»Du hast doch keine Ahnung, Bimbo!«, schnauzte Galvanvo ihn an. »Der will doch nur von seinen korrupten Verstrickungen ablenken. Von der Verurteilung dieses englischen Rechtsanwalts, der ihm mit seiner Falschaussage für sechshunderttausend Dollar vor Gericht den Hintern gerettet hat, und von den Bindungen an die Mächte des Finsteren, an die Mafia und die Camorra.«

Laurenti versuchte zu entkommen, sein Job zwang ihn in der Öffentlichkeit zu totaler politischer Abstinenz. Doch Galvano hatte nicht die geringste Absicht, von ihm abzulassen, umklammerte noch fester seinen Arm und zog ihn enger an sich heran.

»Er hat geniale PR-Berater und ist ein guter Redner«, warf die andere Pensionistin ein. »Das müssen die anderen erst einmal lernen.«

»Sein Apotheker ist das Genie, du naives Mädchen.« Galvano fasste sich an den Kopf. »Glaub doch nicht, dass der Kerl von alleine noch einen …«

»Auf jeden Fall ist er ein Vorbild, ein großer Unternehmer, der sich für das Land opfert«, schritt die Dame mit dem Pferdeschwanz ein. »Ist doch klar, dass er auch einmal etwas Entspannung braucht. Privatangelegenheit, lassen Sie ihn doch in Ruhe. Sie sind bloß neidisch.«

»Hoffen wir, dass die jungen Dinger wenigstens gut verhüten«, kicherte die andere. »Stell dir vor, die Neugeborenen sehen alle aus wie er.«

»Auch Babys haben wenig Haare auf dem Kopf!« Auf einmal raste Raissa aus dem Lokal und schob sich eifersüchtig vor Galvano, das zweite Glas Wein hatte sie offensichtlich noch schneller geleert. »Von wegen neidisch. Mein Mann ist ein berühmter Mediziner. Er weiß, wovon er redet.«

»Eben! Und deswegen nehme ich ihm das mit den amourösen Abenteuern auch nicht ab.« Galvano riss mit einem heftigen Ruck den Kopf seines Hundes aus der Einkaufstüte. Ein Fischschwanz ragte aus seinem Maul, und er leckte sich zufrieden die Lefzen. »Bald wird es in den Altersheimen zu Sexpartys kommen, weil ihm alle nacheifern. Was für eine Vorstellung! Triest hat jetzt schon den höchsten Pro-Kopf-Verbrauch von Viagra in Italien.«

»Und laut Statistik auch die jüngsten Mädchen mit ersten Sexualerfahrungen«, sagte Laurenti und versuchte sich zu befreien. »Hoffentlich gibt es da keinen Zusammenhang!«

»Ach was«, warf Raissa nun mit ihrem herben Akzent ein. »Die tatschen höchstens die ukrainischen Pflegerinnen ab. Gegen ein bisschen Trinkgeld natürlich. Fünf Euro für den Hintern, solange sie das Bett machen, zehn für die Brüste, während sie den Bettlägerigen die Pfanne unterm Arsch wegziehen.«

Galvano verstummte schlagartig. Er ließ Laurenti los und zupfte seine Lebensgefährtin heftig an der Jacke, in der Hoffnung, sie zum Schweigen zu bringen. Der Commissario nutzte die Chance und stahl sich davon. Er war viel zu spät dran.

»Ach, Laurenti, ich dachte schon, Sie hätten mich vergessen.« Als er mit einer Viertelstunde Verspätung ihr Büro betrat, warf Dottoressa Iva Volpini einen Blick auf die zierliche Armbanduhr.

»Ich wurde aufgehalten. Verzeihung.« Laurenti setzte sich.

»Dieses Schreiben hat uns heute über die Botschaft Ihrer Majestät erreicht.«

Der Briefkopf war der einer bedeutenden Anwaltskanzlei in London, fünf Namen waren in einer dunkelgrauen Antiqua in Majuskeln gedruckt, das Papier trug ein Wasserzeichen. Laurenti überflog das Schreiben, und obwohl seine Englischkenntnisse stark zu wünschen übrigließen, verstand er, dass es sich um eine saftige Klage handelte. Zweieinhalb Millionen Sterling Schadenersatz nebst Unterlassungserklärung im Namen einer britischen Unterhausabgeordneten namens Jeanette McGyver. Ferner wurde Strafanzeige wegen Verleumdung, Ehrverletzung, Stalking und sexueller Belästigung gestellt. Die letzten Punkte hatten Strafrechtsbestand, damit mussten die Behörden tätig werden.

»Dieser Teil fehlte in der Presse«, sagte Laurenti und gab der Staatsanwältin das Schreiben zurück. Die Lokalzeitungen würden es am nächsten Tag bringen. »Das ist eindeutig eine Angelegenheit für das Kommissariat für Sexualstraftaten.«

»Ich möchte aber, dass *Sie* sich den Kerl vorknöpfen, Commissario«, sagte die Staatsanwältin. »Das ist nichts für Leute, die Angst vor Autoritäten haben. Weiß der Teufel, was dahintersteckt. Ist es eine Verschwörung, wie es der ›Independent‹ für möglich hält?«

»Wenn Sie einen politischen Hintergrund vermuten, Dottoressa, sind die Kollegen von der Digos zuständig.«

Sie überging seinen Einwand kommentarlos.

Täglich las man von mutigen Bürgern, die unter Druck gesetzt wurden, weil sie dazu aufforderten, die Autoritäten zu hinterfragen. Ebenso erging es missliebigen Journalisten, Rechtsanwälten, Polizisten, Staatsanwälten und Richtern. Und natürlich auch aufrechten Politikern, die sich nicht in den Filz verstricken lassen wollten. Ein paar von denen gab es noch, und um die loszuwerden, brauchte es nicht unbedingt einen Killer. Die Psyche eines Menschen brach meist früher ein, als er ahnte.

Den Psychoterror beherrschten die Profis. Ihre Phantasie

kannte dabei keine Grenzen. Zeitraubend und lästig konnte für den Betroffenen schon eine gut durchdachte Anzeige beim Finanzamt sein, so wie dies verlassene Ehefrauen taten oder Sekretärinnen, die als Geliebte ausgedient hatten. Auf konkrete Drohungen musste man nicht unbedingt zurückgreifen, schleichend Druck zu machen, lohnte meist mehr. Manchmal genügte es schon, einen Mann im Kleiderschrankformat vor der Haustür des Opfers abzustellen, der nichts Weiteres zu tun hatte, als freundlich zu grüßen und zu wiederholen, wie schön doch das von Gott gegebene Leben sei, solange man selbst und natürlich die Menschen, die einem nahestehen, bei guter Gesundheit sind und es genießen können.

Eine ausgeklügelte Geheimdiensttaktik funktionierte, seit es den Postweg gab, und wurde bei Prominenten eingesetzt: die schriftliche Diffamierung hinter dem Rücken des Opfers. Gut erfundene Geschichten über Tabuverletzungen waren von hohem Tratschpotenzial und machten schnell die Runde: Kinderschänderei, Inzest, Ehebruch mit Transsexuellen, Sodomie, Kokainsucht. Homosexualität, Betrug und Ehebruch, Mord und Unterschlagung aber taugten als Verleumdung schon lange nicht mehr. Das alles gehörte fast zum guten Ton.

Die Spezialisten kannten die Wirkung aus jahrzehntelanger Erfahrung und setzten sie strategisch um. Das Opfer musste nicht körperlich bedroht werden, es reichte, wenn es von der Bildfläche verschwand, für immer schwieg oder selbst Hand an sich legte, weil es den Spannungen nicht mehr gewachsen war. Und selbst die Polizei war in solchen Fällen oft machtlos, denn nur die Drahtzieher kannten das Ausmaß und den nächsten Schritt ihres Plans. Sie antizipierten die Bewegungen ihres Objekts und der Kriminalisten, die sich nur mühsam einen Überblick über die Lage verschaffen konnten. Bis dahin war der Ruf längst zerstört.

Den unsichtbaren Verfolger setzte man zur Zermürbung

eines Zielobjekts ein, wenn man noch zu wenig von ihm wusste. Auch jene Gestalten, die plötzlich aus dem Nichts auftauchten und genau dorthin wieder verschwanden, sobald sie genügend Schaden angerichtet hatten, gehörten zum Personal der Hintermänner. Angst war ein lebenseinschneidendes Instrument und trieb die Opfer bisweilen in den Tod.

»Auf den ersten Blick ist alles glaubhaft«, fuhr die Staatsanwältin fort. »Doch ich habe einen flüchtigen Blick in das Vorstrafenregister dieses Giulio Gazza geworfen. Sie hatten schon mit ihm zu tun. Vor acht Jahren. Für besonders helle halte ich den Typ nicht. Schwer vorstellbar, dass er das allein gedreht hat.«

»Und ausgerechnet mir wollen Sie diese Sache aufs Auge drücken, Dottoressa? Ich bin kaum der Richtige dafür.« Sein Auflehnungsversuch war vergebens.

»Wer sagt, dass diese Politikerin wirklich ein solches Unschuldslamm ist? Immerhin sitzt sie bereits in der zweiten Legislaturperiode im Unterhaus. Gehen Sie zielstrebig vor, Laurenti, und denken Sie stets daran, dass diplomatische Verwicklungen mit den Engländern das letzte sind, was wir brauchen. Die dortige Presse haut unser Land derzeit jeden Tag in die Pfanne. Halten Sie mich permanent auf dem Laufenden.«

Zu ihrem vierzigsten Geburtstag, vor einem halben Jahr, war die Staatsanwältin umgezogen, zu dem Mann, mit dem sie seit elf Jahren liiert war, dem Inhaber eines Laborbetriebs zur Entkoffeinierung von Kaffeebohnen. Iva Volpini stammte aus Rimini und hatte in Rom promoviert. Sie stand in dem Ruf, sehr penibel zu sein und Fehler, die aus Nachlässigkeit geschahen, nicht verzeihen zu können. Sie war von mittlerer Statur und hatte sehr angenehme, sanfte Zügen, weshalb sie von ihrer Klientel häufig unterschätzt wurde. Dicke Fische, die vor Überheblichkeit platzten, fielen häufig darauf herein und verplapperten sich schnell. Iva Volpini hinkte leicht, was aber nur aufmerksamen Beobachtern auffiel. Einer ihrer Kollegen behauptete, dass sie in Caserta bei einer groß angelegten Aktion gegen einen Clan der Camorra einen Hüftschuss abbekommen habe. Ihr Vorgänger, mit dem Laurenti einige heikle Fälle von grenzüberschreitender Organisierter Kriminalität lösen konnte, hatte aus seiner Drohung, in den ruhigen Job eines Familienrichters zu wechseln, schließlich Ernst gemacht. Als wäre der einfacher.

»Und die Wasserleiche, Laurenti?«, fragte die Staatsanwältin noch.

»Wir machen Fortschritte. Kleine Fortschritte.«

*

Die Akten lagen quer über Laurentis Schreibtisch verstreut, er hielt einen Stapel Papier in Händen und blätterte ihn Seite um Seite durch. Marietta hatte ihm das Material nach der dritten Aufforderung hereingebracht. Sie hatte alles, was über Giulio Gazza und Raffaele Raccaro im Archiv des Polizeipräsidiums aufzutreiben war, so penibel zusammengetragen, als wollte sie ihrem Chef das Leben erschweren. Von den Unterlagen der Passabteilung, jede Fahrzeuganmeldung, seit er den Führerschein hatte, alle Umzugsmeldungen, Strafzettel – nichts fehlte. Die Anzeigen, die Raccaro in seinem Leben erstattet hatte, seine Zeugenaussagen in anderen Fällen. Alles war dabei. Vor zwei Jahren, mit siebzig, war Lele für seine besonderen Verdienste vom Staatspräsidenten zum »Cavaliere del lavoro« ernannt worden und hatte damit den gleichen Rang wie der Regierungschef. Es hieß, er habe sich sein halbes Leben lang darum bemüht und keine Gelegenheit ausgelassen, seine Verbindungen dafür spielen zu lassen.

Laurentis jahrzehntelange Erfahrung hatte ihn gelehrt, Protokolle und Aussagen mehrfach zu lesen, so langweilig sie auch waren. Er versuchte, in ihnen Ungereimtheiten, Lücken und Widersprüche zu finden, die anderen entgangen waren. Polizeiarbeit war kein Fernsehkrimi, sie bestand zum Großteil aus Administration, Archivsuche, Befragungen und Verhören, langwierigem Materialsammeln, Filtern konfuser Aussagen, Daten- und Fallabgleichungen, Notizen und sehr, sehr viel Papier, das durch die notwendigen bürokratischen Regeln verursacht wurde, die im delikaten Bereich der öffentlichen Sicherheit die demokratische Grundordnung garantieren sollten. Logik, Fakten, Beweise, keine Phantastereien. Gewaltenteilung, keine Alleingänge. Gegenseitige Kontrolle: Questore, Staatsanwalt, Ermittlungsrichter – und natürlich die Kollegen aus den technischen Spezialabteilungen und den übrigen Sektoren des komplexen Gebildes, das für die Einhaltung der Gesetze zu sorgen oder die öffentliche Ordnung wiederherzustellen hatte. Innerhalb dieser Schranken allerdings konnte man dann tun, was man wollte – und sie manchmal auch durchbrechen, so dies im verborgenen geschah. Solange davon weder Rechtsanwälte noch Journalisten Wind bekamen. Polizeiarbeit hieß Klappehalten – auch zu Hause. Laurenti war der Ansicht, dass die TV-Ermittler, dem Beruf viel zu viel Ehre machten. Im Alltag gab es keine Helden wie sie, die den Staub der Akten nicht schlucken mussten und so zielstrebig wie Exorzisten das Böse besiegten.

Alle Verfahren, die in der Vergangenheit gegen Raccaro liefen, waren entweder verjährt oder eingestellt worden, oder er wurde freigesprochen. Einige dieser Fälle waren sogar Laurenti neu, die Medien hatten sie unterschlagen. Es handelte sich um Klagen in Wettbewerbsfragen, um feindliche Übernahmen, Devisenvergehen, betrügerischen Bankrott und Geldwäsche. Lele wurde von einer großen Mailänder Kanzlei vertreten, deren Inhaber Senator in Rom war. In kleineren Fällen kamen Triestiner Anwälte zum Zug. Er müsste äußerst klug vorgehen, wenn er Leles Verbindungen nach Kalabrien durchleuchten wollte. Gazza hingegen war völlig durchsichtig und ritt sich meist selbst in die Malaise. Ein unbeherrschter Trottel, der den Knast nicht nur von außen kannte.

In drei verbeulten Stahlregalen hinter seinem Schreibtisch stapelten sich weitere Akten. Immerhin war es Laurenti gelungen, zwei Wände seines Büros freizuhalten, an denen nicht, wie in den übrigen Kommissariaten, die Urlaubsgrüße der Kollegen hingen. Oder etwa Plakate mit den Schlagzeilen des »Il Piccolo«, welche am Kiosk die Auflage der wichtigsten lokalen Tageszeitung ankurbeln sollten, was mit Verbrechen natürlich am besten gelang. Er vergaß zwar keinen seiner Fälle, doch Heldentum lag ihm nicht. Ihn interessierte nur der aktuelle Vorgang – und ob die Tür zu Mariettas Büro gut geschlossen war, damit sie nicht alle seine Gespräche mithörte. Außerdem war ihm wichtig, dass der reservierte Parkplatz vor dem Haupteingang frei war, wenn er kam, und dass er den Weg von seinem Büro zu dem der Chefin, fünf Türen weiter auf dem gleichen Flur, so selten wie möglich zu gehen hatte.

Die neue Polizeipräsidentin hatte ihren Dienst Ende November angetreten. Sie war eine der wenigen Frauen im Land, die diese Position bekleideten, und sie hatte von Anfang an klargemacht, dass sie mehr Disziplin und bessere Ergebnisse forderte als ihre männlichen Vorgänger. Der Ruf, der ihr vorauseilte, war der einer blendenden Ermittlerin, die in ihrer Laufbahn einige berühmte Fälle gelöst hatte. Äußerlich glich Marisa Quagliarello ein bisschen der deutschen Bundeskanzlerin, und Laurenti dachte an das Sprichwort von den neuen Besen – allerdings zeigte sie bei der Wahl ihrer Kleidung den besseren Geschmack. Und hinter ihrem Schreibtisch war neben der Europafahne natürlich die Trikolore aufgepflanzt und das Banner der Stadt Triest mit der weißen Hellebarde auf rotem Grund.

An den Wänden von Laurentis Büros hingen zwar die obligaten Urkunden, mit denen er im Laufe seiner Dienstzeit für besondere Leistungen belobigt worden war – Gott sei Dank gab es keine für Verweise und Tadel –, aber über dem Besprechungstisch aus dem Inventar der Behörde und den vier Stühlen mit den türkisfarbenen Polstern aus Polyacryl war Platz geblieben für ein riesiges hintergrundbeleuchtetes Foto von David Byrne mit dem Titel »Winners are Losers with a New Attitude«. Das Werk, das vom Autor niemals freigegeben wurde, hatte Laurenti für wenig Geld in einem der zahlreichen Läden mit den roten Lampions am Eingang gekauft: Eine von zwei Dollarnoten beflügelte Pistole schwebte idyllisch über einem leicht bewölkten Himmel. Das Original hätte er sich nicht leisten können. Zum Glück gab es die Chinesen, die auch die Rubelnoten durch eine solidere Währung ersetzt hatten. Die Polizeipräsidentin hatte das Bild bei ihrem ersten Rundgang durch das Gebäude zweifelnd betrachtet.

Vom gleichen Schlag

Der rechte Haken streckte Aurelio nieder, als er die Tür zu seinem Appartement gerade halb geöffnet und noch nicht einmal erkannt hatte, wer draußen stand. Mit der vollen Wucht seines massigen Körpers stieß Giulio Gazza sie ganz auf und versuchte sogleich nachzusetzen, doch Aurelio brachte ihn mit einem blitzschnellen Fußtritt gegen die Kniescheibe zu Fall und drehte ihm sogleich den Arm auf den Rücken, was Gazza ein tiefes Grunzen entrang.

»Mieses Dreckschwein!«, brüllte Aurelio. »Steh auf, du Wildsau!«

Er verdrehte den Arm des Dicken noch stärker und zwang ihn auf die Beine. Dann stieß er ihn in den Fitnessraum gleich nebenan. Mit einem dumpfen Knall landete Giulio Gazza so hart auf dem Sitz der Kraftstation, dass er vor Schmerz jaulte. Die Fesseln an seinen Handgelenken bemerkte er erst, als es zu spät war.

»So also begrüßt du mich!«, schrie Aurelio und riss ihm das verschwitzte Hemd vom Leib. »Wäschst du dich eigentlich nie, Qualle? Ich fürchte, ich muss hier nachher alles desinfizieren.«

Gazza spuckte ihm ins Gesicht. »Dann fang bei dir an, Zecke.«

Wutentbrannt versetzte Aurelio ihm zwei schallende Ohrfeigen. »Darauf habe ich viel zu lange gewartet. Fünfzehn Jahre lang hast du mich getriezt und mir alle deine Schweinereien in die Schuhe geschoben. Ganz abgesehen von deiner ständigen Wichserei vor meinen Augen. Und ich musste dich auch noch Bruder nennen. Du hast keine Ahnung, welche Befreiung das Internat für mich war. Du widerst mich an.«

Und dann hielt er plötzlich ein Feuerzeug in der linken Hand, sein Blick war starr, als er es anzündete.

Nachdem die schwarze Journalistin abgezogen war, hatte Giulio Gazza den Artikel des »Independent« und das Schreiben der englischen Anwaltskanzlei gelesen und schließlich eingehend die Kopie der Versandtasche des Kurierdienstes studiert. Kein Zweifel, es war Aurelios Handschrift. Der Dreckskerl hatte seine Adresse benutzt. Und er hatte ihn auch noch geschützt und seine Daten nicht preisgegeben. In der britischen Tageszeitung stand nun sein Name, und wenn es stimmte, dass der »Piccolo« und der »Messaggero Veneto« ebenfalls das Material zugespielt bekamen, dann steckte Gazza bis zum Hals in der Scheiße. Er bebte am ganzen Leib. Dafür sollte Aurelio büßen. Wütend griff er zum Telefon.

»Hör gut zu, Zecke«, blaffte Gazza sogleich los. »Sechzig Prozent von den hunderttausend gehen an mich.«

»Wechsle deinen Pusher, Qualle. Wovon sprichst du?« Aurelio lachte.

»Miete. Wenn du meinst, du könntest meine Adresse nutzen, ohne dafür zu bezahlen, hast du dich getäuscht.«

Auf der anderen Seite blieb es einen Moment still. Aurelio hatte begriffen. Abstreiten führte zu nichts. »Ich hatte ja ganz vergessen, dass du keinen Sinn für Humor hast. Aber du bist schneller drauf gekommen, als ich dachte. Complimenti! Ich lade dich zum Aperitif ein, dann sind wir quitt.«

»Sechzigtausend. Oder ich lass dich hochgehen. Du kannst von Glück reden, dass ich es nicht schon getan habe.«

»Vergiss es, Dicker. Denken war noch nie deine Stärke. Wer hat dir denn auf die Sprünge geholfen?«

»Hier liegt Post für dich. Das Antwortschreiben. Von einem englischen Rechtsanwalt. Der Inhalt spricht für sich.«

»Warum bringst du es nicht vorbei? Du glaubst doch nicht, dass ich zu dir komme!«

»Du kannst sicher sein, dass ich dich heimsuche, du Arm-
leuchter. Weiß dein Vater eigentlich, was für ein Trottel du
bist? Ich rate dir, heute Nachmittag zu Hause zu sein. Ich
komme kein zweites Mal.« Gazza hatte aufgelegt, bevor Aurelio antworten konnte.

Dann wählte er die Nummer der Redaktion des »Piccolo«
in Triest und ließ sich mit dem Abteilungsleiter der Stadtchronik verbinden, doch kam er nicht über das Sekretariat
hinaus. Er drohte mit dem Anwalt, sollte sein Name andern-
tags in der Zeitung stehen, ohne dass er vorher dazu gehört
wurde. Die gleiche Nachricht hinterließ er beim »Messaggero
Veneto« und beim »Gazzettino«. Er warf einen Blick auf die
Uhr und entschied, sofort nach Triest zu fahren.

Dünne Rauchschwaden schwebten in dem Sonnenstrahl, der
durch ein schmales Fenster in den Raum fiel. Hanteln und
Gewichte lagerten in Aufhängungen, unter einer Sprossenleiter stand eine Rudermaschine und daneben die Kraftstation,
die zu Gazzas Folterbank geworden war. An der einzig freien
Stelle an der Wand lagerten einige Jutesäcke und Holzfässer.
Auf dem obersten stand »Hawaii Captain Cook«.

Es stank infernalisch nach Gazzas abgefackeltem Brust-
haar, seine Handgelenke waren mit zwei Plastikschlaufen an
die Maschine gefesselt, während eine vierzig Kilo schwere
Hantel die Beine blockierte. Reste seiner Körperbehaarung
waren als schwarze Kügelchen auf der rosafarbenen Haut zu-
rückgeblieben. Beinahe hätte sogar sein Bart Feuer gefangen.
Aurelio hatte die Flämmchen auf Gazzas Brust durch harte
Hiebe mit einem Handtuch gelöscht. Gazza schlotterte und
rang japsend nach Atem.

Aurelio riss das Fenster auf, mit dem Straßenlärm drang
heiße Sommerluft herein. »Also, wo ist die Post?«

Gazza hob die Augenbrauen. »Such sie doch, Zecke.«

Aurelio ging hinaus und kam wenig später mit dem Briefumschlag in der Hand zurück, der dem Dicken beim Sturz entglitten war. Er setzte sich auf eine Streckbank und überflog den Artikel im »Independent«, dann las er das Schreiben des Anwalts. Belustigt zuckten seine Mundwinkel, als er die Fotoabzüge durchblätterte, dann blickte er den in sich zusammengesunkenen Fleischkloß auf der Kraftmaschine an.

»Was bist du doch für ein mieses Schwein«, sagte er schließlich. »Da hast du mich also belauert und heimlich diese Fotos von mir und der Engländerin gemacht. Und dann hast du dir inbrünstig deinen miesen Schwanz massiert. Wenn du's wenigstens dabei belassen hättest. Arme Jeanette. Aber sie weiß sich zu helfen, wie ich sehe. Du sitzt bis zum Hals in der Scheiße, Qualle. Mach dich darauf gefasst, dass du noch von einem anderen Anwalt ein Schreiben bekommst. Von meinem. Mit gleichem Inhalt.«

»Drecksack«, zischte Gazza. »Damit kommst du nicht durch.«

»Pass auf, Dicker. Wenn du mir erzählst, wie du zu diesem Material gekommen bist, kannst du deine Lage etwas verbessern, obgleich du es eigentlich nicht verdienst.« Er löste die Fesseln um Gazzas Handgelenke und trat zwei Schritte zurück. Angeschossene Raubtiere waren gefährlich. »Also, raus mit der Sprache.«

Das zerfetzte Hemd bedeckte seinen versengten Oberkörper nur halb, als Gazza schließlich aus der Wohnung humpelte. Er hatte versprochen, noch am gleichen Nachmittag Kontakt zu der Journalistin aufzunehmen und sie aus dem Hotel zu locken.

Aurelio wollte sie sehen. Er musste wissen, mit wem er es zu tun hatte. Und obwohl Aurelio bereute, in seinem Übermut Lele die Fotos gezeigt zu haben, wusste er, wie er sein Fell retten konnte. Sollte doch Gazza für ihn büßen. Was hatte er schon anderes getan, als eine Touristin flachzulegen und dabei belauert zu werden? Nur Lele musste er ab jetzt heraushalten.

*

Von der »Angel Travel Agency« aus war Miriam den Schildern gefolgt, die die freien Parkhäuser anzeigten. Sie parkte in einer Tiefgarage und ging zu Fuß durch die Innenstadt. Udine war ein reizendes Städtchen voller schmucker Geschäfte. Im Schatten der Arkaden schlenderte sie über die Piazza, auf der Marktbetrieb herrschte und die von alten, eng aneinandergebauten Häusern eingesäumt war. Die Jahrhunderte hatten ihre Mauern aus dem Lot geholt, und die Fassaden muteten an, als stützten sie sich gegenseitig. Schließlich betrat sie ein rustikales Lokal, von dessen krummen Deckenbalken unzählige Hüten und Mützen baumelten. Auf einer riesigen Schiefertafel prangte die mit Kreide angeschriebene, nicht enden wollende Weinkarte, auf einem Stuhl schlief eine graugetigerte Katze. Miriam ließ sich an einem Tisch nahe der mächtigen Säule nieder, die vermutlich erst lange nach der Erbauung des Hauses als Deckenstütze eingezogen worden war. Sie bestellte ein Glas Merlot von Doro Prinčič, und während sie einen Teller Pasta mit frischen Steinpilzen aß, blätterte sie in einem Reiseführer. Sie blieb an einer Passage über das Tal der Natisone hängen. Sollte sie dort hinfahren? Sollte sie in Militärarchiven nach ihrem Großvater forschen? Wen sollte sie suchen? Männer, die 1941 nicht nach Italien zurückgekehrt waren? Ein paar hundert, wenn nicht tausende Italiener waren in Äthiopien geblieben, wer konnte denn wissen, ob sie vom Regime nicht einfach auf die Liste der Gefallenen gesetzt worden waren. Der einzige Anhaltspunkt war sein Vorname: Paolo – alles andere als selten. Und die Großmutter nannte ihn manchmal Pavel. Nein, das führte nicht weiter.

Zu ihrem Termin in Triest kam sie mit einer halben Stunde Verspätung. Sie hattte sich auf den engen gewundenen Sträßchen verfahren, und der Ursprung des Flüsschens Natisone war ihr verborgen geblieben, genauso wie die Herkunft ihres Familiennamens.

Von Udine war sie über die Landstraße nach Cividale gefahren, hatte dort von der mittelalterlichen Teufelsbrücke auf die Natisone hinabgeblickt, deren tiefgrünes Wasser in einem romantisch sich dahinwindenden Flussbett das schmucke Städtchen durchfloss, und war dann dem Flusslauf in ein Tal gefolgt, um welches herum sich bewaldete Berghänge erhoben. An manchen Stellen badeten Kinder. Nachdem sie die Grenze nach Slowenien überquert hatte, führte ein verschlungenes, holpriges Sträßchen so steil bergauf, dass sie fürchtete, den Leihwagen zu Schrott zu fahren, und umdrehte. In dem Reiseführer hatte gestanden, dass die Natisone aus dem Zusammenfluss des Rio Nero mit dem Rio Bianco auf der Grenze zwischen Italien und Slowenien entstand.

*

»Dieser Schaum ist ein Cocktail aus etwa eintausendfünfhundert Stoffen. Davon sind etwa acht- bis neunhundert flüchtig, diese riechen wir. Deshalb ist die richtige Zubereitung des Espresso so wichtig, denn er konzentriert all diese Aromen.« Der Inhaber der berühmtesten Kaffeeproduktion der Stadt deutete auf die Reste in ihrer Tasse. »Ich trinke ihn grundsätzlich schwarz, um diesen Reichtum nicht zu zerstören.«

»Flüchtige Stoffe? Das hört sich an wie im Krimi«, scherzte Miriam.

»Ja, aber es läuft ganz anders ab. Je mehr Stoffe entweichen, desto besser wird der Espresso. In einem Krimi müssen alle dingfest gemacht werden, das wäre dann ein schlechter Kaffee.«

Die Führung durch die Labore und die Rösterei, für die sich der Inhaber selbst Zeit genommen hatte, dauerte fast zwei Stunden. Er war ein Mann in Miriams Alter mit kantigem Schädel, dessen Haar noch kürzer geschnitten war als ihres und der sie in perfektem Englisch begrüßte und ihr ausführlich die Philosophie und die Firmengeschichte des Unternehmens darlegte. Sein Großvater hatte die Firma gegründet, ein Einwanderer wie viele andere auch, die hier in dieser Branche tätig waren.

»Schon 1933 hat er die erste Espressomaschine patentieren lassen, die mit Wasserdruck arbeitete«, erzählte der Kaffeeröster. »Die ideale Wassertemperatur beträgt neunzig Grad. Dampfdruck ist logischerweise heißer und verbrennt den Kaffee. Und schon damals hat mein Großvater die Röstungen in aromaverschlossene Behälter abgefüllt und damit die Espressokultur sogar in den Norden exportiert, zuerst nach Holland und Schweden. Heute sind wir in einhundertvierzig Ländern vertreten. Es ist etwas Besonderes. Man importiert einen Rohstoff, veredelt ihn und beliefert die Welt damit.«

»Nach Holland und Schweden?« Ein vergeblicher Missionierungsversuch.

Sobald der Mann von Ethik, Nachhaltigkeit und Umweltschutz sprach, hakte Miriam nach. Auf dem Tisch lagen Kunststoffkapseln und einzeln verpackte Tabs, die den perfekten Espresso auch zu Hause ermöglichten. Selbst wenn die Hersteller heute unterstrichen, dass alle Standards und Normen eingehalten würden, kam, dem Geschmack zuliebe, doch eine Menge Abfall zustande. Auf ihre Frage nach den Anbaugebieten verwies er auf unternehmerische Weitsicht, die bessere Arbeitsbedingungen und höhere Erträge für die Kleinbauern und dadurch kontinuierliches Wachstum und bessere Qualität garantierte. »Fair-Trade« reiche allein nicht und sei lange nur eine feine Idee gewesen, die lediglich einen winzigen Teil des Marktes abzudecken vermochte und nicht für Qualität bürgte. In Miriams Heimatland, aus dem der feinste Hochland-Arabica-Kaffee der Welt stamme, habe die Firma in den Ausbau der Infrastruktur investiert, in Straßenbau und Elektrifizierung. Und seit zwanzig Jahren arbeite man mit den gleichen Partnern zusammen. Sie überlegte, wie viel Wahrheit sie generell aus den Worten erfolgreicher Geschäftsleute erhoffen konnte – mit dem großen Crash und der noch lange nicht überstandenen Wirtschaftskrise hatten sich der Wortschatz und Reichtum an Argumenten der Politiker, Banker und Unternehmer so ausgedehnt wie die Geldmenge, die von den Notenbanken in die Märkte gepumpt wurden. Doch dieser Mann legte glaubhaft dar, dass es im Interesse seiner Rösterei lag, wenn Beständigkeit bereits in der Plantage begann, um damit konstante Qualität zu garantieren, durch die man sich von den anderen Anbietern am Markt unterschied. In Äthiopien hingen siebzehn Millionen Menschen vom Kaffeeanbau ab und verdienten weniger als einen Dollar am Tag. Bis zu einhundertfünfzig Handelsstufen lagen zwischen den Kleinbauern und den Großabnehmern im Ausland, sofern kein direkter Kontakt zu den Importeuren bestand.

Zum Abschied erhielt Miriam ein Set mit Tassen aus Künstlerhand, eine Dose gemahlenen Kaffees und ein von ihm herausgegebenes Fachbuch. Auf der Rückfahrt im Taxi blätterte sie es durch, ihr Blick blieb an einer Statistik hängen: Wie zum Teufel konnte es sein, dass Äthiopien unter den Hauptanbauländern nur den zweitletzten Platz vor Uganda belegte? Obwohl in ihm vor fast tausendfünfhundert Jahren der Kaffee entdeckt und erst Jahrhunderte später mit der Ausdehnung des Islam und den ersten weltläufigen Handelsbeziehungen zuerst nach Venedig kam und dann über die Kolonialmächte Frankreich, England und Holland nach Asien und schließlich nach Südamerika exportiert wurde. Es gab kein Gleichgewicht im Welthandel, dachte Miriam, und die

Hungersnöte hatten ihre Ursache nicht in der sogenannten Unterentwicklung, sondern in der Entwicklung der Märkte der letzten hundert Jahre. Auch wenn der Weltmarktpreis in Äthiopien täglich über das Radio verkündet wurde, gab es zu viele Menschen, die keinen Apparat besaßen, über den sie sich hätten informieren können. Oft lag ihr Ertrag nur bei der Hälfte des offiziellen Wertes – wer also profitierte davon?

∗

Noch unter der Dusche meinte sie den Duft frisch gerösteten Kaffees zu riechen. Das Telefon klingelte lange, sie hörte es erst, als sie den Föhn abschaltete. Die Dame von der Rezeption teilte ihr mit, dass ein Signor Gazza sie dringend zu sprechen wünsche. Das ging verdammt schnell, dachte Miriam und schauderte bei dem Gedanken, dass er sich an der Rezeption präsentierte. Was für ein Licht würde eine solche Bekanntschaft auf sie werfen? Sie ließ ausrichten, er möge sich eine Viertelstunde gedulden.

Sie traute ihren Augen nicht, als sie die Lobby betrat. Gazza erschien gepflegt und in sauberer Kleidung. Natürlich spannte das zirkuszeltartige Polohemd, und er schwitzte heftig.

»Entschuldigen Sie die Störung, Mrs. Natisone, und danke, dass Sie sich die Zeit nehmen.« Er überschlug sich beinahe vor Höflichkeit.

Sie ignorierte seine ausgestreckte Hand.

»Ich muss Sie dringend sprechen.« Dabei sah er sich um, als suchte er einen Raum, wo ihn niemand hören konnte. »Vielleicht habe ich etwas erfahren, das Sie interessiert. Aber ich würde es Ihnen lieber draußen sagen, ohne Publikum.«

»Nichts dagegen«, sagte Miriam, »die Piazza müsste groß genug für uns sein.«

Trotz der Wichtigkeit, die er vorgegeben hatte, trottete der

Dicke schneckenlahm hinter Miriam her, die in leichtem, federndem Gang auf den »Brunnen der vier Kontinente« vor dem Rathaus zusteuerte. Noch vor gar nicht langer Zeit hatte man das Monument wieder an seinen ursprünglichen Platz zurückversetzt. Im Jahr 1938 hatte es einem imposanten Podium in Form eines monströsen Schiffsbugs weichen müssen, von dem herab Mussolini die italienischen Rassengesetze verkündet hatte.

An den grauen Stein gelehnt, wartete Miriam darauf, dass Gazza sie endlich einholte. Während er auf sie zuwatschelte, sah er sich immer wieder hastig um. Der Reibungswiderstand der aneinanderstreifenden Oberschenkel musste erheblich sein, er lächelte gequält, als schien es ihm nun unangenehm zu sein, mit ihr auf der riesigen, stark bevölkerten Piazza gesehen zu werden. Die Stühle vor den gut besuchten Cafés waren alle besetzt. Sie betrachtete die verwitterten Statuen. Vandalen hatten der Figur, die Afrika verkörperte, den Kopf abgeschlagen und der Amerika und der Asia die Arme. Auf der Spitze des Brunnens schwebte die beflügelte Skulptur der Pheme auf in Stein gehauenen Kisten und Ballen, als hätte sie soeben ihre Koffer gepackt, um eine Reise ohne Wiederkehr anzutreten. Die vier Brunnenbecken aber, welche die bedeutendsten Flüsse der vier damals bekannten Kontinente symbolisieren sollten, waren trocken, der Nil neben der kopflosen Afrika mit dem Löwen zu Füßen genauso wie die Donau, der Ganges und der Rio de la Plata.

Der Schweiß lief Gazza von der Stirn, er atmete schwer, als er endlich vor Miriam stand. Das Taschentuch, mit dem er sich übers Gesicht wischte, war sauber. Noch einmal schaute er sich misstrauisch um, bevor er auf ihren fordernden Blick antwortete.

»Den Kerl auf dem Foto habe ich schon einmal gesehen.«

»Das überrascht mich nun wirklich nicht. Sie haben ja wohl auch den Auslöser betätigt.«

Gazza machte eine wegwerfende Handbewegung. »Aber ich weiß nicht, wie er heißt.«

»Aurelio«, half ihm Miriam. »Zumindest nennt er sich so.«

»Es war vor ein paar Monaten, und er war in Begleitung eines Mannes, den jeder kennt. Sehr einflussreich übrigens, Raffaele Raccaro, er hat seine Büros an der Piazza Oberdan.«

»Ach ja? Und wann war das?«

»Bei einer Besprechung, die ich mit Raccaro hatte. Der Kerl ist so etwas wie sein Laufbursche.«

»Sehen Sie, Gazza, es geht doch. Sie haben also mit diesen Herrschaften zu tun?«

»Ich buche die Flüge für die AFI, ›Action Film Italia‹, Hotelzimmer in der ganzen Region, Appartements, Limousinenservice und alles andere. Raccaro hat ein Serviceunternehmen für Filmteams und auch eine Casting-Agentur. Und ein großes historisches Fotoarchiv. Abgesehen davon ist er an vielen anderen Unternehmen beteiligt.«

»Und was hat er mit dieser Erpressung zu tun?«

»Ich bin mir sicher, dass er darüber im Bilde ist, was dieser Aurelio treibt. Hier läuft nichts ohne sein Einverständnis.«

»Deuten Sie damit an, ich möge mich an diesen Raccaro halten?«

»Das nicht. Aber wenn Sie Aurelio finden wollen, dann …«

»Und jetzt werden Sie mich vermutlich gleich darum bitten, dass ich Ihren Namen nicht nenne, sollte ich Raccaro aufsuchen, um mich nach Aurelio zu erkundigen.«

»Sie haben doch gesehen, dass ich guten Willens bin, Signora. Ich könnte Ihnen vermutlich besser behilflich sein, wenn er es nicht wüsste.« Wieder schaute sich Gazza um. Als hätte dieser Raccaro an jeder Ecke Spione stehen, die ihn sofort von der Begegnung mit der schönen Afrikanerin unterrichteten.

»Und wie lautet die Adresse?« Miriam hatte nicht die geringste Absicht, diesem Kerl, von dessen versifften Reisebüro der Erpresserbrief an ihre Freundin Jeanette McGyver abgeschickt worden war, ein Versprechen zu machen. Und sie fragte sich, weshalb Gazza ihr plötzlich all diese Informationen lieferte.

»Bei der Endhaltestelle der Straßenbahn nach Opicina. Piazza Oberdan 3, das Eckgebäude zwischen der Via Carducci und der Via XXX Ottobre heißt Palazzo Vianello, Sie erkennen es mühelos an den vier Obelisken auf dem Dach. Seine Büros belegen das ganze Gebäude.«

»Und weshalb sagen Sie mir das? Glauben Sie etwa, Sie könnten sich damit freikaufen? So einfach kommen Sie kaum davon.«

»Ich habe mit diesen Fotos wirklich nichts zu tun.« Der Dicke fuhr sich mit dem Taschentuch über die Stirn. »Sonst hätte ich Sie wohl kaum aufgesucht.«

»Und sich auch noch gewaschen und umgezogen. Ein echter Festtag heute, ich verstehe. Dafür aber verraten Sie Ihren wichtigsten Kunden.«

»Er muss es doch nicht unbedingt wissen«, winselte Gazza und machte Augen wie der Bassett Hound in Shakespeares »Sommernachtstraum«, dessen Blick dem Herrchen am frühen Morgen zu versprechen schien, jegliche Tagesmüh für immer von ihm fernzuhalten. Nur seine Ohren waren kürzer.

Miriam biss sich auf die Lippen, um nicht laut loszulachen.

»Auf jeden Fall ist Lele Raccaro ein außerordentlich einflussreicher Mann«, fuhr der Dicke plötzlich mit kalter Stimme fort. »Er kann alle Ihre Probleme lösen.«

Plötzlich wurde sie wütend. »Ich habe keine Probleme. Sie haben welche, Mister Gazza. Und um sie zu lösen, würden Sie sogar Ihre Mutter verkaufen.«

»Raccaro hingegen könnte Ihnen aber auch welche bereiten, von denen Sie bisher nicht die geringste Ahnung hatten.« Fies lächelnd schaute Gazza an ihr vorbei.

Das war also der Grund, weshalb der Dicke sie aufgesucht hatte! Er war nicht von allein vorstellig geworden, jemand hatte ihn vorgeschickt. Ein verlogenes Spiel, ihre Drohungen ließen ihn kalt. Miriams Hand lag auf der Mähne des steinernen Löwen am Fuße der Afrika auf dem Brunnen. Ihr Blick war schlagartig finster geworden. Gazza traute sie alles zu, und seine falsche Unterwürfigkeit war ihr zuwider.

»Richten Sie Ihrem Herrn aus, er möge auf der Hut sein, und Ihnen rate ich, sich warm anzuziehen. Es wird sehr ungemütlich werden, darauf können Sie sich verlassen«, zischte Miriam, stieg die beiden Stufen hinunter und ging davon, ohne sich noch einmal umzuwenden.

*

Warum hatte er das nicht schon viel früher getan? Aurelio wartete an einem der Tische vor der Bar Audace auf der Piazza Unità darauf, dass Giulio mit der Journalistin auftauchte. Er nippte an seinem Caffè shakerato, dem geeisten Espresso, und lachte sich ins Fäustchen.

Als der Dicke schließlich gedemütigt abgezogen war, nachdem er ihm die längst fällige Lektion verpasst hatte, gab er ein jämmerliches Bild ab. Die Haut auf der Brust war gerötet, das zerfetzte Hemd hing wie ein Putzlappen von seiner Schulter – und in seinen Augen stand verzweifelte Leere. Wie viele lange Jahre war die Situation genau umgekehrt gewesen, wie lange hatte der Fettsack ihn getriezt, als er noch klein und wehrlos war? Aurelio beschloss, dieser Lektion noch andere folgen zu lassen. Die Zeit, in der er seinen Hass in sich hineingefressen hatte, war vorbei.

Auf der Piazza herrschte Hochbetrieb, wer noch nicht in den Urlaub gefahren war, verließ zu dieser Uhrzeit das klimatisierte Büro, plauderte mit Bekannten bei einem Drink oder eilte ans Meer, um die restlichen Sonnenstunden des Tages mit einem Bad in der Adria zu verbringen. Aurelio schaute den vielen hübschen Frauen nach, die im Sommer anzusehen ein noch größeres Vergnügen war. Und er dachte an die Engländerin, die ihm in Grado eine Freude nach der anderen bereitet hatte. Solche hochgeschlossenen Ladys, die zu Hause sicherlich vor Unnahbarkeit strotzten, waren köstlich, wenn sie sich im Urlaub, weitab von allem, gehenließen und ihre weiße Haut zeigten. Aurelio hatte es seit langem raus. Er musste nicht weit fahren, um sie aufzureißen. Grado, das Seebad mit seinen Sandstränden, bot alles, was er wollte. Nach den Deutschen und Österreicherinnen war Jeanette die erste Engländerin auf seiner Liste. Die nackten Tatsachen veränderten sich dadurch nicht.

Die Regie hatte von Anfang an Jeanette übernommen, sie hatte es eilig gehabt und war in ihrem Leben ganz offensichtlich daran gewöhnt, den Ton anzugeben. Gott sei Dank hatte sie nie darauf bestanden, die ganze Nacht mit ihm zu verbringen. Sobald er sie nach dem Abendessen in den Schlaf gewiegt hatte, konnte Aurelio losziehen und sich mit Freunden treffen, die wie er mit ihren Abschussquoten angaben. Dass Jeanette ihm schließlich auch noch Geld gegeben, oder, wie sie es nannte, bis zum nächsten Mal geliehen hatte, das überraschte selbst Aurelio. Alles Weitere hatte dann auf der Hand gelegen und sein Plan längst festgestanden, als er sie am Flughafen mit vorgespielter Leidenschaft verabschiedete. Die Aufnahmen hatte ein Kellner gemacht, dem er die Kamera zusammen mit einem Fünfziger in die Hand gedrückt hatte, nachdem er das Blitzlicht blockiert hatte. Der Idiot hatte seine wahre Freude dabei gehabt und trotzdem scharfe Bilder geschossen.

Aber dass Jeanette sich nun als Spielverderberin aufführte, namhafte und sicher sündhaft teure Anwälte engagierte und auch noch sehr geschickt die überregionale Presse mobilisierte, stieß ihm übel auf. Es interessierte ihn brennend, wen sie da auf Giulio Gazza gehetzt hatte, der sich vor Angst beinahe in die Hosen machte. Wo blieb der Kerl? Zwanzig Minuten waren bereits vergangen, seit er im Grandhotel verschwunden war. Er hatte ihm doch befohlen, die Journalistin auf die Piazza zu locken, wo er sie ungestört beobachten und ihr danach womöglich auch folgen konnte. Aurelio überlegte, wie er das weitere Vorgehen planen sollte. Seine Idee, Gazza ebenfalls einen Anwalt auf den Hals zu hetzen und auf Schadenersatz zu verklagen, fand er geradezu genial, zumal der Trottel alle Unterlagen bei ihm hatte liegenlassen. Besser konnte er sich weder reinwaschen noch rächen.

Endlich sah er die beiden, und Aurelio wunderte sich über Giulio Gazza, der mit großem Abstand hinter der Frau herwatschelte, die zielstrebig auf den Brunnen vor dem Rathaus zusteuerte und sich dort an den Beckenrand lehnte. Der Fettsack zog seine Füße nach, als klebte Leim an seinen Sohlen, jeder Schritt fiel ihm schwer, und das frische Polohemd zeigte dunkle Schweißflecken. Aber weshalb schaute er sich alle paar Meter um, als würde er verfolgt? Der Kerl war schrecklich nervös. Fürchtete er etwa eine neue Attacke, hier, auf dem belebtesten Platz der Stadt? Eigentlich eine blendende Idee, dachte Aurelio, nippte an dem geeisten Espresso und legte ein paar Münzen auf den Tisch. Er müsste sich etwas einfallen lassen, jetzt aber würde er dieser Engländerin folgen. Und sie durfte ihn auf keinen Fall zu Gesicht bekommen, denn auf den Fotos war er deutlich zu erkennen. Wollte er ihr weiteres Vorgehen studieren, dann musste das aus dem Verborgenen geschehen.

*

Miriam hatte Durst, war aber zu unruhig, um in eine der zahlreichen Bars direkt an der Piazza einzukehren. Lange lief sie durch die Stadt, bis sie auf einen kleinen Platz stieß, wo ein mächtiger Giuseppe Verdi aus Bronze auf einem Sockel thronte, auf dessen Kopf eine Möwe auf einem Bein stand und abkotete. Weiße Schlieren zierten des Maestros Schulter. Sie fand einen freien Tisch vor dem Lokal. Der Barmann, ganz in Schwarz, sprach sie auf Französisch an und entschuldigte sich sogleich, als sie in der Landessprache antwortete. Kurz darauf brachte er ihr ein Glas Schaumwein vom Karst, ein exzellenter Spumante-Rosé auf Pinot-noir-Basis von Edi Kante, wie er sagte, dann stellte er sich selbst als Walter von der Malabar vor – und zog sich zurück. Ein Name wie ein Graf, Manieren wie ein Gentleman. Sie nippte an ihrem Glas und dachte nach.

Jeanette hatte doch erzählt, dass Aurelio bei einem einflussreichen Geschäftsmann arbeitete, wenn er gerade keine Touristinnen abschleppte. Und wenn Gazza nicht gelogen hatte, dann musste es sich dabei um diesen Raccaro handeln, der seinem Mitarbeiter angeblich den Lohn schuldete. Er sei Gründer eines gigantischen, auf Kriegsfotografie spezialisierten Archivs, eine der größten Sammlungen überhaupt, in die er sein Geld steckte. Und Aurelio hatte seiner englischen Flamme besorgt erzählt, er sei ein gefährlicher Mann, mit dem man sich besser nicht anlegte, skrupellos in jeder Hinsicht. Der arme kleine Deckhengst mit seiner schwarzen Mähne beschrieb sich selbst als ein Opfer mit guten Verbindungen, die ihm aber in eigener Sache zum Nachteil gereichten. Einen Ausweg aus dieser Falle kannte er angeblich nicht, und er hatte zu befürchten, dass es ihm Schlag auf Schlag schlecht ergehen könnte. Wenn das keine versteckte Drohung war! Und Jeanette ist darauf reingefallen.

»Hier, schöne Armreifen, alles Handarbeit. Glücksbringer, Talismane.« Abrupt wurde sie aus ihren Gedanken gerissen. Vor Miriam stand ein hochgewachsener Schwarzer in einem dunkelblauen Kaftan und mit einer Wollmütze auf dem Kopf, der eine schwere Tasche über der Schulter und in der linken Hand ein Gestell mit kunsthandwerklichem Schmuck aus Holz, Schildpatt und Kupfer trug.

»Kauf etwas«, sagte er und führte ungefragt die Armreifen vor. »Die hier sind alle aus meinem Dorf. Reine Handarbeit. Garantiert. Dieser ist gegen den bösen Blick und der gegen Rheuma, der da hilft bei Monatsbeschwerden und jener gegen die Polizei, das Finanzamt und höhere Gewalt.«

»Wo ist dein Dorf?«, fragte Miriam.

»Somalia.«

»Und wo da genau?« Sie versuchte es auf Somali, das auch in einigen Gebieten im Südosten ihres Landes gesprochen wurde und das sie noch einigermaßen beherrschte, obgleich sie die Sprache seit ihrer Recherche nach der wahren Todesursache ihres Mannes in Mogadischu nicht wieder angewendet hatte.

Der Mann schaute sie verblüfft an und steckte seine Reifen auf das Gestell zurück. Er murmelte einen Namen, den sie nicht verstand.

»Von wo kommst du?« Er sah an ihr vorbei.

»Jimma, Äthiopien«, antwortete Miriam und wurde von einem hageren Alten mit einem hinkenden schwarzen Hund unterbrochen, der den Straßenverkäufer mit Alberto begrüßte und ihm lächelnd die Hand gab, worauf dieser sich für einen Augenblick von ihr abwendete. Miriam nutzte die Gelegenheit und bestellte noch ein Glas Spumante.

»Heißt du wirklich Alberto?«, fragte sie.

»Abdulla Abd-al-Qadir Mahamadou«, antwortete er blitzschnell und strahlte übers ganze Gesicht. »Das können die hier nicht aussprechen, deswegen nennen mich alle Alberto. Also, kaufst du oder nicht?«

Miriam betrachtete die Gegenstände und entschied sich für einen grob geschmiedeten Armreif aus Kupfer, der tatsächlich aus Afrika stammen konnte und nicht aus einer chinesischen Stanzmaschine. Der Straßenverkäufer verlangte zwanzig Euro, doch am Ende des zähen Gefeilsches, welches sie wiederum auf Somali führten, gab er sich mit fünf zufrieden. Miriam beobachtete, wie er die Menschen an den anderen Tischen vergeblich zum Kauf zu überzeugen versuchte. Mit vielen pflegte er geradezu freundschaftlichen Umgang. Ein Mann um die fünfzig in einem grauen Anzug, den der Alte mit dem schwarzen Hund mit Commissario begrüßt hatte, spendierte ihm schließlich ein Glas Milch. Auch er nannte den Straßenverkäufer Alberto. Eine eigenartige Gesellschaft, die den schwarzen Moslem wie einen Freund behandelte, der wiederum heiter mit trinkenden Frauen scherzte.

*

»Endlich komm ich durch. Du hast nie abgenommen. Ich wollte nur Bescheid geben, dass ich heute Abend später nach Hause komme«, sagte Laura, als Proteo endlich antwortete. Er hatte den Klingelton an seinem Mobiltelefon so leise gestellt, dass er ihn bei all dem Stimmengewirr in der Gran Malabar erst beim dritten Anruf hörte. »Aber mach dir keine Sorge, Mutter wird das Essen bereiten.«

»Und wo bist du?«, fragte Laurenti und hielt sich das andere Ohr zu, weil ein Streifenwagen mit eingeschalteter Sirene vorbeidonnerte.

»Ach, an der Stazione Rogers, zum Aperitif mit zwei Freundinnen.«

»Schon wieder?«

»Sie haben mich zu einem Segeltörn eingeladen. Wir besprechen das gerade. Es kann übrigens sein, dass wir schon am Samstag um die Mittagszeit auslaufen und erst Sonntagabend oder Montag zurückkommen. Drei Frauen alleine haben sich viel zu erzählen. Ich hoffe, du hast nichts dagegen. Und wie ich höre, bist du schon wieder im Einsatz. Üblicherweise verbringst du die Tage darauf sowieso im Büro.«

Laurenti passte es nicht, mit vollendeten Tatsachen konfrontiert zu werden. »Ein Wochenende mit allen zusammen hätte mir schon gefallen«, sagte er trotzig. »Im Sommer verläuft sich die ganze Familie ständig, man sieht sich kaum.«

»Wenn du willst, verzichte ich natürlich, Schatz. Ich sag es ihnen gleich.«

Dieser Tonfall war ihm seit langem vertraut. Immer hatte sich Laura damit durchgesetzt: vorwurfsvolle Nachgiebigkeit, gegen die es keine Argumente gab.

»Ach, Quatsch, lass nur«, sagte Laurenti rasch. »Vergnüg dich, das Wetter ist ideal. Wir sehen uns dann später.«

Die Sonne stand schon tief und würde in Kürze als roter Feuerball im Westen versinken, als der Kommissar leicht angeheitert und mit langem Magen den Alfa Romeo an der Küstenstraße parkte und die Treppen zum Haus hinabstieg. Wie jeden Tag fiel ihm der Schutthaufen ins Auge, den die Bauarbeiter dort übriggelassen hatten, als sie im späten Frühjahr abgezogen waren und die Familie endlich wieder Herr über die eigenen Räume geworden ist. Fast zwei Jahre hatten die Laurentis auf die Erteilung der Baugenehmigung gewartet, obgleich es sich lediglich um eine kleine Erweiterung handelte, die den Anforderungen der sich rasch vergrößernden Zahl der Bewohner gerecht werden sollte. Daraus hatte sich eine wahre Zerreißprobe für die Nerven aller entwickelt. Die wilde Horde der Bauarbeiter belagerte das Haus und besetzte das Grundstück, als wäre es ihr eigenes. Nur Marco war es gelungen, sie von den unteren Terrassen fernzuhalten, wo er mit Hingabe seinen eigenen Gemüsegarten pflegte und dessen Zutritt er außer seiner Großmutter allen eindringlich untersagt hatte. Marco machte zu Laurentis Zufriedenheit gute Fortschritte in seiner Ausbildung zum Koch im Scabar, Triests berühmtestem Restaurant, und würde es in ein paar Jahren ganz sicher zu einem renommierten Küchenchef bringen. Eine harte Schule zwar, nichts für verzogene Muttersöhnchen, aber eine optimale Referenz.

Ungelernte Männer aus dem Kosovo hatte das Bauunternehmen geschickt, für das man sich auf Rat des befreundeten Architekten hin entschieden hatte, der sich dann plötzlich seltsam rar machte. Ganz abgesehen davon, dass der Preis mehr als doppelt so hoch war als jener, den Proteo und Laura sich vorgestellt hatten, zahlten sie teures Lehrgeld. Warum nur hatte ihnen niemand geraten, in den Vertrag mit der Baufirma aufzunehmen, dass keine Subunternehmer eingesetzt werden durften? Nur der Bauleiter war echt – dafür völlig überfordert, weil sein Arbeitgeber ihm zu viele Einsatzorte auf einmal aufgehalst hatte. Diese Schlaumeier sparten zu Lasten der Kunden und hatten vorwiegend den eigenen Profit, aber nicht das Projekt im Auge. Einen Verantwortlichen gab es nicht, dafür jede Menge Ausreden. Und dass es sich bei dem Auftraggeber um einen Polizisten in hoher Position handelte, beeindruckte niemanden. Die Abschlagszahlungen wurden allerdings pünktlich und mit Nachdruck eingefordert.

Am Anfang war alles sehr schnell gegangen, die Kosovo-Albaner fürchteten auch schwere körperliche Arbeit nicht. Muskulöse, grobe Männer mit schlechten Zähnen, deren Alter niemand richtig einschätzen konnte. Vermutlich hatte jeder von ihnen im jugoslawischen Krieg eine Kalaschnikow getragen, mit der er für die Unabhängigkeit des Kosovo und gegen das Jugoslawien von Slobodan Milošević kämpfte, und Dinge gesehen, die auch an den härtesten Kerlen nicht spurlos vorbeigingen. Und als entlang des steil ansteigenden Sträßchens, das nach Santa Croce hinaufführte, eines Abends an einem Fels in roter Farbe der Schriftzug UÇK prangte, wusste Laurenti, dass er mit seiner Hypothese richtiglag. Wie viele dieser Männer, die ohne zu murren Tonnen von Sand und Zement in Säcken auf den Schultern die vielen Stufen zum Haus herunterschleppten und Abbruchmaterial wieder hinauf, waren wohl von deutschen, amerikanischen und britischen Mitarbeitern privater Sicherheitsfirmen an den Waffen ausgebildet worden? Männer, dachte Laurenti, die denen im Wald oberhalb des Leuchtturms ähnelten, die dort mit schallgedämpften Kalaschnikows auf Wildschweinjagd gingen. Doch den chaotischen Verlauf der Bauarbeiten hatten sie nicht zu verantworten.

An einem Sonntag, als Laurenti ratlos das heillose Durcheinander seiner Baustelle abging, fiel ihm eine transparente Plastikhülle mit Dokumenten ins Auge. Er blätterte sie durch und fand zwischen Lieferscheinen und Plänen den Vertrag, den der ebenfalls aus dem Kosovo stammende Subunternehmer mit der Baufirma abgeschlossen hatte. Er traute seinen Augen kaum und stürmte ins Haus, wo er die Positionen mit dem Angebot abglich. Ihre Summe ergab lediglich ein Viertel dessen, was die Laurentis für Aushub und Rohbau inklusive Baumaterial berappen sollten. Was war hier los? Niemals wäre er auf die Idee gekommen, dass der Unternehmer ihm, dem Vizequestore, illegale, schwarzbezahlte Arbeiter auf den Bau schickte, doch anders war eine solche Kalkulation nicht zu erklären. Und das ausgerechnet bei Laurenti, der vor ein paar Jahren den Schwarzarbeitsmarkt auf der Piazza Garibaldi mit einer Großrazzia ausgehoben hatte, was fette Schlagzeilen machte.

Am Montag war er dann gleich in aller Herrgottsfrühe im Büro des feinen Unternehmers vorstellig geworden, das Gebrüll der beiden Männer schreckte die Angestellten in den anderen Räumen auf. Der Inhaber der Firma bestritt natürlich alles und verwies gleichgültig auf die von Laurenti unterzeichneten Verträge, außerdem müsse auch der Commissario auf der Hut sein, denn er habe schließlich auf einige Zwischenwände verzichtet und Fenster versetzen lassen, was die Baugenehmigung nicht vorsehe. Gerade als sich Laurenti in der Questura mit dem Kollegen besprechen wollte, in dessen Zuständigkeit die Überprüfung des Bauwesens fiel, rief Laura an und meldete, dass die Bauarbeiter keine Stunde nach Arbeitsantritt spurlos verschwunden waren und alles Werkzeug mit ihnen. Laurenti tobte, doch der Bauunternehmer versicherte am Telefon, dass am nächsten Tag eine andere Truppe käme und die Arbeiten termingerecht abschließen würde. Auch diese zogen dann eines Tages unangekündigt ab, nachdem sie ihre Gerätschaften und das unverbrauchte Baumaterial abtransportiert hatten. Den Schutthaufen aber trug niemand ab, trotz aller telefonischer und schriftlicher Beschwerden. Laurenti würde es wohl selbst übernehmen müssen, sobald die große Hitzewelle überstanden wäre. Bis dahin ärgerte er sich jeden Tag über den Anblick.

Und nach den Ferien würden dann auch die Dachdecker nochmals auftauchen – hoffentlich bevor das nächste Gewitter wieder für Sturzbäche im neuen Anbau sorgte, die die Familie mit Eimern aufzufangen versuchte.

Der Tisch auf der Terrasse war nur für ihn gedeckt. Lauras Mutter saß wie immer vor dem Fernseher und winkte ihm zu, als wäre er ein gerngelittener Gast und nicht der Hausherr. Sie folgte einer dieser abgedroschenen Fernsehwetten, mit denen man die Bürger zu widerspruchslosem Wahlvolk abrichtete. Dann erhob sie sich und ging in die Küche, wo sie sein Abendessen zubereitete.

»Schläft die Kleine schon?«, fragte Laurenti.

»Patrizia wechselt gerade die Windeln«, sagte die Alte und schüttete die Pastasciutta ab, die sie dann in der Schüssel mit kleingeschnittenen frischen Tomaten, Peperoncini, Knoblauch und Olivenöl vermischte und mit Basilikum aus Marcos Anbau bestreute. »Barbara hat Durchfall.«

Laurenti entkorkte eine Flasche Malvasia von Škerk und trug sie hiraus. Der naturreine Weißwein des Karsts war ein

Zaubertrank, der ihn selbst in den schlimmsten Momenten wieder aufrichtete.

»Du trinkst immer so viel Wein, Proteo«, sagte Lauras Mutter, als sie den Teller auf den Tisch stellte.

»Und abgesehen vom Durchfall, wie geht es unserem Baby?«

»Sie ist eigentlich immer heiter, außer wenn sie Hunger hat.« Die gute Camilla machte keine Anstalten, sich zu ihm zu setzen. Aus dem Salon tönte der Fernseher, »Glück oder Liebe«, brüllte unter jubelndem Applaus der Showmaster.

»Das ist doch klar«, sagte Laurenti und drehte die Gabel in die Spaghetti. »Das Baby strengt dich doch hoffentlich nicht zu sehr an.«

»Ach nein, Kinder sind immer eine Freude. Aber ehrlich gesagt, ich glaube, dass deine Lieblingstochter sich ein unnötiges Problem aufhalst.«

Proteo schaute erstaunt auf. »Wieso?«

»Ich mein ja bloß, es ist nicht gut, dass Gigi so lange unterwegs ist. Ein Vater gehört zu Frau und Kind und nicht auf ein Frachtschiff. Patrizia ist einsam. Und das in ihren jungen Jahren.«

»Also langweilig ist ihr sicher nicht. Morgens geht sie arbeiten, den Nachmittag hat sie frei. Die ganze Familie ist da. Hier geht's doch zu wie in einem Hühnerstall.«

»Das meinte ich auch nicht, Proteo. Aber ich finde, du solltest mit ihr reden. Ihr seid doch aufeinander eingeschworen wie sonst niemand im Haus.«

»Und worüber, Camilla?« Er nannte sie nicht sehr oft bei ihrem Namen. Eigentlich nur dann, wenn er sich etwas mehr Autorität verschaffen wollte. Sonst rief er sie Schwiegermutter oder halb scherzend Signora Camilla oder Signora Tauris.

»Du weißt ja, ich bin den ganzen Tag zu Hause. Und mir entgeht nichts. Ich würde es ja gut verstehen, wenn Patrizia sich in ihrer freien Zeit mit ihren Freundinnen trifft. So wie ihre Mutter.«

»Und du meinst also, sie ist zu viel allein, hat zu wenig Freunde?«

»Nein, das meinte ich nicht. Aber ich halte es für fragwürdig, dass seit genau zwei Wochen jeden Nachmittag ein junger Mann bei ihr am Strand liegt.«

»Und?«

»Und sie sich küssen. Von den Berührungen will ich erst gar nicht reden. Einfach obszön.« Seine Schwiegermutter blickte in die Dämmerung hinaus, als stammten ihre Worte von jemand anders.

Laurenti hob die Augenbrauen. »Du meinst also, sie setzt Gigi Hörner auf?«

»Ich will gar nichts gesagt haben. Ich weiß ja, dass die jungen Leute vieles anders sehen. Aber mit den Kindern manchmal ein paar klare Worte zu tauschen, hat noch nie geschadet. Bevor es zu spät ist.« Mit dieser Predigt wandte sich Signora Camilla ab.

»Die tun doch sowieso, was sie wollen. Lass sie leben!«

»Bei euch hier in Triest gelten immer besondere Regeln. Oben im Friaul gibt es so was nicht, da ist das Leben in Ordnung.«

Er verbiss sich jeden Kommentar. In der Tat folgte das hundert Kilometer nördlich am Fuße der Karnischen Alpen gelegene San Daniele einem anderen Rhythmus, insbesondere seit der schmucke Ort, in dem der berühmte Schinken produziert wurde, der Bewegung der »Città Slow« beigetreten war. Was erzählte seine Schwiegermutter wohl über ihn? Dass er seine Socken auf dem Sessel liegen ließ, wenn er sich spätabends vor dem Fernseher die Füße massierte? Dass er nackt vom Schlafzimmer ins Bad ging und einen Pickel auf der Arschbacke hatte? Proteo wartete mit dem Einschenken, bis die Alte zurück zu ihrem Fernseher gegangen war. Und dann goss er gleich zum zweiten Mal nach. Die Pasta schmeckte köstlich.

Patrizia, die vor vierzehn Wochen Proteo und Laura zu Großeltern gemacht hatte, als sie die kleine Barbara gebar, hatte beschlossen, so früh wie möglich wieder arbeiten zu gehen. Den, wie inzwischen üblich, befristeten Job hatte sie dank Lauras Kontakte gefunden. Und der Kindsvater, Gigi, war ohnehin fort. Von Barbaras Geburt hatte er per Satellitentelefon erfahren. Das Containerschiff, auf dem er als Erster Offizier arbeitete, durchquerte gerade die Straße von Malakka, die Meerenge zwischen Malaysia, Singapur und Indonesien, und von der Besatzung war höchste Aufmerksamkeit gefordert, nutzten diese Route doch bis zu sechshundert Schiffe täglich, und Piratenangriffe erschwerten die Passage noch zusätzlich. Stunden später, als es wieder ruhiger geworden war, rief Gigi zurück. Glückstrahlend ließ er sich sein Töchterlein beschreiben und den Verlauf der Geburt, und Patrizia berichtete freudig, wenn auch mit matter Stimme. Und später schickte sie ihm Fotos aufs Mobiltelefon. Gigi wäre am liebsten stante pede nach Hause geflogen, doch in diesen Krisenzeiten lagen immer mehr Schiffe an der Ankerkette, die Frachtrate für Container nach Europa war um fast siebzig Prozent gefallen. Wer riskierte in einem solchen Moment schon seinen Job. Und wenn alles gutging, dann machte er noch in diesem Jahr sein Kapitänspatent – was allerdings keinen Einfluss auf seine Arbeitszeit haben würde: Vier Monate auf See, zwei zu Hause, so lautete die Regel in der Schifffahrt. Der Seemann war Laurenti nach anfänglicher Skepsis inzwischen sympathisch. Alle im Haus mochten den zukünftigen Kapitän der »Italia Marittima«, die aus dem Triestiner Lloyd hervorgegangen war und zur Flotte eines taiwanesischen Großreeders gehörte.

Als er den Teller leer gegessen hatte, kam Patrizia endlich vom Windelwechseln und trug die Kleine im Arm.

»Barbarella!«, rief er entzückt und nahm sie ihr ab. Er lächelte zufrieden und küsste seine Enkelin, die ihn mit großen

Augen anstarrte, sich aber gleich aus seinen Händen wand und zu weinen begann.

»Sie hat Hunger«, sagte Patrizia und setzte sich an den Tisch, um das Kind zu stillen. »Hast du so lange gearbeitet? Ist etwas passiert?«

Was für ein Glück, dass Laurenti einen Beruf hatte, der viele interessierte – vor allem dann, wenn es für ihn selbst am anstrengendsten war, weil die Ermittlungen nicht vorangingen und er kaum Lust hatte, darüber zu reden.

»Und was hast du heute gemacht?«, fragte er.

»Ach, das Übliche. In der Früh viel Bürokratie. Anträge einreichen, Genehmigungen einholen, Sponsoren anschreiben – Archäologie bedeutet leider nicht nur graben. Und die ›Mercurio‹, das Schiff, das 1812 vor Grado von den Engländern versenkt wurde, gibt zur Zeit einiges her. Leider darf ich noch nicht wieder tauchen, hat die Ärztin gesagt. Meinst du, Gemma ist wirklich gut in ihrem Beruf?«

»Warum?« Laurenti horchte auf. Auch Patrizia war inzwischen bei ihr in Behandlung.

»Die ›Mercurio‹ liegt achtzehn Meter tief im offenen Meer. Das meiste an Bord ist bestens erhalten. Ich habe keine Lust, nur die Schreibtischarbeit für meine Kollegen zu erledigen, während sie selbst den spannendsten Teil abbekommen und ich dann lediglich die Fotos anschauen darf.«

»Wenn Gemma das rät, dann würde ich mich daran halten. Sie ist eine sehr gute Ärztin. Seit ich mich in ihren Händen befinde, lebe ich richtig auf. Und außerdem, solch ein altes Schiff holt man doch nicht an einem Tag hoch. Hast du heute eigentlich schon etwas von Gigi gehört? Welchen Hafen läuft er als nächstes an?«

»Sie nehmen gerade in Dschibuti Container aus Äthiopien auf. In fünf Tagen kommt er nach Hause, dann hat er zwei Monate frei.« Patrizias Stimme klang gleichgültig. »Und dann wird er auch seine Tochter kennenlernen.«

Sie setzte Barbara ab und bettete sie in die alte, hölzerne Wiege, die Laurentis Schwiegermutter bei ihrem Einzug mitgebracht hatte und in der, wie sie behauptete, schon Laura gelegen hatte. Die ganzen Jahrzehnte über hatte das wurmstichige Ding auf dem Speicher ihres Hauses in San Daniele gestanden, das jetzt von Lauras Schwester bewohnt wurde und die Büros der alteingesessenen Schinkenproduktion beherbergte. Laura hatte das Möbel von einem Restaurator richten lassen.

»Gigi wird sich mächtig freuen«, sagte Laurenti. »Und du dich doch auch?«

Patrizia blickte versonnen aufs Nachtmeer hinaus. »Jaja«, sagte sie dann. »Barbara ist bald vier Monate alt.«

Laurenti ließ es dabei bewenden. Er war lediglich für die Einhaltung der öffentliche Ordnung und die Aufklärung der Delikte in der Stadt zuständig.

∗

Beim dritten Glas Spumante in der Malabar hatte sie auf ihrem iPhone die Website des Fotoarchivs ausfindig gemacht. »Das Raccaro-Archiv – seit 1972. Die größte private Sammlung von Kriegsfotografien.« Ein Kurzporträt gab nur oberflächlich Auskunft über den Begründer, keine Altersangabe, kein Geburtsort, dafür sein Motto: »Die Macht der Bilder ist die Macht der Welt.« Eine Aufnahme ließ sich vergößern. Sie zeigte Raccaro mit dem Staatspräsidenten, der ihm für seine wirtschaftlichen Verdienste den Titel »Cavaliere del Lavoro«, Ritter der Arbeit, verlieh und ihm in einem Prunksaal voller Schlipsträger in dunklen Anzügen die Urkunde und das Goldene Kreuz überreichte. In diesen Orden, zu dem auch der Regierungschef gehörte, durfte laut Statut nur aufgenommen werden, wer im Privaten wie im Öffentlichen einen vorbildlichen Lebensweg vorweisen konnte, stets sorgsam seinen Pflichten als Steuerzahler nachkam, jegliche Vorsorge zum Wohle seiner Mitarbeiter leistete und weder in Italien noch im Ausland Geschäfte betrieb, die der nationalen Ökonomie zum Nachteil gereichten. Die Liste der Würdenträger der letzten hundert Jahre umfasste über zweieinhalbtausend Namen – nicht alle erfüllten die Kriterien der makellos weißen Weste.

Dieses Fotoarchiv war der Aufhänger dafür, mit dem Mann in Kontakt zu treten. Ein Blick in den Stadtplan zeigte, dass die Geschäftsräume nur ein paar Straßenzüge entfernt lagen. Miriam beschloss, sich ein Bild davon zu machen, bevor sie sich irgendjemandem aus dem Haus vorstellte. Auf dem Weg überfiel sie eine Unruhe, und immer wieder warf sie einen Blick über die Schulter. Doch da war nichts.

Auf der Piazza Oberdan kickte eine Horde grölender Jugendlicher mit klappernden Bierdosen, während die Bora mit ihren Böen den Straßenstaub vor sich her trieb. In kurzer Zeit mussten die Kids mit den Piercings und den zerschlissenen Jeans den Stadtpolizisten zweimal ihre Ausweise zeigen. Miriam steuerte eine steinerne Bank im Windschutz einer Straßenbahnhaltestelle an, von wo sie einen ungestörten Blick auf den Eingang des Palazzo Vianello hatte. Ganz so wie Gazza es beschrieben hatte, krönten vier Obelisken das Dach des fünfstöckigen Gebäudes. Der Bauherr des Palazzo, der Anfang des zwanzigsten Jahrhunderts errichtet worden war, musste doch sehr von sich eingenommen gewesen sein. Die schwülstige Architektur demonstrierte hemmungslosen Reichtum. Römische Kaiser hatten solche Granitsäulen als Beute aus Ägypten heimgebracht, und die Faschisten bedienten sich während ihrer blutigen Besatzung Äthiopiens am Stelenfeld in Akhsum. Woher aber stammten die Obelisken auf diesem Dach?

Im Erdgeschoss musste sich die Zeitarbeitsagentur befinden, dort benutzten viele Leute den Eingang. Die schwere

Eichentür aber, hinter der das Treppenhaus seine Weitläufigkeit dem Glanz großer Zeiten verdankte, öffnete sich nur selten. In einer Stunde zählte sie fünf Personen. Den Lichtern in den Etagenfenstern nach zu schließen, wurde hier länger als in anderen Büros gearbeitet.

Etwas später musterte Miriam neugierig eine nicht ganz junge Dame mit so ausladender Oberweite, dass sie schwerlich echt sein konnte, und der Minirock aus weißem Frotteestoff bedeckte kaum das überbetonte Hinterteil. Eine vordergründige Schönheit – wulstige, krass geschminkte Botoxlippen, fuchsfarbenes langes Haar, auffallend breite Schultern und trotz der Hitze weiße Stulpenstiefel, die bis übers Knie reichten. Miriam hätte darauf gewettet, dass aus dem Mund dieser Dame eine sonore Stimme dringen würde. Schwer vorzustellen, dass diese Erscheinung hier Büroarbeit erledigte. Etwas später stieg ein junger Mann von einem schweren Motorroller und klingelte, den Helm aber nahm er erst ab, als der Türsummer erklang. Sie notierte das Kennzeichen seines Fahrzeugs. Dann wählte sie die Telefonnummer des Fotoarchivs und trug drei verschiedenen Personen ihr Ansinnen vor, bevor sie tatsächlich mit Raffaele Raccaro verbunden wurde. Sie erzählte von ihrer Reisereportage, die sie für den »Traveller« schrieb, und dass sie erst in Triest auf ihn und sein Archiv gestoßen war, über das sie berichten wollte.

»Mal sehen, wann ich Ihnen einen Termin geben kann«, sagte Raccaro ohne weitere Fragen, und Miriam hörte Papier rascheln. »Der einzige, den ich Ihnen vorschlagen kann, ist morgen Abend um neunzehn Uhr. Passt Ihnen das?«

»Kein Problem«, sagte Miriam. »Vielen Dank.«

»Es ist leicht zu finden«, hob ihr Gesprächspartner an, doch Miriam unterbrach ihn.

»Ich weiß, wo Ihr Büro ist«, sagte sie. »Bis dann.«

Ihr Magen knurrte, trotzdem wartete sie, bis die Dunkelheit sich sanft über die Stadt legte, bevor sie sich auf die Suche nach einem Restaurant machte. Sie ging durch eine Platanenallee in der sich gut besuchte Bars und Eissalons aneinanderreihten. Durch Zufall entdeckte sie das Geburtshaus von Italo Svevo und hielt kurz inne, um die Gedenktafel zu studieren.

In der Antica Trattoria Menarosti in der Via del Toro fand sie schließlich einen freien Tisch. Ein rustikales Lokal, Schwarz-Weiß-Fotografien der Ahnen und Gemälde an der Wand, Steinfußboden und Tischdecken aus weißem Leinen. Traditionelle Fischgerichte standen auf der Karte. Als Vorspeise wählte sie ein Muschelsauté, und als sie beim Hauptgang angelangt war, Moräne in Busara-Soße, öffnete sich die Tür, und der somalische Straßenverkäufer in blauem Kaftan und mit Wollmütze manövrierte seine schwere Tasche zwischen den Tischen hindurch. Die Wirtin, eine aufmerksame ältere Dame, bat ihn in freundlichen Worten, die Gäste nicht zu belästigen. Sie staunte, als Miriam ihn »Alberto« rief und erklärte, er sei ein Freund. Der Schwarze schob seine Taschen unter den Tisch und ließ sich wie aufgefordert nieder.

»Seit wann bist du in Triest?«, fragte Miriam. »Du scheinst so etwas wie eine Institution zu sein. Jeder kennt dich.«

»Aber keiner kauft was. Den Geiz der Istrier habe ich inzwischen kennengelernt. Sieben Jahre bin ich schon hier. Es ist nicht einfach, Geld zu verdienen. Jetzt kaufen die Leute noch weniger. Alle sagen immer nur ›Wirtschaftskrise‹, aber in die Bar gehen sie nach wie vor, und glaub bloß nicht, dass sie deswegen auch nur ein Glas weniger trinken.«

»Hast du Familie?«

»Ist zu Hause.« Jetzt strahlte er übers ganze Gesicht. »Acht Kinder habe ich, drei Frauen. Wozu machst du eigentlich die ganze Zeit Notizen?«

»Ich schreibe an einer Reportage über Triest.«

»Journalistin? Meine beiden Brüder sind in Süditalien. Sie sind vor einem halben Jahr angekommen, haben Arbeit gefunden als Erntehelfer in Kalabrien. Aber das Geld, das ihnen zusteht, haben sie nie gekriegt. Und ich habe schon zu lange nichts von ihnen gehört. Schreib darüber.« Er griff unter dem Tisch nach dem Henkel seiner schweren Tasche mit dem billigen Schmuck, zog einen Armreif aus Tropenholz heraus und legte ihn vor Miriam. »Der schützt gegen böse Mächte. Für dich.«

Miriam schaute erstaunt auf. »Meinst du, dass ich ihn brauche?«

»Kann sein«, sagte Alberto und stand auf. Grußlos verließ er das Lokal.

»Arme Leute«, sagte die Wirtin. »Es sind keine guten Zeiten. Alle sparen.«

Miriam machte sich bald zu Fuß auf den Heimweg. Dreimal fuhr der Scooter, dessen Kennzeichen sie vor dem Palazzo Vianello notiert hatte, an ihr vorbei. Sein Fahrer hatte auch in der Nacht das dunkelgetönte Visier seines Helmes geschlossen. Zuletzt entdeckte sie das Fahrzeug in der Nähe des Hotels nur ein paar Meter von einer Bar entfernt, vor der sich die Gäste auf dem Gehweg drängten. Miriam beobachtete die Leute eine Weile von der anderen Straßenseite, doch im matten Licht der Straßenlaterne konnte sie sie kaum voneinander unterscheiden. Sie beschloss, noch einen Drink zu nehmen, und schob sich durch das Getümmel. Die Blicke der jungen Männer folgten ihr, als sie in das Lokal ging. Am Tresen orderte sie einen Gin Tonic und drehte sich schlagartig um. Nichts. Doch ein unbestimmtes Gefühl sagte ihr, dass sie beobachtet wurde.

Gelb

»Guter Geschmack. Endlich haben wir die Sonne im Büro«, kommentierte Proteo Laurenti, als er sein Vorzimmer betrat. Er blinzelte, als würde er geblendet.

Marietta sortierte die Post und würdigte ihn keines Blicks.

»Deswegen bist du gestern also früher gegangen«, sagte Laurenti. »Ich hätte dich noch gebraucht. Das nächste Mal meldest du dich gefälligst ab.«

Sie hatte endlich wieder eine dezente Frisur und frisch gefärbte Haare. Und neu eingekleidet war sie auch, allerdings in einem für ihre Verhältnisse geradezu züchtig geschnittenen safranfarbenen Kostüm, woraus Laurenti schloss, dass Bobo, der Hase, sie samt seinem Herrchen beraten hatte.

»Dafür bin ich heute früher gekommen. Es gleicht sich alles aus«, murmelte Marietta.

»Flexible Arbeitszeiten gibt es bei uns nur in Form unbezahlter Überstunden, hast du das vergessen?«

»Ich kann mich auch um eine Versetzung bewerben, wenn dir etwas nicht passt.«

»Du würdest dich wundern, einen Chef wie mich findest du nicht wieder. Ist der Bericht so weit? Ich warte.«

Das erste Mal seit langem, dass er mit seiner Gewohnheit brach. Nur ein dringender Einsatz konnte Laurenti von der morgendlichen Lektüre der Tageszeitungen und dem von Marietta gereichten Espresso abhalten.

Sie folgte ihm sogleich ins Büro, ohne Kaffee, und setzte sich ihm gegenüber.

»Ein neuer Vorschlag der Stadtregierung sieht vor, jetzt auch Hundehalter mit Strafen von dreihundert Euro zu belegen, wenn ihre kleinen Freunde das Bein heben und an Autoräder, Motorroller oder Ladeneingänge pissen.«

»Gilt das auch für weiße Hasen?«

Marietta überging seinen Kommentar. »Nur für männliche Tiere. Dafür sollen ab sofort keine Mütter mehr belangt werden, wenn ihre Kinder auf die Straße pinkeln, vorausgesetzt, sie sind unter sechs Jahre.«

»Und gibt's vielleicht auch etwas Ernstes zu berichten?«

»Die Kollegen haben weitere Fotofallen mit Infrarotobjektiven und Bewegungsmelder im Wald installiert, die automatisch auslösen, sobald jemand in ihr Sichtfeld kommt. Sie schießen Serienaufnahmen. Die Speicherchips werden täglich ausgewertet. Weiter unten hängen solche Geräte übrigens schon länger. Die Forstbeamten haben sie zur Zählung des Wildschweinbestands und zur Beobachtung des Bewegungsverhaltens der Tiere installiert. Ganz schön scharfe Bilder. Diese Wilderer trugen übrigens wirklich AK-47-Gewehre. Mit Schalldämpfern aus Eigenbau, so wie es aussieht. Die Fotos liegen den Streifenbeamten vor. Sie werden sicher bald erwischt. Ich wurde übrigens eindringlich danach gefragt, was ausgerechnet du dort verloren hattest.«

»Ich?«

Marietta unterzog ihren Chef einem langen prüfenden Blick und fuhr nach einem leisen Seufzer mit ihrem Bericht fort. Schweigend legte sie drei Fotos auf seinen Schreibtisch. Laurenti studierte die Aufnahmen mit einer Lupe.

»Einer der Kerle ähnelt einem Arbeiter auf unserer Baustelle. Wie viel bekommt man für ein totes Wildschwein?«

Er gab Marietta die Bilder zurück, die den Aktendeckel auf ihrem Schoß fest umklammert hielt.

»Noch was?«, fragte Laurenti, als sie keine Anstalten machte, fortzufahren oder hinauszugehen.

»Anders verhält es sich mit diesen hier«, seufzte Marietta nach einer weiteren langen Pause und richtete sich abrupt auf. »Dieser Mann ist allen bekannt. Die Frau übrigens auch.«

146

Wie ein Pokerspieler ließ sie die Blätter auf den Tisch segeln. Laurenti traute seinen Augen nicht, seine Gesichtszüge erstarrten. Auch ohne Lupe erkannte er, um wen es sich handelte. Er nahm die Aufnahmen nicht einmal in die Hand, sondern fixierte Marietta mit versteinertem Blick. »Gibt's noch andere?«

Sie schweg.

»Gibt's noch andere, habe ich gefragt!«

»Ich habe alle Fotos kassiert«, antwortete Marietta endlich. »Und den Kollegen von der Kriminaltechnik, der die Abzüge gemacht hat, habe ich zum Schweigen verdonnert. Ich habe neben ihm gestanden, als er den Speicher löschte.«

Sie stand auf und ging mit energischen Schritten hinaus. Die Tür zog sie mit Wucht ins Schloss.

Laurenti stand der Schweiß auf der Stirn. Die erste Bildfolge zeigte ihn mit Gemma durchs Unterholz stolpern. Die zweite allerdings war eindeutig. Eng umschlungen lehnten sie an einer alten Eiche, Laurentis Hände waren unter ihrer Bluse verschwunden. Auf der dritten Serie aus der Fotofalle schauten beide den Hang hinunter. Die vierte zeigte, wie sie bergauf verschwanden. Fiebernd kramte er in der Erinnerung. Mit etwas Glück war das wirklich alles, wie Marietta gesagt hatte. Die Apparate waren unten am Hang installiert. Aber was zum Teufel trieb Marietta um? Eifersucht etwa? War das der Grund für ihre schlechte Laune?

In diesem Moment erreichte ihn per SMS das allmorgendliche Fragezeichen. Er warf einen Blick zur Tür und stellte beruhigt fest, dass sie geschlossen war. Dann rief er Gemma zurück.

»Ein Polizist in der Falle der Polizei! Tolle Geschichte!«

Sie hatte gut lachen. Alvaro, ihr Freund, wohnte in Mailand, und sollte es wirklich jemand auf Tratsch abgesehen haben, drang der wohl kaum dorthin. Auch wenn Marietta versichert hatte, dass der Kriminaltechniker dichthielt. Laurenti müsste zukünftig auf der Hut sein und mit spitzen Bemerkungen des Kollegen rechnen. Und er würde ihn mit Samthandschuhen anfassen müssen, seine Worte behutsam wählen, wenn er Druck machen müsste, um schneller an Auswertungen zu kommen, als der normale bürokratische Gang dies vorsah. Von Marietta ganz zu schweigen.

»Auf jeden Fall haben wir nun ein Versteck weniger«, sagte Laurenti.

»Ein paar Tage noch, Lieber«, beruhigte ihn Gemma. »Ich habe gestern einen Anruf von meinem Vater erhalten. Er befindet sich inzwischen auf der Höhe von Dubrovnik und kommt bald zurück. Dann haben wir seine Yacht.«

Es klopfte kurz an seiner Tür, bevor sie schwungvoll geöffnet wurde und Inspektor Gilo Battinelli hereinkam. Grußlos legte Laurenti auf.

»Die ›Greta Garbo‹ wird flottgemacht, Commissario. Zwei Leute waschen das Deck, Waren werden angeliefert und verstaut. Lebensmittel, Wein. Und der Wassertank wird befüllt. Ich nehme an, Raccaro läuft bald aus.«

Die Stadtchronik vermeldete wenig Neues. Die Skandalgeschichte über die englische Politikerin prangte auf Seite eins und wiederholte in anderen Worten, was gestern schon im Blatt gestanden hatte. Neu war lediglich die Erkenntnis, dass Erpressungsversuche oder Verunglimpfungen mittels kompromittierender Fotos eine lange Tradition hatten:

»Marie Sophie Amalie von Wittelsbach«, vermeldete der Artikel, »die jüngere Schwester unserer Sisi, hatte es bereits im Februar 1862 erwischt. Gefälschte Aufnahmen, die sie in obszönen Posen während ihres Exils bei Papst Pius IX. in Rom zeigten, wurden an alle Höfe Europas verschickt. Die Daguerreotypie war erst fünfundzwanzig Jahre vorher erfunden worden. Von den späteren Möglichkeiten der Fotografie ahnte niemand etwas, geschweige denn von Fotoshop. Rom war damals noch ein Kirchenstaat und stand der Einigung Italiens im Weg. Damit setzte man den Vatikan unter Druck, ihr und ihrem Gemahl Franz II., König von Neapel-Sizilien, das Asyl zu verweigern. Pikant ist auch, dass die siebzehnjährige Prinzessin der Heirat zuvor nur aufgrund eines geschönten Bildes des Verehrers zugestimmt hatte. Ihr späterer Ehemann war nicht gerade attraktiv.«

Die Macht der Bilder! Laurenti notierte ein paar Schlagworte: »Fotofallen, Überwachungskameras, Paparazzi, Maria Sofia, Engländerin, Erpressung, Fernsehfilm«. Täglich könnte er neue hinzufügen: Gerade hatte der Landesvater der Region Lazio Schlagzeilen gemacht, die ihn zum Rücktritt zwangen. Videos zeigten den verheirateten katholischen Linkspolitiker beim Sex mit einer Transsexuellen, die behauptete, seit sieben Jahren seine Geliebte zu sein und ihn auch mit Kokain versorgt zu haben. Eine Intrige, um ihn abzuservieren und Platz für einen Kandidaten des Premiers zu schaffen. Vier Carabinieri hatten den Politiker mit den Aufnahmen erpresst, und ein weiterer Mann, der sie an die Medien verkaufen sollte, wurde kurz darauf tot aufgefunden. Überdosis. Eine andere Transsexuelle wurde Opfer einer Rauchvergiftung infolge einer Brandstiftung in ihrem Appartement. Der Ex-Gouverneur aber zog sich angeblich zur Besinnung in ein Kloster zurück, die Neuwahlen gewannen wie programmiert die Rechten.

Sollte etwa die Staatsanwältin mit ihrer Vermutung recht behalten, dass die Erpressung der Engländerin einen hochpolitischen Hintergrund haben könnte? Laurenti runzelte die Stirn. Wie zum Teufel sollte er dahinterkommen? Und dann auch noch die Bilder von Gemma und ihm – sollte Marietta ihn verraten, geriete er mächtig in Schwierigkeiten.

*

Gelb. Die Bilder tauchten stets in gelben Farbtönen vor ihm auf. Zuerst waren sie klar wie ein Sonnenaufgang, dann aber wurden sie zunehmend trübe, als zöge ein Sandsturm auf.

Der Traum fing immer heiter an, verdüsterte sich aber rasch: Bekannte Gesichter und eine Unzahl fremder Leute. Manche kannte er vom Sehen, und er freute sich darüber, dass sie ihn herzlich begrüßten und mit ihm sprachen, ihn um seine Meinung baten. Komischerweise aber waren alle außer ihm bekleidet und blieben freundlich, bis sie seine Blöße wahrnahmen und sich schlagartig von ihm abwandten. Plötzlich stand er wie gelähmt da, schutzlos den verächtlichen Blicken ausgesetzt, den Stimmen, Beschimpfungen, die immer lauter wurden und sein Trommelfell zum Bersten brachten. Dann warfen sie mit Steinen nach ihm, es setzte Ohrfeigen, Stöße und brennende Schläge auf seinen nackten Leib. Er entkam nicht, wand sich und litt unter dem Gebrüll. Er vermochte mit seinen Händen weder sein Gemächt zu bedecken noch schützend seine Ohren zuzuhalten. Seine Unterarme waren wie mit den Hüften verwachsen und seine Beine ohne Kraft. Es gelang ihm nicht einmal, sich abzuwenden. Wohin auch? Die Meute kreiste ihn ein und schien durch ihn hindurchzusehen. Und dennoch stand er im Mittelpunkt ihrer Aufmerksamkeit, und die Gewalt, die von ihr ausging, galt ihm ganz allein. Da waren hochgestellte Politiker darunter, Persönlichkeiten aus Wirtschaft und Showbusiness, ebenso der Bürgermeister und die ganze provinzielle Hautevolee. Am schrecklichsten waren die tief dekolletierten Weiber, die schrill kreischend über die Winzigkeit seines Geschlechtsorgans lachten und mit den Fingern darauf zeigten. Und dann war da noch das sanfte Gesicht einer weißhaarigen Frau, hinter der sich ein dicker Junge versteckte, und die ihm mit gütiger Stimme zu verstehen gab, dass alles nur zu seinem Besten sei. Er würde schon sehen. Urplötzlich verschwand ihr Gesicht hinter einem dichten Nebel. Alles begann sich zu drehen. Das Gebrüll steigerte sich. Übelkeit stieg in ihm auf. Und dann schoss ihm plötzlich eine milchige Flüssigkeit ins Gesicht. Endlich wachte er auf. Der Schweiß rann über Brust und Stirn und kitzelte in den Ohren.

Wieder einmal hatte er einen dieser eitrigen Tage, wie er sie nannte. Manchmal spürte er sie voller Angst heraufziehen. Wie ein Sommergewitter, dessen schwere, finstere Wolken sich in Windeseile von Westen über das Karstgebirge und den heiteren Himmel über dem Meer schoben und zum Schneiden dicke Luft das Atmen schwer machte. Bis der erste Blitz, begleitet von einem scharfen Donnerschlag, die Wolken spaltete und die Welt zum Schweigen brachte.

Aurelio hatte nach einem von Albträumen geplagten Schlaf die verschwitzten Laken abgestreift und sich aufgesetzt. Den Kopf verzweifelt in die Hände gestützt, versuchte er zu verstehen, weshalb er diesen Bildern, die ihn seit seiner Kindheit verfolgten, nicht zu entkommen vermochte.

Der kleine Zeiger der Küchenuhr stand auf der Zehn, von draußen drang gleißendes Licht herein und, als er das Fenster öffnete, ein Schwall heißer Sommerluft. Wann war er eingeschlafen? Was war mit ihm passiert? Sein Mobiltelefon zeigte zwölf unbeantwortete Anrufe an, die meisten stammten von Lele. Er würde toben, aber was konnte der alte Sack ihm schon anhaben? Aurelio wusste zu viel von dem, worüber andere nur munkelten. Lele hatte ihn zwar nie in seine Geschäfte eingeweiht, verriet aber beiläufig so einiges. Mit Absicht? Aurelio notierte alles, sobald Lele ihm den Rücken zuwandte.

Wieder kehrten einige dieser Bilder seines gelben Traums zurück. Er schloss die Augen, versuchte sie zu entschlüsseln. Irgendwo im Hintergrund fuchtelte Lele wild mit dem Finger und zeigte auf ihn. Er war viel größer als in Wirklichkeit, überragte die anderen, erschien wie ein mächtiger Luzifer mit riesigen smaragdgrünen Augen. Aurelio schlug verzweifelt den Kopf gegen die Wand. Blinde schwarze Wut stieg in seiner Seele auf.

Mit zitternden Händen setzte er die Mokka aufs Feuer und ging in seinen Fitnessraum, wo er die Gewichte an der Kraftmaschine bis an das Limit erhöhte. Anfangs fühlte er sich schwach, doch nachdem er die Übung einige Male wiederholt und seinen Rhythmus gefunden hatte, waren seine Muskeln warm geworden, und er hatte noch immer diesen Sprengstoff im Körper, der von der panischen Angst herrührte. Als er erschöpft auf die Rückenlehne sank, vernahm er den Geruch aus der Küche. Der Kaffee war verbrannt, der Inhalt der Mokka längst verdampft, und der Gestank einer verkohlten Gummidichtung verpestete die Luft. Wütend warf er die Aluminiumkanne ins Spülbecken und stürzte zwei Gläser Wasser hinunter. Dann duschte er lange und wechselte häufig und rasch die Wassertemperatur von eiskalt zu brühheiß. Allmählich fühlte er sich frischer, doch von der inneren Ruhe, seiner Kaltblütigkeit, die ihn auszeichnete, war er weit entfernt. Mit den Jahren hatte er gelernt, die Vorzeichen zu lesen, die seine Albträume ankündigten. Stunden zuvor erfasste ihn jedes Mal eine tiefe Unruhe, der er nicht entkommen konnte. Beim ersten Anzeichen hatte er am Abend zuvor in der Dämmerung den Malaguti-Scooter gestartet und sich wütend in den Verkehr gedrängt. Er war mit Vollgas die Rive entlanggedonnert. Erst vor wenigen Jahren hatte man die mehrspurige Uferstraße neu gestaltet, ganz so als handelte es sich um die Zielgerade der Rennstrecke von Monza. Ununterbrochen schimpfte Aurelio auf die Ampeln und auf jeden, der ihm im Weg war. Die Menschen vor den Bars wunderten sich über das Gebrüll aus dem Integralhelm und schauten ihm lachend nach.

Aurelio drehte den Motor auf: Je schneller er ein Auto hinter sich ließ, desto ungefährlicher wurde es ihm, das galt auch für die Fußgänger an den Zebrastreifen. Als ein feuerroter Alfa Romeo Mito mit einer blonden Frau am Steuer auf die Linksabbiegerspur ausscherte, knallte sein Ellbogen gegen den Rückspiegel des Kleinwagens. Wütend ballte er die linke Faust und reckte den Mittelfinger, während seine Rechte den Gasgriff weiter aufdrehte. Auf der Hochstraße, die am Kaffeehafen, dem Containerterminal und den Reparaturwerften vorbeiführte, überholte er rechts und fuhr den Scooter bald darauf zur Höchstgeschwindigkeit aus, die er nur in den langgezogenen Kurven zurücknahm, in denen sich die Autobahn den Karst hinaufwand. Er duckte sich tief hinter die Verkleidung und fuhr erst vor der Zahlstelle Lisert ab, um über die Landstraße nach Gorizia zu kommen und von dort ins Kanaltal nach Norden.

Als Aurelio den Scooter zwei Stunden später vor der Stazione Rogers abstellte, fühlte er sich ruhiger. Die Zylinder seiner Maschine knisterten beim Abkühlen. Wie jeden Abend nahmen in dieser Bar viele schöne und fröhliche Menschen den Aperitif zum Sonnenuntergang. Man kannte sich, lachte und prostete sich zu. Gebräunte Haut und weiße Zähne, Haargel, Parfüm, leichte Kleidung und ausgelassene Fröhlichkeit. Er bestellte einen Cocktail und setzte sich zu ein paar Bekannten auf die gepolsterten Holzpaletten, die als Sitzmöbel vor dem Lokal aufgebaut waren. Neben ihm flirtete eine attraktive reifere Blondine mit dem Skipper, Enrico D'Agostino, den hier jeder kannte und der ein paar hundert Meter entfernt an den Rive eine schicke Wohnung voller Kunstwerke besaß. Die Frau strich immer wieder eine Strähne ihres dicken langen Haares hinters Ohr und lächelte, während D'Agostino deutlich hörbar von der Magie eines Segeltörns schwärmte, wenn die Yacht bei gutem Wind in stabiler Krängung über die Wellen der Adria glitt und man abends im Hafen einer der kleinen Inseln der Kornaten festmachte, die man mit dem Auto nicht erreichen konnte, wo aber der

Wirt der einzigen Trattoria fangfrischen Fisch und Langusten servierte.

»Kitsch zum Weiberabschleppen«, murmelte Aurelio und sah auf die Uhr. Es war Zeit, sich wieder auf die Spur der Engländerin zu machen.

*

Gegen Mittag betrat Aurelio den Palazzo Vianello, setzte sich an seinen Schreibtisch in Leles Vorzimmer und überflog die Zeitungen.

»Komm rüber und schließ die Tür hinter dir«, schnauzte der Alte so giftig, dass Aurelio aus seiner Lektüre aufschreckte. Widerwillig kam er dem Befehl nach. Die schallgedämpfte Tür zum Büro des Chefs zog er fest hinter sich ins Schloss. Lele klappte den wöchentlichen Wirtschaftsbericht seiner Ladenkette zu und lehnte sich in dem riesigen Ledersessel zurück, dessen Rückenlehne ihn zwei Handbreit überragte. Seine Füße berührten kaum das Parkett. Auf seinem Schreibtisch lagen zwei aufgeschlagene Tageszeitungen, deren Inhalt Aurelio bereits kannte.

»Warum lügst du mich an?«, giftete Lele mit einer Fistelstimme, die wie das Rasseln einer Klapperschlange immer schärfer wurde. »Ich hatte dich davor gewarnt, mir mit dem Mist in die Quere zu kommen. Und jetzt steht es in der Zeitung. Von wegen Etagenkellner, du hast mit deinem Bruder gemeinsame Sache gemacht.«

»Er ist nicht mein Bruder«, antwortete Aurelio beleidigt.

»Nenn ihn, wie du willst. Und untersteh dich, mir weitere Lügen aufzutischen. Also raus mit der Sprache. Ich will jetzt alles wissen, bis ins letzte Detail. Und dann entscheide ich, was du tun wirst. Verstanden?«

Aurelio haderte einen Augenblick. Dann unterbreitete er Lele seine Variante der Geschichte, in der er Giulio Gazza als einen hemmungslosen Spanner und Erpresser vorführte und ankündigte, auch er werde gerichtlich gegen ihn vorgehen.

»Du wirst nichts tun ohne meinen Befehl«, fauchte Lele. »Erzähl weiter.«

»Die Qualle hatte gestern Besuch. Eine englische Journalistin ist in seinem Reisebüro aufgetaucht und hat ihm das Schreiben der Anwälte und den ›Independent‹ gebracht. Und in seiner grenzenlosen Blödheit ist er darauf reingefallen. Jetzt versucht er, es mir in die Schuhe zu schieben. Doch damit kommt er nicht durch.«

»Du warst es aber, der mir diese Fotos gezeigt und damit angegeben hat. Und du hast behauptet, die Aufnahmen hätte ein Etagenkellner gemacht.«

»Ich bin doch kein Denunziant. Ich wollte ihn nicht verraten. Es war ein Fehler, dass ich das Schwein schützen wollte. Das gebe ich zu, entschuldige bitte. Freundlichkeit lohnt nicht.«

»Was weißt du über diese Journalistin?«

Zögernd packte Aurelio aus, berichtete von seinen Observationen. Von der Malabar sei Miriam zur Piazza Oberdan gegangen und habe sich mehrfach auffällig umgesehen. Vor der Tramhaltestelle verharrte sie über eine Stunde auf einer Bank und beobachtete den Eingang zum Palazzo Vianello. Aurelio habe den Helm aufbehalten, bis die schwere Eichentür hinter ihm ins Schloss gefallen sei.

Lele wurde einiges klar, es musste sich um jene Journalistin handeln, die über sein Archiv schreiben wollte. Ihr Interesse war also nichts als ein Vorwand. Lele kratzte sich hinter dem Ohr, die Sache gefiel ihm nicht.

»Wieso weiß diese Frau, dass du hier arbeitest?« Er erhob sich, wobei er selbst im Stehen nicht die Rückenlehne seines immensen Chefsessels überragte. »Hast du dieser Engländerin davon erzählt?«

»Ganz bestimmt nicht.« Aurelio machte eine hilflose Geste.

»Sie hat mich nicht einmal nach meinen Nachnamen gefragt. Die wollte bumsen, sonst nichts.«

»Diese Journalistin macht mich neugierig.« Der Alte nahm ein weißes Baseball-Käppi und setzte es sich verkehrt herum auf den Kopf. »Du wirst sie weiterhin beobachten. Auf Schritt und Tritt. Und du wirst mich über das geringste Detail auf dem Laufenden halten. Verstanden? Mit Giulio muss ich auch noch reden und mir seine Version anhören. Dann sehen wir weiter. Wehe, wenn du mich für dumm verkaufst. Ich muss jetzt auf einen Sprung zum Set dieser Fernsehleute. Die sind verstört, weil ihr Chef verschwunden ist. Dabei müssten sie mir eigentlich für diese Arbeitserleichterung danken. Allerdings hat Giulio zuletzt mit den Flugbuchungen für die Schauspieler ziemlich geschlampt, da gibt es einiges geradezurücken. Und jetzt kümmerst du dich als erstes um die Wertpakete, die müssen noch heute Morgen per Kurier raus.«

*

»Wenn Sie in Triest einen Cappuccino bestellen, dann erhalten Sie das, was woanders Macchiato heißt, und der wiederum heißt hier ›Capo‹, und Sie können ihn in einer Tasse oder auch in einem kleinen Glas bekommen, dann aber heißt er ›Capo in bi‹. Wollen Sie aber einen Cappuccino, wie Sie ihn kennen, dann müssen Sie einen Caffè latte bestellen. Bei uns ist eben alles anders.« Der Importeur lachte. Er hatte Miriam am Mittwochmorgen Punkt neun wie verabredet mit seinem Wagen am Hotel abgeholt und zuerst in eine Bar um die Ecke geführt. »Achten Sie darauf, wie die Leute ihren Kaffee bestellen. In nichts anderem sind die Triestiner so pingelig.«

Miriam machte eifrig Notizen.

»Ein guter Barista bereitet täglich etwa fünfzig verschiedene Arten zu – aber nicht wie bei Starbuck's mit Sirup und Gewürzen. Sondern immer aus dieser Maschine hier.« Er tätschelte liebevoll die große Espressomaschine auf dem Tresen, fast wie eine alte Freundin. »Wir haben einmal hochgerechnet. Theoretisch gibt es fünftausendeinhundertvierundachtzig Varianten. Triest ist die Kaffeehauptstadt Italiens. Hier wird gut doppelt so viel konsumiert wie im Landesdurchschnitt. Knapp fünfzehnhundert Tassen im Jahr, vier am Tag. Und kein anderer Ort verfügt über die gesamte Produktionskette und so viele Beschäftigte in dieser Branche. Die Kaffee-Universität wurde zwar 1999 in Neapel gegründet, doch drei Jahre später aus gutem Grund hierher verlagert.«

Nicola Zadar war mindestens zehn Jahre älter als sie, ein eleganter Herr von gepflegtem Äußeren, der den dicken Maserati mit seinen manikürten Händen am Steuer gelassen durch den Freihafen lenkte und schließlich vor einem Speicher stoppte. Gabelstapler entluden bunt bedruckte Jutesäcke aus einem Container und fuhren die Last in das hohe Gebäude.

»Es gibt so viele Legenden um den Ursprung des Kaffees. Fest steht lediglich, dass ganz am Anfang die Äthiopier aus dem Fruchtfleisch der roten Kirsche Saft hergestellt haben, den sie bisweilen auch zu Alkohol vergärten. Und die Blätter der Pflanze wurden gekaut, wie anderswo Khat oder Koka. Erst die Araber begannen mit dem systematischen Anbau. Das anregende Getränk ist ideal für eine Religionsgemeinschaft, die keinen Alkohol erlaubt. Im Yemen gab es im fünfzehnten Jahrhundert die erste Plantage, die Stadt Mocha am Roten Meer war ursprünglich der größte Handelsplatz. Die Bohnen wurden vor dem Verkauf gekocht, damit sie nicht keimen konnten. Auf der gegenüberliegenden Seite der Meerenge liegt Dschibuti, von wo heute der Kaffee aus Äthiopien verschifft wird. Wegen des Krieges Ihres Landes mit Eritrea und dem Bürgerkrieg in Somalia ist dies sein einziger Hafen. Mit einem Großhändler in Addis Abeba arbeiten wir direkt zusammen und auch mit einigen wenigen Bauern. Mein Ziel ist es, diese von einer sortenreinen Ernte zu überzeugen. Es gibt so viele verschiedene Sorten Wildkaffee! Doch die Leute dahin zu bringen ist nicht einfach. Die Mengen sind relativ gering und bieten noch wenig Umsatz. Ganz abgesehen davon, dass man sie auseinanderhalten können muss. Ein langer Weg liegt noch vor uns, aber meiner Erfahrung nach setzt sich Qualität mit der Zeit gegen die Masse durch. Man muss auch die Nischen im High-Quality-Bereich zu nutzen verstehen. In Äthiopien macht uns leider die Gesetzgebung zu schaffen. Ich verstehe das Bemühen ja, die Preise für alle auszuhandeln, auch für die Kleinbauern, die vom Markt keine Ahnung haben. Doch seit alles durch die ›Ethiopian Comodity Exchange‹ läuft, sind wir nicht mehr sicher, genau die Ware zu erhalten, die wir geordert haben.«

Miriam ging neben ihm durch die langen Korridore, in denen sich zu beiden Seiten die sechzig Kilo schweren Säcke stapelten. Sorte und Herkunft der rohen Kaffeebohnen waren in farbigen Schriftzügen auf die grobe Jute gedruckt, Schilder mit den Namen der Exportländer kennzeichneten die einzelnen Sektionen. Hier traf sich die Welt.

»Wir importieren aus über fünfzig Ländern. Die Bedeutung dieser Sorten auf dem Weltmarkt können Sie in etwa an der Menge der Säcke ablesen. Dort zum Beispiel, Arabica aus Uganda und weiter hinten der Sudan.« Er wies auf ein Depot, das nicht einmal zu einem Viertel gefüllt war. »Äthiopien lagert im nächsten Korridor. Die Kriege reduzieren die ohnehin schon kleine Ernte. Aber unsere Hauptkunden in Nordeuropa ziehen sowieso die Robusta-Mischungen vor, für Filterkaffee mit hohem Säuregehalt. Jedes Land hat andere Vorlieben. Die hier ansässigen Betriebe können sie alle erfüllen. Sie finden Unternehmen, die Weltmarktführer sind, und andere, die sich auf kleine Segmente spezialisieren. Ein hart umkämpfter Wachstumsmarkt, bedenken Sie nur einmal den gesellschaftlichen Wandel in China. Und Triest war schon Mitte des neunzehnten Jahrhunderts im Mittelmeerraum die bedeutendste Hafenstadt für diese Ware.«

»Wird in diesen Containern eigentlich nie andere Ware geschmuggelt? Waffen, Drogen, Menschen?«

»Die Container aus Kolumbien werden von den Behörden prinzipiell geöffnet, andere lediglich Stichproben unterzogen. Das Frachtaufkommen ist zu hoch, als dass jeder Transportbehälter überprüft werden könnte.«

»Der Welthandelsverkehr schließt das Verbrechen also mit ein?«, fragte Miriam.

»Und die Europäische Union öffnet ihm die Tür. Deutschland, Frankreich, Italien wollen schließlich ungehindert exportieren. Beim Kaffee sind wir zumindest noch vor Fälschungen sicher, wie sie im Textilgewerbe üblich sind. Aber abgesehen von einem schlecht zubereiteten Kaffee, gibt es durchaus ernstere Delikte in unserer Branche. Vor einiger Zeit wurde hier ein Sattelschlepper mit achtzehn Tonnen Rohkaffee gestohlen und in der Gegend um Caserta, bei Neapel, sichergestellt. Das löste ein großes Ermittlungsverfahren aus, bei dem sich ergab, dass noch weitere gestohlene Ladungen dorthin gingen und in einer Rösterei der Camorra verarbeitet wurde. Wenn die Einstandskosten nahezu bei null liegen, lässt sich gewaltig verdienen. Bei mir wurde vor ein paar Tagen eingebrochen und rare Topware gestohlen, von der es weltweit nur wenige Kilo gibt. Das war vermutlich auch kein Feinschmecker.«

Eigentlich müsste Miriam ihrer Freundin Jeanette für ihren Leichtsinn dankbar sein, ohne den wäre sie wohl kaum hierher gereist. Und ihr Job war einfach, sie musste nur aufmerksam zuhören. Dabei wurde ihr immer klarer, dass sie den Schwerpunkt ihrer Reportage auf die Menschen legen würde, die professionell und voller Leidenschaft für ihr Metier waren, sich Zeit für sie nahmen und ihr die besondere Rolle dieser Stadt so liebevoll erklärten, als hegten sie eine besondere Zuneigung für Triest. Galt das für alle Triestiner oder nur für die Kaffeehändler? Ebenso wie der Inhaber der großen Rösterei am Tag zuvor sagte auch Zadar, dass er häufig unterwegs sei und alle Länder bereiste, aus denen er seinen Rohstoff bezog. Menschen mit weitem Horizont.

Zadar erzählte aus der Geschichte der »Kaffeevereinigung« Triest, zu deren Gründern Menschen aus halb Europa zählten. Schweizer aus Graubünden hatten vor dreihundert Jahren in der einst rasant prosperierenden Hafenstadt mit dem Import begonnen, Italiener, Griechen, Juden, Deutsche, Serben, Slowenen und Kroaten drängten dann schnell in die Branche, die am Weltmarkt jedes Jahr Zuwächse verzeichnete.

»Und heute sind diese Kaufleute alle Italiener?«, fragte Miriam.

»Nein, sie sind Europäer.« Zadar lächelte charmant.

Zurück im Zentrum führte er die Journalistin durch seine Labors, wo Proben geröstet und verkostet wurden, aus denen anschließend die Mischungen des Rohkaffees für die einzelnen Kunden zusammengestellt wurden. Zadar deckte sie mit so vielen Informationen ein, dass sie ihren Artikel sofort hätte niederschreiben können. Fehlten nur noch die Besuche der typischen Kaffeehäuser und die Bars, und selbst dorthin wollte der Importeur sie begleiten. Miriam lehnte dankend ab, Ablenkung schadete nur.

*

Wenn Marietta ihm keinen Espresso zubereitete, musste er eben hinaus. Proteo Laurenti stand grübelnd am Tresen des »Caffè Torinese«, eines kleinen historischen Cafés am Corso Italia. Er betrachtete die braunen Ränder in seiner leeren Tasse und sinnierte über das, was ihm seine Tochter Patrizia am Abend zuvor anvertraut hatte. Nur einmal wurde er aus seinen Gedanken gerissen, als eine schöne, dunkelhäutige Frau mit hellblondem kurzem Haar neben ihm ihre Bestellung mit englischem Akzent aufgab und dann den Barista nach den Gewohnheiten seiner Gäste befragte.

Patrizia sah der Rückkehr Gigis, dem Vater ihrer Tochter Barbara, besorgt entgegen. »Weißt du, Papà«, hatte sie gesagt, als sie am Abend beieinandersaßen, »man entfernt sich so schnell voneinander. Ich mag ihn ja, aber eigentlich weiß ich gar nicht, wer er ist. Und ich erinnere mich auch kaum mehr an sein Gesicht. Im letzten Sommer zu Beginn seiner Ferien haben wir fast zwei Monate Tag und Nacht miteinander verbracht, dann musste er wieder für vier Monate auf See. Er kam zurück, als ich gerade im sechsten Monat war, und fuhr kurz vor der Geburt der Kleinen wieder weg. Natürlich ist er Barbaras Vater, aber wer sagt mir eigentlich, dass er deswegen auch gleich der richtige Mann fürs Leben ist?«

Sie nahm einen tiefen Schluck aus seinem Glas Wein, obwohl sie noch stillte.

»Patrizia, du musst die Entscheidung ja nicht übers Knie brechen«, sagte Proteo Laurenti. »Nimm dir Zeit, aber schlag keine Haken.«

Sie nickte stumm.

»Und wer ist der Neue, mit dem du unten am Strand schmust?«

Patrizia fuhr erschrocken hoch. »Woher weißt du das?«

»Denk dran, die Welt hat tausend Augen.« Er wollte nichts weniger, als seine Schwiegermutter anschwärzen. Der Hausfriede war heilig.

»Er heißt Guerrino. Nichts Ernstes, Papà. Ich hab das von Anfang an klargestellt.«

»Und wie lange geht das schon?«

»Ich habe ihn auf der Entbindungsstation kennengelernt. Er ist Giulias Bruder. Die Frau, mit der ich das Zimmer geteilt habe. Die mit den Zwillingen.«

»Eine junge Mutter und ein frischgebackener Onkel! Alle Achtung, du hast dir ja richtig viel Zeit genommen.«

»Er ist wirklich süß, hat Humor und hübsch ist er dazu«, gurrte Patrizia.

»Und was macht der junge Mann? Er scheint ziemlich viel Zeit zu haben.«

»Er ist beim Corpo Forestale und hat Schichtdienst.«

»Ein Waldhüter?« Laurenti wunderte sich über seine Tochter. Seemänner und Waldhüter hätte er ihr nicht zugetraut. Und er dachte kurz daran, dass sich dieser Mann um Waldbrände und Wilderer zu kümmern hatte. Und, ausgestattet mit Remington-Gewehren, die Wildschweinbestände regulieren musste.

Als Livia nach Hause kam, wurden sie unterbrochen. Die Älteste hatte wieder einen langen Arbeitstag im Dienst der nervigen Fernsehleute hinter sich. Sie war blass wie eine Münchnerin nach einem verregneten Sommer. Völlig überdreht setzte sie sich zu Patrizia und ihrem Vater an den Tisch und schenkte sich den Rest der Flasche ein.

»Das war der größte Fehler meines Lebens«, schimpfte sie. »Diese Filmmischpoke geht mir schrecklich auf den Wecker.«

»Ich habe dir doch gleich gesagt, du solltest dich als Schauspielerin bewerben«, sagte ihre Schwester. »Aber du wolltest ja unbedingt Skriptgirl werden.«

»Skriptgirl wäre zehnmal besser, als ständig die Unentschlossenheit dieser Idioten auszubaden. Immer krieg ich alles ab, dabei vermittle ich deren Quatsch doch nur.«

Während ihr vor Enttäuschung und Erschöpfung die Tränen in die Augen stiegen, blickte sie aufs nachtschwarze Meer. Eine halbe Meile vor der Küste hatten die Fischkutter ihre Scheinwerfer auf die Wasseroberfläche gerichtet, um die Sardellenschwärme in die ausladenden, sackförmigen Netze zu locken, bevor der Kran den Fang an Bord hievte und sich das Boot unter der Last seitwärts neigte. Die Lichtkegel der starken Lampen reflektierten auf dem Meer und schienen fast die Küste zu berühren. Bis zur Terrasse der Laurentis drang das gleichförmige Tuckern der Dieselgeneratoren herauf, das unter normalen Umständen angenehm schläfrig machte.

»Die spinnen doch«, schimpfte Livia bitter. »Noch nie habe ich jemand so schlecht über seine Kunden reden gehört wie diese Typen! Die glauben, der Zuschauer sei dumm wie Bohnenstroh. Und der große Chef vom Sender, ein fetter, mächtiger Spießer, verschwindet ganz plötzlich auf Nimmerwiedersehen, ohne irgendjemand etwas zu sagen. Er ist nicht mal telefonisch zu erreichen. Nun machen sich alle bei jeder Entscheidung in vorauseilendem Gehorsam in die Hose und diskutieren darüber, ob der Zuschauer eine Liebesbeziehung zwischen den beiden Hauptdarstellern verkraftet.«

»Warum denn das?«, fragte Patrizia.

»Der deutsche Staatsanwalt ist ein verheirateter Mann, hat wie Papà drei Kinder, befindet sich auf einem Einsatz im Ausland und verguckt sich in die verheiratete italienische Polizistin.« Livia verzog verzweifelt das Gesicht.

»Ja und? Gehen Deutsche nie fremd?« Patrizia tippte sich ungläubig an die Stirn. »Auf welchem Planet leben die denn?«

»Das gefällt dem Zuschauer nicht, behauptet der Big Boss jedes Mal, wenn ihm etwas nicht passt. Und was macht der? Baggert eine Schauspielerin nach der anderen an, obwohl seine sehr junge Frau das zweite Kind erwartet. Dieser Saubermann!« Livia war wütend.

»Der hat doch nicht etwa ein schlechtes Gewissen? Da sieht man's: Die ganze Welt geht fremd, und du hast im Moment nicht einmal einen einzigen Kerl«, lachte Patrizia.

»Wann auch? Ich hab keine freie Minute. Wenn ich das auch noch auf die Reihe bringen müsste ...«

»Von welchem Chef redest du eigentlich?«, unterbrach Laurenti sie.

»So ein aufgeblasener Wichtigtuer.« Sie breitete ihre Arme weit aus. »Er hat bei allem das letzte Wort, und die Produktionsfirma bezahlt dem Herrn Direktor auch noch die Reise mit dem Autozug und den ganzen Aufenthalt. Für jeden Drink und jedes Abendessen bringt der eine Quittung und will sofort die Spesen erstattet haben.«

»Wo ist er, hast du gesagt?«

»Weg, einfach verschwunden. Kein Schwein weiß, wo er ist.«

»Wie sieht er aus? Beschreib ihn genau.«

»Sag mal, Papi, kannst du nicht ein einziges Mal vergessen, dass du ein Bulle bist?«

»Beschreib ihn, bitte!«

»Ach, groß, fett, unsympathisch. Drei Zentner Schwabbelmasse, manikürte Hände, strahlend weiße Zähne, dunkelbraune Strähnen, mit denen er die Glatze verdeckt. Und seine Klamotten müsstest du erst sehen!«

»Habt ihr eine Vermisstenmeldung gemacht?«

»Nein. Was ist, wenn er plötzlich wiederauftaucht? Wahrscheinlich vergnügt er sich in einem Puff in Slowenien.«

»Und wo ist er abgestiegen?« Die Personalien des Toten, den die Hafenfeuerwehr aus dem Meer gefischt hatte, stimmten mit den Meldedaten der Hotels nicht überein. Bis jetzt wusste keiner, wo man nach ihm hätte suchen müssen, und auf die Zeitungsmeldung hatte sich niemand bei den Behörden gemeldet.

»Wir haben ein Appartement für ihn gemietet. Dort ist er aber auch nicht.«

»Wo? Die Adresse, Livia!«

Gegen Mitternacht erweiterte sich der Familienkreis um Laura und Marco, die gleichzeitig nach Hause kamen. Laurenti holte unter dem missbilligenden Blick seiner Schwiegermutter, die vor dem Fernseher saß, eine weitere Flasche

164

aus dem Kühlschrank. Marco wollte trotz der späten Stunde und der langen Arbeit in der Restaurantküche unbedingt noch nach seinem Gemüsegarten sehen. Er kam mit einem Korb voller Kräuter zurück. Der Geruch der Selbstgedrehten, die ihm seine älteste Schwester aus den Lippen stahl, aber war so eindeutig, dass sein Vater ihn hätte auf der Stelle verhaften müssen. Doch Laurenti war hundemüde und sehnte sich nach dem Bett, die Leviten würde er ihm morgen lesen.

»Und wie steht es um deinen Segeltörn?«, fragte Laurenti seine Frau gähnend, als sie zu Bett gingen.

Laura schmiegte sich in seinen Arm und küsste ihn. Begeistert schwärmte sie davon, dass sie Samstagmittag mit ihren Freundinnen aufbrechen würde. Sie wollten die istrische Küste entlangsegeln. Am ersten Tag bis Brioni oder Pula und dann, wenn der Wind es zuließ, über die Kvarner Bucht weiter nach Süden, wo auf kleinen Inseln, die man nur mit dem Boot erreichen konnte, kleine Trattorien frischen Fisch und Meeresfrüchte servierten. Und hauseigenen Wein. Die laue Luft, die Sonne, das Meer, ein Traumschiff – und keine nölenden Männer an Bord.

Ihre letzten Worte waren ihm entgangen. Proteo schnarchte sanft.

*

Was für eine Stadt! Jedes Mal, wenn Miriam eine Straße überqueren wollte, spielte sie mit dem Leben – selbst in Hanoi, wo zigtausend Mopeds sich kreuz und quer durch die Straßen drängten, zwischen Autos, Fahrradfahrern und Lastenträgern hindurch, hatte sie sich sicherer gefühlt. Hier aber gab es ein Aufgebot an Motorrollern, wie sie es in Europa noch nie gesehen hatte. Die Fahrer, gleich welchen Alters, setzten die Verkehrsregeln außer Kraft, schossen zwischen

Autos, Lieferwagen und Autobussen quer über die Fahrbahnen und knatterten an den Ampeln davon wie eine Herde Antilopen, die von einem Rudel hungriger Löwen gejagt wurde. Selten sparten sie mit Schimpfworten, wenn sie am Zebrastreifen scharf abbremsen mussten, um zu vermeiden, dass ihre zweirädrigen Dumdumgeschosse mit Passantenblut verdreckt wurde. Aber auch die Autofahrer waren nicht zu unterschätzen. Für die meisten waren die beiden parallelen Fahrspuren der Einbahnstraßen zu eng. Ohne den Blinker zu setzen, wechselten sie willkürlich die Richtung und scherten sich keinen Deut um das Gezeter der anderen. Die Fahrschulen in der Stadt mussten ein eigenes, vom Rest Europas losgelöstes System eingeführt haben. Selbst in Neapel, wo Miriam vor gar nicht langer Zeit einen von der Camorra ausgebeuteten Eritreer interviewt hatte, der den Mut aufbrachte, sich an die Behörden zu wenden, einigte man sich, auch ohne Einhaltung der Gesetze, einfacher über die Vorfahrt als hier.

Der Eigentümer der Bar delle Torri hinter der Kirche San Antonio Taumaturgo zeigte Miriam stolz die neue Ausgabe der »Bar d'Italia« des »Gambero Rosso«. Die Bibel der italienischen Gastronomie hatte diese schicke Bar auch in diesem Jahr wieder auf einen Spitzenplatz gesetzt. Miriam versprach, es in ihrem Artikel zu erwähnen, als sie plötzlich eine Hand auf ihrer Schulter fühlte. Erschrocken drehte sie sich um.

»Ich muss mit dir reden«, sagte Alberto nur, wandte sich ab und ging hinaus.

Der Wirt schaute sie erstaunt an. »Sie sind kaum drei Tage in Triest und kennen schon Alberto?«

»Das ist nicht schwer«, sagte Miriam und verlangte die Rechnung. »Man begegnet ihm auf Schritt und Tritt.«

»Ja, er hat es geschafft, er gehört längst zum Inventar. Wenn er einmal einen Tag lang nicht auftaucht, fällt das auf. Ihren Espresso spendiert übrigens das Haus.«

Miriam bedankte sich bei dem Barista und folgte dem fliegenden Händler hinaus in die Via delle Torri, die durch den Schlagschatten zweigeteilt schien, den die Palazzi in der grellen Sonne aufs Pflaster warfen.

*

Einen Menschen zu beobachten und zu verfolgen, erschien Aurelio spannender, als im Büro herumzuhängen und Leles Befehlen nachzukommen. Jeden Schritt des Zielobjekts zu registrieren, sich ganz allmählich ein Bild von ihm zu machen, das sich immer deutlicher abzeichnete, bis man seinen nächsten Schritt voraussagen konnte, war aufschlussreich. Rasch hatte Aurelio die Schleichkatze, wie er sie nannte, wieder aufgespürt. Die Journalistin übte eine starke Anziehungskraft auf ihn aus. Es waren nicht nur ihr exotisches Aussehen, die raubtierartige Art, sich zu bewegen, der offene und wache Blick, das kurzgeschnittene wasserstoffblonde Haar, das so sehr von ihrem dunklen Teint abstach. In allem drückte sie Selbstbewusstsein und Stolz aus. Sie machte eine Unmenge Notizen und hätte einem der englischen Agententhriller entspringen können, die er für sein Leben gerne sah. So überraschend sie verschwand, so überraschend tauchte sie wieder auf. Lele sollte sie für seine Casting-Agentur verpflichten.

Am Canal Grande hatte er die Journalistin zufällig aus dem Wagen von Nicola Zadar, dem Rohkaffee-Importeur, steigen sehen, dessen Geschäftsräume er gut kannte. Seither ging er in einigem Abstand hinter ihr her. Die große Hitze schien ihr nicht das geringste Problem zu bereiten, während sein Mund vor Trockenheit klebte.

Immer wieder warf sie einen Blick in ihr Moleskine-Notizbuch und betrat dann ein Café nach dem anderen, wo sie mit den Wirten redete und ein paar Fotos schoss. Das Piazza Grande im Erdgeschoss des Rathauses, das einst von Italo

Svevo und Umberto Saba besucht wurde, bis es durch den Einbau eines Aufzugs auf seine heutige Größe reduziert wurde; dann das Urbanis mit dem alten Fußbodenmosaik, ein paar Schritte weiter La Nuova Portizza, wo es wie immer turbulent herging und Aurelio auch ein paar Schnüffler von der nahen Questura ausmachte, weshalb er sich rasch verdrückte. Anschließend hinüber zum Torinese, wo gedankenversunken und allein der Commissario am Tresen stand, den Lele vor gerade zwei Tagen am Telefon abserviert hatte. Von dort steuerte die Schleichkatze Richtung Rive und betrat das älteste Lokal der Stadt, das Caffè Tommaseo mit dem prunkvollen Stuck an Wänden und Decken und den putzigen Möbeln. Im Winter 1830 hatte Stendhal es zu seinem Stammlokal gemacht – und die These vertreten, eher die Frauen zu wechseln als das Kaffeehaus. Im Tommaseo fand eine politische Versammlung statt: Die organisierte Linke Triests hatte sich auf einen jämmerlichen Kleinkreis reduziert und schien trotzdem mit sich zufrieden.

Aurelio behielt beide Ausgänge im Blick und folgte Miriam Natisone schließlich zum Stella Polare, in dem 1909 der eifersüchtige James Joyce einen Journalisten abgewatscht hatte, weil der seiner Nora unverhohlen Komplimente gemacht hatte, was jene dem jungen Schriftsteller wiederum brühwarm unter die Nase hielt, um sich für seine Eskapaden mit den Triestiner Dirnen zu rächen.

Doch so langsam verging Aurelio der Spaß. Wenn er wenigstens mit dem Scooter fahren könnte! Durstig dackelte Aurelio hinter Miriam durch die Fußgängerzone und wartete draußen, während sie stets etwas zu trinken bekam. Sie zog weiter in die Bar delle Torri hinter der Kirche Sant'Antonio Taumaturgo und plauderte lange mit dem Wirt.

Aurelio wunderte sich, dass Miriam, als sie wieder auf die Straße trat, zielstrebig auf den Straßenverkäufer zusteuerte und sehr vertraut mit ihm tat. Woher kannte sie den Kerl?

Was hatte sie mit ihm zu tun? Sie verschwanden in einem Fotogeschäft. Vergeblich versuchte er, sie durch das Schaufenster zu beobachten. Als sie wieder herauskamen, trug der Schwarze eine Plastiktüte in seiner Linken, die er umständlich in seinen schweren Matchsack stopfte. Sie verabschiedeten sich, und Miriam suchte die Gran Malabar auf, wo sie sich am Tresen mit dem Wirt unterhielt, der ihr die unterschiedlichsten Kaffees zubereitete.

Den nächsten Anlaufpunkt hatte Aurelio ohne Mühe erahnt: das Caffè San Marco in der Via Battisti. Miriam trat in den prachtvollen Raum. Neben der Tür stand auf einer Staffelei das Porträt eines älteren Mannes, der selbst an einem reservierten Tisch im Fond des Saales saß. Er blätterte in Papierstapeln, machte konzentriert Notizen und nahm ab und zu einen Schluck Bier. Wenn er den Blick hob, blickte er auf sein Konterfei in Öl, während sein Hinterkopf von dem großen Spiegel in seinem Rücken gedoppelt wurde.

Aurelio wartete lange darauf, dass sie wieder auf die Straße trat. Er wurde jetzt vorsichtiger, denn sie drehte sich oft unvermittelt um und blieb stehen, schaute in ein Schaufenster, wechselte plötzlich die Straßenseite oder ging einige Meter zurück. Am Corso Saba betrat sie das gleichnamige Café, bestellte, legte die Münzen auf den Tisch und verließ das Café schlagartig, machte drei Schritte auf dem Gehweg und trat wieder ein. Nur knapp entkam Aurelio ihrem Blick und wäre beinahe mit dem Straßenverkäufer zusammengeprallt, der sein Glück jetzt ebenfalls in diesem Viertel versuchte. All der Kaffee, den die Journalistin getrunken hatte, musste sie nervös gemacht haben, zugleich schien sie erschöpft. Nachdem sie das Pirona verlassen hatte, führte sie ihr Weg durch die kleineren Nebenstraßen, wo sie eines nach dem anderen die schmucklosen Lokale betrat, in denen die Leute den heißen Espresso in drei Zügen leerten und zurück zur Arbeit eilten. Ihr Streifzug endete in der Cavana, wo sie die alte Torrefazione La Triestina aufsuchte, in der sich die Kunden seit jeher ihre persönliche Mischung zusammenstellen ließen.

Als Miriam endlich im Hotel verschwunden war, gönnte Aurelio sich an der nächsten Ecke einen Drink, dann eilte er zu seinem Scooter und fuhr zu Raccaro, um wie befohlen Bericht zu erstatten. Die Tür zu Leles Büro war angelehnt.

*

»Porcamiseria!«, schnauzte Lele den Dicken an, der ihm wie ein Häufchen Elend gegenübersaß, und schleuderte dem Kerl den erstbesten Aktenstapel ins Gesicht. »Mit Großzügigkeit versteht ihr beide nicht umzugehen, also werden ab jetzt andere Saiten aufgezogen. Deinem Bruder hab ich bereits auf die Sprünge geholfen, jetzt bist du dran. Heb das auf! Wird's bald?«

Lele war hinter dem ausladenden Schreibtisch vor Wut aufgesprungen und gab ein lächerliches Bild ab. Alles in diesem Büro war überdimensioniert. Der mit schwarzem Leder gepolsterte Chefsessel hätte sogar Gazzas Wanst ausreichend Spielraum gelassen. Der Weg zu der barocken Sitzgruppe am gegenüberliegenden Ende des Büros war so lang, dass der Raum eher dem Befehlsstand eines Parteibonzen in Pjönjang oder Havanna glich als der Zentrale einer einflussreichen grauen Eminenz des 21. Jahrhunderts – die den Hals allerdings auch nie voll kriegte.

»Ich warte«, zischte Lele ungehalten.

Er ließ sich wieder in seinen Sessel fallen und trommelte ungeduldig mit einem teuren Füller auf die Tischplatte, während Gazza sich mühsam aus seinem Stuhl emporzog und auf alle viere begab, um schwer atmend die auf dem Boden verstreuten Papiere einzusammeln. Schließlich richtete er sich unbeholfen auf. Er schwitzte und verströmte einen säuerlichen Körpergeruch.

»Aurelio ist nicht mein Bruder«, versuchte er sich verzweifelt gegen den Angriff zu wehren. »Aber er hat mir die Suppe eingebrockt, die du mich auslöffeln lässt.«

»Du bist im Rückstand mit den Flugbuchungen für die Schauspieler, und den Ärger bekommt nun die AFI ab. Und wir müssen für die Mehrkosten geradestehen, nur weil du dämliche Briefe verschickst, die noch ganz andere Konsequenzen mit sich bringen. Was glaubst du wohl, weshalb ich dir das Reisebüro in Udine eingerichtet habe?«

»Weil du hier angeblich keinen Platz hast.« Gazzas Blick schweifte durch den riesigen Raum. »Und weil du noch einen Firmensitz im Friaul haben wolltest, damit du die Subventionen besser anzapfen kannst. Weshalb sonst? Ich muss jeden Tag hin- und zurückfahren. Glaubst du, das ist jetzt zur Hauptreisezeit ein Vergnügen? Und so groß ist der Rückstand nun auch wieder nicht.«

»Das behauptest du jedes Mal, Giulio. Ich erwarte, dass du bis morgen Abend alles aufgeholt hast, sonst mache ich deinen Laden zu. Das geht schneller, als du denkst.«

Gazza seufzte tief. Das war kaum zu schaffen. Er müsste heute noch mindestens bis Mitternacht arbeiten und morgen schon um fünf wieder aufstehen. Warum hatte er sich bloß nach dem Tod seiner Mutter von Lele überzeugen lassen, das kleine Barvermögen, das sie ihm hinterlassen hatte, in eine gemeinsame Firma zu stecken? Von wegen Großzügigkeit! Ihm war nur noch das Häuschen in der Via dell'Eremo geblieben und die paar Kröten, die er als Inhaber der »Angel Travel Agency« einstrich. So viel eben, wie Lele ihm zugestand, nachdem er den Gewinn abgeschöpft hatte. Er rührte sich nicht vom Fleck.

»Wenn ich mich nicht täusche, dann brennt dir der Arsch vor Arbeit. Du hast Zeit bis morgen Abend. Vergiss das nicht. Und schick mir deinen Bruder rein.«

»Er ist nicht mein Bruder«, antwortete Gazza trotzig.

»Mehr als du dir vorstellen kannst, ist er es. Und wenn du das nächste Mal hier aufkreuzt, dann wasch dich gefälligst.«

Giulio Gazza durchquerte das Vorzimmer, Aurelio begrüßte er mit ausgestrecktem Mittelfinger: »Du sollst da rein, Zecke. Unser lieber Vater erwartet dich.«

»Du hast weder Vater noch Mutter, Qualle, keine Eier und keinen Schwanz. Vergiss das nie!«, rief ihm Aurelio nach. »Und die Prügel neulich waren erst der Anfang.«

Sorbetto al limon

Raffaele Raccaro hatte sich charmant gegeben, als er sie durch die weitläufigen Büroräume des neoklassizistischen Palastes an der Piazza Oberdan führte und ihr voller Stolz den beeindruckenden Umfang seiner Sammlung an Kriegsfotografien vorstellte. Die schmallippige Archivleiterin erklärte ihr die Sortierkriterien und nannte die exakte Anzahl der Bilder pro Sektion. Alle Aufnahmen seien selbstverständlich digitalisiert, die wertvollsten Originale befänden sich im gepanzerten Untergeschoss. Mit Schlüsselbegriffen seien die Fotografien versehen, sortiert nach Kontinenten, Ländern, Orten, Konflikten und Schlachten, Ethnien, Epochen, eingesetzten Kampfmitteln, Waffengattungen und Siegen. Von den Opfern kein Wort. Es handelte sich angeblich um das größte Archiv in Privatbesitz, doch Raffaele Raccaro tat es lediglich als einen Spleen ab. Eine Leidenschaft, für die sich kaum jemand interessiere, obwohl hier die Weltgeschichte zu Hause sei. Er sehe es schließlich an den geringen Zugriffszahlen im Internet, dabei fänden sich Pretiosen darunter, die noch niemand gesehen habe – aus allen Kriegen seit Erfindung der Fotografie. Und es gebe Bilder, so behauptete er, die sogar Teile der Geschichtsschreibung verändern würden, wenn sich nur die richtige Person dafür interessierte. Im kleinen wie im großen. Deshalb sei es überaus wichtig, dass sie nicht in falsche Hände gerieten, denn die Historie sei eine abgehakte Sache, die man nicht zurückdrehen könne, auch wenn Teile der Gesellschaft dies unermüdlich versuchen.

»Die Verhältnisse scheinen zwar stabil zu sein, Signorina Natisone.« Der Mann, der ihr gerade bis ans Schlüsselbein reichte, schien es für charmant zu halten, die Vierundvierzigjährige mit Fräulein anzureden. »Die Wahrheit aber ist eine andere. Die Angriffe auf das System nehmen täglich zu. Die Linke gibt keinen Frieden. Die Kommunisten sind noch lange nicht entmachtet. Sie dominieren die Medien, die Staatsanwaltschaften und die Gerichte. Man muss irrsinnig auf der Hut sein mit dem, was man der Öffentlichkeit preisgibt, weil die Dinge sofort verfälscht werden. Bildmanipulation ist eine unglaubliche Waffe. Und wir befinden uns mitten in einem medialen Weltkrieg.«

Miriam hielt ihn für einen kleingewachsenen Wichtigtuer, der seine geringe Körpergröße mit übersteigerter Machtgier auszugleichen versuchte. Als sie sich vorgestellt hatte, sprach sie von einem Porträt über den Sammler und seine Leidenschaft, denn als solcher sei er schließlich eine Seltenheit. Er schien ihre Äußerung als Kompliment zu verstehen. Sie erwähnte nicht, dass sie die Aufmachung seiner Homepage an den Stil rechtsradikaler Organisationen erinnerte. Rot und Weiß auf Schwarz, dazu ein Foto von der Unterzeichnung des Drei-Mächte-Pakts durch die deutschen und italienischen Außenminister Ribbentrop und Ciano und den japanischen Botschafter am 27. September 1940 in Berlin. Dann Benito Mussolini mit zum römischen Gruß gereckter Hand bei der Verkündung der Rassengesetze 1938 in Triest auf der Piazza Unità, ein Foto von dem spanischen Caudillo Franco, der der Hinrichtung eines homosexuellen Kommunisten mit der Garrotte beiwohnt, und eines von der Erschießung dreißig äthiopischer Rebellen unter den Augen des Oberbefehlshabers Italienisch-Ostafrikas, Amedeo Duca d'Aosta. Das musste man erst einmal verdauen.

»Im digitalisierten Zeitalter lässt sich alles manipulieren, Dottor Raccaro. Da ist niemand mehr sicher, der Krieg beginnt vor der Haustür.«

»In der Tat ist man nicht einmal mehr hinter der eigenen Haustür sicher. Heute gibt es Teleobjektive, die weiter reichen als Scharfschützengewehre. Denken Sie nur an die Fälschungen, mit denen man unseren Regierungschef attackiert. Bilder, die ihn mit flotten jungen Mädchen zeigen, eines schöner als das andere.« Er grinste bis über beide Ohren. »Die Journalisten sind darauf reingefallen. Die Spanier, die Franzosen und ihr Engländer natürlich. Als hättet ihr keine eigenen Probleme. Aber irgendwann wird rauskommen, wer der große Manipulator war. Und obwohl dieser fast so perfekt arbeitet wie einst Stalin, sackt die Linke immer mehr in der Wählergunst ab. Verzweiflungstäter! Übrigens, meine Liebe, nennen Sie mich bitte Lele, alle nennen mich so. Lele, ohne Signor! An meinen richtigen Namen kann ich mich kaum mehr erinnern.«

»Sind Sie ernsthaft davon überzeugt, dass die Bilder Ihres Premiers Fälschungen sind?«

»Immerhin ermittelt die Staatsanwaltschaft, Miriam.« Er hatte sie zwar gebeten, ihn bei seinem Spitznamen zu nennen, doch hatte sie dieses Entgegenkommen nicht im geringsten erwidert. »Und überhaupt, Heinrich VIII. hatte sechs Frauen, zwei hat er enthaupten lassen. Und ihr Engländer seid trotzdem stolz auf ihn. Verstehen Sie denn nicht, meine Liebe? Selbst wenn diese Fotos unseres Regierungschefs echt wären, schadete ihm das nicht die Bohne. Er ist ein großer Politiker, den anderen schon rhetorisch haushoch überlegen. Ein echter Leader, den das Land braucht. So, und jetzt knurrt mir der Magen, und ich habe Durst. Wollen wir nicht beim Abendessen weiterreden? Ich lade Sie gerne ein. Es ist nicht weit, wir können zu Fuß gehen.«

Miriam zögerte keine Sekunde. Es blieb ihr gar nichts anderes übrig, als seine Einladung anzunehmen, wenn sie an weitere Informationen kommen wollte. Als sie den Palazzo Vianello verließen, hatte Miriam den Eindruck, beobachtet zu werden. An der Kreuzung saß ein Mann mit einem schwarzen Sturzhelm auf einem schweren Motorroller. Lele nickte ihm im Vorbeigehen zu.

175

Auf dem Weg fragte Miriam, ob sich in dem beeindruckenden Archiv auch Fotos aus dem Abessinienkrieg befanden.

»Aber natürlich. Sind Sie meinen Ausführungen nicht gefolgt?« Er blieb kurz stehen und fasste sie am Arm. »Ich habe
doch gesagt, dass hier nichts fehlt. Machen Sie einen Termin
aus mit meiner Mitarbeiterin, Sie können die Sektion ein-
sehen, wann immer Sie wollen. Ich sag ihr gleich Bescheid.
Aufnahmen aus dem Luftkrieg, Axum Dessiè, die Tam-
bien-Schlacht, Mai Ceu. Und vor allem 1934 der Angriff der
Truppen des Negus auf die unseren im Wal-Wal-Tal. Eine
schamlose äthiopische Aggression gegen die Askari, unsere
somalischen Verbündeten in der Kolonie. Das war immerhin der Auslöser der Grausamkeiten. Davon reden die Linken nie. Geschichtsfälscher.«

Miriam biss sich auf die Zunge. Sie kannte die Geschichte
ihres Landes genau. Dem grausamen Giftgaskrieg der Italiener fielen bis 1941 eine drei viertel Million Zivilisten zum
Opfer und fast dreihunderttausend äthiopische Soldaten.
Schon 1882 hatten die Italiener einen erfolglosen Angriff auf
das Land gestartet, doch 1935 stellten sie mit dreihundertdrei-
ßigtausend Mann die größte westliche Armee auf dem afrikanischen Kontinent zusammen, um Mussolinis imperialen
Wahn von einem zweiten Römischen Reich zu verwirkli-
chen. Die faschistischen Truppen schlachteten die Bevölkerung ab, ein Massaker folgte dem anderen, und der erste
Giftgaskrieg aus der Luft sollte erst vierzig Jahre später, 1983,
im Iran-Irak-Krieg eine Wiederholung erfahren. Ihr eigener
Großvater war einer dieser italienischen Soldaten gewesen
und hatte gegen alle Vorschriften verstoßen, als er sich in ihre
Großmutter verliebte. Es war streng verboten, sich mit Afrikanerinnen einzulassen, er hatte viel riskiert.

»Wir pfeifen auf alle Neger der Gegenwart, Vergangenheit
und Zukunft und deren Verteidiger. Es wird nicht lange dau-

ern, und die fünf Erdteile werden ihr Haupt vor dem faschistischen Willen beugen müssen«, hatte Mussolini damals verkündet, und der Erzbischof von Mailand applaudierte: »Gott führt uns in dieser nationalen und katholischen Mission des Guten, jetzt, da auf den Schlachtfeldern Äthiopiens die Fahne Italiens triumphierend das Kreuz Christi voranträgt.« Das Zeugnis eines Vertreters des Internationalen Roten Kreuzes redete Klartext: »Überall liegen Menschen. Tausende. An ihren Füßen, an ihren abgezehrten Gliedern sehe ich grauenhafte, blutende Brandwunden. Das Leben entflieht schon aus ihren vom Senfgas verseuchten Leibern.«

Als 1941 die Engländer, vereint mit den äthiopischen Truppen aus dem Exil, endlich siegten, hatte ihr Großvater sich versteckt. Er wollte nicht nach Italien zurück und war im Land geblieben, wo er einunddreißig Jahre später kurz vor seinem vierundfünfzigsten Geburtstag an Malaria und Tuberkulose starb.

Miriam überlegte einen Moment lang, ihren Gesprächspartner mit den Fakten über die Kriegsverbrechen zu konfrontieren. Raffaele Raccaro gehörte ganz offensichtlich zu jenen, die seit Jahren an einer neuen Geschichtsschreibung arbeiteten. Als genügte es, eisern an die Lügen zu glauben, mit der die Revanchisten sich zu Opfern stilisierten. Die Aussagen von Zeitzeugen und die Arbeit der Historiker aus der ganzen Welt wurde einfach annulliert.

»Sie kennen sicher das Foto von der bolschewikischen Führung, aus der man Trotzki herausretuschiert hat – den in Ungnade gefallenen Weggefährten Lenins, der im mexikanischen Exil mit einem Eispickel erschlagen wurde. Und auch Robert Capas berühmte Aufnahme des fallenden Soldaten im Spanischen Bürgerkrieg ist gestellt. Mit der Wahrheit der Bilder muss man wahnsinnig auf der Hut sein.«

»Und Sie sind in Triest geboren?«, unterbrach sie ihn. »Was hat Ihre Leidenschaft für solche Fotos geweckt?«

»Ich kam erst nach der Befreiung der Stadt von der alliierten Besatzung in den Fünfzigern hierher. Sie wissen sicher, dass Triest am Ende des Zweiten Weltkriegs zu einem englisch-amerikanischen Freistaat ausgerufen wurde. Ein Pakt des Westens mit den Tito-Kommunisten.«

»Wo kamen Sie zur Welt?«

»Ich stamme aus einer armen Familie in einem kleinen Dorf im Friaul, wo es kaum was zu fressen gab. Wissen Sie, Miriam, eigentlich habe ich Sie nur wegen Ihres merkwürdigen Nachnamens empfangen. Natisone, so heißt der Fluss, an dem mein Geburtsort liegt. Lasiz, ein paar Häuser nur, in der Nähe von Púlfero. Ich bin gleich nach der Schule weggegangen, mit sechzehn. So einen wie mich nennt ihr Briten einen ›Selfmademan‹. Ignoranz ist etwas, das man selbst überwinden muss. Neugier und harte Arbeit sind die einzige Basis. Und gute Kontakte zu anderen Männern, die den Fortschritt suchen. Ich habe in einer Garage angefangen, Kaffee zu rösten. Ein gutes Geschäft, das ich rasch ausbauen konnte. Wir Italiener waren immer Seefahrer und Entdecker, Bauern oder gewiefte Kaufleute, und Triest ist eine Stadt, in der man es zu etwas bringen kann. Schauen Sie sich nur die hier gegründeten Versicherungsanstalten an, die Kaffeeröstereien, das Schifffahrtsgewerbe. Wer will, kommt hier zu Geld, er muss nur die richtigen Verbindungen pflegen.«

»Das ist überall so«, warf Miriam ein. »Und die Bilder? Nur ein Spleen, wie Sie vorhin sagten? Das glaube ich nicht.«

»Wer in dieser Gegend aufwuchs, weiß genau, dass jeder Friede nur von kurzer Dauer ist. Die meisten haben Angst davor, sich der grausamen Materie zu nähern. Als ich zu sammeln begann, gab es keine Konkurrenten, die die Preise hochtrieben. Kunst war eine Sache der Elite, dies aber ist der Stoff des Volkes. Übrigens war mein Vater, wie so viele, auch in unseren Kolonien. Er ist nicht aus Abessinien heimgekehrt.«

»Gefallen?«, fragte Miriam.

Lele zuckte die Achseln. »Was sonst? Wer blieb schon freiwillig in einem unzivilisierten Land, um dort dann an Malaria zu krepieren?«

»Haben Sie keine Dokumente? Wie hieß er?«

»Paolo. Raccaro, Paolo. 1918 geboren, mein Elternhaus war schon das seine gewesen. Ich kenne ihn nur von einem alten Familienfoto.«

»Und haben Sie auch Kinder?«

»Einen missratenen Sohn«, lachte Lele. »Alle Söhne sind missraten, das weiß jeder Vater. Da kann man nichts dran ändern. Ich hoffe, er geht irgendwann in die Politik. Die richtigen Verbindungen hat er schließlich. Kennen Sie übrigens das Bild von der Eroberung Berlins? Ein Rotarmist hisst die Rote Fahne auf dem Reichstag. Auch eine Fälschung. Alles gestellt, Tage später, als schon nicht mehr geschossen wurde. Kommunistische Propaganda!«

Dieser Mann war ihr unheimlich, seine Argumente teils wahr, teils hanebüchen und so verschroben, dass sich Miriam fragte, ob er mit ihr spielte oder tatsächlich von dem Unsinn überzeugt war. Ohne Ablass über den Missbrauch der Bilder faselnd, führte er sie in einem zehnminütigen Spaziergang durch die sich herabsenkende Dämmerung zu einer Trattoria, in der man für riesige Portionen wenig bezahlte und in der sich seit Jahrzehnten scheinbar nichts geändert hatte. Als sie eintraten, wurde sie unverhohlen angestarrt, und Lele, der hier offensichtlich Stammgast war, erntete fragende Blicke. Die entwürdigenden Kommentare einiger Gäste waren deutlich zu hören: Seit wann führt man eine schwarze Nutte zum Abendessen aus? Hat er sich eine billige Frau gekauft? Völlig ungerührt fasste Lele sie am Ellbogen und führte sie zu einem Tisch an der Wand des Lokals, das gut hundert Plätze hatte.

»Ich komme gerne hierher«, sagte Lele, als er ihren unruhigen Blick bemerkte. »Eine klassische Trattoria. Große Portionen, wenig Geld. Ich empfehle die Tintenfische in Sauce mit Polenta. Oder die Kartoffelgnocchi mit Gulasch, auch sehr typisch. Oder die Spaghetti mit Meeresfrüchten. Ja, ich denke, wir nehmen die.« Er bestellte, ohne auf Miriams Wünsche einzugehen.

Lustlos stocherte sie in einer riesigen Portion Spaghetti mit Meeresfrüchten. Es schmeckte ihr nicht, der Koch schien eher ein Händchen für Masse zu haben als für Feinheiten. Auch die Räumlichkeiten behagten ihr nicht besonders. Wände und Decke schrien nach einem neuen Anstrich. Die Papiertischdecken ließ sie durchgehen, der offene Wein war besser als das meiste, was in London serviert wurde, aber die Kellner waren barsch, hastig und übermüdet. Vor allem aber missfielen Miriam die Gäste, die sie musterten wie einen Affen im Zoo. Sie rührte das Gericht kaum an, während ihr Gastgeber seine Portion wie ein Mähdrescher verschlang. Ein Wunder, dass er die Muschelgehäuse übrigließ.

»Machen Sie sich nichts daraus, Miriam«, sagte er mit funkelnden Augen. »Ewiggestrige gibt es überall.« Dann fuhr er gleich mit seinem Lieblingsthema fort. »Die Frage ist immer die gleiche: Wer ist im Besitz der Bilder? Wer hat die Macht, sie auszuwählen? Die Leute glauben ja, was man ihnen zeigt.«

»Ein Dauerthema in Italien, oder nicht? Niemand kann sich ein solides Urteil bilden, wenn er zu wenig weiß. Oder wenn ein Teil der Wahrheit unterdrückt wird. Das Fernsehen Ihres testosterongesteuerten Premiers …«

»Papperlapapp! Alles Vorurteile, Miriam! Unser Land hat große Vorzüge und große Nachteile. Beide muss man nutzen können. Wer die Macht hat, bestimmt, was getan wird. Die Regierung ist vom Volk gewählt und Italien die älteste Kulturnation Europas seit der Antike. Wir sind in vielen Belangen einen Schritt voraus. Avantgardistisch, seit die Römer die Griechen abgelöst haben. Die moderne Gesetzgebung, die

Eroberungen, die Verbreitung des Christentums, ein anderer Feldzug.«

»Ich hatte ganz vergessen, dass Jesus Italiener war.«

Lele überging ihren Einwurf und predigte weiter. »Denken Sie an die Renaissance! Die Kunst von Piero della Francesca, Michelangelo, Giotto, Bellini. Und Leonardo da Vinci. Und denken Sie an die ›Commedia dell'Arte‹! ›Live is a Cabaret‹, meine Liebe, und die Politik ist eine Komödie, ein Lustspiel! Nur so können Sie diese politische Show verstehen, Miriam. Versuchen Sie es, die Engländer sind dafür natürlich viel zu steif. Schafft doch endlich mal das Oberhaus ab und diese alte Dame mit dem Hut und dem Handtäschchen.«

»Die Wahlergebnisse …«, versuchte Miriam einzuhaken und wurde sogleich unterbrochen.

»… ermächtigen den Gewinner, das Land zu führen. Überlegen Sie nur einmal, welchen Fortschritt wir nach Ostafrika gebracht haben: Gesundheitswesen und Krankenhäuser gab es doch vorher in Abessinien nicht, uns hat man die Produktivitätssteigerung in der Landwirtschaft zu verdanken und genauso die Fabriken, die Post und natürlich die Eisenbahn. Der erste Flächennutzungsplan zur Errichtung des modernen Addis Abeba, ein Meisterwerk des Faschismus. Und was ist mit der ›Aida‹ von Giuseppe Verdi? Eine äthiopische Prinzessin als Geisel des Pharaos, die der Liebe willen auf ihr Leben verzichtet. Phantastisch!«

Raffaele Raccaro legte seine Gabel zur Seite, klopfte mit den Fingern auf eine imaginäre Klaviertastatur und stimmte ein paar Töne des berühmten Triumphmarsches aus der Oper an. Dann unterbrach er sich und lächelte Miriam versonnen an. »Aber Sie essen ja gar nichts, meine Liebe. Schmeckt es Ihnen nicht?«

»Sie vergessen die Opfer! Auch der Faschismus ist eine Erfindung der italienischen Avantgarde!« Miriam starrte entsetzt zurück.

»Von uns geliefert, von den Deutschen perfektioniert.« Er
lachte aus vollem Herzen. »Die sind halt so: humorlos und
ehrgeizig. Wenn sie könnten, würden sie auch noch den Sie-
depunkt des Wassers senken. Also, was wäre Europa denn
ohne den Zweiten Weltkrieg? Noch immer das Feudaleigen-
tum der Adligen. Sonst nichts. Und ich ein armer Bauern-
sohn geblieben, der nichts zu fressen hätte. Und Ihr Afrikaner wärt noch immer Neger, die wie Vieh auf Sklavenschiffe
verladen und verkauft würden.«

Miriam hätte ihn am liebsten sitzenlassen, dieser Zynismus war unerträglich. Jede Woche erreichten Europa die
Meldungen über eritreische Flüchtlinge, die im Mittelmeer
ertranken, weil die maroden Boote der Schleuserbanden ken-
terten, die sie aus Nordafrika nach Italien übersetzen sollten.
Der kleine Mann in Rom hatte soeben ein Abkommen mit
Libyen unterzeichnet, das erlaubte, sie umgehend zurückzu-
befördern. Und das Regime steckte sie in menschenunwür-
dige Kerker und lieferte sie anschließend an das Land aus, aus
dem sie aus Angst um ihr Leben geflohen waren und wo sie
spurlos verschwanden. Die Europäische Union segnete es ab.
Zuvor hatte der italienische Premier sich bei Gaddafi für die
italienischen Kriegsverbrechen Mussolinis entschuldigt und
im selben Atemzug den Bau einer Autobahn der Küste entlang versprochen. Wer konnte ausschließen, dass er nicht
einmal sein Exil dort verbringen wollte, wenn all die Gesetze
zur Rettung seiner Person nicht mehr ausreichen?

Und auch die Regierung Isayas Afewerki, eines der letzten
kommunistischen Diktatoren in der Welt, der seine militärische Ausbildung in China erhalten hatte, wurde von Rom gestützt. In Eritrea hatte er die Pressefreiheit ausgehebelt, fol-
terte und ermordete Regimekritiker. Nach UNO-Berichten
übertraf seine Grausamkeit selbst die des nordkoreanischen
Tyrannen. Doch die italienische Regierung schloss Handels-
abkommen mit ihm ab und tätigte Investitionen, an denen

auch Verwandte von Regierungsmitgliedern beteiligt waren. Von Menschenrechten zu sprechen war in Europa inzwischen Schnee von gestern. Und dieser Lele protzte mit Verdiensten seines Landes in der ersten Kolonie, die Italien ursprünglich mit dem Plazet der Engländer in Ostafrika eingerichtet hatte, um damit dem Expansionsdrang der Franzosen zuvorzukommen.

»Ihr Regierungschef ist der letzte kommunistische Zar neben Kim Yong-il in Nordkorea, Generalissimus Than Shwe von Myanmar, dem Chinesen Hu Jintao, und wie in Moskau fällt keine Entscheidung ohne ihn.«

»Nun ist aber Schluss! Erheben wir uns doch bitte nicht über andere. Ja?« Seine Stimme war schneidend geworden. Doch rasch fing er sich wieder und prostete ihr zu. »Worüber regen Sie sich auf, Miriam? Das Zwillingswesen der Macht ist die Korruption. Natürlich ist er größenwahnsinnig und selbstkorrupt, es gibt ja auch niemanden, der ihn bremsen könnte. Die Linke ist ein altmodischer, zerstrittener Haufen, der am liebsten das Volk abschaffen würde, so sehr fürchtet sie sich vor ihm. Opposition kommt höchstens noch aus den eigenen Reihen und aus dem Vatikan. Das ist doch nicht normal.«

Miriam kam aus dem Staunen nicht heraus. So also wurde Geschichte geschrieben.

»Glauben Sie bitte nicht, dass wir Italiener das nicht selbst sehen. Wir sind nicht so hörig und dumm, wie wir häufig dargestellt werden. Wir verstehen es eben, Spielräume zu nutzen. Flexibilität. Und wir leben nun mal in einer voyeuristischen Gesellschaft, meine Liebe. Das ist technischer Fortschritt. Als die Bilderwelt noch aus Ölgemälden bestand, war das nicht möglich. Aber heute läuft da draußen niemand mehr rum ohne Mobiltelefon mit eingebauter Kamera.«

»In der Tat, Dottore.« Er hatte das Stichwort ganz von allein gegeben. Miriam zog die Vergrößerungen von Jeanette und ihrem Liebhaber aus der Handtasche und blätterte sie ganz gemächlich auf den Tisch. Eine nach der anderen. »Sie kennen diesen Mann. Wie heißt er, und wo finde ich ihn?«

Leles Augen zogen sich zu engen Schlitzen zusammen, sein Grinsen machte aus seinem Gesicht eine diabolische Fratze. »Weshalb interessieren Sie sich ausgerechnet für den? Sie können doch problemlos flottere Gesellen an Land zu ziehen.«

»Die Macht der Bilder, wie Sie so schön sagen. Er ist ein Erpresser, die Staatsanwaltschaft ermittelt. Also, wo finde ich ihn?«

»Ein Erpresser? Na, so ein gemeiner Kerl. Wen erpresst der denn? Und womit?«

»Lesen Sie die Zeitung. Er hat die Rechnung ohne den Wirt gemacht und wäre gut beraten, sich in Acht zu nehmen. Sein Opfer hat ein paar Leute beauftragt, ihm diese Mätzchen auszutreiben.« Sie legte den »Independent« neben das Foto.

»Und Sie gehören zu diesen Leuten?«

»Ich recherchiere nur. Jeanette McGyver fährt mächtigere Geschütze auf. Die mit den breiten Schultern kommen noch. Also, um wen handelt es sich?«

»Ganz ruhig, meine Gute. So einfach, wie Sie glauben, ist das nicht.« Lele schob eine letzte Gabel Pasta in den Mund, wischte sich den Mund mit der Serviette ab und nahm einen kräftigen Schluck aus seinem Weinglas. »Auf wen soll Ihr Killer denn schießen, wenn die Zielscheibe fehlt? Ich habe die echten Fotos gesehen. Es gibt sie noch. Ein harter Schlag für diese Frau, sollten sie zufällig den britischen Medien zugespielt werden.«

»Haussuchungen sind kein Vergnügen, Dottore.« Sie steckte die Bilder ein.

»Ihr Interesse für mein Fotoarchiv war also nur ein Vorwand«, stellte er süffisant fest und schätzte ihre Reaktion ab.

»Ganz im Gegenteil. Ihre Ausführungen sind wirklich interessant. Eine ungewöhnliche Perspektive.«

»Ich nehme diesen kleinen Disput nicht persönlich, Miriam. Das Archiv steht Ihnen nach wie vor offen.« Lele lächelte. Er winkte dem Kellner. »Ich empfehle Ihnen ein Zitronensorbet auf Triestiner Art. Nein, das ist nichts zum Löffeln. Sie können es trinken.« Und wieder bestellte er, ohne zu fragen, gleich für sie mit. »Machen Sie einen Termin mit meiner Mitarbeiterin aus. Sie wird Ihnen die Ostafrika-Sektion gerne zeigen, ohne Einschränkungen. Auch wenn ich nicht da sein sollte.«

Das Sorbetto, das in einem Sektglas serviert wurde, rührte sie nicht an. Als sie das Lokal verließ, folgten ihr die Blicke der Gäste und Raffaele Raccaros.

Es herrschte wenig Verkehr, und ein Taxi war weit und breit nicht zu sehen. Zu Fuß ging sie durch die nächtliche Stadt zum Hotel zurück. Auf der Piazza Goldoni streifte sie beinahe ein weißer Motorroller, der ohne abzubremsen auf sie zuhielt. Nur mit einem beherzten Sprung auf den Gehweg konnte sie sich retten. Ein wüstes Lachen drang aus dem Sturzhelm. Sie schaute dem Fahrzeug nach, das ohne Licht über die rote Ampel der Kreuzung schoss und in der Galleria Sandrinelli, dem Tunnel unter dem Colle di San Giusto, verschwand. Als Miriam sich von dem Schreck erholt hatte, rief sie Candace in London an. Sie musste mit ihr über den eigenartigen Abend reden, den sie so schnell nicht vergessen würde. Der nächste Anruf galt Jeremy Jones, Jeanettes Anwalt, den sie zu Hause erreichte.

»Wenn du einen richtigen Scherbenhaufen hinterlassen willst, dann setz noch eine Klage gegen die AFI auf, die Firma von Raffaele Raccaro«, forderte sie aufgebracht. »Verlang ein Schmerzensgeld, das sich gewaschen hat. Es muss schrecklich viel sein. Und eine Anzeige mit Strafrechtsbestand, Erpressung, Bedrohung, Verleumdung, Stalking. Setz die britische Diplomatie darauf an. Verlang eine Haussuchung. Es heißt, dieser Aurelio sei ein illegitimer Sohn von Lele. Und beeile dich, bevor die selbst zuschlagen. Die glauben wirklich, die Welt gehöre ihnen. Und übrigens, ich werde beobachtet.«

»Wende dich sofort an die Polizei.«

»Und was erzähle ich denen? Dass ich die Vermutung habe, verfolgt zu werden, wo mich doch so gut wie niemand in der Stadt kennt? Die lachen mich doch nur aus. Aber du könntest vielleicht ein Kennzeichen für mich ausfindig machen.«

»Wir haben eine Partnerkanzlei in Triest«, sagte Jones nach kurzem Zögern. »Schwerpunkt Seerecht. Aber sie werden dir helfen.«

Als sie die Via Teatro Romano vor dem Polizeipräsidium überquerte, sah sie den weißen Motorroller. Diesmal parkte er am Straßenrand vor einem Hochhaus, dessen Fassade aus rostrotem Klinker bestand. Den Fahrer konnte sie nirgends ausmachen, doch das Kennzeichen war jenes, das sie sich am Tag zuvor vor dem Palazzo Vianello notiert hatte.

Zorn und Kaffee muss man heiß genießen

Auf den Treppen des Römischen Theaters gegenüber der Questura fand eine wilde Verfolgungsjagd statt, bei der zwei Gangster – dunkle Anzüge, schwarze Sonnenbrillen – mit ihren Spielzeugpistolen auf eine Kommissarin feuerten, die sich nur durch wildes Hakenschlagen und einen Sprung hinter die Ruinen retten konnte. Echte Beamte standen vor dem Polizeipräsidium auf der gegenüberliegenden Straßenseite und schauten dem Spektakel amüsiert zu.

Schon beim Einparken hatte Laurenti das Unheil auf sich zukommen sehen. Schwanzwedelnd zerrte der zottige schwarze Hund an der Leine, fast hätte er sein betagtes Herrchen zu Boden gerissen. Der alte Galvano glotzte einer hübschen Afrikanerin nach, die soeben ihre Aufenthaltsbewilligung an einem der Schalter der Ausländerbehörde im Entree des Polizeipräsidiums erhalten hatte und so beglückt darüber war, dass sie vor Freude auf der Straße tanzte. Der Hund japste aufgeregt und zog den pensionierten Gerichtsmediziner an der Leine zu Laurenti hinüber.

»Es heißt, Lele habe ein paar Problemchen.« Galvano riss den Köter an der Leine zurück, um nicht der Länge nach hinzufallen. »Der alte Gauner, vielleicht haben seine Spielchen bald ein Ende. Auch ohne dich, du fauler Hund, und deine naiven Kollegen, Commissario.«

»Wenn ein Tag mehrere Anfänge hat, geht er schief. Diesen Satz habe ich erst gestern Abend in einem Roman gelesen, Galvano, und heute bestätigt er sich bereits. Aber was ist los? Ein pensionierter Polizeihund und ein Pathologe im Ruhestand haben doch nicht etwa Heimweh nach der Zentrale? Oder hat man euch beide als Stuntmen für den Film da drüben gebucht?«

Er bückte sich zu dem schwarzen Gesellen hinab, den er vor Jahren aus Mitleid übernommen hatte, aber wegen des heftigen Protestes seiner Frau dem verwitweten alten Herrn überlassen musste. Laura hatte sich weder einen Bastard noch einen ausrangierten Spürhund gewünscht.

»Zufall, Laurenti! Soll ich etwa einen Umweg nehmen, nur um dir nicht zu begegnen?« Er schleckte an einem Kaffee-Eis, das über seine Finger troff. »Die Gelateria Ecke Via Malcanton ist ganz gut«, sagte er und wies mit dem Eis hinter sich, das prompt auf sein Jackett tropfte.

»Was bedeutet eigentlich diese Lust auf Eis am frühen Morgen, Galvano? Du zeigst ja plötzlich menschliche Züge.« Laurenti hoffte, dass der Alte den Weg zu seinem Schreibtisch freiwillig räumte. Er hatte auf sein übliches Morgenbad in der Adria verzichtet, um bereits kurz vor sechs in der Via dell'Eremo vergeblich am Haus von Giulio Gazza zu klingeln. Doch kein Laut drang aus der Bude.

»Mein Quacksalber hat mir verboten, mehr als einen Espresso am Tag zu trinken, von Eis hat er nichts gesagt«, knurrte Galvano und betrachtete hilflos seine verschmierten Finger. Noch nie war ihm eine solche Nachlässigkeit in Sachen Etikette unterlaufen. Auf der Straße zu essen, war dem Mann für gewöhnlich ein Greuel, mit zunehmendem Alter schoss er immer giftigere Hasstiraden ab gegen den rapiden Verfall der Sitten. Darunter fielen Damenhosen mit niedriger Taille, aus denen ein Tangastring herausschaute, sowie Männer mit dunklen Hosen, die helle Sportschuhe mit Klettverschlüssen trugen, heraushängende Hemden und Dreitagebärte, die seit sechsundneunzig Stunden überfällig waren. Als er noch im Dienst war, hatte der Alte niemals auf der Straße geraucht und seine Mentholzigaretten höchstens an den Tatorten herausgezogen – weniger, um sich wegen des oft grauenhaften Anblicks zu beruhigen, als vielmehr um gegen den Gestank des Todes anzuqualmen.

»Und ich dachte, du wolltest mich besuchen.«

»Nur weil du einmal im Jahr früher als sonst aufgestanden bist, musst du nicht glauben, ich sei wegen dir hierhergekommen«, raunzte Galvano, während Laurenti mit dem Taschentuch sorgsam die Eiscreme vom grauen Tuch tupfte, das Galvano auch im heißesten Sommer nicht ablegte. Kurze oder hochgekrempelte Hemdsärmel empfand der alte Herr ebenso als groben Stilbruch. Und der Zorn über das eigene Versehen stand deutlich in seinen Augen. Den Rest des Eises schlabberte das schwarze Tier aus seiner Hand, akkurate Fingerreinigung inbegriffen.

»Die vollendete Freundlichkeit. Wie immer. Wie kommt es, dass deine Gespielin dich schon wieder alleine auf die Menschheit loslässt?«

Die Scherze über das exzentrische Trio aus hochgewachsenem hageren Mann, kleiner, nicht mehr schlanken und pausenlos alles und jeden mit herbem Akzent kommentierender blonden Frau sowie dem schwarzen struppigen Hundebastard machten unter Galvanos alten Freunden immer häufiger die Runde.

»Sie ist am Meer. Du weißt ja, dass ich keine Lust habe, mich zwischen das junge Gemüse zu drängeln.«

»Besser so, die hübschen Mädchen würden dich zu sehr erregen.«

»Du wirst auf mich neidisch sein, wenn du in mein Alter kommst, Laurenti. Du weißt ja gar nicht, was das für eine Erleichterung ist. Dich nimmt deine neue Flamme ja so sehr in Anspruch, dass du Job und Freundschaften vernachlässigst.«

»Das sage ich schon die ganze Zeit.« Die Stimme, die er hinter sich hörte, ließ Laurenti zusammenzucken. Konnte man nicht einmal mehr in aller Ruhe morgens um acht ins Büro gehen? Marietta lächelte seit langem einmal wieder. Ein bitteres Lächeln.

»Also, welche Probleme hat Lele deiner Meinung nach?«
Laurenti ließ Galvano nicht aus den Augen.

»Seine Partner werden ungeduldig. Die letzten Investitionen, vor allem in die beiden Einkaufszentren, sind ein Schlag ins Wasser. Das hätte ich ihm allerdings im voraus sagen können. Bis auf ein paar Köderangebote ist die Ware dort auch nicht billiger, dafür muss man an der Kasse Schlange stehen und diese lesbischen Songs von Michael Bublé ertragen. Dabei gibt es doch alles und viel mehr in den alteingesessenen Geschäften im Zentrum. Aber Lele arbeitet nun mal unablässig daran, die Stadt baldmöglichst dichtzumachen und dann für wenig Geld aufzukaufen. Zusammen mit irgendwelchen netten Herren von außerhalb, deren Waschmaschine zu Hause zu klein geworden ist. Und es würde mich nicht im geringsten wundern, wenn er seinen Sohn nicht schon zum Bürgermeisterkandidaten auserkoren hätte. Der Niedergang ist kühl programmiert.«

Der schwarze Geselle hob sein Bein und benetzte die Felge von Laurentis Dienstwagen.

»Hier, Galvano, das kostet in Zukunft dreihundert Euro!«

»Denen werd ich den Marsch blasen bei der nächsten Stadtratssitzung. Darauf kannst du dich verlassen.«

»Die machen sich jetzt schon vor Angst ins Hemd. Erzähl lieber, woher ausgerechnet du weißt, dass es bei Raccaro klemmt?«

»Es ist nicht von Nachteil, mit einer Russin zusammenzuleben, die große Ohren hat. Auch wenn ihr dumme Witze über sie reißt. Drei Typen saßen im Scabar am Nebentisch, während wir uns über die Rotbarben hermachten, die dein Sohn zubereitet hat. Der Junge hat einen Gang mehr drauf als du, mein Freund. Köstlich. Nur ein Meter weiter redeten die Russen so lautstark über Lele, dass die Leute sich beschwerten. Es scherte sie einen feuchten Kehricht, ob sie jemand hörte. Wer spricht hier schon Russisch? Außer Raissa

190

natürlich. Einer meinte, sie würden die AFI kassieren, seine Filmfirma, die über eine Menge Auslandskonten verfügt, satte Gewinne einfährt und jeden Konkurrenten aussticht. Angeblich nicht immer mit lauteren Mitteln.«

»AFI?«, fragte Laurenti alarmiert. »Galvano, sagtest du wirklich AFI?«

»Ja, warum?«

»Marietta, stand das nicht auf einem der Zettel aus der Hosentasche der Wasserleiche?«

Seine Assistentin hob gleichgültig die Schultern. »Niemand kennt Leles Geschäfte genau, doch mir ist auch zugetragen worden, dass er schon glücklichere Momente durchlebt habe«, mischte sich Marietta ein. »Leider wird so viel getratscht in der Stadt.«

»Und ich höre das erst jetzt«, fuhr Laurenti sie an. »Es ist das erste Mal, dass du dir auf die Zunge beißt, Marietta.«

»Du triffst dich ja mit niemandem mehr außer mit deiner Ärztin. Bist du sehr krank, Proteo?«, fragte seine Assistentin und drehte ab.

»Kümmere dich sofort um diese AFI, Marietta!«, rief Laurenti hinter ihr her.

*

Der Wind in Triest war unberechenbar. Es gab Tage, da wechselte er dreimal die Richtung, und mit ihr Licht und Schatten und Farbe des Meeres. Die Bora hatte sich über Nacht gelegt. Dafür wehte ein Libeccio, die Brise aus Südwesten – Libyen klang schon im Namen mit –, und führte heiße Luft aus Afrika nach Norden. Eine samtene Schicht hoher Schleierwolken sorgte für diffuses Licht, Himmel und Meer vereinten sich am Horizont zu einem weißen Schleier. Die kristallene Klarheit der letzten Tage war im Dunst versunken.

Auf der Frühstücksterrasse war sie die erste gewesen. Während Miriam ihren Tee genoss, schweifte ihr Blick über die Piazza, auf der die Leute zur Arbeit eilten. Nichts Verdächtiges. Es war acht Uhr, als Miriam auscheckte. Den Weg vom Hotel zum Autoverleih ging sie zu Fuß und zog den Samsonite hinter sich her, dessen Räder auf dem Pflaster ratterten. Die Fußgängerampel vor der Piazza Unità stand auf Rot, doch obgleich im Moment kein Auto vorbeifuhr, wartete sie und schaute sich um. Am Sockel eines der beiden gusseisernen Pilaster, deren Spitzen die Hellabarde zierte, lehnte ein junger Mann und schaute interessiert zur Präfektur, deren mit vergoldeten Mosaiken reich dekorierte Fassade majestätisch in der Morgensonne glitzerte. Nachdem sie die vierspurige Straße überquert und die Uferpromenade erreicht hatte, warf sie noch einen Blick zurück. Der Mann entfernte sich schnellen Schrittes in Richtung Grandhotel.

Den Wagen mietete sie nur für diesen Tag und würde ihn schon kurz nach Mittag am Flughafen zurückgeben. Ihr Plan war gut durchdacht. Jeremy Jones hatte sie in der Nacht noch einmal angerufen. Er war besorgter als sie, was den Verfolger betraf, und hatte sich nach dem ersten Telefonat umgehend mit seinem Kollegen an der Adria in Verbindung gesetzt, um die Sache zu besprechen. Sie waren sich schnell einig: Erstens hatte Miriam recht, sie hatte nichts Konkretes in der Hand, das sie bei der Polizei hätte anzeigen können, zweitens musste sie das Hotel spätestens am nächsten Morgen verlassen. Vergeblich hatte er versucht, sie zur Rückkehr nach London zu überreden, doch Miriam beharrte darauf, in der Stadt zu bleiben.

»Meinst du, ich wäre in meinem Beruf so weit gekommen, wenn ich mich immer gleich hätte erschrecken lassen?«, hatte sie geantwortet.

Eine Viertelstunde später war der Anwalt wieder am Apparat und berichtete, dass er eine neue Bleibe für sie gefunden habe. Kein Hotel, sondern das kaum genutzte Appartement eines Kollegen. Dort könne sie bleiben, so lange sie wolle, doch müsse sie vorher um Gottes willen ihren Schatten abhängen.

Als sie die Industriezone von Monfalcone hinter sich gelassen hatte, wurde die Gegend platt wie eine Flunder. Weitläufige Maisfelder wechselten sich ab mit Weinbau und Obstplantagen, manchmal kam ein Flusslauf oder ein Stück der Lagune dort zum Vorschein, wo das Grün die Sicht freigab. Zwei Brücken überquerte sie, an einer prangte ein Schild mit der Aufschrift »Isonzo«, das Wasser war jadegrün. Wenig später lagen eine Touristensiedlung und ein Campingplatz linker Hand, Autos mit österreichischen und deutschen Kennzeichen trödelten vor ihr her, bis sie endlich die Ortstafel passierte: »Grado – Insel der Sonne«. Sie folgte der Ausschilderung und fand tatsächlich einen freien Parkplatz kurz vor der Fußgängerzone. Der weiße Motorroller, den sie vor einer halben Stunde im Rückspiegel ausgemacht hatte, fuhr vorbei, ohne dass der Fahrer den Kopf nach ihr drehte, das Kennzeichen kannte sie. Die Parkgebühr sparte sie sich, ein Leihwagen. Zum Hotel Savoy, in dem Jeanette im Mai abgestiegen war, fand sie leicht. Ein angenehmer Kasten mit weitläufiger, klimatisierter Lobby, gemütlichem Gästegarten und Schwimmbad. Die Rezeptionistin rief sofort den Hotelier, als Miriam sich als Journalistin vom »Traveller« vorstellte. Der Mann sprach mit unverkennbar deutschem Akzent, bat sie zuvorkommend, Platz zu nehmen, und orderte zwei Kaffee. Ohne besondere Mühe gelang es ihr, ihn davon zu überzeugen, den Ehrenkodex seines Metiers zu brechen und über einen Gast Auskunft zu geben. Man bemühte sich in Zeiten der Wirtschaftskrise schließlich auch vermehrt um englische Touristen, welche die direkte Flugverbindung nach London schätzten. Ein negativer Artikel in der englischen

Presse wäre kontraproduktiv. Natürlich erinnerte sich der Mann an Jeanette, und dann fiel bei ihm der Groschen. Er hatte die Lokalzeitungen gelesen, und in diesem beschaulichen Badeort kannte man sich und auch viele der Stammgäste, die anderswo Quartier bezogen hatten.

Inzwischen war es elf Uhr, und die Straßen waren von Touristen bevölkert. Sie schlenderte ohne Eile durch die Sträßchen, betrachtete die Schaufenster der Souvenirläden, ging zur Uferpromenade und trank einen Caffè shakerato mit Blick auf den Sandstrand. Sie hatte alle Zeit der Erde, ihr Verfolger sollte leiden. Zurück im Zentrum betrat sie auf dem Campo dei Patriarchi die Kirche der heiligen Euphemia, danach das Baptisterium und die »Basilica di Santa Maria delle Grazie«, in der sie die Mosaiken aus dem fünften Jahrhundert bewunderte – vor allem aber genoss sie die kühle Frische in den Gotteshäusern, während ihr Schatten draußen der Hitze ausgesetzt war. Sie gab sich nicht die geringste Mühe, ihm zu entkommen.

∗

»Eine nette Geschichte. Diese englische Abgeordnete ist meiner Meinung nach eine aufgeweckte Person. Sie setzt sich mit allen Mitteln zur Wehr«, sagte Galvano ganz leutselig. Der Commissario hatte vorgeschlagen, ihn zur Bar Portizza am Börsenplatz zu begleiten.

»Und ich soll diesen Schürzenjäger finden. Stell dir vor, die Staatsanwältin hat ausgerechnet mir die Sache aufs Auge gedrückt. Sie behauptet, es sei Diplomatie gefordert.«

»Da bist du ja wirklich der Richtige«, spottete Galvano. »Wer ist der Kerl?«

»Er hat ein Reisebüro in Udine. Seine Akte ist nicht gerade dünn. Vorstrafen wegen Betrügereien, aber auch Körperverletzung, Schlägereien. Ein Nichtsnutz, der versucht, sich durchs Leben zu mogeln. Er wohnt in einem kleinen Haus in der Via dell'Eremo, das ihm die Eltern hinterlassen haben. Auf meine Anrufe antwortet er nicht, und um sechs heute früh war er nicht daheim. Vermutlich hat er noch eine andere Absteige.«

»Wenn so einer die Nummer der Questura im Display sieht, wird er schwerhörig.«

»Nicht einmal, als ich die Nummer ausgeblendet habe.«

»Nach dem, was über ihn in der Zeitung stand, wird er schon genug Anrufe bekommen haben.«

»Jetzt muss ich auch noch nach Udine fahren, um ihn zu vernehmen.«

»Selbst drüben im Friaul ist nicht alles Gold, was glänzt. Überlass den Kerl deinen Kollegen vor Ort. Im übrigen ist es doch mehr als wünschenswert, dass sich endlich einmal eine prominente Frau solche Freiheiten herausnimmt, ganz wie ihre Kollegen.«

»Sie würde sofort als Nutte abgestempelt, über den Mann kein Wort. Wenn die deutsche Kanzlerin sich wie unser Regierungschef benähme …«

»Ehrlich gesagt verstehe ich nicht, warum man sich darüber aufregt«, unterbrach ihn Galvano. »Ludwig XV. hat sich jeden Tag eine Jungfrau ans Bett führen lassen, dabei stank er wie ein Berserker. Mao und John F. Kennedy waren auch keine Kostverächter. Auf jeden Fall ist das keine Frage der politischen Gesinnung. François Mitterrand zauberte mit achtzig plötzlich eine zwanzigjährige Tochter hervor, die mit ihrer Mutter jahrelang in einem staatlichen Palais gewohnt hatte. Unser Premier und die meisten Minister sind mindestens einmal geschieden, darüber regt sich nicht einmal mehr der Vatikan auf. Und die Deutschen hatten zuletzt einen Kanzler, der in der vierten Ehe lebte. Hören wir doch mit diesen Verlogenheiten auf! Warum reist du nicht nach England, um diese Lady zu vernehmen? Tapetenwechsel. Wenn du's geschickt anstellst, kann dich Gemma begleiten. Es reicht, wenn sie einen anderen Flug nimmt. Gib aber Acht, dass auf der Hotelrechnung kein Doppelzimmer steht.«

»Wir haben Bierchens Wohnung gefunden!« Inspektorin Pina Cardareto erwartete Laurenti voller Ungeduld. »Ihre Tochter hat die Adresse durchgegeben, wo die Filmproduktion ihn untergebracht hat. Ein Dachgeschoss in Gretta, Via Braidotti. Mit Garage.« Sie klimperte mit einem Schlüsselbund.

»Wo haben Sie denn die her?«

»Das spart den Schlüsseldienst. Der Eigentümer, Enrico D'Agostino, ist der Freund eines meiner Bekannten. Kommen Sie mit? Die Kriminaltechniker warten bereits.«

War nicht Laura bei diesem Mann gewesen, um seine Kunstwerke zu schätzen und zu versuchen, sie für ihr Auktionshaus zu sichern? Klar, D'Agostino hatte einen Haufen Geld und Immobilien geerbt und war ein enger Freund des Notars, der sich bei Erbfällen oder Veräußerungen die besten Immobilien und Grundstücke selbst krallte, bevor andere davon Wind bekamen. Dieser Notar strotzte vor Geld und war stets tadellos gekleidet. Und er war ein Logenbruder von Raccaro. Vor allem aber wurde auf den Fluren des Polizeipräsidiums gemunkelt, dass vor kurzem ausgerechnet Pina ein Verhältnis mit ihm angefangen hatte. Jeder fragte sich, was die Inspektorin zu diesem verheirateten Mann, Vater von zwei halbwüchsigen Söhnen, hinzog. Die Theaterstücke, die sie in ihrer Freizeit schrieb, sowie ihre gehässigen Karikaturen, die sie zum Entsetzen der porträtierten Kollegen mit flinker Hand aufs Blatt warf, waren politisch nicht auf der gleichen Wellenlänge. Die kleine Pina war zwar als fanatisch trainierende Kickboxerin bekannt, nicht aber als Männerfresserin. Es hatte längst die Runde gemacht, dass sie mit all ihren bisherigen Beziehungen auf die Nase gefallen war, aber es trotz des durchgestrichenen Herzens auf ihrem Bizeps, unter dem der Schriftzug »Basta amore« eintätowiert stand, nicht allein aushielt.

»Die Hütte können Sie gern selber auf den Kopf stellen. Ich muss nach Udine und werde mich mit Gazza unterhalten.«

Marietta platzte herein. »Die AFI! Du hast recht gehabt, Proteo. Im Handelsregister ist sie als ›Action Film Italia‹ eingetragen. Hier, die Kopie des Zettels, den der Deutsche in der Hosentasche hatte.«

»Zwanzigtausend Euro.« Laurenti tippte auf das Blatt. »Und das Datum des Tages, bevor der Dicke aus dem Meer gefischt wurde. Ich knöpfe mir Lele vor, sobald ich zurückkomme. Und Sie, Pina, gehen am besten direkt in diese Firma und machen dort ein bisschen Action. Drehen Sie diese Geschäftsführerin durch die Mangel, drohen Sie mit der Guardia di Finanza und so weiter.«

Sein Mobiltelefon meldete ein SMS. Ein Fragezeichen stand auf dem Display, doch er hatte keine Zeit zurückzurufen. Die Staatsanwältin erwartete ihn. Er rief Gilo Battinelli, der Inspektor sollte ihn begleiten. Arbeitsteilung war eine feine Erfindung. Unterwegs berichtete der Inspektor, dass die Auswertung der DNA der Haare und der Blutspur, welche die Kriminaltechniker am Fensterrahmen zur Toilette des Rohkaffee-Importeurs gefunden hatten, noch immer auf sich warten ließ. Das Material befand sich im Labor der Spezialisten in Padua, die für den gesamten Nordosten zuständig waren. Kapitalverbrechen hatten selbstverständlich Vorrang. Immerhin stand fest, dass es niemanden dieser Haarfarbe und -länge in Zadars Betrieb gab.

*

»Beim Beschatten gibt es keine geregelten Arbeitszeiten.« Raccaro hatte getobt, als er Aurelio nach Mitternacht zu Hause erreichte. Er duldete keine Widerrede und keine Erklärungen. »Dann schläfst du eben vor dem Hotel. Ich will, dass du sie keinen Augenblick aus den Augen verlierst und dich sofort meldest, falls sie zu den Bullen geht. Und ich will wissen, mit wem sie redet.«

Nach dem langen Tag war Aurelio im Sessel vor dem Fernseher eingeschlafen, das halbvolle Whiskyglas stand auf einem Tischchen zu seiner Linken. Die Eiswürfel waren längst geschmolzen, als das Telefon klingelte. Er hatte die Verfolgung aufgegeben, als die Journalistin nach dem Abendessen mit Lele am Polizeipräsidium vorbeiging. Klar, dass sie nach ihren langen Streifzügen durch die Stadt um diese Zeit nur noch das nahe gelegene Hotel ansteuerte. Auch sie musste einmal schlafen gehen.

Der anfängliche Spaß, die Schleichkatze auszuspionieren, war Aurelio längst vergangen. Wäre Jeanette nicht eine solche Spielverderberin, dann hätte er jetzt wenigstens die Möglichkeit, sein Glück bei dieser aufreizenden Frau zu versuchen. So wie er es in den letzten Jahren häufig bei Touristinnen versucht hatte. Die Idee mit der Erpressung war ihm erst bei Jeanette gekommen, trotz des besonderen Vergnügens, in dessen Genuss er gekommen war. Jeanette war wirklich eine Wucht, doch so viel Geld und so viel Macht auf einmal waren zu verlockend gewesen. Es war die Chance, endlich einen Schlussstrich unter das Raccaro-Kapitel zu ziehen und ein neues Leben zu beginnen. Die anfänglichen Skrupel hatte er schnell überwunden. Auf Jeanettes Wichtigkeit ließ sich schon wegen der häufigen Telefonate aus England schließen, ihrer knappen Antworten und den unmissverständlichen Anweisungen. Ein heimlicher Blick in ihre Handtasche hatte genügt. In ihrer Brieftasche steckte außer einem Batzen Bargeld auch ihr Parlamentarierausweis. Mit dem Mobiltelefon machte er ein paar Aufnahmen ihrer Dokumente und studierte sie am Abend genauer, nachdem Jeanette eingeschlafen war. Und die Sache über das Reisebüro von Giulio Gazza laufen zu lassen, verwischte alle Spuren. Den Kurier hatte er auf den frühen Morgen bestellt und in Udine vor dem Gebäude auf den Fahrer gewartet, der Fettsack kam ohnehin spät zur Arbeit. Und Jeanette hätte gewusst, wie sie ihn finden konnte. Er hatte fest mit ihrem Anruf gerechnet, sobald sie die Bilder erhalten hätte. Die Telefonnummer seines zweiten Mobiltelefons hatte sie schließlich gespeichert. Er hätte Entsetzen vorgespielt.

In Grado drängten sich die Touristen in den Gassen, und die Tische unter den Sonnenschirmen vor den zahlreichen Restaurants und Trattorien waren gut besetzt. Nicht alle Urlauber verbrachten die Mittagszeit also am Meer, viele zogen die Brise aus den Ventilatoren dem heißen Südwind vor, der über die Strände fegte.

Es war schon der dritte Tag, den er hinter dieser Frau herlatschte. Scheinbar ziellos trödelte die Schleichkatze durch den Ort, und mit Prospekten in der Hand war sie ausgerechnet aus dem Hotel gekommen, in dem Aurelio die Engländerin beglückt hatte. Doch diese Journalistin schien sich lediglich einen schönen Tag machen zu wollen. Welchen Sinn hatte es also, ihr auch noch in Grado zu folgen? Aurelio schimpfte auf Lele, der ihn zu diesem Job zwang, doch hatte er nicht den Mumm, sich dem Befehl zu widersetzen. Er war müde, immer wieder gähnte er lange.

Er fuhr aus seinen Gedanken hoch, als die Journalistin plötzlich ihren Schritt beschleunigte und so zielstrebig, als hätte sie ihn studiert, einen Weg einschlug, den er nur allzu gut kannte. Vor einem unscheinbaren dreistöckigen Gebäude mit himmelblauer Fassade blieb sie stehen und studierte das mehrsprachige Schild neben dem Gartentor. Das »Bed & Breakfast Nontiscordardimé«, Vergissmeinnicht, lag zentral und war aufgrund der für die geräumigen Zimmer günstigen Preise seit Jahren Aurelios bevorzugtes Quartier. Miriam klingelte und trat durch das Tor, hinter dem in einem liebevoll gepflegten Vorgarten eine üppige Blütenpracht den Weg zum Haus säumte.

Wie zum Teufel war die Journalistin so schnell an diese Adresse gekommen? Jeanette hatte ihn nie danach gefragt. Plötzlich schlug sein Puls höher, er war aufgebracht und trat von einem Fuß auf den anderen. Er musste ihr zuvorkommen und unter allen Umständen verhindern, dass jemand seine Daten herausrückte oder sie einen Blick in die Kundendatei werfen ließen. Eine Katastrophe bahnte sich an. Aurelios Adresse stimmte mit der von Lele überein. Hastig wählte er die Nummer des Gästehauses und musste lange warten, bis endlich jemand abnahm. Aufgeregt stammelte er seinen Namen und war bereits beruhigt, als er die weiche Stimme der Inhaberin vernahm, die ihn seit langem kannte. In wenigen Worten legte er dar, dass sie seine Adresse unter keinen Umständen preisgeben durfte. Er berief sich auf die alte Bekanntschaft, die sie verband, und versprach, beizeiten alles persönlich zu erklären. Und in dem Moment, als er sah, wie sich die Haustür öffnete und die Schleichkatze auf die Straße hinaustrat, hörte er das Bedauern der Wirtin.

»Es tut mir leid, das hätte ich früher wissen müssen. Aber du kannst das sicher zurechtbiegen, Aurelio. Bisher hast du noch jede um den Finger gewickelt. Bleibt es bei deiner Buchung für die zweite Augusthälfte?«

Statt seiner Antwort hörte sie ein Tuten in der Leitung.

*

Miriams Recherchen waren erfolgreich. Nun kannte sie auch Aurelios Nachnamen sowie sein Geburtsdatum und die Adresse. Aurelio Selva, ein junger Mann von achtundzwanzig Jahren. Gut gelaunt gab sie die Angaben an Jeremy Jones weiter und begab sich zu ihrem Wagen. Den Strafzettel unter dem Scheibenwischer zerknüllte sie und warf ihn hinter den Sitz.

Auf der Rückfahrt ließ sie sich Zeit und überholte keines der vor ihr bummelnden Touristenautos. Dafür vergewisserte sie sich, dass ihr der Schutzengel auf seinem schweren Motorroller folgte, bis sie eine halbe Stunde später auf den Parkplatz der Autoverleiher am Flughafen Triest-Ronchi dei Legionari einbog. Und als sie am Schalter den Wagen zurückgab, sah sie endlich auch sein Gesicht ganz aus der Nähe. Gelangweilt blätterte er in der Abflughalle einen Prospekt des Fremdenverkehrsamts durch. Ein wirklich hübscher Junge. Sie ging zum Check-in und gab ihr Gepäck auf. Der Flug nach London war planmäßig für 14.30 Uhr angezeigt. Miriam zog die Buchungsbestätigung aus ihrer Handtasche, die sie gestern Nacht noch per Internet getätigt hatte. Lowcost, die paar Euro waren gut investiert, zumal sie ihren Schatten nun am Eingang des überschaubaren Flughafenterminals lauern sah. Als sie Passkontrolle und Sicherheitsschleuse hinter sich hatte, drehte sie sich noch einmal nach ihm um. Sie war versucht, ihm zuzuwinken, doch er war nirgends mehr zu sehen. An der Bar bestellte sie ein Tramezzino mit Thunfisch und Ei und ein Glas Prosecco. Als der Flug aufgerufen wurde, fragte Miriam nach dem Ausgang. Es gibt Reisende, die es sich im letzten Moment anders überlegen.

*

Aurelio parkte die SpiderMax zwischen zwei Autos in der Via dell'Eremo und verstaute seinen Integralhelm unter dem Sattel. Er blickte sich flüchtig um, doch an diesem heißen Tag war niemand auf der Straße; einmal hörte er aus einem geöffneten Fenster Geschirr klappern. Zwei getigerte Katzen lagen faul im Schatten eines Busches und würdigten ihn keines Blicks, als er die Scala Bonghi hinabstieg. Diese Treppe war der einzige Zugang zu den im Grün versunkenen Häusern, die man in den zwanziger Jahren an den Hang gebaut hatte. »Rione del Re«, das königliche Viertel, hatte man es damals getauft. Es sollte einst Mittelständlern als neue Bleibe dienen – Kaufleuten, Beamten, Angestellten. Dafür sollten sie die mittelalterlichen Bauten im Stadtzentrum räumen, um Platz für eine imperiale Bebauung zu schaffen, die dem Größenwahn von Mussolinis Parteibonzen entsprach. Man hielt diese Siedlung damals für einen großen architektonischen Wurf und hatte sie in Windeseile errichtet. Jetzt vernachlässigte die Stadtverwaltung das Viertel so sehr, dass die Anwohner protestierten. Sie maulten über Wildschweinrotten, wucherndes Unkraut und Büsche voller Zecken. Auch die nächtliche Beleuchtung der Treppe sei lausig. Immerhin hatten die Stadtwerke mit einer endlosen Sanierung begonnen, die unübersehbare Schutthaufen hinterließ.

Aurelio bog in die zweite Gasse ab, stieg die Treppe zu einem der Doppelhäuser empor und zog sein Werkzeug aus der Tasche. Er schaute sich noch einmal um, stülpte Latexhandschuhe über und schloss keine Minute später die Tür hinter sich. Gestank hing in den Räumen, mattes Licht drang durch die Fensterläden.

Er kannte jeden Quadratzentimeter dieser Wohnung. Hier hatte er seine Kindheit verbracht, bis sein Gönner ihn auf ein Internat am Gardasee geschickt hatte, wo er das Abitur absolvieren sollte. Bis dahin hatte er das Zimmer mit dem Jungen geteilt, der elf Jahre älter war als er. Giulio hatte ihn von Anfang an schlecht behandelt und getriezt, wo er konnte. Er hatte die Entscheidung seiner Eltern, den Kleinen aufzunehmen, nie akzeptiert und es ihn spüren lassen. Alles, was er selbst verbockt hatte, schob er ihm in die Schuhe und freute sich über die Ohrfeigen, die sich Aurelio dafür einfing. Und regelmäßig hatte er im gemeinsamen Zimmer ganz ungeniert onaniert.

Aurelio hatte ihn verachtet und sich unterm Bett verkrochen. Als er einmal den Mut aufbrachte und der Mutter Andeutungen machte, setzte es zuerst ihre Ohrfeigen und später eine so heftige Tracht Prügel von Giulio, dass ihn eine Woche lang die Rippen schmerzten.

Gazza war siebenundzwanzig und schrecklich fett geworden, als der sechzehnjährige Aurelio ins Internat geschickt wurde. Noch immer hatte er keinen Beruf ergriffen und hing am Rockzipfel der Mutter, der die Kraft fehlte, ihn in den Hintern zu treten. Stattdessen steckte sie ihm heimlich Geld zu, selbst wenn er nicht danach fragte. Vom Tod des Pflegevaters hörte Aurelio erst nach der Beerdigung, er war nicht eingeladen gewesen. Und als er in den nächsten Sommerferien nach Hause kam, wie er es nannte, denn immerhin hatte er seine ganze Kindheit dort verbracht, eröffnete die Mutter ihm während des Mittagessens, dass er ab sofort eine neue Adresse in Triest hatte, wo er aufgenommen würde. Aurelio hatte sich auf die Lippe gebissen und schweigend auf den Zettel mit der Anschrift gestarrt. Nach den Gründen fragte er nicht. Zögernd hatte er sich erhoben, sein Blick lag auf der Frau, deren Haar im letzten Jahr schlohweiß geworden war. Regungslos ließ er sich von ihr umarmen, seine großen Augen blickten ins Leere.

Er hatte seine unausgepackte Tasche genommen, war die Scala Bonghi hinuntergegangen bis zur Via Sinico, wo er in den Elfer-Bus stieg, der ihn bis ins Stadtzentrum brachte. Als er an dem Hochhaus beim Teatro Romano klingelte, raste sein Herz, und erst als er aus dem Aufzug gestiegen und von einem kleinen dürren Mann begrüßt worden war, der ihn in die Wohnung und dort auf den Balkon mit dem unendlichen Ausblick führte, beruhigte er sich wieder. So schlecht schien ihm der Tausch gar nicht, immerhin musste er nun Giulios Bösartigkeiten nicht mehr ertragen. Sein neues Zimmer war groß, auch wenn sich das Fenster zum Berg öffnete, statt zum Meer, wie er es sich ausgemalt hatte. Der kleine Mann hatte ihn Auro gerufen und gesagt, er solle ihn Lele nennen, er würde ab jetzt für ihn sorgen. Der Frau sei das Leben schwer geworden, seitdem ihr Mann verstorben war. Auf die zaghaften Fragen nach seiner eigenen Mutter aber verweigerte der Alte vehement jede Auskunft. Nur wenn die beiden Krach hatten, betitelte Lele sie mit den derbsten Ausdrücken.

Vor den Nachforschungen im Meldeamt drückte Aurelio sich bis heute. Was immer er dort erfahren sollte, es würde sowieso nichts an seinem Ziel ändern, so bald wie möglich und für immer aus Triest zu verschwinden.

Aurelio sah sich um, die Wohnung war schrecklich verwahrlost. In der Küche stapelte sich ungespültes Geschirr, der Müll stank entsetzlich und ein Schwarm schwarzer Fliegen bedeckte die Scheiben. Er war drauf und dran, die Fenster zu öffnen, doch dazu war er ebenso wenig hier wie es später die Bullen zum Reinemachen sein würden. Wie konnte man nur so leben?

Er ging in den dritten Raum: das Zimmer, das er sich in seiner Kindheit mit der Qualle hatte teilen müssen. Es fehlten nur die Betten, Giulio war offensichtlich ins Schlafzimmer seiner Eltern umgezogen, nachdem er vor drei Jahren auch seine Mutter begraben und damit das Haus geerbt hatte. Neben dem Fenster kniete Aurelio nieder und klopfte gegen die Sockelleiste, bis er den Hohlraum fand, den er in seiner Kindheit freigelegt hatte, um darin seine liebsten

Dinge vor Giulio zu verstecken. Er legte den Speicherchip aus dem Fotoapparat und die Empfangsquittung des Kurierdienstes hinein und verschloss das Loch wieder. Sein Blick fiel auf ein Fotoalbum, das halb aufgeblättert am Fuß der Glasvitrine im Salon lag. Er zog ein Bild der Frau, die ihn aufgezogen hatte, heraus, als ihre Haare noch dunkel waren und ein fröhliches Lachen ihre Augen blitzen ließ. Er schob es in die Gesäßtasche und ging hinaus. Keine Viertelstunde war seit seiner Ankunft vergangen, bis er den Scooter startete, zur Villa Revoltella hinauffuhr und wenig später auf die Autobahn Richtung Koper einbog. Hinter dem ehemaligen Grenzübergang fuhr er auf die Tankstelle, bezahlte das Benzin und verlangte eine Telefonkarte. Neben den Toiletten hing ein öffentlicher Fernsprechapparat. Die Zentrale der Redaktion des »Piccolo«, der größten Tageszeitung Triests, verband ihn anstandslos mit dem Redakteur, der für den Polizeibericht zuständig war. Seit Jahrzehnten schmückte er die trockenen Meldungen aus der Questura zu wahren Kurzromanen aus. Aurelio nannte seinen Namen nicht und formulierte stattdessen drei klare Sätze: »Es dreht sich um die Engländerin. Die Fotos hat Giulio Gazza gemacht, der Speicherchip ist in seiner Wohnung. Die Bullen sollen nach Hohlräumen suchen.«

»Und wo genau?«, fragte der Redakteur trocken. Er wusste aus Erfahrung, dass es keinen Sinn hatte, nach dem Namen des Anrufers zu fragen.

»Sie sollen sich Mühe geben.«

Der Redakteur hörte nur noch ein Knacken in der Leitung. Er schaute auf die slowenische Rufnummer, die er vom Display abgeschrieben hatte, dann kramte er in dem hohen Stapel Papier, der über die Hälfte seines Schreibtischs einnahm und von dem nur er wusste, was dieser enthielt. Es dauerte nicht lange, bis er den Aktendeckel hervorzog, der den Namen Giulio Gazza trug. Er überflog seine beiden Artikel. Während er die Nummer von Laurentis Mobiltelefon wählte, fuhr Aurelio bereits wieder über die Viale d'Annunzio in die Stadtmitte zurück.

*

»Sind sie schon wieder zurück?«, fragte der Taxifahrer. »Ganz ohne Gepäck?«

Der Zufall wollte, dass vor ihr der gleiche Wagen zu halten gekommen war, der sie schon bei ihrer Ankunft in Triest in die Stadt gebracht hatte. Groß war die Auswahl an diesem kleinen Flughafen ohnehin nicht. Die Fahrt kostete das Dreifache des Billigflugs nach London, Miriam warf einen Blick aus dem Heckfenster und war beruhigt. Ihr Trick hatte funktioniert.

»Und, haben Sie sich wegen Ihres Nachnamens erkundigt?«, fragte der Taxifahrer.

Miriam schüttelte den Kopf. »Nein, aber ich bin in das Tal gefahren, das Sie genannt haben. Die Straßen waren leider so eng und kurvig, dass ich kehrtmachte, bevor ich zur Quelle des Flusses fand. Schöne Landschaft, aber wen sollte ich fragen?«

»Und die Kaffeegeschichte? Sind Sie weitergekommen?«

»Ich muss nur noch ein paar Kleinigkeiten überprüfen. Hier ist alles anders als sonst wo.«

»Ach wo! Das sehe ich nicht so. Wir sind eine ganz normale Stadt.«

Der Wagen hielt in der Via Trento vor der Hausnummer, die Jeremy Jones ihr während des Telefonats in der Nacht genannt hatte. Seine Kanzlei arbeitete mit der Sozietät in Seerechtsfragen zusammen, doch auch zwei profilierte Strafrechtler praktizierten dort. Nach seinen Worten konnte sie sich auf diese Anwälte verlassen, er habe selbstverständlich überprüft, in welcher Beziehung sie zu Raffaele Raccaro stan-

206

den, denn in Provinzstädten seien meist alle miteinander bekannt, die einer gewissen Kaste angehörten. Bei Mandanten löste es oft erhebliche Zweifel aus, wenn sie ihre Verteidiger mit denen der Gegenseite ganz freundschaftlich einen Kaffee trinken sahen oder erfuhren, dass sie zusammen Golf spielten. Doch die Leute von »Beltrame, Grandi & Kraft Associati« hätten schon früh erkannt, dass sie mit der Vertretung der Gegner von Raffaele Raccaro und seiner Clique aus Politikern und dubiosen Geschäftemachern gut verdienen konnten. Miriam möge sich an Fausto Aiazzi wenden, einen versierten Kollegen.

Der Anwalt erwartete sie bereits. Zusammen mit dem Kennzeichen des Scooters übergab sie ihm Aurelios Personalien. In einem kurzen Telefonat erfuhr Aiazzi, dass das Fahrzeug ebenfalls in der Via Donota 1 gemeldet war.

»Das Hochhaus gegenüber dem Polizeipräsidium, neben dem Römischen Theater«, erklärte er. »Wir kennen den jungen Mann. Er ist das Faktotum von Raffaele Raccaro, der den vierzehnten Stock bewohnt. Ganz oben. Schwer vorzustellen, dass Aurelio Selva in seinem Auftrag handelte, als er Ihre Freundin verführte und erpresste. Raccaro spinnt andere Fäden.«

»Und dass dieser Aurelio mich beschattete, an mir hing wie eine Klette?«

»Das ist kein gutes Zeichen«, sagte Aiazzi. »Er ist als gewalttätig bekannt. Mein Kollege Jones sagte, dass Sie nicht dazu zu bewegen sind, die Stadt zu verlassen. Das Zentrum ist überschaubar. Ich fürchte, Sie werden schnell wieder entdeckt, wenn Sie hierbleiben. Überlegen Sie es sich bitte noch einmal.«

Miriam schüttelte den Kopf. »Auf keinen Fall. Ich ziehe die Sache durch.«

»Bedenken Sie bitte, mit Raccaro scherzt man nicht. In drei Fällen vertreten wir derzeit seine Kontrahenten. Raccaro hat die besten Chancen, sich trotz der Fakten herauszuwinden. Seine Anwälte versuchen mit allen Tricks, die Verfahren zu verschleppen, ein Spiel mit den Verjährungsfristen.«

»Und um was dreht es sich?«

»Zwei Prozesse laufen bereits in der zweiten Instanz. Einmal wegen Bestechung in einer öffentlichen Ausschreibung, in der wir alle Beweise in der Hand haben, die Gegenseite aber ein Gegengutachten nach dem anderen fordert. Der zweite Fall ist Vorteilnahme in Raccaros Funktion als Aufsichtsrat eines Energieversorgers. Und im dritten vertreten wir für unsere Londoner Partner, Lloyd's of London. Die Sache läuft seit dem Sommer 2006 – damals war ein ziemlich schlechtes Licht auf den Triestiner Kaffeehafen gefallen, weil einer halben Million Säcke Robusta-Kaffee aus Vietnam das Zertifikat entzogen wurde.«

»Ach ja?« Klar, dass ihr keiner der Kaffeespezialisten, die sie interviewt hatte, eine solche Geschichte erzählen wollte. »Was ist da passiert?«

»Schimmelbefall durch Feuchtigkeit‹, führte Aiazzi achselzuckend aus. »Die einen sagen, das Palettenholz sei feucht gewesen, die Konkurrenten aus Hamburg behaupteten, die Lagerbedingungen in Triest entsprächen nicht der Norm. Der Kaffeepreis an der ›Euronext.Liffe‹, der Terminbörse in London, stieg auf ein Siebenjahreshoch. Lloyd's musste für den Schaden einstehen, der am Ende aber nur fünfundzwanzigtausend schimmelbefallene Säcke Kaffee betraf. Und genau diese eintausendfünfhundert Tonnen kaufte eine der Firmen von Raffaele Raccaro direkt der Versicherung ab. Freilich ohne jemals zu bezahlen. Im Gegenteil, diese Firma behauptete plötzlich, betrogen worden zu sein. Die Sache wird sich noch lange hinziehen.«

»Was haben die wohl mit dem Zeug gemacht?«, fragte Miriam angeekelt. Aus ihrer Kindheit wusste sie genau, wie verdorbener Kaffee aussah und schmeckte.

»Wir nehmen an, dass Raccaro es klammheimlich von einer auswärtigen Rösterei hat verarbeiten lassen und dann ruck, zuck als Preisknüller, als Köder, in seinen Supermärkten an die Ahnungslosen verhökerte. Keine Seltenheit im Lebensmittelhandel, dass mit Gammelware auch noch Profit gemacht wird. Wenn es Sie wirklich interessiert, dann suchen Sie in alten Zeitungen nach großformatiger Werbung für Kaffee-Sonderangebote, mit der die Kunden geködert wurden.«

Die Information, die der Anwalt ihr en passant mitteilte, war schmuckes Beiwerk für ihre Reportage: Ein Lieferausfall an der Adria trieb den Preis für die Sorte Robusta an den Weltbörsen auf ein historisches Hoch. Eine so große Bedeutung hatte sie dem Triestiner Hafen zuvor nicht beigemessen, doch vermutlich nutzten solche Meldungen vor allem den Spekulanten im Terminhandel, um mit den Kursen ihre Profite hochzutreiben. Genauso wie es Lele Raccaro mit der Schimmelware betrieben hatte. Einmal schnellte der Preis nach oben, einmal nach unten. Aber Lele kalkulierte offenbar noch raffinierter, denn der Preis, den er mit Lloyd's of London aushandelte, hatte die Verteuerung des Marktes nicht berücksichtigt. Dafür lag dann im Einzelhandel in Zeiten der Höchstpreise auch ein Dumpingpreis für Schrottware zwangsläufig höher als gewöhnlich und brachte somit eine doppelt gute Marge. Der Mann war mit allen Wassern gewaschen und über die Schädlichkeit von Schimmelbefall natürlich erhaben. Die betraf höchstens seine nichtsahnenden Kunden. Wer kam schon dahinter, bei einem zeitlich befristeten Angebot? Miriams Story würde funktionieren. Die angenehmen Begegnungen mit den Leuten aus dem Kaffee-Gewerbe während der letzten Tage ließen sich als positive Seite beschreiben. Lele bekäme sein Fett weg, jene aber brillierten.

»Die Klageschrift aus London wurde übrigens heute Nachmittag sowohl der Staatsanwaltschaft als auch Raccaros Büro zugestellt.« Aiazzi zeigte ihr die Kopie der Empfangsquittung, die von Leles Sekretärin unterschrieben war. »Aber ich befürchte, dass seine Anwälte auch hier auf die Tricks setzen, die unser Rechtssystem zulässt und die auch unseren Regierungschef mehrfach vor der Verurteilung gerettet haben. Nun, wenn Sie wirklich nicht von Ihrem Vorhaben abzubringen sind …« Fausto Aiazzi legte einen Schlüsselbund auf den Tisch. »Es ist ein exklusives Appartement in der Strada del Friuli 98, das einem Kollegen gehört. Sie werden sich wohlfühlen, phantastische Aussicht. Am besten, Sie bleiben dort und verlassen das Haus nur für das Allernötigste. Ein paar Geschäfte befinden sich in der Nähe.«

*

Mit dem Taxi war sie von der Anwaltssozietät »Beltrame, Grandi & Kraft Associati« zur Strada del Friuli 98 gefahren und hatte unterwegs in einem Supermarkt die nötigen Einkäufe getätigt. Die Wohnung im obersten Stock hatte ihr auf Anhieb gefallen. Die Aussicht war atemberaubend. Die Einrichtung hingegen so zurückgenommen wie der puristische Baustil dieser todschicken Designer-Villa, die sich so unauffällig in die Umgebung einfügte, als hätte sie schon immer dort gestanden. Sie stellte ihre Taschen ab, schob die Glastüren auf und genoss die Brise, die den Geruch des Meeres hereintrug. Die Räume waren spartanisch ausgestattet, sie machte es sich draußen auf einem Liegestuhl bequem und rief Jeremy Jones im »Summit House« am Red Lions Square an.

»Besser als jedes Hotel, danke«, sagte sie und berichtete, wie sie ihren Verfolger abgehängt hatte.

»Großartig«, sagte Jeremy und lachte mit einer Genugtuung, als hätte er soeben Fallstaff aus der Falle der lustigen Weiber von Windsor herausgehauen. Er lümmelte in einem ledernen Clubsessel, dessen Armlehnen so hoch waren, dass seine freie Hand fast auf Schulterhöhe lag. »An dir ist eine echte Schnüfflerin verlorengegangen, Miriam.«

»Ich recherchiere, ich schnüffle nicht.« Sie erzählte von ihrem Besuch bei Fausto Aiazzi und den letzten Erkenntnissen über Raccaro.

»Also was wirst du tun?«, nuschelte Jones, und Miriam hörte das Aufflammen eines Streichholzes und das Paffen, während er sich genüsslich seine Montecristo ansteckte, an der er die ganze Zeit während ihres Gesprächs nuckeln sollte.

»Ich muss Alberto finden, den somalischen Straßenverkäufer. Er folgte mir während meiner Spaziergänge durch die Stadt. Als er mich vor ein paar Tagen auf meinen Schatten hinwies, habe ich ihm eine Kamera gekauft, mit der er den Kerl fotografiert hat. Hat mich fünfhundert Vorschuss gekostet, den gleichen Betrag schulde ich ihm, wenn er sie mir zurückgibt.«

»Ganz schön teuer. Jeanette wird's dir sicher zurückerstatten. Was hast du mit den Bildern vor?«

»Ich werde Raccaro damit konfrontieren. Und dann werden wir sehen, wie er reagiert. Wer mit falschen Beweisen manipuliert, kann jeden in Misskredit bringen.«

»So wie die arme Jeanette.«

Offensichtlich hatte ihre Freundin dem Anwalt die nackten Tatsachen verschwiegen.

»Und wie mich, durch die unverblümten Verfolgungen.«

»Mit subtilem, aber unmissverständlichem Druck hat man schon viele unerwünschte Schnüffler verjagt, die ihre Nase in Dinge steckten, die sie nichts angingen. Du bist in sein Revier eingedrungen, besser, du hättest mich die Drecksarbeit erledigen lassen.«

»Hier scheint wenigstens die Sonne, Jeremy. Und ich glaube kaum, dass du vom Büro aus überhaupt auf Raccaro gekommen wärst.«

»Dann trage wenigstens einen Tschador«, schlug Jones zum Ende ihres Gesprächs vor. »Dich erkennt man doch auf einen Kilometer Entfernung.«

»Ich werde mir die Haare umfärben«, sagte sie.

»Grün, nehme ich an«, seufzte der Anwalt.

»Rot. Es war die Lieblingsfarbe meines Mannes. Seit seinem Tod habe ich sie nie mehr verwendet.«

Das nächste Telefonat galt Candace. Noch immer saß sie an der Archivierung der Fotos, die sie von ihrer Reise durch den Orient mitgebracht hatte. Doch während ihre Mutter erzählte, wie sie ihren Verfolger abgehängt hatte, surfte sie bereits auf der Website der Fluglinie, die London und Triest bediente.

»Um elf Uhr fünfundzwanzig ab Stansted«, sagte Candace aufgeregt. »Es gibt gerade noch zwei Plätze. Ich komme.«

Miriam freute sich. Sobald die Geschichte um Jeanettes Erpresser ein Ende hatte, könnten sie ein paar Ferientage am Meer verbringen. In Grado vielleicht, wie Jeanette.

Sommerloch

Es war der letzte Freitag im Juli, und Proteo Laurenti folgte zerstreut den 17-Uhr-Nachrichten im Autoradio, die von einem Kreuzfahrtschiff berichteten, dessen britische Gäste zu Hunderten wegen einer Salmonellenvergiftung in die umliegenden Krankenhäuser eingeliefert wurden. Was haben Russische Eier auch bei solchen Temperaturen auf dem Buffet verloren? Laurenti stellte sich die rosahäutigen Kreuzfahrer in ihren bunten Bermudashorts vor und war zufrieden, ihnen dieses Mal nicht dabei zusehen zu müssen, wie sie schwitzend die große Piazza überquerten und sich dann gleich vor dem erstbesten Café auf die Stühle fallen ließen, um den ganzen Nachmittag dort sitzen zu bleiben. Der Konsum von Kartoffelchips zum Cappuccino war immer wieder beeindruckend. Die Kellner waren instruiert. Und die Tauben harrten einen Flügelschlag entfernt der Zerstreutheit der Gäste, um auf die Tische zu flattern und sich über die Beute herzumachen. Abramowitschs »Ecstasea« aber lag nicht mehr am Molo IV.

Laurenti schimpfte mit sich selbst. Warum hatte er nicht drei Kilometer früher, an der Abfahrt Flughafen/Ronchi dei Legionari, den Blinker gesetzt und sich bis zur die Küstenstraße durch die Werftenstadt Monfalcone geschlängelt? Sein Wagen fuhr auf dem letzten Tropfen, genauer gesagt, er stand. Ferienbeginn, der »große Exodus«, wie der alljährliche Megastau auf den Autobahnen vom Nachrichtensprecher genannt wurde. Fünfzehn Millionen Italiener hatten Angst vor der Einsamkeit und bewegten sich an diesem Wochenende gleichzeitig im Stop-and-go auf ihr Urlaubsziel zu, als wollten sie die Wirtschaftskrise verhöhnen. Auf dieser Hauptverkehrsachse nach Westen herrschte seit Jahren ein Notstand, der offensichtlich alle traf, außer die Entscheidungsträger in den öffentlichen Ämtern. Der dringend erforderliche Ausbau der Strecke wurde seit Jahren verschleppt, obwohl halb Osteuropa über diese Trasse drängte. Neunzehn Millionen Lkws jährlich und fünfzig Millionen Autos. Sowie die Karawane der mit Menschen und Waren überladenen Lieferwagen aus Rumänien, Bulgarien, der Ukraine und Moldawien, deren Fahrer ohne Pausen durch Europa bretterten. Und in dieser Saison gesellten sich noch die Urlauber hinzu, auf der Jagd nach der Ruhe am Strand, die in dieser Saison wohl nur finden würde, wer Besitzer einer Insel war.

Das Gebläse der Klimaanlage lief auf Hochtouren, und doch schwitzte Laurenti und rutschte unruhig auf dem Ledersitz seines Alfa Romeo hin und her. Er war kurz davor, auf den Standstreifen auszuscheren, über die Leitplanke zu springen und sich, trotz all der Zuschauer, von dem zunehmend heftigeren Druck auf die Blase zu erleichtern. Normalerweise dauerte die Fahrt von Udine in die Landeshauptstadt kaum mehr als eine halbe Stunde. An einem gewöhnlichen Wochentag säße er schon wieder an seinem Schreibtisch, doch jetzt lagen noch fünf Kilometer bis zur Mautstelle Lisert vor ihm, erst danach würde es flotter vorangehen. Warum zum Teufel hatte er das nicht bedacht? Längst hätte er ausgiebig und völlig entspannt gepinkelt, sich mit einem Caffè shakerato erfrischt, die Unterlagen auf dem Schreibtisch deponiert und Marietta ein kurzes Überstellungsgesuch für den Inhaftierten diktiert, der inzwischen unter wütendem Protest im Knast von Udine einquartiert worden war. Und auf dem Heimweg vom Präsidium hätte Laurenti sich noch auf der Diga vecchia, der Badeanstalt auf dem Deich vor dem Alten Hafen, ein Bad im Meer gegönnt. Wie so oft in diesem Sommer, wenn er sich am Spätnachmittag von dem alten »Launch-Service«-Boot übersetzen ließ, das hier nach jahrzehntelangem Einsatz im Hafen nun seinen letzten Dienst tat. Gemma würde dort auf ihn warten, doch wenn dieser verfluchte Stau sich nicht endlich auflöste, dann könnten sie sich erst am Montag wiedersehen. Am Wochenende waren zu viele Menschen am Meer, um unerkannt zu bleiben. Vor allem von Lauras Freundinnen, die sich sogleich das Maul über sie zerreißen würden.

Die Schlange bewegte sich keinen Meter. Der Druck auf der Blase trieb Laurenti den Schweiß auf die Stirn und ließ ihn zugleich frösteln. Den Gedanken, das Blaulicht aufs Dach zu stellen und die Sirene einzuschalten, hatte er schnell verworfen. Nur zwei Fahrspuren führten zur Mautstelle, und der Standstreifen war von Lkws blockiert, die ihren Aufschriften nach zu der deutschen Fernsehfilmproduktion gehörten. Zweiradfahrer schlängelten sich vorbei und verlängerten für die anderen die Wartezeit an den Kassenhäuschen. Mit Sorge linste Laurenti auf die Tankuhr. Der Asphalt kochte, vierundvierzig Grad Celsius zeigte die Außentemperaturanzeige. Vom Karst stiegen in der Ferne schwarze Rauchwolken auf, und Löschflugzeuge flogen ununterbrochen ihre Einsätze, nachdem sie in der Bay vor Monfalcone die Wassertanks vollgepumpt hatten. Aus dem Funkverkehr erfuhr er, dass das Feuer nördlich von Doberdò del Lago ausgebrochen war und die italienischen Feuerwehrleute mit ihren slowenischen Kollegen und dem Zivilschutz Hand in Hand arbeiteten, aber noch lange nicht Herr der Lage waren. Vermutlich wieder einmal das Werk eines hirnamputierten Brandstifters.

»Marietta!«, rief Laurenti schließlich ins Mikrofon des Autotelefons. »Gibt's was Neues aus der Gerichtsmedizin?«

»Nee. Zerial hat erst nach dem fünften Anruf geantwortet und gesagt, dass er vor dem Wochenende nicht an ihm herumschnippelt. Frühestens Montag! Er ist am Wochenende nur in Notfällen erreichbar. Aber warum fragst du eigentlich nicht Pina, es ist ihr Fall?«

Phantastisch. In Triest hatte man den großen Vorzug, in

einer seltenen Einheit mit dem Meer zu leben. Das Wasser war sauber, mitten in der Stadt konnte man baden gehen, und viele besaßen prächtige Segelboote. All diese Behaglichkeiten schlugen sich in der Arbeitsmoral nieder. Musste man sich wirklich erst nachweislich ermorden lassen, damit der Chefpathologe am Freitagnachmittag Zeit für einen hatte? Dem alten Galvano wäre das nie passiert.

»Und sonst hat er nichts gesagt?« Laurenti klammerte sich ans Lenkrad, obgleich sein Wagen stillstand.

»Doch, doch. Das Hämatom an der rechten Hüfte könnte von seiner Lage her auch von einer Reling oder Bordwand stammen. Da Birkenstock stark alkoholisiert war, könnte er vielleicht von einem Boot gefallen sein«, sagte Marietta gleichmütig und wusste nicht, dass sie dem Toten damit einen Namen gegeben hatte, der sich zukünftig durch sämtliche Akten ziehen und schließlich bei der Staatsanwältin zu einem Tobsuchtsanfall führen sollte.

»Also hat Zerial sich doch mit der Leiche beschäftigt.«

»1,8 Promille und zugekokst war er auch. Bist du jetzt fertig?«, fragte Marietta ungeduldig.

»Nein, nimm bitte noch folgendes Protokoll auf und überstell es sofort der Staatsanwältin, es ist dringend …«

»Verdammt noch mal! Ich habe soeben den Computer ausgeschaltet.« Die Stimme seiner Assistentin schlug über die Lautsprecher zurück wie ein langersehntes Sommergewitter.

»Dann sei bitte so gut und schalt ihn wieder ein, Marietta!«

»Hat das nicht Zeit bis Montag?«

»Erstens sagte ich ›bitte‹, zweitens sagte ich ›dringend‹, und drittens ist dies ein Befehl, also schreib gefälligst mit, bevor ich mir hier im Stau in die Hose pinkle. Das muss heute noch raus!«

»Was?«

»Das Schreiben!«

Laurenti diktierte.

»Hast du alles?«, fragte er schließlich. »Dann lies es mir bitte noch einmal vor.«

Marietta räusperte sich missmutig und wiederholte: »Triest, Datum und so weiter ... Adressat Staatsanwaltschaft Triest, Magistratin Dottoressa Iva Volpini.

Betrifft: Überstellung des Giulio Gazza, geboren am 1. Juni 1966 in Triest, derzeit im Untersuchungsgefängnis Udine, laut Haftbefehl von heute, 27. Juli dieses Jahres.

Das Polizeipräsidium Triest, vertreten durch Vizequestore Proteo Laurenti, beantragt die unverzügliche Überstellung des Inhaftierten in das hiesige Untersuchungsgefängnis. Die heutige Einvernahme des Gazza und die Ergebnisse der Hausdurchsuchung in der Via dell'Eremo erschweren den Verdacht, dass der Inhaftierte der Urheber der versuchten Erpressung der Engländerin Jeanette McGyver ist. Siehe Anzeige vom Soundso... Um umgehende Überstellung wird dringend ersucht, damit der Verdächtige innerhalb der gesetzlichen Frist dem Untersuchungsrichter in Triest vorgeführt werden kann. Das Prozedere der Ermittlungsarbeit wird durch eine Verlegung des Gazza beschleunigt. Gezeichnet und so weiter.«

Nachdem Laurenti noch eine Korrektur eingefügt hatte, bedankte er sich übertrieben und wünschte seiner Assistentin ein unbeschwertes Wochenende voll sinnlichen Vergnügens. Seine Bemerkung über den Hasenträger samt »Bobo« verbiss er sich und legte auf, bevor Marietta kontern konnte.

Er schloss ein paar Meter auf, nachdem die Kolonne sich wieder einmal ein Stück bewegt hatte. Der Druck auf seine Blase war inzwischen unerträglich. Laurenti tastete mit der Hand den Fußraum ab und fand unter dem Sitz eine leere Mineralwasserflasche. Er rutschte auf dem Fahrersitz so weit nach vorne, dass er mit der Brust das Lenkrad berührte, worauf ein kurzer Hupton erklang. Neben ihm stand ein mit

Bleichgesichtern vollbesetzter Opel-Minivan: Surfbretter auf dem Dach, Mountainbikes am Heckträger und hochaufgeschichtetes Reisegepäck im Fond. Als er die amüsierten Blicke der Urlauber bemerkte, die mit bunten T-Shirts, Chipstüten und Energydrinks in silberblauen Mozart-Dosen ausgestattet waren, hatte er die Flasche fast zum Überlaufen gebracht. Er verschraubte sie, atmete entspannt auf und lehnte sich zurück. Und endlich setzte sich die Schlange auf dem Standstreifen in Bewegung. Bald wäre er zu Hause.

*

Gazza hatte schlapp an seinem Schreibtisch gesessen und Laurenti mit weit aufgerissenen Augen angestarrt, als der mit zwei uniformierten Kollegen aus Udine sein Büro betrat und ihm den Haftbefehl unter die Nase hielt. Staatsanwältin Volpini hatte keine Sekunde gezögert, als Laurenti sie zum zweiten Mal an diesem Tag in Begleitung Battinellis aufsuchte und von dem Fund berichtete, den sie in der verwahrlosten Behausung hinter einer Sockelleiste gemacht hatten.

»Nun gut. Selbst wenn die Sache einen Haken haben sollte, ich habe keine andere Wahl. Wenn wir den Kerl nicht einlochen, liefern wir den Engländern nur einen weiteren Vorwand, uns in den Dreck zu ziehen. Wenn Gazza in Triest nicht aufzufinden ist, sitzt er vielleicht in seinem Büro in Udine. Fahren Sie gleich hin und nehmen Sie ihn fest. Ich bereite inzwischen den Bericht für den Untersuchungsrichter vor. Und schicken Sie mir heute noch das Gesuch für die Überstellung des Inhaftierten.«

»Falls ich ihn zu fassen kriege«, ergänzte Laurenti.

»Kriegen Sie ihn«, sagte die Staatsanwältin einsilbig und schaute Inspektor Battinelli an, aus dessen Mobiltelefon der Triumphmarsch der »Aida« erklang.

Er murmelte eine Entschuldigung und nahm ab. »Raccaro

macht das Schiff zum Auslaufen bereit«, berichtete Gilo, während sie hinausgingen.

»Als hätte er gerochen, dass ich ihn am Nachmittag aufsuchen wollte, um ihn mit der Notiz des Deutschen zu konfrontieren! Nun, er wird zurückkommen. Battinelli, du hängst dich auf jeden Fall an ihn ran.«

Der Inspektor musste sich mit Lele verbündet haben. Die Bürokratie würde Laurenti bleiben, dabei hätte er sich Lele allzu gern noch am selben Tag vorgeknöpft.

In das Haus waren sie gegen elf Uhr eingedrungen. Zusammen mit dem Kriminaltechniker, der Marietta über die Fotofallen im Wald informiert hatte. Laurenti hätte gewettet, dass der Mann dämlicher als sonst gegrinst hatte, als er vor der Questura mit seinen Gerätschaften zu ihnen in den Wagen stieg und den Commissario begrüßte. Doch als sie Gazzas Bude auf den Kopf stellten, ging er äußerst konzentriert vor und ließ sich nichts anmerken. Von Hohlräumen hatte der anonyme Anrufer gegenüber dem Redakteur des »Piccolo« gesprochen. Offen blieb, woher er von dem Versteck wusste, das sie keine halbe Stunde später im dritten Zimmer fanden, nachdem sie vorher überall die Bilder abgehängt und die Wände abgeklopft hatten.

Während Battinelli die Haustür versiegelte, bat Laurenti Marietta telefonisch und mit betont freundlichen Worten darum, aus dem Archiv die Akten der früheren Bewohner herauszusuchen. Zu glatt war alles gegangen, der Informant muss sich gut ausgekannt haben.

»Ei, ei, ei«, sagte der Kriminaltechniker im Fond des Dienstwagens und schnalzte mit der Zunge, während er auf der Rückfahrt ins Präsidium die Speicherchips in seinen Computer einlas. »Der heiße Juli bringt ja eine schöne Überraschung nach der anderen. Das Jahr der Seitensprünge, der Sommer der Gehörnten. Wenn das kein Hardcore-Porno ist!« Er reichte Laurenti seinen Laptop, und Gilo Battinelli schielte vom Steuer herüber auf den Bildschirm.

»Und ich hielt die Engländer bisher für prüdes Volk«, sagte Battinelli. »Da sieht man's wieder, nichts als Vorurteile.«

»Ein dickes Ding«, raunzte Laurenti. »Wenn diese Fotos echt sind, wer hat dann die anderen gefälscht? Druck das aus, sobald wir im Büro sind.« Laurenti drehte sich zu dem Kollegen auf dem Rücksitz. »Noch vor dem Mittagessen.«

»Bitte«, antwortete der Kriminaltechniker.

»Bitte«, wiederholte der Commissario zerstreut. Seine Gedanken galten der Staatsanwältin. Hatte sie ihn nicht gebeten, den Fall zu übernehmen, weil es in dieser Sache jemanden brauchte, der wenig Respekt vor Autoritäten kannte und trotzdem diplomatisch vorzugehen vermochte? Weshalb ahnte Iva Volpini, dass hier mit gezinkten Karten gespielt wurde? Ihren guten Ruf als Ermittlerin trug sie zu Recht.

Die Fahrt hinaus

Eine weiße Kapitänsmütze mit blauem Schild und goldenen Tressen saß schräg auf dem Kopf des kleinen Mannes, der mit nacktem Oberkörper auf einem Podest am Ruder stand. Um fünfzehn Uhr lief die »Greta Garbo« vom Diesel getrieben aus dem Hafen von Grignano beim Schloss Miramare auf das offene Meer hinaus. Vittoria hatte ihn bereits auf dem Schiff erwartet. Sie trug einen geblümten Pareo um die Hüften und ein weißes Bikinioberteil, das sie besser eine Nummer größer gekauft hätte. Die falsche Gucci-Sonnenbrille mit der auffällig eingearbeiteten Blumen-Applikation im Bügel hatte sie Alberto abgehandelt. Ihr rotes Haar flatterte in der Brise.

Nachdem Aurelio ihn davon unterrichtet hatte, dass die Journalistin ganz unverhofft nach London zurückgeflogen war, hatte Raffaele Raccaro seine Sekretärin gebeten, alle Termine für die nächsten Tage abzusagen. Er fühle sich müde und ausgezehrt, müsse dringend ein paar Tage ausspannen. Dann diktierte er ihr eine Liste von Delikatessen, die sie in einem seiner Supermärkte zur Anlieferung am Anleger seiner Yacht im Sporthafen von Grignano bestellte. Zuletzt hatte er seine Gespielin verständigt und sie auf das Schiff befohlen.

Kaum hatten sie die Muschelzuchten vor der Küste passiert, drückte Lele den Knopf der automatischen Winsch und setzte die rostroten Segel. Hoch am Wind krängte das Schiff sich unter dem Libeccio und lief fröhlich über die Wellen. Sein Bug zeigte auf die Punta di Barbacale im Westen. Vittoria reichte ihm ein Glas Champagner und schmiegte sich an den kleinen Mann.

»Und, wohin segeln wir, Süßer?«, gurrte sie. »Ich habe keine große Garderobe dabei.«

»Die brauchst du auch nicht. Heute fahren wir nicht weit. Gegen sieben sind wir da, und du bleibst auf dem Boot, bis ich zurückkomme. Morgen Vormittag.«

»Was? Eine ganze Nacht alleine auf diesem Kahn? Das ist aber schrecklich langweilig.«

»Du wirst es aushalten. Der Kühlschrank ist gut gefüllt, einen Fernseher hast du auch. Kein Landgang, verstanden? Ich bezahle nicht für andere.«

*

Gilo Battinelli löste sich gegen Margheritas Protest aus ihrer Umarmung, als er endlich den Zweimaster ausmachte. Er hatte felsenfest damit gerechnet, dass Raccaro wie die meisten Urlauber einen Südkurs wählte, auf den Leuchtturm von Savudrija zu, an der nordwestlichen Landzunge der istrischen Halbinsel vorbei und weiter zur dalmatinischen Küste. Gilo war eine Stunde vorher ausgelaufen, hatte die »Kitty«, sein 32er-Boot, nach ein paar Meilen in den Wind gestellt, die flatternden Segeln gerefft und eine Flasche Prosecco aus dem schmalen Kühlschrank in der engen Kajüte geholt, die als Koch- und Schlafplatz gerade ausreichte.

»Später, Liebe«, sagte er und griff nach dem Fernglas. »Ich habe dir doch gesagt, dass es sich bei unserem Ausflug um eine heimliche Regatta handelt. Wir müssen den Kurs wechseln.«

»Und du willst mir wirklich nicht verraten, wohin?«

»Ich weiß es doch selbst nicht. Du kennst meinen Beruf.«

»Und wer ist unser Gegner?«, fragte Margherita und folgte seinem Blick, um zu erraten, wen Gilo im Visier hatte.

Die Siebenunddreißigjährige mit dem blonden Kurzhaarschnitt arbeitete als Übersetzerin für eines der naturwissenschaftlichen Institute, übersetzte englische Fachliteratur ins Italienische. Sergio, ihr Mann, den sie seit ihrer Schulzeit kannte, war Ingenieur auf einer Off-Shore-Ölplattform zwanzig Kilometer vor der sizilianischen Küste. Seine entbehrungsreichen Einsätze dauerten stets mehrere Monate, dafür brachte er einen Haufen Geld steuerfrei nach Hause. Von Anfang August bis Mitte September würden Margherita und er Urlaub in Polynesien machen. Bis dahin aber konnte sie tun und lassen, was sie wollte.

Gilo trimmte sein schnittiges Boot, das sogleich Fahrt aufnahm, und hielt einen zwei Seemeilen entfernten Parallelkurs zur schwerfälligeren »Greta Garbo«. Raccaro konnte keinen Verdacht schöpfen. Doch wo zum Teufel wollte er hin? Bei Grado segelte er gemächlich unter der Küste, holte wenig später die Segel ein und warf Anker. Durch das Fernglas konnte Gilo unschwer erkennen, wie die Badeleiter von der Bordwand gelassen wurde und Lele hinter einer üppigen Nackten her ins Wasser sprang.

»Ich glaube, jetzt haben auch wir ein bisschen Zeit, Margherita«, sagte er.

In der Mitte des Tagliamento verlief die Grenze zwischen Friaul-Julisch Venetien und der Nachbarregion Veneto. Als einer der letzten Wildflüsse der Alpen mäanderte er einhundertsiebzig Kilometer in seinem weit ausgedehnten Schotterbett vom Mauriapass durch das flache südliche Friaul und verengte sich erst wenige Kilometer vor der Adriaküste. Bei Lignano tuckerte die »Greta Garbo« durch die Flussmündung zur Marina Uno, in der Raccaro noch von Triest aus einen Liegeplatz reserviert hatte, für den das Schiff eigentlich zu lang war. Er gehörte zu den Investoren, die 1982 den Ausbau des Freizeithafens betrieben hatten, an dem er nach wie vor einen profitablen Anteil hielt. Auch an einem Hotel in dem Ferienort war er beteiligt, und einer seiner Supermärkte nahe der Mole war das Ziel vieler Skipper, die sich dort mit Proviant eindeckten.

Aus der Ferne beobachtete Gilo Battinelli besorgt das Manöver. Mit Glück würde auch er dort festmachen können, trotz Hochsaison, die »Kitty« war eben ein kleineres Schiff. Schwieriger war es jedoch, von Lele unbemerkt einzulaufen und ihn beim Manövrieren nicht aus den Augen zu verlieren.

Kaum hatte Gilo das Boot vertäut, überließ er Margherita die Formalitäten der Anmeldung. Er hatte ihren breitkrempigen gelben Sonnenhut tief ins Gesichts gezogen und trug eine dunkle Brille auf der Nase, so lief er zur Ausfahrt der Marina. Während Vittoria an Bord geblieben war, hatte Lele ein Taxi bestiegen und war bereits außer Sichtweite. Nur die Wagennummer hatte der Polizist noch erkannt. Ein herrenloses Mountainbike lehnte am Zaun, Gilo schnappte es, ohne sich umzuschauen, und trat kräftig in die Pedale. Lignano Pineta und Sabbia d'Oro waren künstlich angelegte Badeorte mit hochgezogenen Hotelsilos und langen Sandstränden, wo Sonnenschirme und Liegestühle wie Soldaten aufgereiht standen. Die langen Promenaden waren voller Menschen, vom Taxi des Kaufmanns keine Spur. Völlig außer Atem, hielt der Polizist schließlich an, zog sein Mobiltelefon aus der Tasche und bat seine Kollegin Pina Cardareto um Hilfe. Die Taxizentrale hätte ihm ganz gewiss keine Auskunft gegeben. Als Polizist konnte sich telefonisch schließlich jeder ausgeben. Pina erfragte Hilfe von den Kollegen des Polizeiposten Lignano und rief ihn wenig später zurück. Der Fahrer hatte Lele vor dem einzigen Fünf-Sterne-Kasten im Ort abgesetzt. Unmöglich konnte Gilo dort in T-Shirt, Badehose und Sonnenhut auftreten. Er radelte zurück zur Marina Uno, wo ihn der Besitzer des Fahrrads wütend erwartete.

»Toller Service hier«, sagte Gilo, als er es an den Zaun lehnte. »Andere Marinas stellen keine Gratisräder zur Verfügung.«

Der unrasierte Freizeitkapitän stellte sich ihm in den Weg. »Werd bloß nicht frech, sonst setzt es was. Du bleibst, bis die

Polizei kommt. Mit Fahrraddieben machen wir hier kurzen Prozess.«

»Knüpft ihr sie etwa auf, wie Pferdediebe im Wilden Westen? Von was für einem Diebstahl redest du eigentlich? Da steht dein Drahtesel. Hat ihn jemand gestohlen? Wenn du das den Bullen erzählst, bringen sie dich ruck, zuck zum Psychiater.« Gilo tippte sich lachend an die Stirn. »Kauf dir einen Sonnenhut. Einen wie diesen hier, dann erkennt dich niemand.«

Auf der »Kitty« bat er Margherita, sich rasch hübsch anzuziehen. Jetzt war sie am Zug. Amüsiert folgte sie seiner Bitte. Während sie sich zurechtmachte, beschwor Battinelli sie, die Sache für sich zu behalten. Gegen Raccaro vorzugehen war gefährlich.

»Und was machst du so lange?«, fragte Margherita.

»Ich bleibe auf dem Boot. Schick mir eine Nachricht, wenn du ihn ausfindig gemacht hast. Dann sehen wir weiter. Unwahrscheinlich, dass er heute Abend wieder ausläuft. In zwei Stunden ist es dunkel.«

Ein Taxi brachte Margherita zum Arco del Grecale. Aufrecht stakste sie in die Halle, die schweren roten Sitzgarnituren waren kaum belegt. Wer saß schon drinnen bei einem solchen Wetter? Sie entdeckte Raccaro im Hotel-Park mit drei Männern von kräftiger Statur in sommerlichen Armani-Anzügen, die ihn an Körpergröße weit überragten. Einer trug einen Aktenkoffer in der linken Hand. Sie sprachen englisch miteinander, während sie an der gut besetzten Restaurantterrasse neben dem Pool entlangflanierten und ins klimatisierte Restaurant verschwanden, dessen Tische alle fein gedeckt, aber nicht besetzt waren. Dort könnten sie ungestört reden.

Margherita schickte eine SMS, und Battinelli antwortete umgehend.

»Kannst du dich in die Nähe setzen? Halt die Ohren auf.«

Sie murmelte etwas von einer Allergie und sagte dem Kellner, dass sie auch für die nächsten drei Abende einen Tisch benötigte.

»Die Rechnung geht auf die Vierhundertzwei.« Lele nannte dem Sommelier seine Zimmernummer und bestellte Champagner. »Wir beginnen mit einem ›Cristall Rosé‹ von Krug.«

Sie wählte einen Platz zwei Tische weiter, von dem aus sie den Männern den Rücken zukehrte. Wer andere belauscht, verrät sich leicht mit den Augen.

Die Speisenauswahl war eindeutig für Touristen aus dem Norden gemacht, dachte Margherita, die Weinkarte bot hingegen ein schönes Sortiment für ein solventes Publikum, das die großen Namen suchte. Und wie zur Bestätigung vernahm sie ein »Za sdarówje«, nachdem der Kellner den Herren eingeschenkt hatte. Russen also. Schon an der Rezeption waren ihr Hochglanzprospekte in Russisch aufgefallen.

»Prijátnawa apitíta«, wünschte ein Bariton an Raccaros Tisch, und die Männer verputzten in Rekordgeschwindigkeit den Vorspeisenteller, zu dem ein 97er »Faiveley Puligny-Montrachet« serviert wurde. Zum Hauptgang stiegen die Herren dann auf einen Roten um. Vom »Mouton Rothschild« bestellten sie gleich zwei Flaschen.

Mit einer weiteren SMS hatte sie Gilo geraten, irgendwo essen zu gehen. Raccaro habe im Hotel eingecheckt. Sie würden sich dann später sehen. Als die Männer beim Kaffee angelangt waren, zog Lele seine Unterlagen aus einer Mappe und legte sie den anderen vor. Sie hörte, dass es um Einkaufszentren und Hotelneubauten ging, Spekulationsobjekte und Geldwaschanlagen, die derzeit nicht die erwartete Rendite abwarfen.

»Kein Geschäft mehr ohne Garantien! Wir werden deine

Gesellschafter in der AFI.« Einer der Männer, etwas älter als die anderen und mit einer sehr teuren, massivgoldenen Uhr am Handgelenk, war ziemlich ungehalten.

»Hast du schlecht geträumt, Boris?«, keifte Raccaro. »Einkaufszentren, Hotels oder Kunstwerke. Der Finanzmarkt ist derzeit zu labil. Wie wollt ihr sonst eure Kohle anlegen? Ihr wisst doch selbst, dass diese Objekte ideal für große Investitionen sind. Der Abschreibungsbedarf ist hoch, und nach Ablauf der Sperrfristen lassen Hotels sich in Eigentumswohnungen umwandeln. Mittelfristig trocknen wir mit diesen Einkaufszentren die Geschäfte in den Innenstädten aus, dann bringen sie gute Gewinne. Rationalisieren, heißt das Stichwort! Daran arbeitet die halbe Welt: weniger Produkte, weniger Geschäfte, mehr Umsatz und noch mehr Gewinn. Diese ganze Vielfalt kostet doch nur Geld und stiftet kulturellen Wirrwarr. Und die Leute, die behaupten, dass Diversität Reichtum bedeute, schalten wir nach und nach aus. Eine vorübergehende Mode. In der Sowjetunion hattet ihr die Sache besser in der Hand. Die politische Achse Tripolis–Rom–Moskau funktioniert Gott sei Dank, weder aus Paris noch aus Berlin kommt Widerstand. Auch wenn die Politik ein bisschen langsamer vorgehen muss, damit sie die Kontrolle nicht verliert, wäre die geschäftliche Realität ohne den Beitrag der Deutschen und Franzosen deutlich schlechter. Wir sind auf einem ausgezeichneten Weg.«

»Langfristig vielleicht, Raccaro«, kommentierte der Mann, den Lele vorher Boris genannt hatte. »Deine letzten Investionen hinken dafür auf allen vier Füßen.«

Lele wischte den Einwand mit einer unwirschen Handbewegung weg. »Ich habe die Situation völlig unter Kontrolle. Die Leute tun, was ich sage. Hab Geduld, bis die Krise durchgestanden ist.«

»Und in der Zwischenzeit kassieren andere. Vergiss es. Ich will Garantien.«

»Steck dir dein Misstrauen in den Arsch! Du willst welche, ich will welche. Glaubst du, dass meine Freunde aus Cosenza und Caserta von vorgestern sind? Der ganze Obst- und Gemüseanbau wirft nur deshalb ein Vermögen ab, weil inzwischen alle zusammenarbeiten und sich nicht mehr um Kleinigkeiten streiten. Die einen kontrollieren den Anbau, die anderen die Transporte. Und die dritten sorgen sich um die richtigen Anlagen. Und genauso geht's mit den Projekten der Energieversorgung. Das weißt du deutlich besser als ich. Die geplante Flüssiggas-Aufbereitungsanlage in Triest, die Pipeline durch den Golf, das können wir nur realisieren, wenn wir alle davon profitieren.«

»Und was ist mit der AFI?«

»Eine Hand wäscht die andere, Boris. Okay, du wirst mein Gesellschafter, ich werde deiner. Nur so geht das, wenn du der bisherigen Geschäftsbasis misstraust.«

Margherita tippte ein paar Stichworte in ihr Telefon und machte heimlich ein paar Schnappschüsse. Sie verließ das Restaurant, nachdem Lele gegen zweiundzwanzig Uhr die Rechnung abzeichnete. Trinkgeld hinterließ er keines.

»Frühstück morgen um neun in meiner Suite. Studiert solange den Vertrag, und das Geld gebt ihr mir dann morgen.« Der kleine Mann, der selbst als er aufgestanden war, die sitzenden Russen nicht überragte, zeigte auf den Aktenkoffer neben dem Stuhl einer seiner Gäste. »Ich gehe schlafen, Towarisch.«

Die drei Männer blieben am Tisch zurück und bestellten eine weitere Flasche »Mouton Rothschild«.

Margherita traf Gilo auf dem Lungomare Adriatico wieder. Während sie Arm in Arm inmitten der Touristen Richtung Sabbia d'Oro schlenderten, berichtete sie ausführlich und so rasch sie konnte.

»So was liest man nie in der Zeitung, warum eigentlich?«, fragte sie aufgebracht. »Wenn nur die Hälfte von dem stimmt, was ich gehört habe, ist es schon schlimm genug. Deswegen also geht in der Stadt nichts voran. Ich bin erschüttert.«

»Das sind die schmutzigen Tricks von heute, Margherita. Man erwirbt Minderheitsbeteiligungen an Unternehmen, fährt sie in den Dreck und kauft nachher den Rest zum Abschreibungswert auf. Ich mache jede Wette, dass sie diese Technik auch anderswo einsetzen. Und dass sie über die Expó Milano 2015 redeten, überrascht auch nicht. Dort werden Milliarden bewegt. Laurenti hat erzählt, dass Raccaro einer derjenigen war, die damals die Bewerbung Triests hintertrieben haben. Die Jurymitglieder des Prüfungskomitees wurden vor der Endausscheidung mit anonymen Briefen voller unhaltbarer Anschuldigungen überzogen.«

»Und dann hat Zaragoza gewonnen.«

»Unwahrscheinlich, dass so schnell eine zweite italienische Stadt erneut zum Zug gekommen wäre. In Mailand lässt sich eben mehr verdienen als hier.«

»Und Raccaro?«

»Nach dem, was ich begriffen habe, ist er so etwas wie ein Vermittler, der seinen Partnern von heute Abend ins Geschäft helfen soll.«

Beim ersten Drink schaute sich Gilo Battinelli die Fotos an, die Margherita über die linke Armbeuge geschossen hatte. Nur auf zweien waren alle Köpfe zu sehen. Er müsste die Bilder im Büro vergrößern, auf dem kleinen Display erkannte er keinen der Männer. Und wenn der Computer nach der Bildanalyse die Namen von Raccaros Geschäftspartnern ausspuckte, dann wäre die Sache sogar für den Commissario zu groß. Sollte dann, auf welchem Weg auch immer, das Ministerium von einem Verfahren gegen Raccaro Wind bekommen, hätte Laurenti das Nachsehen, denn niemand konnte vorhersagen, ob und wann der Fall dann zur Aufklärung käme. Manchmal wurde eine Form von Staatsräson vorgeschoben, die dem normalen Bürger unverständlich blieb.

»Und sag noch einmal, dass ich keine gute Undercover-
agentin bin«, scherzte Margherita schließlich. »Aber jetzt ist
Dienstschluss.«

Cavana

Alle paar Meter drehte sie sich um. Manchmal meinte sie, unter den vielen Menschen ihren Verfolger auszumachen. Sicher war sie sich nicht, doch ihr Instinkt trieb sie zur Flucht. Zu viele Menschen waren unterwegs. Auch nach Mitternacht standen die Gäste noch dicht gedrängt vor den Kneipen und verstopften die engen Gassen der Cittavecchia. Ihre Gesichter nahm sie kaum wahr. Flink schlängelte sie sich durch die Menge, doch immer wieder versperrte ihr ein breiter Rücken den Weg, so dass sie Haken schlagen musste und wertvollen Vorsprung verlor. Ihr Puls raste, sie schwitzte und zwang sich zur Ruhe. Die Panik durfte ihr nicht den Verstand rauben. Die Kontrolle zu verlieren hieße, sich nicht wehren können, sollte es dem Kerl gelingen, ihr trotz des Gedränges auf den Leib zu rücken. Die schlanke hochgewachsene Frau, deren kurzgeschnittenes, feuerrot gefärbtes Haar in merkwürdigem Kontrast zu ihrem Teint von hellem Bernstein stand, zog die Blicke auf sich, und ihr wohlproportionierter Körper provozierte Kommentare der jungen Männer, die sie nicht wahrnahm. Einmal zeigte ein Betrunkener auf sie und lallte: »Grace Jones mit Dachstuhlbrand.«

Im Stadtzentrum sank die Temperatur trotz der späten Stunde kaum unter dreißig Grad, dafür war eine leichte Brise aufgezogen, die das Atmen erleichterte. Vor den Bars in der Cavana, deren Straßenzüge adrett renoviert worden waren, tobte das Leben wie in jeder Sommernacht bis in die frühen Morgenstunden. Wie einst, als die Seeleute noch in dieses Viertel drängten, die Bordelle aufsuchten und sich in den Spelunken betranken. Bevor die Gassen über Jahrzehnte in Trostlosigkeit versunken waren, von der man nun nichts mehr spürte. Das sommerliche Nachtleben fand jetzt hier oder am Lungomare statt. Dumpf drangen die Klänge der Musik aus den Kneipen heraus auf die Altstadtgassen und vermischten sich mit dem Stimmengewirr und Gelächter. Fröhliche Ausgelassenheit, die den Sommer über anhalten sollte. Jede Bar hatte ein anderes Publikum, das seine eigenen Vorlieben pflegte. Studenten, die den ganzen Tag am Strand verbracht hatten und heimlich kifften, dafür weniger Alkohol konsumierten; Büroangestellte, die den Alltagsfrust mit Bier und Wein bekämpften; Jungunternehmer mit der Vorliebe zu exotischen Cocktails; dann die Älteren, die sich in sinnlose politische Diskussionen verstrickten und kaum einmal lächelten. In den Morgenstunden strotzte das Pflaster dann vor Abfällen, Kaugummi, Kippen, Plastikbechern und Bierdosen, deren Reste klebrige Pfützen bildeten. Am nächsten Tag würden die Straßenkehrer vermutlich wieder nicht zum Einsatz kommen, man müsse sparen, war aus dem Rathaus zu hören. Dafür brummte die Stadtregierung all jenen fünfhundert Euro Bußgeld auf, die ihr Geschäft im Freien verrichteten. Jede Nacht wurden Männer wie Frauen von den städtischen Vollzugsbeamten beim Pinkeln auf offener Straße erwischt – zumindest stand es so in der Zeitung.

Bei der nächsten Querstraße hoffte sie auf ein Taxi, das sie in Sicherheit bringen würde. Vergeblich. Mühsam kämpfte sie sich durch das dichte Getümmel vor der Bar Unità, und auf der großen Piazza rannte sie los. Zur Questura waren es noch ein paar hundert Meter, dort wäre sie gerettet. Doch eine Reihe Lieferwagen eines Filmteams, deren Scheinwerfer auf den »Brunnen der vier Kontinente« gerichtet waren, versperrten ihr den Weg. Sie lief durch die Torbogen des Rathauses und bereute es sofort. Keine Menschenseele befand sich auf dem dunklen Largo Granatieri, an dem die Gebäude der Stadtverwaltung lagen. Ihre Schritte hallten durch die

Stille der Nacht, wurden von den Hauswänden zurückgeworfen, als spendeten die schwarzen Fenster verhaltenen Applaus. Nun geriet Miriam außer Atem, Schweißperlen rannen ihren Hals hinunter, und das eng anliegende feuerrote Kleid zeigte dunkle Flecken. Sie drehte sich panisch um und versuchte den Kerl auszumachen, der hinter ihr her war. Wenn er ahnte, dass sie das Polizeipräsidium erreichen wollte, brauchte er sie nur kurz davor abzupassen. Sie war darauf gefasst, dass er eine Seitenstraße genommen hatte, um ihr hinter der nächsten Ecke aufzulauern. Sie musste schneller sein. Miriam rannte um ihr Leben, und als plötzlich zwei Scheinwerfer vor ihr aufleuchteten und ein Mann aus dem Wagen sprang, blieb ihr beinahe das Herz stehen. Erst dann erkannte sie, dass es ein uniformierter Beamter der Polizia di Stato war.

»Da, da, der Mann im weißen Hemd!« Aufgeregt zeigte sie ins Dunkel hinter sich. Sie keuchte und brachte kaum einen Satz heraus. Sie fasste den Polizisten am Arm. »Er will mich umbringen!«

Nun sprang auch der zweite Beamte aus dem Streifenwagen und lief ein paar Meter die Straße hinunter. Bereit, jederzeit seine Waffe aus dem Holster zu ziehen, umkreiste er ein paar Müllcontainer, blickte in Hauseingänge und Seitenstraßen und unter die geparkten Autos. Nichts. Dann kam er zurück und sprach ins Funkgerät. In wenigen Sätzen beschrieb er den Vorfall und gab, den gehetzten Worten Miriams folgend, die Personenbeschreibung durch, damit andere Streifen nach dem Verfolger Ausschau halten konnten. »Zwischen fünfundzwanzig und dreißig Jahre alt, eins fünfundachtzig groß, durchtrainiert, schwarzes mit Gel zurückgekämmtes Haar, fünfzehn bis zwanzig Zentimeter lang. Weißes, kurzärmliges Hemd, beige Jeans.«

»Von denen gibt es Tausende heute Nacht«, knarrte die Stimme aus dem Lautsprecher.

»Noch etwas!«, rief sie. »Eine schwere Goldkette trägt er um den Hals mit einem großen roten Stein daran.«

Miriam lief ein kalter Schauer über den Rücken. Im China-Restaurant hatte sie den Kerl erst bemerkt, als sie sich umwandte, um der Kellnerin zu winken. Unverhohlen hatte er sie angestarrt, als wäre sie ein Gespenst. Trotz ihrer Verwandlung musste er sie erkannt haben. Warum sonst war er ihr gefolgt, als sie das Lokal an der Piazza Venezia verlassen hatte?

»Da ist aber niemand«, sagte der zweite Uniformierte schließlich. »Beruhigen Sie sich. Wir nehmen ein Protokoll auf, und Sie schauen sich ein paar Fotos an. Mit etwas Glück werden wir ihn rasch finden.« Er hielt Miriam die Tür zum Fond des Streifenwagens auf, nach kurzem Zögern stieg sie ein. Routinemäßig lag seine Hand für einen Augenblick auf ihrem Kopf, als wäre sie eine Gefangene.

Allmählich fand sie ihre Fassung zurück, und die anfänglichen Zweifel der beiden Polizisten an ihren Ausführungen schwanden dank der Klarheit ihrer Sätze. Die Fahrt war kurz und endete vor dem Nebeneingang des Polizeipräsidiums, der nachts als einziger Zugang in das riesige Gebäude führte und von einer Wache kontrolliert wurde. Die enorme, mit glänzenden Marmorplatten ausgekleidete Eingangshalle, die sie auf dem Weg zu den Kommissariaten durchquerten, lag in einem gespenstischen Halbschatten. Erst der Flur im dritten Stock war hell erleuchtet. Die beiden Streifenbeamten lieferten sie bei einer Inspektorin ab, die sich mit dem Namen Pina Cardareto vorstellte und ihr kaum bis zur Schulter reichte. Sie konnte ihr Staunen über Miriams Erscheinung nur schlecht verbergen: rotes Haar, rotes Kleid, türkisgrüner Lidschatten und ihr dunkler Teint. Miriam taxierte sie und wartete, bis die deutlich jüngere Frau ihr einen Stuhl auf der gegenüberliegenden Seite des Schreibtischs zuwies, während sie die Fotos einer übergewichtigen Männerleiche zwischen zwei rote Aktendeckel schob. Miriam setzte sich und hielt den Blick auf sie gerichtet.

»Ihren Ausweis, bitte«, sagte die Inspektorin und lehnte sich, nachdem sie das Dokument aufmerksam studiert hatte, in ihrem Stuhl zurück. »Haben Sie die Haare umgefärbt? Auf diesem Foto sind sie wasserstoffblond.«

Miriam nickte.

»Nun erzählen Sie mal.«

Miriam ahnte nicht, dass der Verfolger sofort von ihr abgelassen hatte, als sie in die bevölkerten Gassen der Cittavecchia gelaufen war. Und ebenso wenig ahnte sie, dass er genau wusste, wo und wann er sie finden würde.

Die Inspektorin hatte nur wenige Fragen gestellt, ihre Schilderungen mit zwei Fingern in den Computer getippt und, als Miriam ausgiebig gähnte, vorgeschlagen, dass sie sich tags drauf um vierzehn Uhr wieder einfinden sollte, um sich Fotos aus der Datenbank anzusehen. Als Miriam Namen und Adresse ihres Verfolgers nannte, hatte sie nicht einmal mit der Wimper gezuckt und die Angaben ins Protokoll getippt.

Diese Regungslosigkeit auf den Gesichtern der Ermittler kannte Miriam aus London, wo sie in einigen Fällen als Zeugin befragt worden war. Eine Verhaltensregel, die wahrscheinlich zur Standardausbildung der Weltpolizei gehörte. Wenig beruhigend für die Opfer, die auf Anteilnahme, Bestätigung, Sorge und sofortiges Handeln hofften.

Ein Streifenwagen brachte Miriam gegen zwei Uhr in ihr neues Quartier. Die beiden Beamten inspizierten zuerst die Sicherheitsschlösser und anschließend das schicke Appartement in der »Villa Sottolfaro« in der Strada del Friuli. Die Männer rümpften unverhohlen die Nase, weniger weil der puristische Baustil nicht ihrem Geschmack entsprach, sondern weil sie der Meinung waren, dass die zum Meer hin verglaste Fassade wenig Schutz bot.

Miriam saß im Dunkeln auf der Terrasse und hatte einen Laptop auf den Knien, dessen Bildschirmbeleuchtung ihr Gesicht aschfahl erscheinen ließ. Das Adrenalin beschleunigte ihren Herzschlag. Gleichwohl sie schon um sechs Uhr am folgenden Morgen eine Verabredung hatte, hämmerte sie hastig den Text in den Computer, ihre Tochter Candace und Jeremy Jones, Jeanettes Londoner Anwalt, mussten über den Verlauf ihres Aufenthalts in dieser merkwürdigen Stadt detailliert Bescheid wissen. In welches Wespennest hatte sie eigentlich gestochen?

Immer wieder unterbrach sie für längere Augenblicke ihre Aufzeichnungen und schaute von oben herab auf die matten Lichter des Alten Hafens und der Stadt. In regelmäßigem Takt schweifte der Scheinwerfer des weißen Leuchtturms über sie hinweg und warf seine Lichtblitze auf die Adria hinaus. Draußen lagen drei Frachtschiffe und zwei Öltanker auf Außenreede, einmal sah sie den hellen Bug eines Schiffs der Küstenwache durch das nachtschwarze Meer pflügen, das eine weiße Gischtspur hinter sich herzog.

*

Im Putz an den Wänden des engen Treppenhauses in der Colville Mews waren die Löcher noch heute zu sehen, die der Tisch aus Edelholz hinterlassen hatte, als er seine lange Reise von Äthiopien nach London hinter sich hatte und von fluchenden Männern in den dritten Stock manövriert wurde. Ebenso wie ihre Mutter es getan hatte, plazierte Miriam die Kaffeekanne auf dem Savoyer-Wappen aus Intarsien von Schildpatt, Perlmutt und farbigen Steinen, das sich in der Mitte des Tisches befand.

Es war das einzige Erinnerungsstück an ihre Eltern und den jüngeren Bruder, die die Hungersnot nicht überlebt hatten. Und vermutlich hätte sie dieses Schicksal geteilt, wenn Spencer Elliot sie nicht mit nach London genommen hätte. Über alle möglichen Kanäle hatte er Geld nach Jimma geschickt, um die Familie zu retten. Nur zweimal war es angekommen. Als die Lage im Land sich immer weiter verschlechterte, kamen überhaupt keine privaten Hilfsmittel mehr durch. Und kaum Nachrichten. Die Funktionäre im Regime hatten alles gefilzt – und überlebt. Ebenso wie der Diktator genossen einige von ihnen nun ihr Asyl in Simbabwe unter dem Schutz von Robert Mugabe.

Erst als Spencer zwei Jahre später noch einmal zu einer Reportage nach Äthiopien aufbrach, brachte er die schreckliche Gewissheit mit. Die älteren Brüder hatten die Katastrophe überlebt und schlugen sich in Addis durch. Das Haus in Jimma war verkommen und von fremden Menschen bewohnt. Ihnen kaufte er den eigenartigen Tisch ab und organisierte seinen Transport nach Nottinghill.

London war ein Schock gewesen, und für die Einreise bedurfte es aller Verbindungen, über die Spencer Elliot verfügte. Obwohl ihr Englisch dürftig war, konnte er mit Hilfe der BBC eine erste Aufenthaltsbewilligung durchsetzen: Als Dolmetscherin beim Schnitt seines Dokumentarfilms war die neunzehnjährige Miriam angeblich unersetzbar.

Nottinghill war ein unattraktives Viertel mit einer kunterbunten Bevölkerungsmischung. Die ersten Tage in der großen fremden Stadt schüchterten das Mädchen völlig ein. Sie traute sich lange nicht allein auf die Straße. Spencer führte sie in Geschäfte, sie kauften Kleidung für Miriam und Lebensmittel, die sie noch nie gesehen hatte. Fish & Chips war die große Entdeckung gewesen. Er stellte sie seinen Freunden vor, deren Gesprächen sie nur mühsam folgen konnte. Sie sprachen über Dinge, von denen sie noch nie gehört hatte, und sobald einer von ihnen in Dialekt verfiel, versagten ihre Englischkenntnisse. Als Spencer zum Sender musste, um sein Material zu schneiden, ließ er Miriam in der Obhut der anderen Bewohner des Hauses in der Colville Mews. Eine rührende Nachbarin hatte sie schließlich zu einem Sprachkurs gedrängt. Und sie bat Miriam, in einem Büro für afrikanische Einwanderer zu helfen. Die Berichte der Leute waren deprimierend, und sie sollte diese Schilderungen für die Asylverfahren in Schriftform bringen, deren Grammatik die anderen Mitarbeiter anfangs noch korrigierten. Sie hatte Heimweh, vor allem aber war die Ungewissheit darüber, wie es ihrer Familie erging, unerträglich. Nicht einen Brief hatte Miriam aus Jimma erhalten. Nach einem Jahr fand Spencer für sie einen College-Platz. In dieser Zeit der Ungewissheit wuchs in ihr ein unbändiger Wissensdurst und der Wille, Hintergründe zu begreifen, zu recherchieren. Verschweigen und Ignorieren waren die schlimmsten Übel, damit wollte sie brechen.

Spencer arbeitete hart und bat sie immer wieder um Hilfe bei der Durchsicht seines Materials. Anschließend verbrachte er mehrere Wochen fast ausschließlich im Büro. Miriam saß am Abend oft allein in der Wohnung und schrieb Briefe, bis Spencer spätabends mit müdem Gesicht nach Hause kam. Sein Dokumentarfilm wurde Ende Oktober ausgestrahlt und schockierte die Weltöffentlichkeit. Zum ersten Mal wurde das Ausmaß der Hungersnot in Äthiopien bekannt. Doch die parlamentarischen Entscheidungsprozesse jener Staaten, die unermüdlich über die Einhaltung der Menschenrechte und den Export der Demokratie in andere Teile der Welt debattierten, wurden mit vollem Bauch betrieben. Immerhin gründeten Bob Geldof und Midge Ure das Projekt »Band Aid« und trommelten sechsunddreißig internationale Popstars zusammen, um mit dem Verkauf ihres Albums »Do They Know It's Christmas« Geld für die Hungernden zu sammeln. Ein großer Teil der Millionen, die das Album einspielte und mit dem man die Menschen retten wollte, versickerte allerdings in den Abgründen der Korruption des äthiopischen Regimes.

Das Leben in Europa überhäufte Miriam mit Nachrichten, die sie vorher nicht erreicht hatten. Zeitungen und Fernsehen nahmen sie voll in Anspruch. Im Dezember jenes Jahres drangen im indischen Bhopal im Chemiewerk eines US-Konzerns Tonnen giftiger Stoffe in die Atmosphäre und forderten tausende Opfer sowie eine halbe Million Schwerverletzte. Sparmaßnahmen bei Sicherheitsvorkehrungen und der Wartung waren die Ursache. Lächerliche Entschädigungszahlen erfolgten erst viele Jahre später, als die Spätfolgen die Zahl der zu Entschädigenden weiter dezimiert hatten. Die Umweltschäden wurden nie behoben und bis dato kein Verantwortlicher verurteilt. 1985 kam es in der Sowjetunion zu einem Machtwechsel, Michail Gorbatschow hieß der neue Generalsekretär der KP, und Südafrika ließ zum ersten Mal Mischehen zwischen Schwarzen und Weißen zu. In Neuseeland versenkten französische Geheimdienstler die »Rainbow Warrior«, das Schiff, mit dem Greenpeace-Aktivisten gegen die Atomtests der »Grande Nation« auf dem Mururoa-Atoll protestieren wollten. Vor der italienischen Küste kidnappte ein Palästinenser-Terrorkommando das Kreuzfahrtschiff »Achille Lauro«. Zu tödlichen Bombenanschlägen kam es auch auf den Flughäfen Wien und Rom. Aus den Medien erfuhr Miriam vom Mord an der Amerikanerin Diane Fossey, die in Ruanda für den Schutz der Berggorillas und ihres Habitats gekämpft hatte.

Als Candace gerade fünf Monate alt war, flog der Atomreaktor von Tschernobyl in die Luft, die Nachrichtensender meldeten anfangs nur sehr zögerlich und banalisierten die Gefahren. Und ein Jahr später deregulierte Maggie Thatcher den Börsenplatz London. Mit dem »Financial Services Act«

wurde der elektronische Wertpapierhandel eingeführt – und
dem Wildwuchs an den Weltbörsen freie Bahn verschafft.
»Big Bang« hieß der Tag, auch wenn der wirklich große Knall
erst zweiundzwanzig Jahre später erfolgte – und vor allem die
Länder der Dritten Welt mit voller Wucht traf.

Candace kam zu Hause in der Colville Mews am 11. November 1985 um 23.59 Uhr zur Welt. Zumindest stand es so
in ihrer Geburtsurkunde. Eine Hebamme und drei Freundinnen aus der Nachbarschaft waren dabei gewesen. Und
beinahe auch Spencer, der nervöser war als alle Frauen zusammen. Seit dem Einsetzen der ersten Wehen war er pausenlos
in der Wohnung herumgelaufen, bis Miriam ihn bat, in der
Nachbarschaft ein paar Besorgungen zu machen. Als er zurückkam, roch sein Atem nach Bier und Whisky. Eine der
Freundinnen lotste ihn ein Stockwerk höher zu ihrem Mann.
Er wankte bedenklich, als er endlich gerufen wurde und das
Neugeborene mit ausgestreckten Armen hochhielt, worauf er
zum Schrecken aller das Gleichgewicht verlor und rückwärts
auf das Bett fiel. Über Miriams Schienbeine, die vor Schmerz
aufschrie. Doch er hielt Candace fest und betrachtete sie voller Glück, bevor er sie laut lachend der Mutter gab. Und
noch lauter lachend hatte er sich wieder zurückgelegt und
war auf der Stelle eingeschlafen. Eine Vergrößerung dieses
Schnappschusses hing über Miriams Schreibtisch und zierte
als Bildschirmschoner den Laptop, auf den sie starrte.

*

Es war zweiundzwanzig Uhr. Die Orte, die sie bisher aufgesucht hatte, versuchte sie zu meiden. Sollte sie Aurelio dennoch über den Weg laufen, würde er sie wohl kaum wieder-
erkennen. Gleich nach dem Gespräch mit Candace hatte sie
sich mit dem Färbemittel ans Werk gemacht und das Haar
glatt geföhnt. Sie hatte sich die Lippen geschminkt, was sie

sonst nie tat. Das Sommerkleid im selben Farbton sorgte für den Rest. Rot in Rot saß sie in diesem Raum, von dessen Decke rote Lampions baumelten, und kehrte Tresen und Tür den Rücken.

»Hier, Glücksbringer gegen das Finanzamt, gegen Monatsbeschwerden und böse Blicke.« Sie erkannte die Stimme hinter sich.

Alberto machte große Augen, als sie sich ihm schließlich zu erkennen gab, und grinste übers ganze Gesicht. »Was hast du denn gemacht? Wo warst du den ganzen Tag?«

Entgegen Rechtsanwalt Aiazzis Rat, in der Villa unter dem Leuchtturm zu bleiben, war sie in die Stadt hinuntergefahren, um Alberto zu suchen, der für gewöhnlich das ganze Zentrum abklapperte. Miriam war der einzige Gast im klimatisierten Saal eines China-Restaurants, während alle anderen die Terrasse an den Rive bevölkerten. Sie hatte gebratene Ente und Reis bestellt und hoffte, dass der fliegende Händler einfach irgendwann auftauchte.

»Setz dich. Was willst du trinken?«, fragte sie erleichtert, als er plötzlich neben ihr stand.

Alberto bestellte Ananassaft.

»Der Verfolger ist mir zu aufdringlich geworden. Deshalb.« Miriam zupfte an ihrem roten Haar und fragte schließlich auf Somali: »Hast du die Kamera dabei?«

Alberto schüttelte den Kopf. »Ich dachte schon, du wärst abgehauen, um dir die zweite Rate zu sparen. Da hab ich sie zu Hause gelassen. Ich gebe sie dir an einem Ort, der sicher ist. Morgen früh um sechs. Im Park von Schloss Miramare.«

»Im Park? Um sechs? Weshalb?«

»Ich wohne in der Nähe.«

»Dann komm ich zu dir.«

»Man soll uns nicht mehr zusammen sehen. Ich habe keine Lust, wegen dir meine Aufenthaltserlaubnis zu riskieren. Diese Leute haben zu viel Einfluss. Du kannst jederzeit nach London zurück und dein schönes Leben weiterführen, ich aber muss hierbleiben und Geld verdienen. Ich erkläre dir, wie du reinkommst.«

Alberto verschwand so plötzlich, wie er gekommen war, als der Kellner ihr Essen servierte. Dass das Gericht von einem Meister zubereitet worden war, konnte man nicht behaupten. Drei Löffel scharfer Soße putschten es etwas auf. Als sie sich umdrehte, um ein Bier zu bestellen, erschrak sie. Der Kerl am Tresen hatte gerade den obligatorischen Pflaumenschnaps abgesetzt und sich mit dem Handrücken über den Mund gewischt. Schnell wandte sie sich ab und stocherte mit den Stäbchen im Reis. Sie hörte, wie er sich verabschiedete und das Lokal verließ.

*

Die falsche Kommissarin wollte unbedingt zum Chinesen. In Triest! Aurelio mied diese Lokale, ihm waren die Asiaten nicht geheuer, missmutig beobachtete er, wie sie sich ausbreiteten. Seit Drehbeginn hatte er die deutsche Schauspielerin im Visier und es endlich geschafft, sie zu einem Abendessen zu überreden. Cornelia Katschek bestand auf chinesisches Essen. Auch am Prenzlauer Berg in Berlin bevorzuge sie die asiatischen Restaurants, die Gerichte seien schmackhaft und vor allem preiswert.

Die AFI hatte der Schauspielerin vor einer Woche ein neues Appartement besorgt und Aurelio ihr die Schlüssel übergeben und das Gepäck dorthin gebracht. Trotz der schönen Aussicht vom Balkon der alten Bleibe, wollte sie dringend der unmittelbaren Nachbarschaft des großen Direktors entkommen. Harald Bierchen hatte fast jede Nacht an ihrer Tür geklingelt. Obgleich sie ihm klar ins Gesicht gesagt hatte, was sie von ihm hielt, ließ er nicht von seinen Anträgen ab und versprach ihr eine goldene Zukunft im Fernsehfilm, wenn sie ihm nur ein bisschen entgegenkommen würde. Zuletzt war sie auf Zehenspitzen in ihr Appartement geschlichen.

Aurelio hatte Gefallen an der vierunddreißigjährigen Schauspielerin gefunden, deren erste Hauptrolle es war, für die man sie allerdings erst in letzter Minute engagiert hatte, da die vorgesehene Hauptakteurin sich kurz vor Drehbeginn das Bein gebrochen hatte. Der Markt war wegen der Wirtschaftskrise hart umkämpft, viele ihrer Kollegen waren ohne Job oder verdingten sich für lausiges Geld. So wie Cornelia Katschek, deren Gage gerade mal ein Drittel ihres namhaften Kollegen ausmachte, der den Staatsanwalt spielte. Und das trotz Koproduktion. Ihr pechschwarzes Haar habe letztlich den Ausschlag gegeben und ihr »italienisches Aussehen«, wie es die Fernsehleute nannten.

Den Vertrag hatte sie unterschrieben, ohne das Drehbuch gelesen zu haben, und begann sofort, sich den Text einzuhämmern, wofür ihr gerade eine Woche Zeit blieb. Das letzte Engagement lag schon über ein Jahr zurück, und sie befürchtete, mit jedem weiteren Tag, der verstrich, jeder weiteren Absage, die sie kassierte, endgültig durch das Raster zu fallen. Um sich über Wasser zu halten, hatte sie zuletzt billige Werbefilmchen gedreht, in einer Kreuzberger Theaterinitiative mitgewirkt und in der Kneipe einer Freundin gekellnert.

Aurelio hatte die Schauspielerin zufällig an der Stazione Rogers getroffen, nachdem er mit der Büroarbeit durch war. Der Nachmittag war für ihn günstig gewesen, Lele war mit der »Greta Garbo« ausgelaufen, und Aurelio hatte freie Hand. In aller Seelenruhe lud er den Adressfile der Luxuskunden vom System herunter und informierte jeden einzelnen von Raccaros Kunden per Mail darüber, dass ein Sonderposten Rohkaffee der exklusiven Sorten »Kopi Luwak«, »Jamaika Blue Mountain«, »Tansania Peaberry« und »Hawaii Captain

Cook« eingetroffen sei. Eilige Bestellungen würden gegen Vorkasse ausgeführt, vakuumverpackt in Zwei- oder Fünf-Kilo-Packungen, solange der Vorrat reichte. Aurelio hatte den Coup seit langem vorbereitet. Er war darauf gekommen, als Lele ihn wieder einmal zu Zadar geschickt hatte, um bestellte Ware abzuholen und versandfertig zu machen. Die Adressen standen bereit, der Rohkaffee wartete geradezu darauf, entführt zu werden. Ein Bankkonto hatte er in Koper bei der Filiale eines Kärntner Kreditinstituts, nachdem er von einem Freund den Mantel einer nie tätig gewordenen Firma »Kras in Morje d.o.o.« erstanden hatte – Karst und Meer GmbH. Nichts konnte auf ihn zurückfallen. Und niemand würde sich auf die Suche machen, wenn er die Bestellungen in den nächsten Tagen ordnungsgemäß ausführte. Die ersten Antworten trafen bereits nach einer Stunde ein. Ein lukratives Geschäft bahnte sich an, mit dem er gut und gern das Doppelte von dem verdienen könnte, was Jeanette ihm für die Fotos schuldete.

Der Einbruch in die Geschäftsräume des Rohkaffee-Importeurs war ein Kinderspiel gewesen, der Abtransport schon schwieriger. Tag und Uhrzeit hatte er genau berechnet. Bei Ebbe passte das Beiboot der »Greta Garbo« knapp unter dem niedrigen »Ponte Verde« durch, der Brücke, die den Canal Grande vom offenen Meer trennte. Zweimal war er von Zadars Geschäftsräumen mit dem Aufzug hinuntergefahren und hatte kurz vor Morgengrauen das Boot beladen. Die Stadt schlief tief, kein Mensch war zu dieser Zeit auf der Straße. Die Aktion dauerte keine halbe Stunde, im kleinen Sporthafen von Grignano lagerte er die Ware im Zweimaster zwischen und transportierte sie nach und nach in seine Wohnung, wo er die Fässer und Säcke im Fitnessraum deponierte. Eine Küchenwaage, Einschweißgerät, adrette Plastikbehälter aus einem Geschäft für Haushaltswaren, die er mit sachlichen, selbstentworfenen Etiketten versah, sowie ordentliche

Versandkartons waren alles, was es brauchte, um den Deal
perfekt zu machen. Fleißarbeit. Sollten genügend Bestellungen eintreffen, hätte er die nächsten Tage ausreichend Zeit,
sie zu verarbeiten. Nach vier Stunden Schreibtischarbeit allerdings war es an der Zeit für den Aperitif.

Mutterseelenallein hatte die Schauspielerin auf einer der
Paletten vor dem Lokal gesessen und traurig aufs Meer hin-
ausgeschaut. Aurelio begrüßte sie überschwänglich, und sie
schien sich über ein bekanntes Gesicht zu freuen. Er spendierte ihr einen Drink, einen Negroni, dessen Alkoholgehalt
sie rasch spüren sollte. Ein paar Meter weiter flirtete der stadt-
bekannte Skipper wieder einmal mit der hübschen blonden
Frau vom Auktionshaus. Seit ein paar Tagen gehörten auch
sie zum Stammpublikum der Stazione Rogers.

Cornelia Katschek war der junge Mann mit dem roten Klunker um den Hals nicht sonderlich sympathisch. Doch er
hörte ihr aufmerksam zu und stellte einfühlsame Fragen, als
sie schon leicht beschwipst ihr Leid über die chaotischen
Dreharbeiten klagte und sich über Harald Bierchen empörte.
Aurelio hatte sie eingeladen. Ein Flirt aber war das letzte,
worauf sie Lust hatte, für eine Affäre war sie viel zu müde.
Frank und frei teilte sie ihm dies mit, kaum dass sie auf der
Terrasse neben der stark befahrenen Uferstraße Platz genommen und ihr Essen bestellt hatten. Doch ihre, wie sie fand,
klaren Worte schienen Aurelio geradezu aufzufordern. Er bestellte ein Tsingtao-Bier nach dem anderen und goss nach,
sobald sie einen Schluck von ihrem Glas genommen hatte. Er
machte ihr Komplimente, strich sanft die schwarzen Locken
aus ihrer Stirn und beschwor sie, nach dem Dreh einfach in
Triest zu bleiben. Am Meer und in der Wärme, die ihr in
Berlin sicher fehlten. Er lud sie zu einem Ausflug mit seiner
Yacht ein, einem Zweimaster aus den dreißiger Jahren. In ein
paar Tagen schon, sobald er einen dringenden Auftrag erle-

digt und sie Drehpause hätte. Ein romantisches Bad im offenen Meer, ein Abendessen mit Foie gras und Champagner auf der Yacht, die Wellen, die gegen den Bug plätscherten. Doch Cornelia Katschek blieb standhaft. Ständig schob sie seine Hand zurück, während sie geschickt mit den Stäbchen das Essen zum Mund führte. Aurelio biss auf Granit und verstummte zunehmend. Sein Blick verengte sich, allmählich begann er, die Einladung zu bereuen.

Gegen dreiundzwanzig Uhr schaute er immer öfter auf seine Armbanduhr, und als der schwarze Straßenverkäufer seine Talismane anpries, fuhr er ihn schnöde an, seinen Schund doch an die Neger in Afrika zu verkloppen. Der Mann zog wortlos und aufrechten Hauptes weiter, als gehörten solche Demütigungen zu seinem Tagesgeschäft, und verschwand im Lokal. Aurelio erhob sich, um die Rechnung am Tresen zu begleichen. Er habe noch andere Verpflichtungen, murmelte er.

Die Chinesin an der Kasse schenkte ihm einen süßen Pflaumenlikör ein, bevor sie die Rechnung herausließ. Der Schwarze saß inzwischen mit einer Rothaarigen, die Aurelio den Rücken zuwandte, an einem Tisch. Hätte der Mann im dunkelblauen Kaftan sie nicht Miriam genannt, wäre sie Aurelio nicht weiter aufgefallen. Er horchte auf und trat hinter einen Raumteiler, von wo er sie unauffällig beobachten konnte. Kein Zweifel, die Schleichkatze! Sie war nicht abgeflogen. Allmählich begann er zu begreifen. Als er sie auf ihren Streifzügen durch die Cafés verfolgt hatte, war er auch immer wieder dem Straßenverkäufer über den Weg gelaufen. Der Kerl hatte ihn also gesehen, und sie hatte ein Spiel mit ihm getrieben und ihn aufs übelste ausgetrickst. Zu allem Überfluss hatte er Lele auch noch selbstzufrieden versichert, dass die Journalistin endlich den Rückzug angetreten habe und er beruhigt zur Tagesordnung zurückkehren konnte. Das würde der Alte ihn spüren lassen. Was konnte er denn zu seiner Rechtfertigung vorbringen, und was zum Teufel hatte die Schleichkatze vor? Und die feuerrot gefärbten Haare waren doch nicht etwa ein Versuch der Tarnung?

Er hörte deutlich Albertos Worte: Morgen früh sollte sie sich um sechs Uhr im Park von Schloss Miramare einfinden und den zweiten Teil des vereinbarten Betrags mitbringen. Der Straßenverkäufer erhob sich, als Miriams Essen serviert wurde, nochmals ermahnte er sie, am anderen Morgen pünktlich zum vereinbarten Treffpunkt zu kommen.

Nachdem Alberto das Lokal verlassen hatte, trank Aurelio den Schnaps in einem Zug aus, bezahlte und verließ das Lokal, vor dem er die Schauspielerin kühl verabschiedete. Sie möge doch ein Taxi nehmen, nach dem vielen Bier könne er sie nicht mehr nach Hause fahren. Grußlos ließ er sie stehen und verschwand auf der dunklen Piazza Venezia. Er musste dem Spiel jetzt definitiv ein Ende setzen.

*

Es war kurz vor halb vier, als Miriam müde den Laptop zuklappte. Die zwei Stunden Schlaf, die ihr jetzt noch blieben, würde sie dringend brauchen, denn schon um sechs Uhr sollte sie Alberto bei Schloss Miramare treffen. Die Stelle, an der sie durch den Gitterzaun des Schlossparks schlüpfen konnte, hatte er ihr genau beschrieben. Sein Unterschlupf würde sich in einem Gartenhaus in der Nähe des schmucken kaiserlichen Bahnhofs befinden, doch wollte er ihn auf keinen Fall preisgeben. Miriam vermutete, dass er sie mit anderen Männern teilte, die wie er ihr Geld mit dem Verkauf von Feuerzeugen, Sonnenbrillen, Armreifen und anderem Kram zu verdienen suchten und an das verbliebene Mitgefühl der Leute appellierten, das der Angstmacherei dumpfpopulistischer Politiker noch widerstand.

Unruhig wälzte sie sich hin und her. Immer wieder schob sich der rote Stein ins Bild, der an der Goldkette um den Hals ihres Verfolgers baumelte. Ausgerechnet in einem China-Restaurant musste der Kerl sie entdecken. Ein Lottogewinn wäre wahrscheinlicher gewesen. Als sie das Lokal verlassen hatte, sah sie ihn sofort. Auf der anderen Straßenseite lehnte er im Dunkeln an einem Baum. Schnurstracks ging sie auf ihn zu und sie wollte ihn stellen. Sofort. Doch er verdrückte sich flugs in eine unbelebte Gasse, wohin sie ihm zu folgen sich nicht traute. Kaum aber hatte sie die Piazza Venezia überquert und war vor dem Museo Revoltella in die menschenleere Via Diaz eingebogen, spürte sie, dass er wieder in der Nähe war. So schnell wie möglich musste sie die Cavana erreichen, wo sich die Menschen vor den Bars vergnügten.

War sie ihrem Verfolger wirklich entkommen? Hatte sie ihn tatsächlich abgehängt? Was zum Teufel beabsichtigte er? War dieser Aurelio ein Psychopath, der sich an ihrer Angst ergötzte?

Konnte sie eigentlich der Inspektorin vertrauen, die ihre Anzeige aufgenommen hatte? Besonders bemüht hatte sie nicht gewirkt. Am nächsten Tag sollte Miriam sich die Fotos einschlägig Vorbestrafter ansehen, das war alles, was sie ihr angeboten hatte. Zur gleichen Zeit wollte Miriam ihre Tochter am Flughafen abholen, dann wäre sie in Triest zumindest nicht mehr allein. Oder sollte sie aufgeben, wie die beiden Anwälte ihr geraten hatten, ihnen die Sache überlassen und mit Candace wegfahren, sobald sie die Kamera hatte und bei der Polizei gewesen war? Weg aus dieser Stadt des Kaffees und der Verrückten?

Miriam ging in die spartanisch ausgestattete Küche. Vergebens durchwühlte sie die Schubladen nach einem geschliffenen Messer. So exklusiv diese Wohnung auch war, ihre Inhaber gingen zum Essen vermutlich grundsätzlich aus. Sie würde es wagen müssen, ohne Waffe in den Park zu gehen. Immerhin war sie eine gute Läuferin und von guter Konstitution. Sie setzte Kaffee auf und duschte lange.

Gott schuf also den Menschen als sein Abbild;
als Mann und Frau schuf er sie

»So schlimm ist der Schaden auch wieder nicht, Laura. Wir bringen die Karre am Montag in die Werkstatt. Das zahlt die Versicherung«, sagte Proteo Laurenti und warf mit Schwung den armdicken Ast ins Gebüsch, mit dem er den rechten Kotflügel des neuen Alfa Mito aufgebogen hatte, bis das Vorderrad wieder frei war. Der Scheinwerfer war eingedrückt, der Wagen schielte nun ein bisschen. »Damit fahren kannst du wieder, aber verrat mir wenigstens, seit wann du am Abschussprogramm der Wildschweine teilnimmst. Zahlen sie dir eine Prämie?«

Die Waldhüter, die er vom Auto aus verständigt hatte, luden das Wildschwein auf den Landrover, nachdem sie dem verletzten Tier, das sich vergeblich aufzurappeln versuchte, mit der Remington den Gnadenschuss gegeben hatten. Laurenti fragte sich, ob der jüngere der beiden Beamten, der sich besonders bemühte, vielleicht Patrizias ominöser Liebhaber war.

Laura hatte ihn völlig verstört angerufen und von ihrem Unfall bei Contovello berichtet, wo sie zuvor in der Osmizza mit dem atemberaubenden Blick auf Stadt und Meer mit ihren Freundinnen die letzten Details des Segeltörns besprochen habe, zu dem sie am nächsten Tag um die Mittagszeit gemeinsam aufbrechen würden.

»Fahr vorsichtig, Schatz«, nuschelte Laurenti und stieg in seinen Wagen. »Du hast zu viel getrunken. Bleib dicht hinter mir, dann kann dir nichts passieren.«

Nachdem er Gemma erklärt hatte, dass er zwar dem Stau auf der Autobahn entkommen wäre, es aber für ein Treffen zu spät sei, hatte Laura ihm mitgeteilt, dass sie wieder nicht zum

Abendessen nach Hause kommen würde. Sie hatte weitere
Bilder aus einer privaten Sammlung begutachten müssen, danach würde sie von ihren Freundinnen erwartet. Seine Schwiegermutter würde das Essen aber auch an diesem Abend für
ihn zubereiten.

Proteo Laurenti war daraufhin direkt nach Santa Croce
ins Pettirosso gefahren, wo ihn seine Freunde fröhlich begrüßt hatten. Sie saßen vor dem Lokal an einem langen, ton-
nenschweren Tisch aus dem grauen Stein des Karsts, an dem
schon viele Generationen trinkfester Männer aus dem male-
rischen Dorf über dem Meer, einen Liter des naturreinen offenen Weißweins nach dem anderen geleert hatten. Der Wein,
der entlang der von der Sonne verwöhnten Steilküste ange-
baut wurde, war für sie ein lebensverlängerndes Elixier, dem
sie umso mehr zusprachen, je öfter ihre Ehefrauen sie zur
Mäßigung mahnten.

Im Sommer ließen die Freunde keine Gelegenheit verstrei-
chen. Nur Proteo Laurenti hatte in letzter Zeit gefehlt, und
sogleich wurde er neugierig nach dem Wahrheitsgehalt der
Zeitungsmeldung über diese englische Politikerin befragt, die
in Grado den Urlaub voll ausgekostet habe. Laurenti winkte
nur ab und machte sich über die panierten Sardellen und frit-
tierten Calamari her, damit der Wein seine Wirkung nicht
allzu schnell zeigte.

Als Laura ihren Mann anrief und von der Kollision mit
dem Wildschwein berichtete, verabschiedete er sich nur widerwillig von dem ausgelassenen Kreis.

»Du riskierst deinen Führerschein, Commissario!«, rief einer seiner Freunde, und alle lachten. Laurenti aber stellte das
Blaulicht aufs Dach und gab Gas.

Urgroßmutter Camilla war schlecht gelaunt gewesen, als
Laura und Proteo kurz vor Mitternacht nach Hause kamen.
Sie hatten den viel zu laut gestellten Fernseher bereits ver-

nommen, bevor sie die Tür öffneten. Die Alte saß, die Wiege mit dem schlafenden Säugling neben sich, auf dem Sofa und schaute eine Talkshow, in der sorgsam ausgewählte Gäste die Arbeit der Regierung beurteilten und dem Premier letztlich ein gutes Zeugnis ausstellten. Auch er habe ein Recht auf Privatleben, seine Affären hätten auf seine Verantwortung als Staatsmann schließlich keinen Einfluss. Der einzige, der das Land aus der Krise führen könne. Ein Retter. Ein Erlöser.

»Alle lassen mich mit der kleinen Barbara hier allein. Nicht die geringste Ansprache habe ich«, beschwerte sich Lauras Mutter bitter. »Wenn ich das gewusst hätte, wäre ich in San Daniele geblieben. Das ist die reinste Sklaverei. Ich putze den ganzen Tag, mache den Haushalt, kümmere mich um das Baby, weil Patrizia jetzt auch am Abend mit diesem Lüstling loszieht. Und für deinen Mann koche ich auch, Laura, weil du angeblich in Arbeit versinkst. Ich habe es ja immer schon gesagt, die Leute, die am Meer leben, haben keine Moral. Und die Männer trinken zu viel.«

»Geh bitte zu Bett, Mamma«, sagte Laura. »Du musst sehr müde sein, nach allem, was du für uns tust. Ich kümmere mich um die kleine Barbara. Und über den Rest reden wir morgen.«

Laurenti hatte die beiden allein gelassen, in der Küche für Laura und sich noch Wein eingeschenkt und die Gläser auf die Terrasse hinausgetragen. Das Baby schlief, und Patrizia würde sicher rasch zurückkehren. Sie war bestimmt nur auf einen Sprung nach Barcola ins La Voce della Luna gegangen, das jetzt wieder eröffnet hatte und wo auch Laurenti beizeiten gerne haltmachte. Eine feine Bar, romantisch am Meer gelegen, mit bester Musik.

»Mütter und Töchter«, sagte er, nachdem die alte Dame sich grußlos zurückgezogen und Laura den Fernseher abgestellt und die Wiege auf die Terrasse geschoben hatte. »Wie sieht es mit deinem Ausflug aus?«

»Wir laufen morgen gegen Mittag aus. Ich freue mich riesig, ich habe schon so lange keinen Törn mehr gemacht. Du bist ja kaum auf ein Boot zu bringen.«

»Und wohin geht's?«

»Mal sehen, wie weit wir kommen«, sagte Laura. »Hängt vom Wind ab. Nach Süden halt.«

»Wie heißt der Kahn eigentlich?«

»›Amor II‹. Eine Grand Soleil, fünfzig Fuß. Zwei Bäder an Bord, eine Küche, in der es an nichts mangelt, und massenhaft Platz. Jede von uns hat eine eigene Doppelkabine. Wenn ich am Mittwoch keinen Termin hätte, würde ich am liebsten die ganze Woche draußen bleiben.«

»Da könnt ihr ja noch Passagiere aufnehmen.«

»Das würde dir so passen, mein Lieber.« Da war wieder ihr fröhliches, glockenhelles Lachen, in das er sich vor fast dreißig Jahren Hals über Kopf verliebt hatte. Eine wunderbare Frau.

»Wer ist der Skipper?«

»Mariantonietta natürlich.«

»Wer?«

»Aber ich hab dir doch von ihr erzählt, Schatz!«

»Na, hoffentlich behält sie den Kopf auf den Schultern. Weiter südlich sind Gewitter angesagt«, behauptete er.

Natürlich hatte Laurenti keinen Blick auf den Wetterbericht geworfen. Von Mariantonietta hatte Laura bisher noch nie erzählt.

»Mach dir keine Sorgen, sie ist sehr erfahren. Sie hat mehrere Atlantiküberquerungen hinter sich.«

»Habt ihr nicht zufällig noch einen Platz frei?«

»Du kannst es einfach nicht lassen, Proteo. Platz gibt's genug, aber wir Frauen wollen endlich einmal unter uns sein.«

Als wäre Laura dies nicht auch daheim, Marco und er waren in diesem vor Weiblichkeit strotzenden Haushalt eine belanglose Minderheit.

»Wer kocht?«

»Wir sind bestens versorgt. Ach, Marco wird übrigens am Sonntag dich und seine Schwestern bekochen. Er hat frei, und Mamma kann sich endlich einmal erholen. Dann ist sie auch wieder zufriedener. Marco fährt schon seit Tagen mit dem Ruderboot zum Fischen hinaus. Allerdings weiß ich nicht, ob er was gefangen hat.«

Laurenti gefiel der Gedanke, dass sein Sohn das Mittagessen zubereiten und damit Abwechslung in den Speiseplan der Familie bringen würde. Die Kochkünste seiner Schwiegermutter waren zwar nicht schlecht, doch wiederholten sich ihre Rezepte immer öfter.

»Und falls wir beim Auslaufen an dem Haus vorbeikommen, ruf ich an und winke dir zu«, flötete Laura.

»Ich wollte morgen ohnehin runter an den Strand.«

»Ich glaube, Patrizia wird dort sein. Mit einem Freund«, warf Laura blitzschnell ein.

»Was heißt das jetzt? Bin ich zu Hause nicht mehr erwünscht?«

»Ich wollte nur, dass du Bescheid weißt. Sie ist im Moment leicht irritierbar und hat mit ihm in aller Ruhe etwas zu besprechen.«

Bedeutete das wieder einmal, dass Laura längst über die Eskapaden ihrer Tochter im Bild war, während Laurenti erst vorletzte Nacht rein zufällig davon erfahren hatte? Und nur weil es der alten Camilla gegen den Strich ging. Wollte Laura etwa sagen, er möge Patrizia nicht stören, während sie dem frischgebackenen Vater ihrer Tochter Hörner aufsetzte? Armer Seemann.

»Ist die Geschichte mit dem Neuen eigentlich ernst?«, fragte er unvermittelt.

»Welcher Neue?«, fragte Laura mit großen Augen.

»Patrizias Affäre. Dieser Typ von der Entbindungsstation.«

»Ich weiß es nicht, Proteo.« Sie atmete auf und nahm rasch

einen großen Schluck Wein. »Sag schon, wer es dir erzählt hat.«

»Die Welt ist voller Spitzel. Vergiss nicht, welchen Beruf ich habe.«

»Wir werden sehen, was passiert, wenn Gigi zurückkommt. Sie haben vereinbart, dass er die zwei Monate Urlaub bei uns verbringt. Und Patrizia hat auch davon geredet, dass sie vielleicht zusammen mit der Kleinen ein paar Tage wegfahren. Gigi will in die Berge.«

»In die Berge«, raunzte Laurenti. »Im Sommer in die Berge!«

»Auf See ist er schließlich die ganze Zeit. Also ich finde es prima, Patrizia muss sich erst wieder an ihn gewöhnen.«

»Hast du dich eigentlich schon einmal gefragt, Laura, ob Gigi wirklich Barbaras Vater ist?«

»Wie bitte?«

»Barbara hat zwar das Haar ihrer Mutter, aber sie hat blaue Augen! Patrizia hat leuchtend grüne wie du, meine sind fast schwarz. Niemand in unserer Verwandtschaft hat blaue Augen! Und die von Gigi sind auch braun.«

»Ach, Proteo.« Laura lächelte milde. »Erinnerst du dich gar nicht mehr an deine Kinder? Die wahre Farbe bildet sich doch erst in den nächsten Monaten aus. Hab Vertrauen.«

Morgens im Park

Seit drei Stunden war er bereits auf den Beinen. Er brauchte endlich seinen Espresso. Es würde ein langer Tag werden. Nicht einmal zum Duschen war er gekommen, nachdem der Hilferuf ihn kurz nach sechs aus dem Schlaf gerissen hatte.

Und um halb zehn, als er den Schauplatz den Kriminaltechnikern und der übernächtigten Pina Cardareto überlassen hatte, war er von Miramare die paar Kilometer nach Hause gefahren, um das Auto gegen die Vespa zu tauschen. An einem heißen Sommerwochenende gab es kaum ein Durchkommen am Lungomare von Barcola. Schon früh am Samstagmorgen trödelten die Badegäste in ihren Autos die Straße entlang und hofften auf einen freien Parkplatz – wenn möglich direkt neben dem Liegestuhl. Nur auf zwei Rädern konnte man dem entnervenden Stop-and-go entkommen und sich vorbeischlängeln.

Mit der Zeitung wedelnd stürmte ihm Walter entgegen, als Laurenti vor der Malabar die rote Vespa aufbockte. Der Wirt lachte schadenfroh und breitete das Blatt auf dem Sattel des Rollers aus.

»Schau dir diese beiden Artikel an, Commissario. Einer besser als der andere.« Er blätterte hastig zum Polizeibericht und las vor.

Von der Pizza gerettet. Die Wildschweine sind unter uns. Noch war die Sonne nicht untergegangen und noch war nichts von den Mächten der Finsternis zu sehen, als es plötzlich im Gebüsch knackte und ein riesiges Tier auf das Paar zustürmte, das soeben an einem Stand ein Stück Pizza erstanden hatte. Hatte etwa eine esoterische Schwingung diese Begegnung ausgelöst? Im Sommer werden hier keltische Feste gefeiert und New-Age-Riten zelebriert. Nein, das Wildschwein wollte Pizza. Nur ein beherz-

ter Sprung auf einen Holztisch rettete die beiden Verliebten, während das gierige Tier nicht von ihnen abließ. Erst als sie die Pizza mit Schweinswürstel opferten, gelang ihnen die Flucht zur nahen Straße, auf der sie der Bestie nur knapp entkamen. Sie wollte mehr.

»Es kommt noch besser.« Walter amüsierte sich köstlich und riss Laurenti aus seinen düsteren Gedanken.

»Mach mir bitte erst einen Kaffee«, bat er, doch der Wirt ließ nicht locker.

»Gleich«, sagte er und blätterte zwei Seiten weiter. »Heute ist ein wahrer Glückstag, Proteo. Unsere Freunde waren mordsmäßig in Form.« Walter zeigte auf den nächsten Artikel, der ebenfalls groß aufgemacht war. »Wie schade, dass dies nicht dein Einsatz war.« Er überließ ihm das Blatt und machte sich endlich an der Kaffeemaschine zu schaffen.

Orgie im Altersheim. Nachbarn beschweren sich über anschwellenden Lärmpegel. »Seit zwei Wochen geht das so«, seufzte der übernächtigte Giovanni D., 48. »Erst gestern nahm man unsere Beschwerden endlich ernst. Ich bin nun wirklich kein Denunziant.« Der blasse Angestellte trug dunkle Ringe um die Augen, und seine Ehefrau, Silvana F., 46, klagt über anhaltendes Kopfweh. »Sex ist ja an sich nichts Schlimmes«, sagte sie gähnend. »Doch diese spitzen Schreie rauben uns den Schlaf. Wir müssen früh zur Arbeit, diese Rentner sind rücksichtslos. Warum treiben sie es nicht tagsüber oder schließen wenigstens die Fenster? Schon die Vorstellung von dem, was dort abgeht, ist eine Belastung.« Ihr Mann nickte bestätigend. Auch Nachbarn bezeugten, dass seit Beginn der warmen Jahreszeit tatsächlich »seltsame Geräusche« aus dem Altersheim zu vernehmen waren, die sie allerdings anders interpretierten. Ihrer Meinung nach spielten die lebensfrohen Senioren Karten. Von den Bewohnern des betroffenen Hauses selbst wollte sich niemand zu dem Vorfall äußern. Nur eine weißhaarige Dame empörte sich über die Unterstellungen: »Immer sind wir Alten schuld«, sagte sie. Die verzweifelten jun-

*gen Leute nebenan fanden ihre Nachtruhe erst dank dem Einsatz
der Streifenbeamten.*

Walter und Proteo liebten die Provinzpresse wegen ihrer
Originalität, die sie überall von den großen Blättern unterschied. Triest galt in Italien als die Stadt mit der höchsten Le-
bensqualität. Neben der geringen Kleinkriminalität und den
hohen Spareinlagen war offensichtlich auch die Vitalität der
Pensionäre ein Kriterium, die ein überdurchschnittlich hohes
Alter am nördlichen Ufer der Adria erreichten. Hatten die
Bewohner des Altenheims sich etwa von den Eskapaden des
kaum jüngeren Premiers anstiften lassen? Das positive Beispiel dieses Mannes wurde einfach maßlos unterschätzt.

»Sie haben Alberto zusammengeschlagen«, beendete Laurenti endlich die ausgelassene Stimmung.

»Was?«, fragte Walter entsetzt.

»Es steht ziemlich schlecht um ihn. Im Moment wird er
operiert. Ich hoffe nur, er kommt durch. Drei Kerle dieser
selbsternannten Bürgerwehr behaupten, sie hätten ihn bei einem Vergewaltigungsversuch erwischt.«

»Unmöglich.«

»Wir werden jeden einzeln durch die Mangel drehen. Verlass dich drauf.«

Mit Blaulicht und Sirene war er zum Schloss Miramare gerast
und hatte während der Fahrt den Rettungsdienst und das
Präsidium verständigt. Erst vor dem massiven Torbogen zum
Park verlangsamte er die Fahrt, um gleich wieder das Gaspe-
dal durchzudrücken, kaum dass er ihn passiert hatte. Nur ein
paar Zentimeter fehlten, und er hätte vor dem Hauptportal
des weißen Schlosses den Wagen in den Brunnenteich gesetzt, weil er hart abbremsen musste, um die Tische des Catering der Filmproduktion nicht über den Haufen zu fahren.
Drei Leute rannten auf ihn zu und fuchtelten aufgeregt mit
den Armen.

»Pscht!«, rief ein junger Mann und legte den Finger auf die Lippen, als er Laurenti erreicht hatte. »Wir drehen einen Film. Silenzio!« Mehr Italienisch beherrschte er offensichtlich nicht.

Die Reifen knirschten im Kies, als Laurenti wieder anfuhr, doch plötzlich sprang ihm eine junge Frau in den Weg, und er brachte den Wagen gerade noch rechtzeitig zum Stehen.

»Halt, Papà! Warte. Du kannst da nicht durch!«

»Livia, spinnst du? Um ein Haar hätte ich dich überfahren. Was geht hier vor?«

»Wir drehen dort hinten.«

»Und weshalb, glaubst du wohl, fahre ich mit Blaulicht und Sirene? In welchem Film bin ich eigentlich? Sag mir lieber, wo die Statue von Amedeo d'Aosta steht«, schimpfte Laurenti, schlug mit der Hand aufs Lenkrad und gab Gas.

Lange hatte er den Park nicht mehr besucht, nur vage erinnerte er sich an den Standort der Statue. Hinter der ersten Kurve blockierte ein Streifenwagen mit aufgerissenen Türen den Weg, und zwei Schauspieler gingen mit hängenden Schultern darauf zu. Auch die Filmkommissarin trat, gefolgt von zwei Gangstern mit dunklen Brillen, aus einem Gebüsch. Das ganze Team starrte auf Laurentis Alfa Romeo, dessen Räder eine tiefe Spur in ein sorgsam angelegtes Blumenbeet frästen.

Einige hundert Meter weiter hatte er im nördlichen Teil des Parks endlich die Skulptur auf dem Marmorsockel ausfindig gemacht. Unter dem starren Blick des bronzenen ehemaligen Vizekönigs von Äthiopien stieg er aus und zog die Waffe. Er musste nicht lange suchen. Drei grobschlächtige Männer in phosphorgelben Jacken mit der Aufschrift »Volontari della Sicurezza« beobachteten skeptisch jeden seiner Schritte.

»Wo ist er?«, fragte Laurenti, steckte die Beretta ins Holster und hielt ihnen den Dienstausweis vor die Nase.

»Wer hat Sie verständigt?«, fragte der Boss der kleinen

Gruppe. Er hatte einen kahlgeschorenen knallroten Bullenkopf mit einem blonden Schnauzbart, dessen Spitzen bis ans
Kinn hingen. Gemächlich zeigte er mit dem Daumen hinter
sich, machte aber kaum Anstalten, aus dem Weg zu gehen.
Ein Blutfleck prangte an seinem Ärmel.

»Die Fragen stelle ich«, sagte Laurenti. Er vernahm Sirenengeheul, das sich rasch näherte, als er sich zu Alberto hin-
abbückte, der röchelnd auf dem Bauch lag. In seiner linken
Hand hielt er das Mobiltelefon, mit dem er um Hilfe gerufen
hatte, unter seiner Brust versteckt.

»Kannst du sprechen?«

»Sieh nach der anderen.« Albertos Worte waren kaum zu
verstehen.

Fünf Meter weiter lag eine Frau mit rotem Kurzhaarschnitt und einem roten Kleid, das ihr bis zur Hüfte hochge-
rutscht war, ihre blutverschmierte Hand lag auf ihrem Hals.
Das Sirenengeheul von Notarzt- und Krankenwagen näherte
sich und verstummte auf einen Schlag.

»Fordern Sie noch eine Ambulanz an!«, befahl Laurenti einem der Sanitäter, während sein Kollege sich über Alberto
beugte und der Notarzt mit dem Finger nach der Halsschlag-
ader der Frau tastete. Blutverschmiert zog er ihn zurück und
gab lautstark Anweisungen.

Laurenti rannte zu seinem Wagen und kam mit Latexhandschuhen und einem Plastikbeutel zurück. Er öffnete die
zur Faust geballte rechte Hand der Frau und entnahm ihr mit
spitzen Fingern ein dünnes Büschel Haare. Dann überließ er
sie dem Arzt.

»Wir gehen, Jungs«, sagte der Bullenkopf.

»Sie bleiben ganz artig hier!« Laurenti wandte sich wie vom
Blitz getroffen um. »Ihre Papiere, bitte.«

»Wir haben nur unsere Pflicht getan«, trotzte der Anführer
und klopfte seinen beiden Männern auf den Rücken.

»Darüber entscheiden wir später.«

»Das Schwein hat versucht, die Frau zu vergewaltigen. Das haben wir ihm vermasselt.«

»Ihre Ausweise, bitte.«

Widerwillig kramten sie ihre Dokumente hervor. Der Commissario blieb nicht lange mit ihnen allein, zwei weitere Streifenwagen näherten sich.

»Sperrt das Gelände im großen Umkreis ab und nehmt dem Bullenkopf die Jacke ab. Er hat Blut am Ärmel. Untersucht auch die anderen«, befahl er den Uniformierten, »und dann bringt ihr die Männer in die Questura. Einzeln. Kein Kontakt zwischen ihnen.«

Er warf einen Blick auf die Uhr. Es war zwanzig vor sieben, als der erste Krankenwagen vor der Skulptur des Amedeo Duca d'Aosta wendete und sich auf den Weg zur Universitätsklinik machte. Auch Alberto wurde noch am Tatort versorgt und abtransportiert. Sein Kaftan war blutverschmiert, die Wollmütze lag einen Meter entfernt. Zum ersten Mal, seit er den fliegenden Händler kannte, sah Laurenti seinen kahlen Kopf.

*

Der Kaffee, den sie in der Mokka aufgesetzt hatte, war ungenießbar. Miriam begnügte sich mit einem Glas Wasser und rief ein Taxi. Das Haus verließ sie erst, als der Wagen in der noch zarten Morgensonne vor der Tür stand. Immer wieder schaute sie sich während der Fahrt zum Hauptbahnhof um. Um 5.02 Uhr bestieg sie den Regionalzug, den Schichtarbeiter der großen Werft in Monfalcone nutzten, und stieg als einzige gleich in Sistiana-Visogliano wieder aus. Sie wechselte den Bahnsteig und musste eine halbe Stunde warten, bis der nächste Zug zurück nach Triest einfuhr. Jetzt war sie allein in dem Waggon. Kurz vor sechs stieg sie am kleinen, schmuck renovierten ehemaligen kaiserlichen Bahnhof beim

Schloss Miramare aus. Wieder schaute sie sich um, munteres Vogelgezwitscher war das einzige vernehmbare Geräusch, nachdem der Zug in der Ferne verschwunden war. Sie ging durch die Unterführung und stand nach wenigen Metern vor dem verschlossenen nördlichen Tor des Schlossparks. So wie Alberto es beschrieben hatte, ging sie etwa hundert Schritte rechts am Zaun vorbei bis zu einer Stelle, wo man sie von der Straße aus nicht sehen konnte. Rasch fand sie den losen Gitterstab und stieg durch die schmale Öffnung in den Park, den sein Begründer mit exotischen Pflanzen hatte bestücken lassen. Obwohl sie sich sicher fühlte, vermied sie die Kieswege, auf denen man ihre Schritte hören konnte. Weit unten am Meer ragte der Turm des weißen Schlosses über die Wipfel der alten Bäume, auf dem die Trikolore sanft im Wind wehte. Sie kam an einem sumpfigen Weiher vorbei, auf dem Enten und Schwäne paddelten, und an einem Glashaus, in dem Kolibris und exotische Schmetterlinge gezüchtet wurden. Sie hielt sich rechts davon und stieß, wie beschrieben, endlich auf die Skulptur des Amedeo d'Aosta.

Der Held des faschistischen Italiens, Vizekönig Äthiopiens und Gouverneur von Italienisch-Ostafrika, der für den Duce den Feldzug in Abessinien geführt hatte und heute als Ehrenmann verklärt wurde, stand im Harnisch auf einem Steinsockel. Eine Inschrift verkündete, dass er 1971 post mortem zum Ehrenbürger Triests ernannt worden war. Überall unterschlugen Denkmäler der Volkshelden die grausame Wahrheit. Erst 1941, mit der bedingungslosen Kapitulation gegenüber den Engländern, wurde den Greueltaten der Besatzer in Äthiopien ein Ende gesetzt. Nur wenige Italiener blieben im Land, einer war ihr Großvater Paolo Natisone. Und aus dem geplünderten Hauptquartier des Savoyers in Addis Abeba hatte er nach dem Abzug seiner Landsleute schließlich den Tisch nach Jimma gebracht, der heute im Appartement in der Colville Mews in London stand.

Miriam hörte Schritte und löste ihren Blick von dem Monument, es musste Alberto sein. Doch plötzlich schlang sich von hinten ein Arm um ihren Hals, und sie spürte einen Körper an ihrem Rücken. Verzweifelt schlug sie um sich, doch der Mann war stark. Sie hatte keine Chance, sich aus dem Griff zu winden, aber ihr Fußtritt traf das Knie des Angreifers und ihre Nägel bohrten sich in seinen Unterarm. Sie stieß einen grellen, langen Schrei aus und trat noch einmal zu, doch dann spürte sie einen heftigen Druck auf dem Kehlkopf, der ihr die Stimme nahm, und plötzlich sah sie aus dem Augenwinkel eine kurze Klinge aufblitzen, die sich von links unten ihrem Hals näherte. Sie biss so fest sie konnte in den Unterarm, der sich über ihr Gesicht gelegt hatte, ein dumpfer Schrei löste sich aus dem Mund des Angreifers. Sie brachte all ihre Kräfte auf und strampelte, riss an seinen Haaren, schlug um sich. Doch dann spürte sie den Schnitt und das Blut, schlagartig stellte sie sich leblos, sank in sich zusammen. Der Griff lockerte sich, sie hörte eine andere Stimme. Miriam führte ihre Hand an den Hals und drückte auf die Wunde, sie hörte schnelle Schritte auf dem Kiesweg, als ob jemand davonrannte. Und dann die Stimme Albertos, der sich über sie beugte. Sie hustete und spuckte, und endlich sah sie ihn wie durch einen Nebelschleier.

»Miriam, sag etwas. Kannst du mich hören?« Mit zwei Fingern nahm er das Messer, das auf ihrer Brust lag, und warf es ins Gras. Er nahm ihren Kopf in seine Hände. Dann versuchte er, ihren Griff von der Wunde zu lösen. Doch plötzlich vernahm sie wütendes Gebrüll, Alberto wurde abrupt aus ihrem Gesichtsfeld gerissen. Er schrie auf, Männerstimmen beschimpften ihn als dreckigen Neger. Er stöhnte laut, Miriam schwanden die Sinne.

*

Der Fall mit den beiden Schwerverletzten stank zum Himmel. Auf Druck der Lega Nord hatte die Regierung ein Dekret zur Förderung der »Ronde«, der freiwilligen Bürgerwehr, erlassen. Der fremdenfeindlichen Partei war es bei den letzten Wahlen gelungen, auch Stimmen von Protestwählern abzusahnen, die ihre Saubermännerslogans nicht teilten. Nun spielte die Lega Nord in der Regierung ihre Macht als Zünglein an der Waage aus. Unausgebildete Männer meldeten sich und hielten sich für wichtig, wenn sie nachts durch die Stadtviertel patrouillierten. In ihrer Selbstüberschätzung behaupteten sie, beste Beziehungen zu Polizei und Carabinieri zu pflegen. Von einer Ausländerplage, die gestoppt werden musste, faselten sie und davon, dass man in den Camps der Roma dringend an die Rattenvernichtung gehen sollte. In Triest hatte diese merkwürdige Truppe kaum Zulauf, doch in manchen Landstrichen im Norden des Landes gebärdeten sie sich mit martialischen Gesten. Auf YouTube kursierten Videos von ihren rassistischen Veranstaltungen mit Fackelträgern und Ku-Klux-Klan-Maskierung. Die Finanzierung dieser »Volontieri della sicurezza« wollte das Innenministerium zu Lasten des Etats der regulären Ordnungskräfte bestreiten, denen manchmal sogar die Mittel zur Pflege des Fuhrparks fehlten, wenn nicht sogar zum Quartalsende der Treibstoff. Von der Büroausstattung ganz zu schweigen. Auch das war Teil des Lügengebäudes der Regierung: Die Zustände bewusst verschlechtern, damit man nachher um so massiver gegen sie vorgehen musste und dabei eine Attacke nach der anderen auf die Rechtsstaatlichkeit reiten konnte. Dumpfpopulistischer Zynismus, den dann willfährige Journalisten über das Fernsehen erfolgreich schönredeten. Polizisten und Carabinieri aber hatten den Eid auf die Verfassung geleistet und auf die Einhaltung und Durchsetzung der Gesetze. Und nun mussten sich die Behörden auch noch mit den Übergriffen rechter Schläger befassen, die angeblich ei-

nen Schwarzen bei einem Vergewaltigungsversuch erwischt
hatten.

Nur mit Mühe hatte Laurenti Albertos Worte bei dessen
Anruf verstanden. Er rätselte, woher der Somalier seine Nummer kannte, und erinnerte sich schließlich, dass er sie ihm
vor Jahren gegeben hatte, als der Somali Zeuge einer Schlägerei zwischen Senegalesen und Chinesen auf der Piazza Ponte-
rosso geworden war. Revierstreitigkeiten, bei denen einer der
Afrikaner mit einer schweren Stichwunde auf der Intensivstation gelandet war. Alberto war auf seiner Verkaufstour durchs
Zentrum unterwegs gewesen und konnte den Verlauf genau
bezeugen. Warum aber hätte er Laurenti an diesem Samstagmorgen anrufen sollen, wenn er etwas verbrochen hatte?
Schiere Angst, von den drei selbsternannten Ordnungshütern umgebracht zu werden? Möglich. Doch was machte ein
muslimischer Händler morgens um sechs in diesem weitläufigen romantischen Park, dessen Tore erst viel später am Tag
für das Publikum geöffnet wurden? Und wer war diese Frau?
In welcher Verbindung stand sie zu ihm?

In der Malabar munkelte man, Alberto sei ein promovier-
ter Mathematiker und in seinem Heimatland mit vier Frauen
verheiratet, mit denen er ein ganzes Rudel Kinder habe. Und
hier verkaufte er billigen Schmuck. Wie viel von den Gerüchten der Phantasie der trinkfesten Stammkunden der Bar
entsprang, blieb unermittelbar. Nur eines stand fest, Alberto
war der Chef einer ganzen Gruppe ambulanter Verkäufer, die
er kontrollierte und abkassierte und von denen kaum einer
mehr als den eigenen Namen preisgab. Die Behörden wussten darüber Bescheid, ihr Interesse galt den Hintermännern,
an die nur schwer heranzukommen war – zu dicht war das
Netz aus Erpressbarkeit und Abhängigkeiten. Und in einer
solchen Organisation zählte Alberto zu den kleinen Lichtern.
Er kooperierte mit den Sicherheitskräften aus strategischen
Gründen.

Vor knapp vier Monaten hatte der Schwarze es doch noch geschafft, Laurenti etwas anzudrehen. Es war der Tag, an dem Proteo in der Bar eine Runde Spumante spendierte und stolz verkündete, dass er soeben Großvater des schönsten Neugeborenen geworden war, das die Welt jemals gesehen habe. Mit pechschwarzem Haar, wie ihre Mutter, das sie wiederum von ihm geerbt hatte. Alberto wusste die Chance zu nutzen: Ein echter Talisman gegen alle Dämonen dieser Welt, handgeschnitzt in seinem Heimatdorf, wie er versicherte. Alberto, das hätte Laurenti geschworen, war alles, aber kein Vergewaltiger. Und ganz sicher hätte er niemals selbst Hand angelegt, wenn es darum ging abzurechnen.

Doch was tat er zu so früher Stunde ausgerechnet an diesem Ort? Für eine Statistenrolle am Set der Filmcrew war Alberto nicht vorgesehen. Wem also wollte er seine Armreifen, blinkenden Feuerzeuge, Glücksbringer und Talismane andrehen? Wer außer den armen Schwänen im vermoosten Teich oder den seltenen Kolibris im berühmten Hegehaus war um diese Zeit schon hier?

Es hieß, dass Miramare allen Unglück bescherte, die dort nächtigten. Der Legende nach ging der Fluch von der kleinen Sphinx am Hafen aus, die Maximilian I. einst aus Ägypten entführt hatte. Jeder Bewohner des Schlosses war fern seiner Heimat eines unnatürlichen Todes gestorben: Erzherzog Maximilian I. von Österreich wurde von den Franzosen während der Interventionskriege zum Kaiser von Mexiko gemacht, verraten, dann schnöde von allen Verwandten und Verbündeten im Stich gelassen und 1867 von den Truppen des Präsidenten Benito Juarez standrechtlich erschossen. Amedeo d'Aosta starb 1941 in britischer Kriegsgefangenschaft in Kenia an Malaria und Tuberkulose; während der Nazibesatzung residierte in dem weißen Schloss SS-Obergruppenführer Friedrich Rainer als Reichverteidigungskommissar der »Operationszone Adriatisches Küstenland«. Ein Militärgericht in Ljubljana verurteilte ihn 1947 zum Tode. Die amerikanischen Generäle Moore und MacFadden, die während der UN-Verwaltung Triests bis 1954 hier ihr Hauptquartier bezogen hatten, kamen beide bei einem Autounfall ums Leben. Der Spuk hatte ein Ende, als Miramare 1955 in ein staatliches Museum umgewandelt wurde. War die Sphinx an diesem Morgen aus ihrem steinernen Schlaf erwacht? Das Signal seines Mobiltelefons riss Laurenti aus den Gedanken.

Wie jeden Morgen hatte Gemma eine SMS geschickt. Ihre weiche, fröhliche Stimme vernahm er gleich nach dem zweiten Klingeln.

»Ich hoffe, in Triest herrscht heute Leichenstarre«, sagte sie. »Ein freies Wochenende für uns beide. Ist Laura schon auf See?«

»Gegen Mittag, Kleine. Sehen wir uns nachher auf einen Kaffee?«

»Dann findest du mich auf der Diga vecchia. Ich warte bereits auf das Boot zum Übersetzen. Und vor Sonnenuntergang kriegt mich dort niemand weg.«

»Dafür sitze ich im Büro und habe keine Ahnung, wann ich rauskomme. Meine Kundschaft litt letzte Nacht leider an Schlafstörungen. Außerdem ist es auf der Diga am Wochenende gefährlich. Zu viele Leute«, murmelte Laurenti.

»Eine deiner Badehosen ist in meiner Tasche, Proteo, und ein Handtuch auch.«

»Dann ruf an, wenn du draußen bist, und sag mir, ob die Luft rein ist.«

Kaum hatte er aufgelegt, rief Gilo Battinelli an und berichtete von Raccaros Treffen in Lignano Pineta. »Lele ist heute früh mit einem Aktenkoffer an Bord gekommen, den er gestern nicht dabeihatte, und dann ist er gleich ausgelaufen, Chef, strikt Richtung Süden. Die italienische Küste entlang, sofern er den Kurs beibehält. Ich sehe den Wasserturm von

Jesolo am Horizont, wir sind jetzt fast auf der Höhe von Venedig. Mit an Bord ist übrigens Vittoria, die brasilianische Transsexuelle. Der alte Herr mag Gespielinnen mit breiterem Erfahrungsspektrum.«

Laurenti hatte den Hörer zwischen Schulter und linkes Ohr geklemmt und überflog das Schreiben, das er gestern Nachmittag vom Stau auf der Autobahn aus diktiert hatte. Wenn alles nach Vorschrift lief, dann sollte Gazza heute noch überstellt werden. Auf Anhieb sprangen ihm drei Tippfehler ins Auge. Früher war Marietta nie eine solche Schludrigkeit unterlaufen. So unkonzentriert kannte er sie nicht. Laurenti unterstrich die Stellen rot, nachher würde er das Schreiben auf ihren Schreibtisch zurücklegen.

»Jeder nach seinem Geschmack, Gilo. Scheint inzwischen der letzte Schrei zu sein.«

»Das schon«, antwortete der Inspektor zögerlich. »Sie war es übrigens, die am Molo Audace einem riesigen dicken Mann an Bord der ›Greta Garbo‹ geholfen hat, als Sie mit Ihrer Tochter vor Harrys Grill beim Aperitif saßen.«

»Was? Der Deutsche etwa?« Laurenti fuhr hoch. »Bist du dir sicher?«

»Dass es Vittoria war, kann ich beschwören. Den Dicken hab ich mir nicht angesehen …«

Laurenti unterbrach ihn. »Mensch, Battinelli, wenn der Deutsche wirklich an Bord war, dann hat er Spuren hinterlassen. Wir hätten das Schiff längst beschlagnahmen können, verdammt.«

»Erst als ich Vittoria gestern am Anleger gesehen habe, ist es mir wieder eingefallen.«

»Mach eine Halse und kehr um. Wie lange brauchst du zurück?«

»Fünf Stunden mindestens, trotz des guten Winds. Laut Seewetterdienst ziehen gegen Abend Gewitter auf. Was haben Sie vor?«

»Kauf dir das nächste Mal gefälligst ein Motorboot.« Laurenti warf einen Blick auf die Karte. »Ich werde die Staatsanwältin umgehend davon überzeugen, dass die Kollegen in Chioggia, Ravenna oder Rimini die Yacht aus dem Verkehr ziehen und die Spurensicherung an Bord schicken müssen. Vielleicht ist es sogar ganz gut, dass die Sache nicht in Triest passiert. Weniger Aufsehen, weniger Protest, weniger Drohgebärden. Und bis er zurück ist, dauert es seine Zeit. Dich aber brauche ich jetzt dringend hier, Gilo, denn Lele wird mit Sicherheit zurückkommen und von hier aus alle Hebel in Bewegung setzen. Heiter wird das nicht.«

Er legte auf, fuhr sich mit den Händen durchs Haar. »Na warte«, sagte er leise, während er von dem Blatt, das am Regal hinter ihm hing, die Nummer der Staatsanwältin ablas.

»Dottoressa Volpini, Laurenti hier. Zwei Dinge auf einmal heute. Und beide eilig. Die erste betrifft Lele und Birkenstock ...«

»Vermeiden Sie, die Leute beim Spitznamen zu nennen, Laurenti. Der erste heißt Raffaele Raccaro und der zweite Harald Bierchen. Die Formalitäten sind die Basis, und damit Schluss. Also, was gibt's?«

Er fasste den Bericht des Inspektors so zusammen, dass die Schlussfolgerung auf der Hand lag.

»Ich werde die Anweisung sofort diktieren. Handeln Sie, Laurenti«, forderte Iva Volpini ihn schon freundlicher auf. »Gestern Nachmittag trudelte die Klage einer Londoner Kanzlei gegen Raccaro ein. Erpressung, Bedrohung, Verunglimpfung, Diffamierung, Stalking! Sowie eine Schadenersatzforderung über zweieinhalb Millionen britische Pfund. Diese Anwälte schießen mit der Bazooka.«

»Mein zweiter Punkt ist, dass wir seit sechs Uhr heute Morgen einen neuen Fall haben, Dottoressa.«

Die Welt war ein unendliches Spiel aus Über- und Unterschätzungen, das Leben ein immerwährendes Missverständnis. Und meist kam die Erkenntnis zu spät, als dass sie den Lauf der Dinge hätte ändern können.

»Halten Sie mich bei der kleinsten Erkenntnis auf dem Laufenden, Commissario!«, befahl die Staatsanwältin am Ende seiner Ausführungen über die Geschehnisse im Park von Miramare. Sie wusste selbst, dass noch keine Ergebnisse vorliegen konnten und es außer dem Verhör der drei selbsternannten Bürgerschützer zu früh für weitere Maßnahmen war. Die Opfer lagen beide im Operationssaal. Selbst wenn sie überlebten, wären sie vorerst kaum vernehmbar.

Gut, dass Iva Volpini neu in der Stadt war. Wäre sie mit den Verstrickungen vertraut, dann hätte sie sich vermutlich mehr Zeit für eine Entscheidung genommen. Diese Sache würde viel Staub aufwirbeln, Lele gäbe sicher nicht klein bei. Eine Schadenersatzklage über drei Millionen Euro. Das musste selbst für den Schattenmann starker Tobak sein. Dass Raccaro seine Finger in allen großen Transaktionen hatte, war bekannt. Aber gefälschte Pornos, mit denen vergeblich versucht wurde, eine britische Abgeordnete zu erpressen? Wo doch die richtigen viel besser dazu geeignet waren.

Er kramte in den Papierstößen auf seinem Schreibtisch nach dem Aktendeckel mit den delikaten Fotos der Engländerin, die der Kriminaltechniker ihm persönlich übergeben hatte. Laurenti hatte ihn unter die anderen Akten geschoben, das Material war zu heikel, als dass es obenauf liegen durfte. Doch plötzlich erschrak er. Wie kamen die Bilder von der Fotofalle im Wald in diese Mappe? Er und Gemma am Stamm der alten Eiche! War das ein schlechter Scherz des Kollegen, oder hatte er sie in Gedanken selbst dort hineingelegt? Marietta hatte behauptet, dass der Kriminaltechniker die Datei in ihrem Beisein gelöscht habe. Laurenti schob flugs ein Foto nach dem anderen in den Schredder. Und dann blieb sein Blick an den Aufnahmen der Wilderer hängen. Jetzt war er sich sicher: Der Mann mit dem Rambo-Messer, der den

Frischling abstach, war in der Tat einer der Bauarbeiter, die den Schutthaufen in seinem Garten zurückgelassen hatten.

Der Kollege, der die Sache mit den Wilderern in der Hand hatte, antwortete sofort. Ein Besuch bei der Baufirma würde zweifelsohne die Identität des Wilderers klären. Und vielleicht auch Licht in die Geschäfte des Bauunternehmers bringen, der die Laurentis übers Ohr gehauen hatte.

*

Lele hatte sich für vier Tage abgemeldet, seinen Worten nach könnte allerdings auch eine ganze Woche daraus werden. Aurelio musste das Wochenende nutzen. Er wusste aus Erfahrung, dass selbst die hoch motivierten Prokuristinnen des Raccaro-Imperiums im Hochsommer etwas weniger arbeiteten, um vernachlässigte Freundschaften zu pflegen oder am Meer auszuspannen. Jetzt hatte er Zugang zum Computersystem und konnte Kopien von Geschäftsvorgängen ziehen, so viele er wollte. Er hatte viel Zeit und Geduld investiert, um an die Passwörter zu kommen.

Als Aurelio nach Hause kam, stopfte er sogleich seine Klamotten samt Schuhen in eine Mülltüte und entsorgte sie in einen Sammelcontainer der Caritas. Anschließend färbte er die Haare wasserstoffblond, wusch sich sorgfältig und reinigte akkurat seine Fingernägel. Die violett angelaufene Bissstelle an seinem rechten Unterarm schmerzte etwas. Er würde sie später mit einem dieser Kinder-Tattoos aus dem Supermarkt überdecken. Ein Abziehbildchen von einem lachenden Delfin vielleicht, einem niedlichen Häschen oder einem schaurigen Totenkopf mit zwei Schwertern, je nachdem, was sich im nächstbesten Laden fand. Auch die Stelle an seiner Schläfe, wo die Schleichkatze seinen Schopf zu fassen bekommen hatte, tat weh, den Kratzer verdeckte sein Haar.

Sein Kalkül war aufgegangen, auch wenn es nicht so glatt

verlaufen war, wie er gehofft hatte. Doch das Ergebnis sprach für sich. Um fünf schon war er bei dem Filmteam im Schlosspark eingetroffen und hatte die weiße Malaguti bei den Leuten vom Catering aufgebockt. Selbst die mussten fünf Prozent ihrer Einnahmen an die AFI abdrücken. Aurelio kannten sie gut.

In der ersten Szene an diesem Morgen sollte die Kommissarin in einen Hinterhalt der Bösewichte geraten und hinter einem Busch niedergeschlagen werden, wo sie anschließend der Staatsanwalt aus Deutschland mit einem langen Kuss ins Leben zurückrief. Das weiße Schloss gab der Szene etwas Mondänes. Eine halbe Stunde blieb Aurelio beim Set, wo auch die drei Männer der Bürgerwehr herumstanden, um die Schauspielerinnen und die Mädchen vom Team anzugaffen. Er setzte sich bald ab, stülpte Latexhandschuhe und Sturmhaube über und machte sich auf den Weg zur Skulptur des Amedeo d'Aosta, um die Journalistin abzupassen.

Sie war stärker, als er sich ausgemalt hatte. Sie schrie und schlug um sich, biss ihn in den Arm und riss an seinem Haar. Doch dann gelang ihm endlich der Schnitt. Schlagartig brach die Rothaarige zusammen und machte keinen Mucks mehr. Er ließ das Messer auf ihre Brust fallen und machte sich davon. Aus der Deckung eines Gebüschs heraus sah er, wie Alberto sich der Stelle näherte und losrannte, als er Miriam entdeckte, sich zu ihr hinunterbückte und mit spitzen Fingern das Messer von ihrer Brust nahm, bevor er Miriams Kopf in die blutverschmierten Hände nahm und wie ein Irrer auf sie einredete. Als Aurelio die Nummer der Polizei auf dem Mobiltelefon mit der kroatischen Prepaidkarte eintippte, um einen anonymen Hinweis auf das Geschehen im Park zu geben, hörte er plötzlich das Gebrüll der drei grobschlächtigen Hüter der Zivilisation mit ihren leuchtend gelben Jacken, die sich auf den Somalier stürzten. Er klappte den Apparat zu und schlug sich durch die Büsche zurück zum Set.

Aurelio saß am Küchentisch, schenkte sich die zweite Tasse Kaffee ein und ging auf dem Laptop seine Aufzeichnungen durch. Er hatte Leles Andeutungen und beifällige Bemerkungen gesammelt und sie nach und nach mit Schlüsselbegriffen versehen. Datum, Orte, Personen, Gremien, in manchen Fällen sogar konkrete Summen und auch die Querverbindungen zwischen den Protagonisten. Immer die gleichen Leute aus Stadt und Umland, aus dem benachbarten Slowenien, Kroatien, aus Bayern und Österreich und auch aus dem Süden des Landes. Aus Politik, Wirtschaft, der Baubranche – und der Kurie. Never change a winning team! Nur die Russen waren erst seit kurzem im Spiel. Allmählich hatte sich daraus für Aurelio ein konkretes Bild von Leles Geschäften ergeben und der Abhängigkeiten, dank deren er überall mitverdiente.

Die Lücken markierte Aurelio mit einem roten Fragezeichen, dann druckte er das Dokument aus. Er ging zu Leles Wohnung hinüber und drehte zuerst den kleineren Schlüssel zweimal in dem Schloss neben der Türklingel, um die Alarmanlage auszuschalten. Im Salon setzte er sich mitten auf das riesige blaue Sofa und forschte in seinen Unterlagen, nach welchen Dokumenten er im Safe suchen musste. Wut kochte in ihm hoch, Lele ließ ihn die dreckigen Geschäfte erledigen, und diese Kaste der Unantastbaren scheffelte ein Schweinegeld mit ihren krummen Touren und machte keinen Hehl aus ihrem Einfluss und Reichtum. Doch jetzt würde auch er davon profitieren. Aurelio hatte lange genug gewartet. Er wollte endgültig weg von hier, ein besseres Leben würde er überall finden.

Sein Blick fiel auf die Wand mit dem kleinen Bild von Courbet. So erotisch wie Raccaro behauptete, fand er die Mündung des Timavo nicht. Doch wenn das Werk wirklich aus der Hand des Künstlers stammte, musste es einen immensen Wert haben. Aurelio zog die nackten Tatsachen vor, und Jeanette war einmalig gewesen. Lele hingegen liebte zweigeschlechtige Wesen wie Vittoria. Geschmacksache, Aurelio besaß Fotos, die sich in Cash umwandeln ließen. Der Alte würde staunen über das, was er zu Gesicht bekäme. Und dann nahm er das Ahnenfoto von der Wand, das angeblich seinen Großvater zeigte. Scheinbar hatte Aurelio eine Familie, von der er niemanden kannte, außer den Zwerg, der ständig behauptete, sein Vater zu sein. Er steckte es in seinen Aktenkoffer.

Aurelio gähnte. Er spürte die Müdigkeit, doch er hatte noch einiges zu tun. Am Nachmittag musste er die Kaffeebestellungen bearbeiten, zuvor aber wollte er hier sein Werk beenden. Nochmals gähnte er ausgiebig, bevor er sich erneut in die Aufzeichnungen vertiefte: drei Einkaufszentren, mit deren Errichtung Raccaro große Summen gewaschen hatte und deren Mieteinnahmen nicht die erhoffte Rendite abwarfen und Kummer bereiteten. Zahlreiche Flächen standen leer. Anders verhielt es sich mit der anstehenden Vergrößerung des Golfplatzes auf dem Hochplateau samt einem geplanten Luxusressort. Das Ackerland auf dem Karst, das Lele rechtzeitig vor der Verabschiedung des neuen Flächennutzungsplanes billig erworben hatte, vervielfachte dank einem einzigen Akt der Stadtregierung schlagartig seinen Wert: Wie durch ein Wunder war es zu Bauland geworden. Langfristig gedacht war hingegen Leles Aktienpaket eines spanischen Energieversorgers, dessen Manager nicht ohne Grund auf die Unerfahrenheit und die Ignoranz der Lokalpolitiker hofften, um eine gigantische LNG-Aufbereitungsanlage für flüssiges Erdgas im Golf zu errichten. Ein unsinniger Standort, denn dieses Projekt würde den Hafen endgültig zum Erliegen bringen, die Wasserqualität und die Fischerei ruinieren und Triest und sein Umland zum peripheren Energielieferanten für das Vaterland herunterwirtschaften, dessen Regierung weit weg saß. Lele konnte keine andere Absicht verfolgen. Weshalb

sonst machte er sich auch noch für ein Atomkraftwerk bei
Monfalcone stark? Eine Lobby, die sich dagegen auflehnte,
gab es nicht in der Stadt. Aurelio waren all die Konsequenzen
gleichgültig. Wäre er erst einmal in Australien oder Neuseeland, könnte von ihm aus die ganze Gegend hier im Meer
versinken.

Raffaele Raccaro wechselte den Code zu seinem Safe gewöhnlich jeden Sonntag, und Aurelio hatte über die Jahre beobachtet, dass er stets die gleichen fünf Nummernkombina-
tionen verwendete. Sein eigenes Geburtsdatum, dann das des
Fettsacks und das Aurelios. Dazu der 26. Oktober 1954, als
Triest, nach der Auflösung des Freistaats, zum zweiten Mal in
seiner Geschichte italienisch wurde und damit auch Leles Erfolg als Geschäftsmann begann. Sowie der 6. Dezember 1994,
als der Untersuchungsrichter Antonio Di Pietro, die Symbol-
figur der »Mani pulite«, seinen Rücktritt erklärte. Das war
das Ende der Untersuchungskommission, die in den Jahren
zuvor das kriminelle Gefüge aus Korruption und Gefälligkeiten ans Licht gebracht hatte, das Wirtschaft, Politik und
Organisiertes Verbrechen zu nutzen verstanden hatten. Ein
Ruck war durch die Gesellschaft gegangen, und die Bürger
fassten wieder Zuversicht, die inzwischen zu einer blassen Erinnerung verkommen war. Und der heroische Ermittler von
einst war inzwischen Politiker mit ehrenhaften Absichten
und großen rhetorischen Schwächen.

Aurelio breitete die Akten in genau der Reihenfolge, wie er
sie dem voluminösen Panzerschrank entnommen hatte, auf
dem Boden aus. Von jedem Fach schoss er zuvor eine Aufnahme, um die Dokumente exakt zurücklegen zu können. Er
fügte eine Menge Notizen in die vorbereitete Liste ein, manche Dokumente lichtete er ab. Gewissenhaft bearbeitete er
ein Fach nach dem anderen. Einmal schrak er auf, als er ein
leises Summen hörte, als hätte es nebenan mehrfach geklin-

gelt. An seiner Wohnungstür. Auf Zehenspitzen schlich er zur Eingangstür, warf einen Blick durch den Spion und sah gerade noch, wie sich die Aufzugtür hinter einem Mann im grauen Anzug schloss. Dann machte er sich wieder an sein Werk. Das unterste Fach enthielt Persönliches. Der erste Führerschein und alte entwertete Reisepässe, Taufschein und eine Scheidungsurkunde vom Oktober 1982 samt Verzichtserklärung auf Unterhalt. Sieben Monate vor Aurelios Geburt. Er schauderte und konnte den Blick nicht von dem Blatt lösen. Olga Zelawskowa hieß die Frau, die damals so alt war wie Aurelio heute, geboren war sie in Kiew. War das seine Mutter? Er hatte sich damit abgefunden, nie etwas über sie zu erfahren, und stets behauptet, sie interessiere ihn nicht. Wo war die Frau heute? Wenn Lele die Wahrheit sagte, dann hatte sie Aurelio als Neugeborenes bei ihm zurückgelassen. Warum musste er ausgerechnet jetzt auf sie stoßen? Er hatte feuchte Hände, und sein Atem beschleunigte sich. Aurelio fotografierte das Dokument und legte es zurück. Er zwang sich zur Ruhe und blätterte weiter. Zuunterst lag ein weißer Aktendeckel mit der Aufschrift »Testament«. Er platzte vor Neugier, doch fand er lediglich die Honorarnote eines Notars und einen handgeschriebenen Zettel:

An meine Söhne Aurelio und Giulio. Alles was ihr wissen müsst, erfahrt ihr von dem von mir beauftragten Notar, bei dem mein Testament und andere Dokumente hinterlegt sind, über die er euch im Fall meines Ablebens gemäß meinen Anweisungen unterrichten wird. Um jegliches Missverständnis zu vermeiden, will ich aber eines hier sogleich klarstellen. Ich bin der leibliche Vater von Giulio Gazza und von Aurelio Selva. Nur in Einigkeit werdet ihr mein Werk fortsetzen können. Die Zeit eurer Streitereien hat mit meinem Tod ein Ende, da ich verfügt habe, dass mein Nachlass sonst von einem bereits eingesetzten Treuhänder abgewickelt wird. In diesem Fall kommt der Erlös daraus einer Institution zugute, mit der mein persönlicher Erfolg eng ver-

knüpft ist. Mit dem Pflichtteil könnt ihr dann machen, was ihr wollt. Aus begreiflichen Gründen wird er lächerlich niedrig sein. Die Notariatskosten sind beglichen. Lele.

Der alte Fuchs hatte an alles gedacht. Die Vorstellung, dass Giulio wirklich sein Bruder war, grauste Aurelio genauso wie der Gedanke, etwas mit ihm teilen zu müssen. Der Fettsack war also ein Kuckucksei. Ob Gazza das wusste? Seit gestern Nachmittag schmorte er in Udine im Knast. Aurelio grinste. Nach dem Anruf der Qualle hatte er nicht das Geringste unternommen, obgleich er ihm am Telefon hoch und heilig und mit gestelltem Entsetzen versprochen hatte, sogleich Leles Anwaltskanzlei zu informieren. Die Sache mit den Fotos hing jetzt allein an Gazza.

Einen kurzen Moment lang erwog er, das Testament an sich zu nehmen, doch dann legte er auch diese Unterlagen so in den Safe zurück, wie er sie vorgefunden hatte.

Um fünfzehn Uhr setzte sich Aurelio auf das blaue Sofa und gähnte. Er hatte einiges zu verdauen, doch seinem Ziel war er einen großen Schritt näher gekommen. Er lehnte sich zurück und schloss die Augen, um besser nachdenken zu können.

*

»Ich mache mir schwere Vorwürfe. Ich habe die Sache nicht ernst genug genommen«, sagte Pina und biss sich auf die Unterlippe. Das Selbstbewusstsein der Inspektorin, die sonst vor Ehrgeiz platzte, musste einen heftigen Knacks erlitten haben. Im Kollegenkreis hieß es, dass Pina, um sich nach solchen Niederlagen wieder aufzurichten, ein hartes Kampfsporttraining durchzog, bei dem niemand, der sie kannte, ihr Sparringspartner sein wollte.

Kaum war sie vom Einsatz in die Questura gekommen, wurde sie bei Laurenti vorstellig, der auf der Suche nach Kaffee Mariettas Büro auf den Kopf gestellt hatte. Gestern war die Aluminiumdose noch voll gewesen und hatte am üblichen Platz gestanden. Seine Assistentin musste sie in einem Anfall von Missgunst versteckt haben. Was bewahrte sie nicht alles in den Schubladen ihres Schreibtischs auf? Er fand eingetrockneten Nagellack, Lippenstift, Deodorant, Haarbürste und Spangen, ein paar aufgerollte Nylonstrümpfe, Zigaretten, Kaugummi, Maniküresbesteck, drei alte Ladegeräte für Mobiltelefone, CDs, Präservative, billige Ohrringe und anderen Modeschmuck, zwei zerkratzte Sonnenbrillen, Swatch-Uhren, Hand- und Gesichtscreme, Visitenkarten ihrer Verehrer – nur kein Büromaterial, und erst recht keinen Kaffee. In ihrem Schrank wurde der Commissario schließlich fündig. Erst als ein mächtiger Stapel Unterwäsche, Büstenhalter und spitzenbesetzte Stringtangas, aus dem obersten Fach rutschte und sich über den Boden verteilte, fiel sein Blick auf die Aluminiumdose mit den Pads. Laurenti bückte sich fluchend und legte die Dinger Stück für Stück zusammen.

»Was ist denn das? Sind Sie ein Fetischist?« Pina schaute mit offenem Mund zu.

»Spurensicherung, Pina. Wollen Sie auch einen?« Er stopfte die Wäsche in das Spindfach zurück.

»So was trage ich nicht.« Sie gähnte.

»Einen Espresso, Pina?« Er trug die Aluminiumdose zur Maschine und legte einen Pad ein. »Weshalb machen Sie sich Vorwürfe?«

»Ich war bis zwei Uhr heute früh im Büro«, antwortete sie nervös. »Kurz nach Mitternacht brachten die Kollegen eine äußerst verstörte Frau in einem roten Kleid und mit feuerroten Haaren zu mir, deren Aussage ich aufnehmen musste.«

»Ach ja? Die im Park etwa?«

Pina nickte. »Eine englische Journalistin, die erst seit ein paar Tagen in der Stadt ist und angeblich eine Reportage über den Kaffeehafen schreibt. Sie behauptete, sie würde verfolgt und fürchte um ihr Leben. Sogar Namen und Adresse ihres Verfolgers hat sie angegeben, er wohnt da drüben im letzten Stock des Hochhauses. Aurelio Selva heißt er, arbeitet bei Raccaro. Er ist Linkshänder und trägt eine Halskette mit einem roten Klunker. Die Geschichte kam mir reichlich komisch vor. Sie kennt den Verfolger angeblich nicht persönlich. Ich habe sie für vierzehn Uhr einbestellt.«

»Schon wieder Raccaro! Wer ist diese Frau?« Laurenti ließ eine zweite Tasse aus der Maschine und reichte sie der Inspektorin.

»Vierundvierzig Jahre alt, ziemlich attraktive Erscheinung. Sie behauptete, sie sei aus zwei Gründen in der Stadt: Zum einen schreibt sie eine Reportage über die Kaffeeindustrie, ferner interessiere sie der Erpressungsversuch an der englischen Politikerin. Der Kerl, der hinter ihr her war, sei der auf den Fotos.«

»Woher weiß er dann, dass sie sich für ihn interessiert, wenn sie ihn angeblich nicht kennt? Sie hat ihnen nicht alles erzählt, Pina. Hat diese Frau vielleicht auch einen Namen?«

»Miriam Natisone.« Mit zitternden Fingern führte sie die Tasse zum Mund.

»Besonders britisch klingt das nicht.« Laurenti war ihre Anspannung nicht entgangen.

»Ich habe die Natisone von einer Streife in ihre Wohnung bringen lassen. Leider hat sie nicht erzählt, dass sie in den Schlosspark wollte. Ich hätte sie keine Sekunde aus den Augen gelassen.«

»Nur diese Filmleute hatten zu der Zeit eine Einlassgenehmigung. Dafür, dass die Natisone angeblich erst kurz in der Stadt ist, kennt sie sich verdammt gut aus. Jetzt liegt sie auf der Intensivstation. Und Alberto auch. Wirklich exzellente Polizeiarbeit, Pina. Und jetzt stehen Sie hier herum und glotzen auf das Hochhaus da drüben, anstatt sich diesen Kerl

vorzunehmen. Ihr Espresso wird kalt.« Laurenti stellte seine
leere Tasse auf Mariettas Schreibtisch.

Die Inspektorin zuckte lediglich mit den Schultern. In der
Nacht hatte sie sich nicht einmal die Mühe gemacht, im
Computer nach seinem Namen zu suchen. »Ich weiß selbst,
dass ich Mist gebaut habe«, antwortete sie trotzig.

»Wo sind die Männer von der Bürgerwehr?«

»Sitzen drüben.«

»Was trug die Natisone bei sich?«

»Pass, Geld, Mobiltelefon. Der Kriminaltechniker druckt
soeben die Liste der gespeicherten Telefonnummern aus.
Und die der letzten Anrufe natürlich. Alberto trug übrigens
eine Digitalkamera bei sich.« Pina schwenkte einen transpa-
renten Plastikbeutel.

»Diese Fotos will ich dann auch gleich sehen. Und noch
etwas, Pina. Wie unschwer zu erkennen ist, haben Sie eine
Sauwut. Sie machen sich Vorwürfe, Sie haben Mitgefühl, Sie
sind von sich selbst enttäuscht, Sie hassen diese selbsternannten Ordnungshüter. Und Sie sind hundemüde. So, und jetzt
drehen Sie jeden einzelnen von denen durch die Mangel, verstanden? Und achten Sie darauf, dass derjenige, der den Ver-
hörraum verlässt, den anderen nicht begegnet.«

Er hätte auch ein Rudel ausgehungerter Löwen auf ein
Gnu hetzen können. In einer solchen Verfassung war Pina
Cardareto gnadenlos. Laurenti kannte sie gut genug.

»Das dauert Stunden. Wo ist eigentlich Battinelli?« Pina
verdrehte die Augen.

»Er kommt erst am Nachmittag zurück. Ich rufe Marietta.
Sie wird Ihnen sekundieren und protokollieren.«

»Und was machen Sie?« Es klang wie ein Vorwurf.

»Ich schnüffle noch ein bisschen an Mariettas Slips.«

*

Das einzige Verkehrsmittel, mit dem man im städtischen Verkehrschaos flugs und fast unbehindert zum Ziel kam, war der Motorroller. An wartenden Fahrzeugen fuhr man einfach vorbei, und durch den fließenden Verkehr bretterte man in wildem Fahrspurwechsel und überholte ein Auto nach dem nächsten. Und wenn kein Stadtpolizist mit weißen Helm zu sehen war, kümmerten einen auch die roten Ampeln nicht. Da brausten Kids auf knatternden Fünfzigern, flotte Banker mit fliegendem Schlipsen ritten PS-starke Maxi-Scooter wie Raumgleiter. Rentner hatten meist eine aufmontierte Windschutzscheibe am Gefährt, sonnengebräunte Frauen legten Wert auf elegante Farbabstimmung zwischen Sattel, Fahrgestell und Sturzhelm, unter dem ihre Haarpracht hervorschaute und sinnlich im Fahrtwind flatterte. Proteo Laurenti bevorzugte die wendigen Klassiker. Und weil man mit diesen Dingern keine Parkplatzsorgen hatte, war die Dichte an Motorrollern in Triest höher als die Zahl der Führerscheininhaber, wobei bisher noch niemand erklären konnte, wie es ein Teil der Bevölkerung fertigbrachte, zwei dieser Dinger auf einmal zu fahren. Doch jetzt stand Laurenti mit seiner Vespa wie alle anderen auf dem Fleck und schwitzte unter dem Sturzhelm.

Ein Meer roter Fahnen zog langsam den Corso Italia hinauf und wurde von knarrenden Lautsprecherdurchsagen begleitet. Die größte Gewerkschaft hatte zu einem landesweiten Generalstreik aufgerufen, zehntausend Teilnehmer versammelten sich auch hier in der Landeshauptstadt – trotz des schönen Wetters. Die Lage in diesem Jahr war ernst: Die angekündigten Sparmaßnahmen der Regierung gaben allen Grund zur Empörung, ließen sie doch die oberen Einkommensklassen unberührt, während alle anderen die Gürtel enger schnallen sollten. Ordnungskräfte zum Beispiel hätten auf ihr dreizehntes Monatsgehalt verzichten sollen. Doch auch die Informationspolitik des Staatsfernsehens sorgte für

Aufruhr. Die Sendeanstalt war zum Propagandainstrument des Politbüros gemacht worden und unterschlug unbequeme Nachrichten. Es ging fast zu wie unter einem kommunistischen Regime.

Marietta war bereits beim dritten Klingeln am Apparat und wenig begeistert, als ihr Chef sie ins Büro beorderte.

»Ich bin am Strand von Liburnia. Du versaust mir den ersten Tag, den ich am Meer verbringen wollte«, maulte sie.

Kehrte seine Assistentin etwa ins irdische Leben zurück? Früher hatte sie sogar die Nächte am Nudistenstrand verbracht, doch seit dem Frühjahr machte sie den Eindruck, als sei sie in eine Sekte eingetreten, deren oberstes Ziel die Selbstkasteiung war. Auch unter Humorverlust hatte sie gelitten. Und jetzt? Hatte etwa auch »Bobo«, der weiße Hase, sein Fell am FKK-Strand abgelegt? Laurenti wählte die sanftesten Worte, die er an diesem Morgen zu finden vermochte.

»Ich brauche dich dringend, liebe Marietta. Es brennt an allen Ecken. Du kannst dafür ein andermal freimachen. Wir kommen ohne dich nicht weiter.«

»Das höre ich aber gerne, Chef«, antwortete sie zu seinem Erstaunen, und der Commissario fragte sich, ob sie ihn verulkte. »In einer halben Stunde bin ich da.«

»Danke, meine Liebe. Pina wird dir alles erklären.«

Vergebens hatte er im Hochhaus bei Aurelio Selva geklingelt. Zuerst unten am Eingang. Dann aber verließ der freundliche Literaturprofessor das Haus, der sich als Spezialist für das Genre des Kriminalromans einen Namen gemacht hatte und den Laurenti aus der Malabar kannte. Sie wechselten ein paar Worte, dann fuhr er in den vierzehnten Stock und klingelte an der Wohnungstür Sturm. Kein Mucks drang heraus, tatsächlich schien niemand zu Hause zu sein. Als er sich abwandte, fiel sein Blick auf die Klingel am Eingang nebenan: R. R. Hier würde er auch bald vorstellig werden.

Wenn Laurenti eines nicht ausstehen konnte, dann war es, aufgehalten zu werden. Durch unauffindbare Zeugen, welche die Ermittlungen verzögerten, oder vor Mautstellen auf der Autobahn von Urlaubern blockiert zu werden, hinter einem Penner warten zu müssen, der sich beim Umschalten der Ampel Zeit ließ, oder in Einkaufszentren an einer von zwei geöffneten Ladenkassen Schlange zu stehen und daneben vierzehn geschlossene zu sehen.

Nur die Tatsache, dass die Gewerkschafter auch für ihn auf die Straße gingen, ließ ihn jetzt die nötige Geduld aufbringen. Er spürte die Vibration seines Mobiltelefons in der Hosentasche und kramte es heraus. Was wollte der Verantwortliche für den Polizeibericht des »Piccolo« ausgerechnet jetzt von ihm? Widerwillig zerrte er den Sturzhelm vom Kopf und nahm das Gespräch an.

»Bist du es, Commissario?«, fragte der Journalist. »Störe ich?«

»Was gib⁻'s?«

»Was bedeutet das Polizeiaufgebot im Park von Miramare?«

»Drehen die dort nicht einen Film? Einen Krimi? Fall nicht auf falsche Polizisten rein«, bluffte Laurenti.

»Nimm mich bitte nicht auf den Arm. Du hast mit deinem Dienstwagen ein Blumenbeet umgepflügt. Schönes Bild. Unser Fotograf war dort, um ein paar Bilder vom Set zu machen.«

Laurenti schwieg beharrlich.

»Also, was ist passiert? Die Filmleute sind stinksauer. Sie mussten ihre Dreharbeiten wegen euch unterbrechen. Jetzt stimmt das Licht nicht mehr. Eine solche Meldung kommt nicht gut an, Commissario, wo die Stadt doch zunehmend als Kulisse gewählt wird. Eigentlich eine gute Werbung für uns. Zumindest solange das so bleibt.«

»Zwei Schwerverletzte! Eine Frau, ein Mann. Zusammengeschlagen von wild gewordenen, selbsternannten Ordnungshütern! Was glauben diese Filmleute eigentlich?«, rief Laurenti wütend. »Dass Polizei, Notarzt und Rettungswagen das Ende der Dreharbeiten abwarten?«

»Davon haben sie natürlich nichts gesagt. Wer sind die Opfer?«

»Wir ermitteln noch.«

»Und die Täter?«

»Vergiss es. Laufende Ermittlungen.«

»Und was soll ich unseren Lesern mitteilen?«

»Du wirst als erster unterrichtet.«

»Das hast du schon zu oft versprochen, Laurenti. Dann sag mir wenigstens, was ihr in Gazzas Wohnung entdeckt habt. Vergiss nicht, der Tipp kam von mir.«

»Top secret«, antwortete der Commissario und legte auf.

Die Leute vom Film hatten sich also allen Ernstes bei der Presse über einen realen Polizeieinsatz beschwert. Das war im Drehbuch nicht vorgesehen. Glaubten die etwa, dass sich alle nach ihnen richteten? Täter, Opfer und Ermittler? Natürlich freute es Laurenti, dass Triest in den Massenmedien ein gutes Bild abgab, und die Questura war es schließlich, die einen Gutteil der Drehgenehmigungen erteilte. Auch die blau-weiß lackierten Polizeiautos stellte man gerne für die Aufnahmen zur Verfügung und manchmal sogar Kollegen zur Dekoration. Diese mokierten sich gern über die Phantasie-Uniformen der Schauspieler, bei denen der Dienstgrad an Kragen und Ärmel so wenig der Realität entsprach wie die abgedrehten Szenen. Es schien fast, als würden außer Krimis keine anderen Filme mehr gedreht. Doch wollte die ganze Welt wirklich nur noch diese rasch produzierten Machwerke sehen, in denen grausam realistisch dargestellte Opfer für Quoten sorgten und der Täter stets geschnappt wurde? Die Wirklichkeit sah anders aus, als TV-Redakteure, Drehbuchautoren und Regisseure es gerne hätten – und Laurenti glaubte einfach nicht daran, dass mündige Bürger auf diese Machwerke hereinfielen. Seit Monaten hagelte es Berichte über Festnahmen großer Mafiabosse. Einer nach dem anderen. Laurenti wusste, dass seine Kollegen im Süden des Landes gute Arbeit leisteten. Doch war es wirklich so, dass alles Übel beseitigt war, wenn diese Leute festgesetzt wurden? Oder waren es die Bauernopfer der Mafia, die man sowieso nicht mehr brauchte? Die Regierung ließ keine Gelegenheit aus, sich mit diesen Fahndungserfolgen zu schmücken. Und verabschiedete Gesetze, die die Arbeit der Ermittler zunehmend erschwerten.

Noch immer war kein Ende des Demonstrationszuges mit den roten Fahnen abzusehen. Zum Krankenhaus käme er so rasch also nicht. Laurenti wählte die Nummer des alten Gerichtsmediziners. Er musste Raissa erst wortreich davon überzeugen, dass sie den Hörer weitergab. In knappen Worten umriss er den Fall und appellierte an Galvanos Sympathie für den schwarzen Straßenverkäufer, damit der sich gleich auf den Weg ins Klinikum machte, auch wenn die Russin im Hintergrund zeterte.

Der nächste Anruf galt dem Krankenhaus. Laurenti wurde mehrfach weiterverbunden, bis er endlich mit dem Arzt sprechen konnte, der Alberto behandelt hatte und erst vor einer halben Stunde aus dem Operationssaal gekommen war. Er lieferte eine knappe Diagnose, verwies allerdings auf den verbindlichen schriftlichen Bericht, den er noch verfassen musste. Die Verletzungen stammten eindeutig von Fausthieben und Fußtritten. Es stand nicht gut um den Somalier, doch er würde durchkommen. Vernehmungsfähig wäre er aber die nächste Woche ganz sicher nicht. Über die Frau im roten Kleid wusste der Arzt nichts, sie lag noch unter den Messern eines anderen Operationsteams.

*

Candace war sichtlich enttäuscht, als sie aus der Passkontrolle heraustrat und sich vergeblich nach ihrer Mutter umsah. Dann aber begann sie, sich Sorgen zu machen. Das Mail, das ihre Mutter ihr in der Nacht geschickt hatte, war beunruhigend. Auf der Fahrt nach Stansted hatte sie das lange Dokument mehrfach gelesen. Alle ihre Anrufe waren unbeantwortet geblieben. Sie klammerte sich an die Idee, dass Miriam nach dem Schock ausschlafen wollte und deswegen den Apparat ausgeschaltet hatte, doch ihr war klar, dass dies nicht mehr als eine müde Hoffnung war. Drei Monate in Zentralasien hatte die Vierundzwanzigjährige allein durchgestanden, und jetzt wusste sie nicht einmal, an wen sie sich wenden sollte. Sie stellte ihre Reisetasche auf eine Bank und überflog noch einmal Miriams Nachricht, bis sie auf den Namen und die Adresse des Londoner Rechtsanwalts stieß, den ihre Mutter als Vertrauensperson genannt hatte.

Jeremy Jones nahm sofort ab. Seine Stimme, mit der er sie zu beruhigen versuchte, war sympathisch. Er riet ihr, sich umgehend an seinen Triestiner Kollegen Fausto Aiazzi zu wenden, der Miriam die neue Unterkunft verschafft hatte, und schickte ihr dessen Daten. Doch unter der angegebenen Telefonnummer meldete sich nur ein Anrufbeantworter, der die Geschäftszeiten der Kanzlei nannte. Der Samstag gehörte nicht dazu.

Die Ankunftshalle hatte sich längst geleert, als Candace in ein Taxi stieg, das sie in die Stadt brachte. Für die außergewöhnliche Schönheit der Steilküste hatte sie keinen Blick. In der Via Trento bat sie den Fahrer zu warten, bis jemand öffnete. Sie klingelte lange, warf schließlich ihre Tasche zurück in den Wagen und ließ sich auf den Sitz fallen.

»Und jetzt?«, fragte der Fahrer.

»Bringen Sie mich bitte zur Polizei«, sagte sie fast tonlos.

＊

Pina und Marietta quetschten die prügelnden Kahlköpfe aus, Battinelli würde erst in ein paar Stunden eintreffen, Raccaros Yacht bald beschlagnahmt und untersucht werden. Eine Stunde könnte er durchaus verschwinden. Laurenti beschloss, auf einen Sprung bei Gemma vorbeizuschauen, draußen auf dem alten Deich vor der Stadt. Ein Bad im Meer würde ihn erfrischen, und wenn er dann ins Präsidium zurückkehrte, lägen sicher schon die ersten Auswertungen vor.

Das alte »Launch-Service«-Boot legte gerade in dem Moment ab, als Proteo Laurenti am Molo Audace die Vespa aufbockte und seinen verschwitzten Helm unter dem Sattel verstaute. Sein Winken war umsonst, entweder war der Kapitän zu sehr mit dem Manöver beschäftigt, oder er wollte ihn einfach nicht sehen. Jetzt musste er eine halbe Stunde bis zum nächsten Transfer warten. Er setzte sich auf einen der alten rostigen Poller und wählte Lauras Nummer. Als ihn in aller Herrgottsfrühe Albertos Hilferuf erreicht hatte, schlief sie weiter. In den langen Jahren mit Laurenti hatte sie sich mit den Anrufen zu den unmöglichsten Zeiten abgefunden und ließ sich in ihrem Schlaf nicht mehr stören.

Es klingelte lange und vergeblich, doch wenig später rief seine Frau zurück.

»Verzeih, Schatz«, flötete sie. »Ich war gerade dabei, meine Sachen zu verstauen.«

»Ich fürchtete, ihr wärt bereits ausgelaufen. Nicht einmal verabschiedet haben wir uns heute früh.«

»Ist etwas Schlimmes passiert, dass du so früh raus musstest?«

»Ist das Boot so bequem, wie du geschildert hast?«

»Ganz prima, Proteo. Das wird ein wunderbarer Ausflug.«

»Sag Mariantonietta, dass ich sie einen Kopf kürzer mache, wenn sie dich nicht heil nach Hause bringt.«

»Mach dir keine Sorgen, sie ist wirklich ein erfahrener

Skipper. Der Wind steht auch gut, so dass wir ohne viel Kreuzen vorankommen sollten. Ich ruf dich heute Abend oder morgen früh an und sag dir, wo wir sind. Ciao, mein Schatz.«

»Viel Spaß, Laura. Mach du dir bitte auch keine Sorgen, wir kommen zu Hause schon klar.« Er steckte das Telefon ein und schaute zur Diga vecchia hinüber.

Laurenti bezahlte den Eintritt und schaltete sein Mobiltelefon ab. Die Badeanstalt auf der Diga vecchia hatte eine lange Tradition, die zu Beginn des vergangenen Jahrhunderts ihren Anfang genommen hatte, doch in den sechziger Jahren war sie der miserablen Wasserqualität zum Opfer gefallen. Längst war das Meer wieder sauber. Vor vier Jahren wurde der Deich vor dem alten Hafen saniert und herausgeputzt. Damals war eine der rechten Seilschaften um Raffaele Raccaro am Hebel gewesen. Sie hatte ihre Finger in zahlreichen Immobilienprojekten der Stadt. Doch dann legte die Badeanstalt noch vor Saisonende eine überraschende Pleite hin, deren Ursachen rätselhaft geblieben waren. Im Jahr darauf eröffnete sie wieder unter einem neuen Pächter und entwickelte sich zu einem fabelhaften Ort, an dem man mitten in der Stadt prächtig entspannen konnte.

Das Wasser war klar, die Liegestühle waren bequem, das Restaurant servierte Snacks und gute Drinks. Am Abend vergnügte man sich mit Blick auf die Lichter der Stadt, ohne dass die laute Musik jemanden störte.

»Der Kuss«, sagte Gemma, nachdem sie sich von Laurentis Lippen gelöst hatte, der sich scheu umsah, »der Kuss, das hat gerade ein englischer Wissenschaftler herausgefunden, hat überhaupt nichts Romantisches an sich. Und er ist auch kein Subsystem der Evolutionskontrolle, mit dem das Weibchen detailliertere Informationen über den Hygienezustand des Männchens zu erforschen trachtet, über seine Reinlich-

288

keit, seinen Geruch etwa, seinen Gesundheitszustand, seine Fortpflanzungsfähigkeit. Nein, dazu reicht es, zu riechen, genau hinzuschauen oder es auszuprobieren. Wusstest du das?« Sie blätterte in einer Fachzeitschrift mit dem Titel »Medical Hypotheses«.

Auf der obersten Terrasse, wo der Eintritt doppelt so viel kostete, befanden sich sonst keine Gäste.

»Na sag schon«, antwortete er amüsiert. »Wofür hat die Schöpfung ihn dann vorgesehen?«

»Ganz einfach, das Weibchen entwickelt Antikörper gegen das Zytomegalievirus, das grundsätzlich vom Männchen übertragen wird.«

»Aha, immer sind wir Männer schuld.«

»Keine Sorge, jeder hat es. Dieses Virus ist für gesunde Erwachsene völlig ungefährlich, wäre aber während der Schwangerschaft für das Ungeborene äußerst gesundheitsschädlich. Also, beim Küssen übertragt ihr es mit dem Speichel, wir Frauen entwickeln dann Antikörper dagegen, die mit der Zeit den Keim unschädlich machen, so dass wir problemlos empfangen können. Je länger eine Beziehung dauert, desto mehr sinkt die Möglichkeit einer Erkrankung. Die einzige Vorbeugung ist, sich ständig und mit Leidenschaft zu küssen, schreibt dieser Forscher. Ein sechs Monate langer Dauerkuss wäre die beste Prophylaxe. Die Übertragung mit dem Speichel ist die effektivste Methode, aber der Virus befindet sich auch im Urin, in Bluttransfusionen und in Spermasekreten.«

»Also gibt es doch echte Alternativen«, scherzte Laurenti.

»So viele du willst.«

»Aber wieso sprichst du von Schwangerschaften? Hast du nicht gesagt, dass du dein erstes Kind nicht vor vierzig bekommen willst?«

Die Vorstellung, dass Gemma ihm eines Tages freudestrahlend eröffnete, dass er noch einmal Vater würde, jagte

Laurenti einen Schauer über den Rücken. Er war doch kein Politiker. Er liebte Laura und würde sie niemals verlassen. Und außerdem war er heilfroh, dass seine drei Kinder endlich erwachsen waren.

»Dabei bleib ich auch. Hast du eigentlich die Quallen gesehen?«, fragte Gemma und deutete auf die drei dicken weißen Tiere, die der heiße Südwestwind ins Hafenbecken getrieben hatte.

»Lungenquallen. Sie sind ungiftig und ein Zeichen für die gute Wasserqualität. Sie ernähren sich von Plankton. Und wenn du tauchst, dann siehst du die kleinen Fische zwischen ihren Tentakeln, die sie begleiten. Du kannst sie anfassen. Einfach wegschieben. Sie sind wirklich harmlos.«

»Eklig sind sie trotzdem. Und riesig.«

»In Asien isst man sie. Und in der Zeitung stand, dass die Chinesen sie vor Rimini in Ruderbooten abfischen und in Mailand als Spezialitäten verkaufen. Du wirst sehen, sobald der Wind dreht, werden sie wieder hinausgetrieben.«

Proteo Laurenti streckte sich, nachdem Gemma die Sonnencreme mit zarter Hand auf seinem Leib verrieben hatte, auf dem Liegestuhl neben ihr aus. Er räkelte sich und beobachtete den Sporthafen, von dem zu dieser Stunde immer noch unzählige Freizeitskipper mit ihren Yachten aufs offene Meer hinausfuhren. Manche von ihnen brachen zu wochenlangen Törns in dalmatinischen Gewässern auf oder in die Ägäis, andere warfen bereits nach fünf Seemeilen vor der Steilküste den Anker, wo die teuren Schiffe dann dicht an dicht lagen, als hätten ihre Eigner Angst vorm Alleinsein. Die Freiheit des Meeres.

»Cremst du mich auch ein bisschen ein?« Gemma legte ihr Oberteil ab.

Laurenti verteilte die Sonnencreme auf Gemmas Bauch.

»Ist das nicht schön hier?«, flüsterte er. »Wir beide ganz allein und trotzdem mitten in der Stadt. Dort drüben, neben den Gleisen der Standseilbahn, liegt auf halber Höhe die Villa unserer Freundin Daniela mit ihren drei dämlichen Pudeln, links davon die von Guido, der im letzten Jahr seine Schelmerei mit der ›Villa Primc‹ getrieben hat. Du erinnerst dich, er hat in einer Nacht-und-Nebel-Aktion ein Schild mit dem ursprünglichen Namen dort angebracht, was ausgereicht hat, um die Faschisten zum Wahnsinn zu treiben. Und gleich daneben liegt die Superwohnung des Financiers und seiner Frau mit dem plastifizierten Busen, der Geldsack, der stumm wie ein Fisch ist, sobald er sein Büro verlässt. Besser so. Und dann, schau dort rechts, die Paläste entlang den Rive. Ich glaube, ich könnte dir von jedem zweiten Haus eine Geschichte erzählen, die für mich leider immer nur mit Arbeit und menschlichen Abgründen verbunden ist. Und weiter hinten, nahe der Sacchetta, tauchte vor Jahren ein Riesenschinken von Caravaggio auf, die Experten streiten bis heute über seine Echtheit. Laura sollte ihn damals in ihrem Auktionshaus losschlagen, am Ende wurde das Bild aber von der Kulturbehörde konfisziert. Dafür begutachtet sie schon seit Tagen eine private Sammlung, die in einem der anderen Häuser an den Rive hängt. Über die Geschäfte, die in den Gebäuden rund um die Piazza Unità ausgehandelt werden, will ich aber lieber nicht nachdenken. Das Rathaus, die Präfektur, die Landesregierung. Am härtesten wird daran gearbeitet, dass der Hafen nicht wieder konkurrenzfähig wird. Raccaro und seine Bande haben Angst vor Machtverlust. Dafür befinden wir uns hier in der reinsten Idylle.«

Laurenti setzte sich auf die andere Seite und kehrte der Stadt den Rücken zu. Aus der Flasche schoss zu viel von der milchigen Flüssigkeit auf Gemmas glatte Haut, und der seidendünne Flaum in dem Venusgrübchen auf Höhe der Lendenwirbel ertrank darunter. Er massierte mit langsamen Bewegungen die Creme ein und schaute aufs glitzernde Meer hinaus, über das eine leichte Brise fegte.

Sein Blick fiel auf eine edle Segelyacht, deren dunkelblauer Rumpf mit dem Edelholzdeck kaum fünfzig Meter vor der Diga vecchia gemächlich aufs offene Meer hinausglitt. Soeben hatte man die Genua gesetzt, die der Libeccio sogleich blähte und das Boot vorantrieb. In schnörkeligen weißen Buchstaben prangte der Name am Bug: »Amor II«. Hinter einem der beiden großen Steuer stand ein brathähnchenfarbener Mann von etwa vierzig Jahren mit dichter, schwarzer Brustbehaarung und einer weißen Baseballmütze, deren Schirm seinen Nacken vor dem Sonneneinfall schützte.

»Bringst du mir auch ein Glas, Liebe?«, rief er in die Kabine hinunter. Der Wind trug seine Worte zur Diga herüber. »Ohne Sprit läuft hier gar nichts. Warum leistet du mir nicht Gesellschaft? Bring den ganzen Kübel hoch. Und dann setzen wir das Großsegel.«

Noch bevor Laurenti den Blick auf den Rücken Gemmas senkte, hörte er ein ihm vertrautes, glockenklares Lachen, sah einen Champagnerkübel, um den sich zwei schlanke Hände geschlossen hatten, und kurz darauf eine schöne Frau aus der Kabine heraufsteigen, die nur ihr langes blondes Haar zu tragen schien. Sein Atem stockte. Er rieb sich die Augen. Die Sonnencreme brannte fürchterlich. Wie durch einen Schleier sah er die beiden einander zuprosten. Laura! Hatte sie nicht gesagt, dass die Yacht »Amor II« hieß? Hektisch tastete er nach dem Handtuch. Der Skipper hieß also Mariantonietta? Dass diese Frau eine üppige Brustbehaarung trug, hatte sie nicht erzählt. Am liebsten wäre Laurenti aufgesprungen, die Treppen zum Meer hinuntergejagt und zu der edlen Yacht hinübergekrault, die langsam Fahrt aufnahm. Weiße Gischt spritzte über ihren Bug.

»Was hast du bloß, Proteo?«, fragte Gemma, die sich über das abrupte Ende der sanften Massage wunderte und umdrehte. Sie tränkte das Handtuch mit Mineralwasser und tupfte ihm über die zusammengekniffenen Lider. »Ich weiß, es brennt, wenn man das Zeug in die Augen kriegt«, sagte sie sanft. »Komm her, ich mach das schon.«

Laurenti atmete tief ein und aus. Er schnaubte, als wollte er Dampf ablassen.

»Es ist gleich vorbei«, sagte Gemma.

»Schön wär's.« Laurenti klammerte sich mit den Händen an die Liege.

»Leg dich hin. Was hast du nur gesehen?«

»Ach, nur ein edles Schiff, das einen unerschwinglich hohen Preis hat.«

»Meinst du das da mit dem blauen Rumpf? Wenn ich mich nicht täusche, ist es die Yacht von Enrico D'Agostino. Er hat den Liegeplatz neben meinem Vater. Nicht schlecht, aber es gibt noch ganz andere Boote.«

»Und wer ist das?«

»Ein Aufreißer. Seine Frau Mariantonietta ist eine Topmanagerin in der größten Kaffeerösterei und arbeitet Tag und Nacht. Er hingegen hat geerbt und segelt. Sonst tut er nichts. Schade um ihn, er ist eigentlich ganz nett, aber er vernachlässigt seine Intelligenz. Dafür reißt er eine Schönheit nach der anderen auf, und seine Frau kriegt vor lauter Arbeit nichts davon mit. Wäre interessant zu wissen, wen der Kerl heute an Bord hat. Erstaunlich, dass er immer noch frische Beute findet. Man sagt ihm nach, er führe nie zweimal mit derselben Frau hinaus.«

»Wie, warst du etwa auch schon mit ihm auf hoher See?«

»Er ist wirklich ein toller Skipper. Mehrere Atlantikübersegelungen hat er gemacht und eine ganze Menge Regatten gewonnen. Aber mein Typ ist er nicht unbedingt.«

»Ich brauch jetzt dringend einen Aperitif«, ächzte Laurenti, während er sich wieder aufrichtete. »Und vielleicht hat an der Bar auch jemand eine Zigarette für mich.«

Weit im Nordwesten zogen die ersten schwarzen Gewitterwolken am Himmel auf, von denen sich die hellen Rauchsäulen abhoben, die noch immer vom Karst emporstiegen. Die Löschmannschaften, die bereits den zweiten Tag das Feuer bekämpften, würden für jeden Tropfen dankbar sein.

Freuds Fehler

Die Verhältnisse im landesweiten Strafvollzug waren katastrophal, auch in der Hafenstadt saßen fast doppelt so viele Häftlinge ein als es Plätze gab. Das Dekret, alle Ausländer ohne gültige Aufenthaltsbewilligung zu Straftätern zu machen, hatte die Situation drastisch verschärft.

Der dunkelblaue Kastenwagen mit den vergitterten Fenstern war gegen Mittag eine Autobahnausfahrt vor der letzten Mautstelle abgefahren, um den endlosen Stau zu umfahren, und hatte die restlichen dreißig Kilometer über die Landstraße zurückgelegt, bevor die Justizvollzugsbeamten aus Udine Giulio Gazza im Triestiner Gefängnis Coroneo ablieferten. Der dicke Mann wurde in eine der überfüllten Zellen gesteckt, in der sich bereits sieben andere drängten, obwohl sie nur für vier Personen angelegt war. Notliegen verengten den Raum, eine Matratze lag am Boden. Mit einem Blick erkannte er, dass auch für ihn ein provisorischer Schlafplatz eingerichtet würde, sollte es dem Anwalt wider Erwarten nicht gelingen, ihn rauszuhauen.

Während der Fahrt war kein Mucks über Giulios Lippen gekommen. In Udine hatte er die Nacht allein in der Zelle verbracht, doch jetzt musste er zuerst das Gemaule der anderen über sich ergehen lassen. Bald wusste er, wer seine Mithäftlinge waren: zwei Kosovo-Albaner, Schwarzarbeiter und Wilderer ohne Aufenthaltsbewilligung und Waffenschein, ein türkischer Fernfahrer, in dessen Lkw dreißig Kilo Heroin gefunden wurden, als er von der Istanbul-Fähre zur Ausfahrt aus dem Freihafengelände gefahren war, ein Chinese, ein Eritreer und ein Sengalese ohne gültige Papiere. Der einzige Italiener war ein Frührentner, der am Strand von Barcola heimlich nackte Kleinkinder fotografiert hatte und von den aufgebrachten Badegästen fast gelyncht worden war. Ein dicker Verband klebte auf seiner Nase und bedeckte das halbe Gesicht, sein rechtes Auge war violett gefärbt und zugeschwollen. Ohne Unterlass redete er auf den Neuzugang ein und beschwor seine Unschuld. Endlich ein Italiener, der ihn verstand. Er sei doch nur ein passionierter Hobbyfotograf und hätte keine schlimmen Absichten gehegt. Die Demokratie sei ein Dreckssystem, es bräuchte dringend wieder einen Staatsmann der mit eiserner Hand für Ordnung sorgte.

»Halt den Mund«, maulte Gazza, als der Kerl kein Ende fand. »In einem anderen System befändest du dich bereits beim Steineklopfen auf einer kargen Insel.«

Was hatte die Triestiner Staatsanwaltschaft eigentlich gegen ihn in der Hand? Er war schließlich kein Mörder oder Bankräuber. Und dem zufolge, was dieser Laurenti gestern Nachmittag preisgegeben hatte, war die Beweislage äußerst mager. Dass er nicht der Absender des Päckchens an die Engländerin war, könnte der Fahrer vom Kurierdienst bezeugen. Giulio kannte die Tricks der Bullen. Ihn festzusetzen war doch nur ein dämlicher Einschüchterungsversuch, auf seine Kosten hatte man den Engländern nachgegeben. Aus Angst vor schlechter Presse. Natürlich hatten sie den Computer und sein Mobiltelefon beschlagnahmt, sein Auto durchsucht, die Papierstapel auf dem Schreibtisch durchgeforstet. Doch laut Gesetz müsste innerhalb von achtundvierzig Stunden seit der Festnahme ein Untersuchungsrichter über seine Inhaftierung entscheiden, und er hatte noch nicht einmal die Ehre des Staatsanwalts gehabt. Das war vermutlich der Grund für seine Überstellung nach Triest, in der Hauptreisezeit begab sich schließlich keiner aus dieser Kaste wegen eines Verhörs in einer so läppischen Angelegenheit auf die Autobahn.

Gazza zählte die Stunden, die er bereits hinter sich hatte. Nachdem Raccaro am Nachmittag nicht ans Telefon gegangen war, hatte er im Beisein des Commissarios Aurelio angerufen und ihm die Lage geschildert. Die Zecke war ganz entsetzt gewesen und hatte hoch und heilig versprochen, sogleich Leles Anwaltskanzlei zu unterrichten und Dampf zu machen. Schon am Abend wäre er wieder draußen. Das einzige, was ihn nervte, war die Ungewissheit über den weiteren Verlauf des Tages. Den Beamten, der ihm bei seiner Ankunft die persönlichen Sachen wieder abnahm, und auch den Schließer hatte er danach gefragt. Mit starrem Gesichtsausdruck zuckten sie gleichgültig die Schultern – wie bei jedem seiner früheren Aufenthalte im Knast. Zuletzt saß er eineinhalb Jahre, aber das lag schon geraume Zeit zurück. Warten auf andere war nicht angenehm. Eine Verurteilung gab wie ein Freispruch wenigstens Gewissheit.

*

Das Taxi hielt in einer engen Seitenstraße vor dem Haupteingang eines mächtigen Gebäudes aus weißem Marmor, über dem das Wort QVESTVRA in den Stein gehauen war. Samstags zur Mittagszeit befand sich hier kein Mensch auf der Straße. Zögernd ging Candace mit ihrer Reisetasche in der linken Hand die drei Treppenstufen empor und zog die riesige Eingangstür auf. Die Empfangshalle hatte etwas Gespenstisches: Eine breite, mit einem roten Teppich ausgekleidete Marmortreppe führte nach oben, daneben lag, wie eine christliche Kapelle, eine Nische, an deren Wänden die Namen der Beamten geschrieben standen, die im Dienst ihr Leben gelassen hatten.

»Bitte, kann ich Ihnen helfen?«

Candace schaute sich suchend um und entdeckte weiter rechts endlich eine hölzerne Kanzel, an dem eine junge Uniformierte gelangweilt Dienst schob und sie zu sich winkte.

»Samstags sind die Schalter der Ausländerbehörde von acht bis dreizehn Uhr geöffnet.«

»Deswegen bin ich nicht hier. Ich möchte mit einem Verantwortlichen sprechen.« Ihr Italienisch war noch holprig, und doch fühlte sie sich in dieser Sprache zu Hause.

»Um was dreht es sich?«

»Ich vermisse meine Mutter. Sie sollte mich vom Flughafen abholen und ist nirgends aufzufinden. Ich weiß, dass Sie letzte Nacht hier Anzeige erstattet hat, weil sie sich bedroht fühlte. Ich mache mir Sorgen.«

»Wie heißt Ihre Mutter?«

»Miriam Natisone.«

»Und Sie?«

»Candace Eliott.«

»Ihren Ausweis, bitte.«

Candace legte das Dokument auf das Pult, ließ den prüfenden Blick über sich ergehen, bei der Zeile mit der Körpergröße schaute die Frau sie ein zweites Mal an, eins zweiundachtzig. Der Zeigefinger der Beamtin glitt über eine Telefonliste. Nach einem kurzen Gespräch wiederholte sich die Szene, der Finger zeigte auf eines der Kommissariate. Erst nach dem nächsten Versuch schaute die Polizistin auf.

»Wie hieß Ihre Mutter noch mal?«, fragte sie.

»Sie heißt Miriam Natisone.«

Ein paar Worte später legte die junge Frau auf. »Warten Sie hier. Es kommt jemand und holt Sie ab. Was haben Sie da in Ihrer Tasche?«

»Es ist mein Reisegepäck. Ich bin soeben gelandet.«

Auch in Triest gab es die üblichen Sicherheitskontrollen, schon draußen am Gebäude war Candace die Videoüberwachung ins Auge gefallen. Sie ließ den Blick durch die Halle schweifen – Monumentalarchitektur aus den Dreißigern. Eine kleine Frau in Jeans und T-Shirt, die ihr kaum bis zum Schlüsselbein reichte, stand plötzlich vor ihr und bat sie mitzukommen. Zwei Stufen auf einmal nehmend ging die Polizistin auf der breiten Treppe voraus, navigierte mit energischem Schritt durch einen langen, mit grauer Ölfarbe gestrichenen Flur und bat sie schließlich vor ihrem Schreibtisch Platz zu nehmen, auf dem ein Namensschild sie als Inspektorin Giuseppina Cardareto auswies. Die Kleinsten waren meist die Energischsten, Candace war beruhigt. Nachdem die Polizistin die Angaben zu ihrer Person aufgenommen hatte, fragte sie noch nach der Nummer ihres Mobiltelefons und gab ihr ihre Visitenkarte. Dann klappte sie einen Aktendeckel so auf, dass Candace den Inhalt nicht erkennen konnte, und blätterte in den Unterlagen. Schließlich zeigte sie ihr das Porträtfoto einer rothaarigen Frau mit seltsam geschlossenen Augen.

Candace fuhr entsetzt hoch und riss ihr das Foto aus der Hand.

»Sie lebt«, sagte die Inspektorin sogleich. »Sie wird durchkommen. Beruhigen Sie sich. Sie hat sehr viel Glück gehabt.«

»Wo? Ich will zu ihr!«

»Sie ist nicht vernehmungsfähig.«

»Ich will sie doch nicht verhören. Sie ist meine Mutter.« Candace sprang auf.

»In unserem Polyklinikum. Sie ist in guten Händen. Lassen Sie ihr und sich etwas Zeit.«

»Wer hat ihr das angetan? Was ist passiert, um Gottes willen?«

»Das ist widersprüchlich. Auf der Tatwaffe befinden sich einige Fingerabdrücke. Allerdings hält kein Mörder sein Messer nur mit zwei Fingern.«

Candace starrte die Inspektorin an. Es kam so oft vor, dass man mit Leuten zu tun hatte, die sich nicht vorstellen konnten, dass es Menschen gab, die sich nicht auf ihrem Informationsstand befanden.

»Ich kann Ihnen nicht folgen«, sagte Candace.

»Die beiden Abdrücke stammten von einem Somalier, einem fliegenden Händler. Der Verdächtige liegt ebenfalls auf der Intensivstation. Auch er ist nicht vernehmungsfähig. Er wird bewacht.«

»Alberto!«, rief Candace. »Sie hat in ihrem Mail von ihm berichtet. Er hat ihr geholfen und den Verfolger fotografiert.«

Pina nickte. »Das kann schon sein.« Ihre Hand lag auf dem Aktendeckel, und ihre Stimme klang hart. »Sie haben also mit Ihrer Mutter darüber gesprochen?«

»Wir haben gestern Nachmittag telefoniert, und heute Nacht gegen vier hat sie mir ein Mail geschickt.«

»Haben Sie es dabei?«

Sie nickte und zog drei gefaltete Blätter aus der Gesäßtasche ihrer Jeans, mit denen Pina zum Fotokopierer auf dem Flur ging. Candace nutzte die Chance und schlug den Aktendeckel auf. Die Fotos ihrer Mutter lagen zuoberst. Sie sah schlimm aus. Ihr Gesicht war blutverschmiert und geschwollen. Ihr Blick ging ins Leere. Eine Vergrößerung zeigte eine vernähte Schnittwunde an ihrem Hals, aus dem eine transparente Kanüle ragte. Candace schlug rasch die Mappe zu, als sie die Schritte auf dem Flur vernahm.

»Hat Sie bei Ihnen die Anzeige erstattet?«, fragte sie, als die Inspektorin ihr das Original zurückgab.

Für einen Sekundenbruchteil senkte Pina den Blick. »Ja, und ich habe sie anschließend unter Bewachung in ihr Appartement bringen lassen. Sie sollte heute um diese Uhrzeit eigentlich hier sitzen und sich die Fotos aus unserer Datenbank ansehen.« Sie unterdrückte ein Gähnen, dann zog sie einen Schlüssel aus der Mappe. »Strada del Friuli 98. Ich hatte noch keine Gelegenheit, mich dort umzuschauen. Wenn Sie möchten, fahren wir zusammen hin. Ob Sie dort bleiben können, weiß ich allerdings nicht. Das hängt davon ab, was wir finden.«

Die Inspektorin warf einen Blick auf die riesige Armbanduhr an ihrem Handgelenk, unterdrückte schon wieder ein Gähnen und tippte noch drei Sätze in den Computer. Dann

legte sie Candace das knappe Protokoll vor und bat sie um
ihre Unterschrift.

»Ich schlage vor, wir fahren gleich los.« Die Inspektorin erhob sich und nahm eine schwere Pistole aus einer Schublade,
die sie in das Gürtelholster steckte. Sie warf sich eine leichte
Jacke über die Schultern, die die Waffe kaum verdeckte.

»Und wann kann ich zu meiner Mutter?«

»Ich kann Sie gut verstehen, Signorina. Natürlich können
Sie sofort zu ihr, sofern die Ärzte nichts dagegen haben. Aber
sie wurde erst vor ein paar Stunden operiert. Warten Sie wenigstens, bis sie sich von der Narkose erholt hat.« Die kleine
Polizistin war also doch zu menschlichem Mitgefühl in der
Lage. Sogar zu einem sanften Lächeln. Auf einem Zettel notierte sie die Anschrift des Krankenhauses und die Station,
auf der Miriam Natisone versorgt wurde. »In der Zwischenzeit könnten Sie mir helfen, indem wir zusammen die Sachen
Ihrer Mutter ansehen. Was meinen Sie?«

Die Inspektorin meldete sich bei einer tief dekolletierten
Kollegin ab, deren Finger in Windeseile über die Computer-
tastatur flogen und auf deren Schreibtisch zwei Zigaretten
gleichzeitig in einem randvoll gefüllten Aschenbecher vor
sich hin qualmten.

*

Laurentis Laune war so finster wie die Gewitterwolken am
Horizont. Kaum hatte er sich in der Bar der Badeanstalt einigermaßen vom Anblick Mariantoniettas dichter Brustbehaarung erholt, eröffnete Gemma ihm, dass sie Ende der
kommenden Woche mit Alvaro, ihrem langjährigem Lebens-
gefährten aus Mailand, in den Urlaub fahren würde. Ein aus-
giebiger Törn mit der Yacht ihres Vaters, der seine Rückkehr
für den nächsten Tag angekündigt habe. Der alte Pier Mora
würde solange wieder die Praxis übernehmen, und dieses Mal

301

habe sie keine Lust auf die Kornaten und die dalmatinische
Küste. Bis nach Apulien wollte sie segeln und auf der Höhe
des Gargano rüber nach Korfu, Kefalonia und das Ionische
Meer. Vier lange Wochen. Proteo Laurenti hatte es schwei-
gend zur Kenntnis genommen, dann der Kellnerin nervös
Zigaretten abgeschwatzt und eine nach der anderen gepafft.
Er schaltete sein Mobiltelefon wieder ein und las Galvanos
Nachricht: »Habe Vespa am Molo gesehen, warte im Tom-
maseo.« Der Abschied von Gemma fiel dieses Mal knapp aus,
das »Launch-Service«-Boot machte bereits die Leinen los, als
Laurenti an Bord sprang. Tatsächlich war er kaum länger
als eine Stunde auf der Diga vecchia gewesen. Während der
Überfahrt fing er plötzlich an zu lachen: Der Sommer der
Gehörnten. Und wieder fiel ihm die Melodie des Pfeifkon-
zerts aus Quentin Tarantinos »Kill Bill« ein.

»Lange hätten wir nicht mehr gewartet, Laurenti. Der Hund
verträgt die Hitze nicht.« Der alte Mann begann Dialoge
stets mit mehr oder weniger offenen Vorwürfen. Er war in
Begleitung der Russin, sie saßen im Schatten einer Markise
vor dem ältesten Kaffeehaus der Stadt.
    Der alte Gerichtsmediziner legte die Zeitung weg, als Lau-
renti sich an den Tisch setzte und die blonde Raissa begrüßte,
deren helle Haut am Vortag viel zu lange der Sonne ausgesetzt war: Tomatenwangen, Erdbeernase, Wassermelonen-
stirn. Marcos Gemüsegarten war blass dagegen. Dafür trug
sie eine hochgeschlossene, langärmlige weiße Bluse. Auf Laurentis Kompliment, wie gut sie aussähe, antwortete sie mit einem wehleidigen Lächeln und schnappte sich die Zeitung.
    »Ich war im Krankenhaus«, sagte Galvano, »und habe dort
die Arbeit der Polizei erledigt, während der Commissario
schwimmen geht. Alberto wurde übel zugerichtet. Unterkie-
fer, Wangen- und Nasenbein gebrochen, dazu drei Rippen,
der linke Unterarm, das linke Schambein sowie eine ziemlich

heikle Hodenquetschung, knapp an der Amputation vorbei. Ein Wunder, dass die inneren Organe heil geblieben sind. Diese Schweine müssen noch mit Füßen auf ihn eingetreten haben, als er längst wehrlos am Boden lag. Und ganz sicher hat auch einer von ihnen einen Knüppel benutzt, einen Baseballschläger oder etwas Ähnliches. Ein Wunder, dass er dich noch verständigen konnte. Er hat einen eisernen Willen. Und er ist nur zufällig in die Sache geraten. Meines Erachtens wurde er benutzt. Als Täter hätte er wohl kaum die Polizei verständigt.«

»Er fürchtete um sein Leben, Galvano. Es ist immer noch besser, im Knast zu landen, als totgeschlagen zu werden. Der Arzt hat mir nach der Operation am Telefon übrigens gesagt, dass die Verletzungen von Fußtritten und Faustschlägen verursacht wurden. Einen Baseballschläger erwähnte er nicht.«

Dem Expertenblick Galvanos war eigentlich blind zu vertrauen. »Ich habe das Opfer gesehen, Laurenti. Und ich weiß, wovon ich rede. Weiter als ein kräftiger Mann werfen kann, wird das Ding kaum liegen.«

»Dann hat die Spurensicherung es inzwischen gefunden und die Fingerabdrücke abgenommen. Sie haben den Tatort sehr weiträumig abgesperrt. Den Kerlen entgeht nichts.«

»Die Sache mit der versuchten Vergewaltigung kannst du vergessen. Eine halbe Stunde habe ich an seinem Bett gesessen, bis er endlich die Augen aufmachte. Er fing sofort an zu reden, als er mich erkannte. Allerdings ist er kaum zu verstehen, er fragte ständig nach dieser Frau. Alberto wollte ihr helfen. Diese Vollidioten haben das nicht begriffen, für die sind alle Schwarzen Vergewaltiger und Menschenfresser. Kann es sein, dass sie Miriam heißt?«

Laurenti nickte. »Miriam Natisone. Engländerin. Journalistin.«

»Auch das noch! Die britischen Medien werden wie die Wölfe über uns herfallen, und alle Italiener werden wieder zu

Mafiosi gemacht. Dann riecht das Ministerium Lunte, und du bist den Fall los, was dir sicher mehr als recht ist. Alberto aber wird zum Sündenbock gemacht und wandert als afrikanischer Schlächter und Vergewaltiger für viele Jahre in den Knast. Und schließlich wird er abgeschoben. Mach was, Laurenti.«

»Na klar, ich fahr sofort nach Rom und stürze die Regierung. Hat Alberto sonst noch etwas gesagt?«

»Miriam. Fotoapparat. Sonst nichts. Er ist sofort wieder eingeschlafen. Kannst du mir eigentlich verraten, weshalb eine Wache vor seiner Tür steht? Habt ihr etwa Angst, dass Alberto abhaut? Die nächsten vier Wochen sicher nicht. Solange kannst du dein Personal besser einsetzen.«

»Man weiß nie, Galvano.«

Noch im Park hatte Laurenti angeordnet, dass zwei Beamte in der Klinik abgestellt werden sollten. Einer sollte Alberto bewachen, der andere die Rothaarige. Wer garantierte, dass der Täter sein Werk nicht vollenden wollte? Erst die Wahrheit über diese Glatzköpfe von der selbsternannten Bürgerwehr gäbe Gewissheit.

»Gut gemacht, Galvano«, sagte Laurenti schließlich und erhob sich. »Wann gehst du wieder zu ihm?«

Die Russin tauchte schlagartig hinter ihrer Zeitung auf und schaute den Alten herausfordernd an. »Heute weicht er mir keinen Schritt mehr von der Seite, Commissario. Das Wochenende gehört der Familie«, protestierte Raissa.

»Am Nachmittag.« Galvano schien ihr Befehl entgangen zu sein. »Jemand muss sich schließlich um ihn kümmern.«

»Auf keinen Fall«, protestierte Raissa. »Du hast mir Treue geschworen, John Achille Oreste.«

Ihre Stimme krächzte aufgeregt. Noch nie hatte Laurenti jemanden den Alten beim Vornamen rufen hören, erst recht nicht bei allen dreien. Er folgte der Szene und hütete sich, den Mund aufzumachen.

»Treue! Was hat das denn damit zu tun?« Galvano richtete sich so abrupt auf, dass der Hund unter dem Tisch aufsprang und einmal laut bellte. »Als gäbe es den Betrug! Du übertreibst, Liebe.«

»Du hast die Wahl. Entweder der«, sie zeigte aufgebracht auf Laurenti, »oder ich.«

»Weißt du eigentlich, dass man in London erst vor kurzem die letzten Schriften gefunden hat, die Sigmund Freud nur wenige Stunden vor seinem Selbstmord verfasste?« Galvanos Tonfall war zuckersüß. Er fingerte eine Mentholzigarette aus der Packung und zündete sie an. »Das Papier steckte im Futter seines Sofas.«

»Worauf spielst du an? Hast du nicht gehört, was ich gesagt habe?« Vor Aufregung rollte Raissa das R als werfe das vom Schirokko aufgewühlte Meer bei Windstärke acht einen Geröllhaufen gegen das Ufer.

Laurenti wandte sich zum Gehen, doch der Alte gab den Weg noch nicht frei.

»Freud schrieb, er habe in allem geirrt. Von Treue im Singular zu sprechen, ist realitätsfern, sie kann in dieser Form nicht existieren. Somit gibt es kein Betrügen und keinen Ehebruch. Eine Fehlinterpretation der vom Christentum erzeugten Ängste. Der einzig richtige Begriff sei die Paralleltreue! Stimmt's, Laurenti?« Galvano streichelte seinen Hund, hielt einen Moment mit lauerndem Blick inne und polterte sogleich los, als die Russin den Mund öffnete. »Die Weisheit eines großen Mannes auf dem Totenbett. Also reg dich ab, Raissa! Am Nachmittag geh ich wieder zu Alberto. Und wenn du willst, dann kannst du mich begleiten. Aber nur unter der Bedingung, dass du die Klappe hältst.«

Die Russin versteckte sich schmollend hinter ihrer Zeitung, die sie erst nach einer Weile in die richtige Richtung drehte.

»Hat Freud das wirklich geschrieben?«, rätselte Laurenti.

»Natürlich«, behauptete der alte Gerichtsmediziner ernst und tat einen tiefen Zug an seiner Zigarette. Sein Blick war starr auf das Meer gerichtet. »Nur leider zu spät. Tragisch. Keiner wird je darüber berichten und die Menschheit diesen Irrtum bis ans Ende ihrer Tage ausbaden.«

∗

In der Wohnung unter dem Leuchtturm fanden sie Miriams halb ausgepackten Trolley, an einem Regal hatte sie zwei Kleider aufgehängt. Verdächtige Spuren entdeckten sie nicht. Niemand war dort eingedrungen, auch die Schlösser waren unversehrt. Die beiden Uniformierten, die die Inspektorin und Candace begleiteten, warteten nun auf der Straße. Pina entschied, lediglich Miriams Laptop mitzunehmen und ihren Moleskine, in dem Candace konzentriert blätterte und doch nur Notizen über die Kaffee-Stadt fand. Die Inspektorin erklärte, dass sie den Computer beschlagnahmen müsste, wogegen Candace sich auflehnte. Am Ende erhielt sie das Versprechen, dass sie in der Questura die Daten auf ihren Laptop überspielen dürfte, um sie zu lesen. In der Abteilung sprach nur der Kollege Battinelli gut Englisch, und der war ausgerechnet an diesem Samstag nicht da. Doch rasches Handeln war nötig, und Candace könnte eine große Hilfe sein.

Pina Cardareto hatte Augen gemacht, als sie die schicken Räume und den atemberaubenden Blick über Hafen, Stadt, und Meer erfasste. Beton, Zement, Edelstahl und jede Menge Glas. Mit ihrem Gehalt würde sie niemals in den Genuss einer solchen Bleibe kommen, dachte sie einen Augenblick lang. Dazu müsste sie schon den Notar ehelichen, mit dem sie sich seit etwas mehr als einem Monat gelegentlich traf. Doch der war verheiratet und Vater zweier Kinder. Der gut aussehende Mann hatte eines Abends am Nebentisch gesessen und sie angesprochen, als Pina im Capriccio allein eine Pizza verschlang. Dieses Lokal an der Piazza Libertà gegenüber dem Hauptbahnhof suchte sie oft nach ihrem Kampfsporttraining auf, sie hielt die Pizza hier für eine der besten der ganzen Stadt. Sie hatte sich zwar darüber gewundert, dass Roberto Piccardi wusste, dass sie bei der Kriminalpolizei arbeitete, doch dann hatte er von seinem Urlaub in Kalabrien erzählt. Er kannte die Region wirklich gut und auch Africò an der Costa dei Gelsomini, Pinas Geburtsort, wo ihre Mutter eine Apotheke betrieb. Tags darauf hatte der Mann sie angerufen und zu einem Aperitif in Le Bollicine eingeladen, in der Via Rossini nahe dem Canal Grande. Und Pina hatte ihm zuliebe sogar Champagner getrunken, obwohl sie lieber Bier mochte. Als Roberto Piccardi sie nach Hause brachte, strahlte er beim Anblick ihrer Zweizimmerwohnung in der Via Lazaretto Vecchio. Sie erinnere ihn an seine Studentenjahre, die glücklichste Zeit seines Lebens. Pina schüttelte die Gedanken ab, lange würde diese Affäre sowieso nicht dauern. Der Mann war zwar sehr charmant, doch fragte er sie viel zu häufig danach, was sich in der Questura tat.

Candace hatte sich, nägelkauend vor Anspannung, auf der Terrasse umgesehen, wo neben einem Liegestuhl ein halbleeres Wasserglas stand, ein Verlängerungskabel und in einem Aschenbecher der Stummel eines Joints lagen, den sie unauffällig in den Garten schnipste. Candace war sich sicher: Hier musste ihre Mutter letzte Nacht gesessen und ihre Nachricht an sie und Jeremy Jones verfasst haben.

»Kann ich hier übernachten?«, fragte sie die Inspektorin.

»Wenn's der Chef erlaubt, habe ich nichts dagegen, Signorina. Aber ich muss ihn erst fragen.«

»Wer ist Ihr Chef?«

»Ein Commissario. Er ist es, der ihre Mutter heute früh im Park gefunden hat. Zusammen mit diesem Alberto.«

»Und haben Sie auch seine Kamera gefunden?«, fragte

Candace. »Im letzten Mail schrieb meine Mutter, dass er sie heute früh zurückgeben und dafür fünfhundert Euro erhalten sollte. Danach wollte er den Kontakt zu ihr abbrechen. Ihm war mulmig, er wollte nicht mehr mit ihr gesehen werden. Vor was er Angst hatte, hat sie leider nicht erwähnt.«

»Ich bin mir sicher, dass die Bilder auf meinem Schreibtisch liegen, sobald wir in die Questura zurückkommen.«

»Ich will aber zu meiner Mutter. Und zwar gleich.«

Pina bat die beiden uniformierten Kollegen, sie am Polizeipräsidium abzusetzen und die junge Frau anschließend zur Universitätsklinik zu bringen, sie dort bis zum Zimmer ihrer Mutter zu geleiten und dem Kollegen vor der Tür Bescheid zu sagen, damit er sie passieren ließ. Zurück müsste sie alleine finden. Pina würde sie im Büro erwarten.

»Eine Wache vor der Tür?«, fragte Candace.

»Anordnung des Commissarios. Solange wir uns über den Täter nicht hundertprozentig sicher sind«, sagte die Inspektorin und konnte ein tiefes Gähnen nicht mehr unterdrücken.

*

»Ich brauche dringend einen Durchsuchungsbefehl, Dottoressa. Auch die Aufzeichnungen der Überwachungskamera vor dem Torbogen zum Schlosspark zeigen klar lesbar das Kennzeichen der weißen Malagutti. Der Verdächtige hat es kurz nach fünf an diesem Morgen durchfahren«, rief Laurenti ins Telefon, noch bevor er alle Fotos durchgesehen hatte, die auf seinem Tisch lagen. »Aurelio Selva, Via Donata 1, vierzehnter Stock.« Es bedurfte nicht vieler Worte, um Iva Volpini von der Dringlichkeit zu überzeugen.

Pina Cardareto stand mit einem Espresso in der Hand, den Marietta ihr zubereitet hatte, neben dem Chef. Marietta war ungewohnt nachsichtig mit Pina, die eine Spätschicht hinter sich und danach gerade mal drei Stunden geschlafen hatte. Die Inspektorin hatte die Bilder beim Kriminaltechniker abgeholt und sie an ihrem Computer mit Miriam Natisones Angaben verglichen. Es gab keinen Zweifel.

»Ich komme mit«, ordnete die Staatsanwältin an. »In einer halben Stunde treffen wir uns vor dem Haupteingang. Um fünfzehn Uhr genau. Reicht Ihnen die Zeit zur Vorbereitung?«

»Marietta, Rollkommando. Gleich. Veranlasse alles, und noch etwas: Wir gehen zu Fuß!«, rief Laurenti in sein Vorzimmer, kaum dass er aufgelegt hatte.

Während er seine Waffe aus der Schublade nahm und das Magazin einlegte, warf er aus dem Fenster seines Büros einen Blick auf das Hochhaus gegenüber, zu dessen Füßen im Teatro Romano vor zwei Tagen eine Szene für den Fernsehkrimi gedreht worden war.

»Was hat das Verhör der drei Männer der Bürgerwehr ergeben?«, fragte Laurenti die Inspektorin.

»Einfach war es nicht, den Anführer weichzukochen. Marietta hat die Sanfte, die Mütterliche gespielt und mir gute Vorlagen geliefert. Auf jeden Fall waren die Typen ziemlich von den Socken, dass Sie so schnell zur Stelle waren, Chef. Als sie die Sirene hörten, waren sie der Überzeugung, dass es sich um eine Filmszene handeln würde. Sie stritten gerade darüber, was zu unternehmen sei. Noch nicht einmal eine Ambulanz hatten diese Idioten verständigt. Die dachten, sie kämen davon, wenn sie behaupten würden, die beiden Opfer so aufgefunden zu haben. Hätten Sie den Blutfleck am Jackenärmel des Anführers nicht gesehen, Commissario, wären ihre Chancen nicht einmal schlecht gewesen. Ihre Oberbekleidung ist auf dem Weg nach Padua zur Analyse. Erst als die Kriminaltechnik auch den Dreck unter seinen Fingernägeln sicherte, gab ihr Boss ein wenig nach. Er behauptete plötzlich, Alberto habe sie angegriffen und versucht abzuhauen. Darin stimmten dann alle ihre Aussagen überein. Die haben sich hundertprozentig abgesprochen, Zeit dazu hatten sie genug, bevor ich sie in die Finger kriegte. Weiter bin ich noch nicht gekommen. Ich muss die Aussagen erst noch einmal lesen und die Widersprüche herausarbeiten. Details. Sobald Marietta alles transkribiert hat. Beim nächsten Verhör krieg ich die Typen dran.«

»Und wo sind sie jetzt?«

»Eingelocht natürlich. Separat. Alle drei haben Pflichtverteidiger akzeptiert. Einer faselte etwas von Herzrhythmusstörungen und verlangte den Amtsarzt.«

»Ach herrje, Herzprobleme, aber nachts Streife laufen und sich wichtig machen. Ein erbärmlicher Versuch davonzukommen.«

»Besonders intelligent ist keiner von denen.«

»Gehen wir«, sagte Laurenti und steckte die Pistole ins Holster.

*

Mit maximal gerefften Segeln krängte die »Greta Garbo« im steifen Wind, der behäbige alte Zweimaster durchschnitt die Wellen als hätte er eine Verjüngungskur hinter sich. Vom tiefen Blau hatte die Farbe des Meeres in Graugrün gewechselt, als sich vor einer Stunde die düstere Wolkenwand immer weiter nach Osten schob und die Sonne nicht mehr durchdringen ließ. Weißer Schaum von den brechenden Wellenköpfen wehte wie Seidenvorhänge übers Wasser und fegte über das Deck. Der Wind hatte Stärke sieben erreicht und würde weiter zulegen. Der kleine Mann am Ruder, dessen welkes Haar unter dem Baseballkäppi hervorwehte, grinste vor Vergnügen, obwohl er wusste, dass er bald den Diesel anwerfen musste und die automatische Winsch, um die Segel einzuholen. Die Gefahr war zu groß, dass Vittoria über Bord ging, die leeseitig kotzend über der Bordwand hing. Ein alter Seebär wie er genoss den Sturm mehr als den schönsten Sommertag mit frischer Brise, und das Schiff trotzte jedem Wetter. Die Po-Mündung hatten sie seit einer halben Stunde hinter sich, und Lele sah die Blitze über den Touristensilos der Lidi Ferraresi. Raffaele Raccaro setzten im Unterschied zu seiner Begleiterin lange Törns bei hartem Wetter nicht zu. Je schärfer der Wind ihm um die Ohren pfiff, desto besser wurde seine Laune. Der Donner grollte und übertönte beizeiten das Windgetöse. Bis Rimini waren es noch fünfundvierzig Seemeilen, dort wollte er am Spätnachmittag in der Marina festmachen, und ein Chauffeur des Finanzinstituts in der Republik San Marino würde ihn abholen. Der Inhalt des Aktenkoffers, den er an Bord gebracht und in einen Schrank eingeschlossen hatte, musste angelegt werden.

Vittoria ging es im Moment etwas besser, doch ihren Platz hatte sie nicht verlassen, sich lediglich hingesetzt und ihr Haar hochgesteckt. Ihr Blick suchte Halt an der am Horizont verlaufenden dünnen Uferlinie. Nach ein paar Minuten entdeckte sie ein blitzendes blaues Licht auf den Wellen. Sie nahm das Marineglas aus der Halterung und stellte es scharf.

»Ein Schiff der Küstenwache hält auf uns zu«, sagte sie schließlich und zeigte mit ausgestrecktem Arm in seine Richtung. »Bekommen wir Besuch?«

Lele stellte das Ruder fest und ließ sich das Glas reichen. »Uns gilt das nicht, sei ganz beruhigt. So wie die rasen, haben sie entweder einen Rettungseinsatz vor sich oder einen dicken Fisch an der Angel«, sagte er. »Du ahnst ja nicht, wie viele unerfahrene Freizeitkapitäne jedes Mal gerettet werden müssen, wenn das Wetter wechselt. Die meisten überschätzen sich gewaltig.«

Lele startete den Diesel und drückte den Knopf der automatischen Winsch, und mit jedem Zentimeter, mit dem sie die rostroten Segel einholte, richtete sich die »Greta Garbo« auf. Sie nahm Fahrt auf, und ihr Bug tauchte beizeiten tief in die Wellen, deren Gischt übers Deck stob. Vittoria hing schon wieder über der Bordkante.

Das Patrouillenboot näherte sich rasch und hielt konstant Kurs auf den Zweimaster. Das Blaulicht flackerte kontinuierlich, die weiße Heckwelle zeichnete einen leichten Bogen. Jetzt erkannte Lele, dass er sich geirrt hatte. Diese Leute waren doch hoffentlich nicht der Meinung, er befände sich in Seenot. War etwas vorgefallen? Nun, er würde ihnen schon den Marsch blasen, wenn sie ihn aufzuhalten versuchten.

Zehn Minuten später drehte die Einheit auf einen nahen Parallelkurs und hatte schnell aufgeholt. Mit einem saloppen Handzeichen erwiderte Raccaro den Gruß des Offiziers, der an Bord stand, dann zum Führerstand ging und das Mikrofon zur Hand nahm.

»›Greta Garbo‹, können Sie mich verstehen?«

Lele nickte und hielt den Daumen nach oben.

»Wir haben den Befehl, Sie zum Hafen von Ravenna zu geleiten. Wechseln Sie auf Kurs 227 Grad Südwest, geben Sie folgende Koordinaten ein: 44°30′0″ Nord, 12°17′0″ Ost. Wenn Sie verstanden haben, betätigen Sie das Signalhorn. Ich wiederhole …«

Was zum Teufel fiel denen ein? Lele sträubte sich, und Vittoria hatte ihre Seekrankheit für einen Moment vergessen. Das Patrouillenboot näherte sich ein Stück an, und die Ansage wurde wiederholt. Widerwillig betätigte er das Signal und legte das Ruder um, nachdem er die neuen Koordinaten in den Bordcomputer eingegeben hatte. Und außerdem drosselte er die Maschine, nachdem er das Steuer auf Autopilot gestellt hatte. Dann verschwand er unter Deck und überprüfte sein Mobiltelefon auf Empfang. Er wählte die Nummer seines Mailänder Anwalts, das Gespräch war nur von kurzer Dauer. Bevor er etwa in einer Stunde Ravenna anlaufen würde, wollte Lele wissen, wer ihm da das Leben schwermachte. So einfach ginge das nicht.

*

Die beiden massiven Betontürme des Ospedale Cattinara auf dem Hügel über der Stadt hatten einem französischen Fotografen im Jahr 1986 eine Menge Geld eingebracht, als er seine Aufnahmen davon den internationalen Presseagenturen als erstes exklusives Foto des havarierten Atomreaktors von Tschernobyl verkaufte, weil echte Bilder aus der damaligen Sowjetunion natürlich nicht zu kriegen waren. Auf dem Hügel, auf dem das moderne Klinikum errichtet worden war, sollte einer mittelalterlichen Schrift zufolge bereits 1389 ein Hospital gestanden haben.

Candace war heilfroh, dass die beiden freundlichen Uniformierten sie durch das Wirrwarr der Gänge im Eingangsbereich führten und mit dem Aufzug in den zwölften Stock des Klinikums brachten. Mit jedem Meter, den Candace sich ihrer Mutter näherte, wurde sie nervöser. Sie konnte es kaum erwarten, dass der Wachposten den Weg in das Zimmer freigab. Endlich öffnete sie leise die Tür. Die Jalousien waren herabgelassen, und ihre Augen mussten sich erst an das diffuse Licht gewöhnen. Candace verharrte einen Augenblick am Fußende des Krankenbetts.

Miriam hatte starke Schwellungen im Gesicht, ihr Hals war verbunden, eine transparente Kanüle ragte aus dem Verband. Von einem Infusionsbeutel führte ein Plastikschlauch zu ihrem Arm, neben ihrem Bett stand elektrisches Gerät, ein Monitor zeigte ihren Herzschlag an, der andere Apparat verzeichnete den Atem.

Leise trat Candace näher, Miriam öffnete sofort die Augen, als sie ihre Schritte hörte. Sie blickte ihre Tochter an, dann schloss sie sie wieder.

»Ich bin's, Mummy«, flüsterte Candace. »Was haben sie dir bloß angetan?« Sie wollte ihre Mutter umarmen, doch die riss bloß die Augen auf. Candace verstand. Keine Berührungen, Angst vor Schmerzen. Sie zog einen Stuhl heran und umklammerte ihre Hand. Ein mattes Lächeln umspielte Miriams Mundwinkel. Sprechen konnte sie nicht, doch ihre Augen bohrten sich in die ihrer Tochter. Der Monitor zeigte einen leicht erhöhten Herzschlag an.

Candace wusste nicht, wie lange sie da gesessen hatte, Miriam war rasch wieder eingeschlafen. Irgendwann erhob sich die junge Frau und trat auf den Flur hinaus. Sie fragte den Wachposten nach dem Ärztezimmer. Eine dunkelhaarige Frau Ende dreißig, um deren Hals an einer Kordel eine Brille baumelte, fragte sie nach ihrem Anliegen. Dann bat sie Candace herein und sich auszuweisen.

»Sie hatte einen riesigen Schutzengel«, sagte die Ärztin und öffnete einen Aktendeckel. »Ihre Mutter hat sehr viel Glück gehabt. Danken Sie Gott.«

»Was hat sie? Wie steht es um sie?«

Die Ärztin schaute sie milde an und warf schließlich einen Blick in die Papiere. »Ein Kollege hat sie operiert. Der Eingriff ist gut verlaufen.«

»Ich bitte Sie, was hat meine Mutter wirklich?«, fragte Candace jetzt ungehalten. »Ich habe ein Recht, es zu erfahren. Ich bin ihre einzige Angehörige. Und ich bin schließlich kein Kind. Sagen Sie es mir.« Dann beruhigte sie sich wieder. »Bitte«, ergänzte sie leise.

»Nun gut«, die Ärztin nahm ein Blatt heraus. »Jemand hat versucht, ihr die Kehle durchzuschneiden, und um ein Haar hätte er es geschafft. Es ist mir ein Rätsel, weshalb nicht. Vermutlich wurde er gestört. Er hat ihre Luftröhre erwischt, den Kehlkopf gequetscht, ferner hat sie Blutergüsse und Hämatome am ganzen Leib und vor allem am Kopf. Aber sie wird alles überstehen. Es geht ihr den Umständen entsprechend gut, sie hat eine gute Konstitution, doch braucht sie jetzt viel Ruhe. Sie werden sehen, in ein paar Tagen schon hat sich ihre Mutter spürbar erholt. Zunächst wird sie künstlich ernährt, sie bekommt die nötigen Infusionen. Die Operationswunden müssen verheilen. Und sprechen darf sie auch nicht. Und noch etwas«, die Ärztin legte das Blatt in die Akte zurück, setzte ihre Lesebrille ab und schaute die junge Frau streng an, »jede Form von Aufregung sollte ihr unbedingt erspart werden.«

Candace nickte stumm.

Die Ärztin warf einen Blick auf die Uhr und erhob sich. »Sie werden mich jetzt sicher noch danach fragen, wann ihre Mutter entlassen wird. Nun, ich weiß es nicht.«

Als Candace das Krankenzimmer wieder betrat, staunte sie. Ein dürrer hochgewachsener alter Mann, dessen riesiger Kopf auf einen anderen Körper zu gehören schien, stand über ihre Mutter gebeugt neben dem Bett. Er hatte die Decke zurückgeschlagen und betrachtete ihren Körper. Mit ruhiger Stimme redete er zu Miriam, die ihn lediglich anstarrte.

»Wer sind Sie?«, fragte Candace barsch und raste auf ihn zu.

Er hob lediglich die linke Hand, ohne sie anzusehen. Ganz ruhig schloss der Alte das Patientenhemd ihrer Mutter und legte die Decke wieder auf ihren Körper.

»Was tun Sie hier?«, rief Candace und fasste ihn am Kragen.

»Ich bin Gerichtsmediziner. Dottor Galvano.« Ein Lächeln huschte über sein Gesicht, als er die junge Frau ansah, die fast so groß war wie er. »Und Sie?«

»Candace Eliott. Ich bin ihre Tochter.« Sie schaute ihn herausfordernd an. Der Mann musste weit über achtzig sein.

»Ich habe mir lediglich die Verletzungen angesehen, young Lady! Solange sie frisch sind. Das ist meine Arbeit.«

»Werden Gerichtsmediziner in Triest nie pensioniert?«

Der Alte stutzte einen Augenblick, sein Blick flackerte,

dann räusperte er sich. »Ihre Mutter ist eine schöne Frau. Sie hat viel Glück gehabt.«

»Das hat mir bereits die Stationsärztin gesagt. Und in ihrer Krankenakte befinden sich auch die Fotografien ihrer Verletzungen. Haben Sie die etwa auch gemacht?«

»Dafür ist ein Kollege zuständig. Fotos ersetzen nicht den Augenschein.«

»Wo kann ich Sie erreichen?« Candace verstellte ihm den Weg.

»Fragen Sie den Beamten vor der Tür oder erkundigen Sie sich in der Questura nach mir. Die wissen, wer ich bin. Fragen Sie nach Galvano, Dottor Galvano.«

Es dauerte lange, bis Candace das leichte Trommeln von Miriams Fingern auf ihrem Handrücken verstand. »Du willst etwas schreiben?«, flüsterte sie.

Miriam zwinkerte mit den Lidern.

»Ich hol Papier und Stift.«

Miriam schüttelte kaum wahrnehmbar den Kopf.

»Was dann?«

Wieder bemerkte Candace das Trommeln der Finger. Sie öffnete ihre Reisetasche, zog den Laptop heraus und zeigte ihn ihrer Mutter, die jetzt zweimal zwinkerte. Candace schaltete das Gerät ein, dann nahm sie das Kopfkissen vom leeren Nachbarbett und baute es als Unterlage auf Miriams Bauch auf. Langsam hob ihre Mutter die Hand und suchte mit dem Zeigefinger nach den Buchstaben. Die Worte waren voller Fehler, und Candace versuchte ihren Bewegungen zu folgen, um sie besser interpretieren zu können.

»wo ost slbwrto?«

»Du willst wissen, wo Alberto ist?«, fragte Candace.

Miriam zwinkerte zweimal.

»Die Polizistin hat mir gesagt, dass er ebenfalls hier liegt.«

»slbwrto wsr es nochr« wurde zu »Alberto war es nicht«.

Und »er hast mocj grrttt, es wer Aielip« zu »Er hat mich gerettet, es war Aurelio«.

Jedes Mal fragte Candace so lange nach, bis sie verstanden hatte.

»Sag es der Polizei«, war der letzte kurze Satz, den Miriam niederschrieb, bevor sie die Kraft verließ und sie die Augen schloss.

*

Punkt fünfzehn Uhr setzte eine dunkelblaue Limousine die Staatsanwältin am Largo Riborgo ab, wo der Commissario, die Inspektorin und drei Uniformierte in kugelsicheren Westen sie erwarteten. Auch ein Schlosser stand bereit. Die sechs Polizisten waren die hundert Meter zu Fuß gegangen. Vergebens klingelte Laurenti an drei verschiedenen Wohnungen in den unteren Stockwerken, erst der Literaturprofessor antwortete und betätigte den Türöffner, nachdem Laurenti behauptet hatte, er müsse ein Telegramm zustellen.

Der Aufzug war zu klein für alle, die Uniformierten fuhren als erste in den vierzehnten Stock und bezogen Posten. Zwei Wohnungen lagen am Treppenabsatz des letzten Stockwerks, lediglich die Initialen auf dem Türschild neben dem Eingang verwiesen auf die Bewohner: R. R. und A. S. Sobald sich die Aufzugtür zum zweiten Mal geschlossen hatte, klingelten sie mehrfach bei Aurelio Selva. Dann kam der Schlosser zum Einsatz, der das Schloss mit nur drei Handgriffen knackte, worauf die Männer mit den kugelsicheren Westen und gezogenen Waffen die Räume inspizierten und rasch grünes Licht gaben. Es war niemand in der Wohnung. Einer von ihnen bezog Posten im Treppenhaus.

Die Wohnung hatte neben Bad und Küche lediglich zwei weitere Räume. Ein geräumiges Wohnschlafzimmer von gut sechzig Quadratmetern, das spärlich mit Designermöbeln eingerichtet war und dessen Fenster den Blick nach Norden freigaben. Das Bett war ungemacht, Kleidungsstücke lagen keine herum, der Kleiderschrank war ordentlich aufgeräumt. Schmutzwäsche fand sich weder in der Küche noch im Bad. Auf einem Glastisch lagen die heutigen Tageszeitungen, ein Wasserglas und eine Flasche standen daneben. Im Regal dahinter fanden sich sieben Bildbände mit Aktfotografien und wenige andere Bücher, deren Titel Laurenti nichts sagten. Im untersten Fach befand sich ein eingeschalteter Tintentstrahldrucker, dessen Verbindungskabel aus dem Regal hing. Der zugehörige Computer fehlte. Zwei Registrierordner enthielten die persönlichen Dokumente des Wohnungsinhabers, Pina Cardareto steckte sie in einen Karton, in welchen der Uniformierte auch den Inhalt des Papierkorbs legte, den er zuvor in einen Plastikbeutel geschüttet hatte. Und auch eine Digitalkamera.

»Hier ist sein Portemonnaie«, sagte Iva Volpini, die eine andere Ecke des Raums inspizierte. »Und die Schlüssel seines Scooters.«

»Weit kann er also nicht sein.« Laurenti runzelte die Stirn. »Die Wohnungstür hatte er nur ins Schloss gezogen. Es würde mich nicht wundern, wenn er uns in Kürze Gesellschaft leistet.«

»Sofern er uns nicht auf der Straße beobachtet und es sich anders überlegt hat, Commissario.«

»Nebenan wohnt sein Vater«, sagte Laurenti. »Ich mache jede Wette, dass er dort ist. Was halten Sie davon, wenn wir's bei Raccaro versuchen, Staatsanwältin?«

Iva Volpini schüttelte den Kopf. »Dafür haben wir noch immer keinen begründeten Verdacht, Commissario. Nehmen Sie erst einmal die anderen Räume unter die Lupe, Laurenti. Wenn Selva da drüben ist, dann muss er auch irgendwann einmal herauskommen. Sorgen Sie dafür, dass er das nicht unbemerkt tun kann.«

»Kommen Sie schnell, Chef«, hörte Laurenti die Inspektorin rufen, die das nächste Zimmer inspizierte. »Eine kleine Überraschung!«

Ein Klapptisch war in dem schmalen Raum aufgebaut, an dessen Wand eine Sprossenleiter befestigt war. Hanteln hingen in einer Halterung. Eine Kraftstation stand nahe dem Fenster, durch das die Sonnenstrahlen fielen und ein helles Viereck auf den Linoleumboden zeichneten. Die Streckbank diente als Sitzgelegenheit vor dem Tisch, auf dem sich neben einer Küchenwaage und einem Einschweißgerät Verpackungsmaterial häufte. Ein Stapel Lieferscheine samt Adressaufklebern lag daneben. Und auf dem Boden stapelten sich nach Bestimmungsländern geordnet versandfertige Päckchen. Der Absender war eine Adresse im slowenischen Koper, nur zehn Kilometer von Triest entfernt. Pina deutete auf die einzig freie Wand des Raumes, an der ein paar geöffnete Säcke Rohkaffee an drei Holzfässern lehnten. »Jamaica Blue Montain« stand auf dem obersten.

»Nicht schlecht«, sagte Laurenti und holte tief Luft. »Lust auf Kaffee?«, fragte er dann die Staatsanwältin. »Ich fürchte, jetzt brauchen wir doch ein Fahrzeug. Und zuvor den Fotografen und die Kriminaltechniker. Nicola Zadar wird sich freuen, wenn er die Ware irgendwann zurückbekommt.«

Die Staatsanwältin schaute ihn fragend an.

»Diese Sache liegt bei einem Ihrer Kollegen, Dottoressa. Vor ein paar Tagen wurde in die Geschäftsräume eines Importeurs eingebrochen und sehr seltene Ware gestohlen. Der hier zum Beispiel«, Laurenti deutete auf die beiden Säcke mit Kopi Luwak, »der hier fermentiert im Magen einer asiatischen Schleichkatze und wird mit dem Kot ausgeschieden. Das sieht dann aus wie ein Müsliriegel. Der Kaffee, der daraus zubereitet wird, ist das teuerste Getränk der Welt.«

Iva Volpini schaute, als hätte der Commissario sie auf den Arm genommen.

»Schmeckt sehr intensiv nach Regenwald«, ergänzte er und wählte Mariettas Nummer. »Schick uns die Spurensicherung rüber. Und einen Lieferwagen.«

»Habt ihr ihn?«

»Nein, aber ich vermute, wir werden demnächst eine schöne Spende bekommen. Kaffee fürs Büro. Den ersten Fall haben wir schon einmal gelöst.«

Aus dem Treppenhaus hörten sie plötzlich Schreie und heftiges Gerangel. Pina stürzte hinaus. Mit einem blitzschnell ausgeführten Schlag streckte sie den wasserstoffblonden Mann nieder, der den uniformierten Kollegen im Würgegriff hielt. Er fiel zu Boden wie ein Sack, und bevor er zu sich kam, befand er sich in Handschellen. Die Inspektorin ließ ihn am Boden liegen, er drehte sich unter Mühen auf die Seite und beobachtete die Polizisten wortlos.

»Danke«, sagte der Uniformierte und rieb sich den Hals. »Er hat mich überrascht.«

»Signor Selva, beinahe hätte ich Sie nicht erkannt«, sagte Laurenti. »Sie müssen eine berühmte Persönlichkeit sein.«

»Ich versteh kein Wort.« Aurelio glotzte ihn verstört an.

Eine dicke Strähne seines von viel Gel gehaltenen wasserstoffblonden Haares gab an der Schläfe eine stark gerötete und leicht mit Blut verkrustete Stelle frei, die nicht von Pinas Schlag stammte. Die großen bernsteinfarbenen Augen wirkten merkwürdig leer, sein Blick war auf die Wand geheftet. Auf seinem Oberarm prangte die Tätowierung eines schnaubenden Stiers. Aurelio schüttelte den Kopf, als könnte er nicht fassen, was ihm widerfahren war. Dann rutschte er wegen der auf den Rücken gefesselten Hände unbeholfen zur Wand und versuchte sich aufzusetzen.

»Ganz schön lästig, wie die Paparazzi ständig hinter euch Prominenten her sind, oder nicht? Unglaublich, was man mit Fotos heutzutage alles machen kann.«

Die Staatsanwältin bückte sich und betrachtete den Mann

im Halbprofil, der eine massivgoldene Kette um den Hals trug, an der ein pflaumengroßer Feueropal baumelte. »Sogar bis in den ›Independent‹ hat er es gebracht. Wirklich berühmt.«

»Wenn wir mit der Sache durch sind, bitte ich Sie sicher um ein Autogramm.« Laurenti grinste hämisch.

»Unter sein Geständnis, Commissario. Bringen Sie ihn weg.«

»Ich möchte meinen Anwalt sprechen«, protestierte Aurelio.

Auf der Schwelle zu dem Appartement, aus dem er nichtsahnend herausgekommen war und an dessen Eingang die Initialen R. R. standen, lehnte eine Aktentasche und blockierte die Tür.

»Was meinen Sie, Staatsanwältin?«, fragte Laurenti. »Befindet die Tasche sich in der Wohnung oder draußen auf dem Flur?«

»Sie steht im Treppenhaus, Laurenti. Sehen Sie das etwa nicht?«

∗

Raccaros Faust hatte sich fest um den Griff seines Aktenkoffers geschlossen, als er an Land ging, nachdem er die »Greta Garbo« wie befohlen unter den überdachten Anleger vor der Station der Küstenwache manövriert hatte und Vittoria die Leinen einem Matrosen zugeworfen hatte, der das Schiff festmachte.

»Wer ist der ranghöchste Offizier?«, fragte er laut, um den Regen, der auf das Metalldach prasselte, zu übertönen.

»Außer Ihren Dokumenten bleibt alles an Bord der Yacht«, befahl ungerührt und mit fester Stimme der Maresciallo der Guardia Costiera, dessen Uniform von makellosem Weiß war.

Neben ihm standen vier uniformierte Polizeibeamte sowie drei Männer um die vierzig in fuselfreien Overalls, auf die in dunkelblauen Lettern »Polizia scientifica« gedruckt war: Kriminaltechnik. Drei weitere Matrosen der Küstenwache standen etwas abseits und begutachteten neugierig die üppige Dame, die von Bord gesprungen war und eine viel zu enge Windjacke über ihr Kleidchen gezogen hatte, die sie über dem Busen nicht zu schließen vermochte.

Lele machte nicht die geringsten Anstalten, dem Befehl zu folgen. Wie angewachsen stand er da und fixierte den Offizier. Seit das Patrouillenboot draußen aufgetaucht war, hatte er alle Hebel in Bewegung gesetzt, während Vittoria sich im Hintergrund übergeben musste.

Der Senator hatte versprochen, sich direkt an den Innenminister zu wenden, einer seiner Abgeordneten hatte sich mit der Polizeipräsidentin in Verbindung gesetzt, ein anderer mit dem Präfekten der Provinz Ravenna, der sich wiederum mit dem dortigen Polizeipräsidenten verständigen sollte. Die einzige Auskunft, die Lele kurz vor dem Anlegen erreichte, war die, dass die Triestiner Staatsanwältin die Beschlagnahme der »Greta Garbo« verfügt habe, wogegen im Moment nichts zu machen war. Raccaro fluchte still auf den unantastbaren Status der italienischen Staatsanwälte, der noch immer in der Verfassung verankert war. Mit legalen Mitteln war gegen ihre Unabhängigkeit nicht anzukommen. Niemand konnte ihre Arbeit blockieren. Die Weisungen der Mächtigen waren wirkungslos, während in allen anderen Ländern Europas politisch unbequeme Prozesse im Vorfeld erstickt und unliebsame Ermittler abgesetzt oder befördert wurden. Je nachdem. Einer der triftigen Gründe, weshalb die Regierung ständig neue Gesetzesvorlagen hervorbrachte, durch die man sich Leles Meinung nach zu Recht zu schützen suchte.

»Ihr Schiff ist beschlagnahmt«, sagte einer der Polizisten, auf dessen Jacke in weißer Schrift »Anticrimine« zu lesen war.

»Verfügung der Staatsanwaltschaft Triest.« Er reichte Raccaro ein Blatt. »Geben Sie mir den Koffer, Dottor Raccaro.«

Lele klemmte ihn zwischen die Knie und fummelte seine Lesebrille aus der Brusttasche, dann warf er einen Blick auf das amtliche Schreiben.

»Diese Anordnung gilt für die Yacht, persönliche Gegenstände sind nicht erwähnt«, sagte er schließlich. »Den Koffer behalte ich, mit dem Rest können Sie tun, was Sie wollen.«

»Sie verstoßen damit gegen das Gesetz, Dottor Raccaro. Versuchte Unterdrückung von Beweismitteln. In diesem Fall muss ich Sie festnehmen. Sie hätten es einfacher haben können. Wir bekommen ihn sowieso.«

Die Kriminaltechniker drängten an ihm vorbei und gingen an Bord. Einer von ihnen verschwand in einer der Kabinen, während die anderen das Deck absuchten.

»Und weshalb das Ganze?« Lele war sichtlich ungehalten. »Gibt es eine Anzeige? Hier steht nichts davon.« Er wedelte wild mit dem Schreiben.

»Anweisungen, Dottor Raccaro. Machen Sie sich das Leben doch nicht unnötig schwer.«

Lele umklammerte trotzig den Koffer vor seiner Brust, wie ein Kind seinen liebsten Teddybär. Er hatte der »Greta Garbo« den Rücken gekehrt und sah nicht, wie ein Mann im weißen Overall Reling, Stage und Wanten unter die Lupe nahm. An einer Stelle neben der Badeleiter machte er Fotos aus verschiedenen Positionen und löste dann mit Hilfe einer Pinzette ein Stück hellen Stoffs von der Größe einer Zwei-Euro-Münze aus den Drähten der Halterung einer Stütze. Er steckte es in einen Kunststoffbeutel, den er sorgfältig verschloss und beschriftete.

»Haben Sie es sich überlegt, Raccaro?«, fragte der Uniformierte und gab, als der kleine Mann keine Anstalten machte, sich von seinem Koffer zu trennen, den beiden Kollegen ein Zeichen, worauf sie auf den Alten zugingen und ihn an den

Ellbogen fassten. Sie tasteten den Koffer nicht an, führten ihn zur Mole, wo der Streifenwagen stand. Lele war zu klein, als dass ihm ein Beamter beim Einsteigen hätte schützend die Hand aufs Haupt legen müssen.

Vittoria wurde von dem Gelände der Guardia Costiera geleitet, sobald man ihre Personalien überprüft hatte. Im Polizeicomputer hatte sich nichts über sie gefunden, außer einer lange zurückliegenden Vorstrafe wegen Drogenbesitz. Ihre Aufenthaltsbewilligung war gültig und ihre Tasche schnell durchsucht. Sie hatte nur kleines Gepäck dabei und war clean. Die letzte Line hatte sie gezogen, bevor die Seekrankheit sie packte.

Nachdem die stählerne Tür hinter Vittoria wie ein Hammerschlag ins Schloss gefallen war, sah sie dem Streifenwagen nach, dessen Lichter allmählich hinter der Regenwand verschwanden. Der Fahrer der Limousine aus San Marino ließ auf Vittorias Zeichen hin zögerlich das Fenster herunter. Sie sagte, dass der Fahrgast, der ihn umdirigiert hatte, nicht kommen könnte, und bat ihn, sie ins Stadtzentrum zu fahren. Der Mann im blauen Anzug schüttelte lediglich den Kopf, schloss das Fenster wieder und startete den Wagen. Nun stand sie ratlos im tosenden Gewitter und schaute sich um. Das dick aufgetragene Make-up zerfloss im Regen. In einiger Entfernung sah sie die Lichter einer Bar.

Bei einem heißen Irish Coffee überlegte sie, was zu tun war. Die Entscheidung wäre ihr leichter gefallen, wenn sie wenigstens gewusst hätte, weshalb die Bullen Lele das Leben schwermachten. Zuerst wählte sie Aurelios Nummer, sie ließ es lange klingeln, doch niemand antwortete. Das Gerät von Giulio Gazza hingegen war abgeschaltet. Als ihr fuchsrotes Haar endlich trocken war und sie ein T-Shirt über das Kleidchen gezogen hatte, bat sie die Kellnerin, ihr ein Taxi zu bestellen. Auf dem Weg zum Hauptbahnhof von Ravenna überlegte sie, ob sie den Zug nach Triest oder nach Rom nehmen sollte. Aus der Hauptstadt war sie vor mehr als einem halben Jahr abgereist, denn dort hatten die Umstände sich radikal verschlechtert. Eigenartige Dunkelmänner waren auf sie und ihre Freundinnen zugekommen und hatten von ihnen verlangt, sich mit einem hochgestellten Politiker einzulassen. Ihre Rendezvous sollten fotografiert werden. Einen Beutel mit zwanzig Gramm hochwertigem Kokain hatte sie als »Geschenk« erhalten. Vittoria aber war es mulmig geworden, ihre Habseligkeiten waren schnell zusammengepackt. Sie hatte sich für Triest entschieden, der Ort lag weit von der Hauptstadt entfernt, und an Raccaro erinnerte sie sich, weil er sie bei seinen Aufenthalten in Rom stets großzügig bezahlt hatte. Fast tat ihr der kleine Mann leid, doch dank seiner Verbindungen würde er rasch wieder frei kommen. Mochte sie ihn etwa? Ausgeschlossen. Von dem gewaltsamen Tod zweier ihrer Kolleginnen hatte sie aus den Fernsehnachrichten erfahren. Vittoria war besorgt. Am Ende löste sie zwei Fahrkarten, eine nach Nordosten, die andere in die Hauptstadt. Sie würde den ersten Zug nehmen, der einfuhr.

Die Fahrt zurück

»Mir schwant nicht Gutes«, sagte Marietta. »Die Staatsanwältin wird einiges auszustehen haben. Und du auch. Dass die Kollegen aus Ravenna Lele festgenommen haben, wird Schlagzeilen machen.«

»Sie haben ihn doch schon wieder auf freien Fuß gesetzt. Ich mache jede Wette, dass er morgen gleich hier auftauchen wird und wie ein Wahnsinniger seine Drohungen ausstößt. Erst recht, wenn er erfährt, dass wir Selva festgesetzt haben. Sein Mobiltelefon klingelte ununterbrochen, es liegt auf meinem Schreibtisch.« Laurenti kümmerten die zu erwartenden Exzesse wenig.

Niemand im Kommissariat war an diesem Samstag in den Genuss regulären Schichtdienstes gekommen. Pina gähnte ununterbrochen, abgesehen von den drei Stunden Schlaf letzte Nacht, war sie seit fast vierundzwanzig Stunden auf den Beinen. Laurenti glich die Müdigkeit mit seinem eisernen Willen aus, hier endgültig Tabula rasa zu machen. Marietta hingegen war, obwohl Laurenti ihr mit seinem Anruf den ersten Tag am Strand vermasselt hatte, von einer unbegreiflichen Fröhlichkeit. Dafür zeigte sich die Staatsanwältin, bei der die verschiedensten Anrufe hochgestellter Persönlichkeiten eingingen, zunehmend gestresst. Mit dunklen Ringen um die Augen war sie gegen einundzwanzig Uhr im Kommissariat aufgetaucht, um eine Lagebesprechung zur Akte »Scoop« einzuberufen, wie die Polizisten die Ermittlung beiläufig getauft hatten. Der Titel stand groß auf einem Flipchart. Draußen grollte der Donner, und grelle Blitze durchzuckten die Nacht.

Nur der tiefgebräunte Gilo Battinelli war sichtlich erholt. Er hatte sich am Nachmittag im Kommissariat zurückgemeldet und sich sogleich an seinen Computer gesetzt. Ein Suchprogramm glich noch immer die Fotos der Russen ab, die Margherita mit ihrem Mobiltelefon in Lignano geschossen hatte. Lange Suchzeiten versprachen nichts Gutes.

Laurenti hatte kurz vor zweiundzwanzig Uhr mit knurrendem Magen seinen Sohn Marco angerufen und ihn gebeten, einen Tisch für zwei Personen zu reservieren.

»Antonio ist gestern Abend nach Hause geflogen.« Marietta atmete tief durch, nahm einen großen Schluck Wein – und lächelte. »Zurück nach Buenos Aires, Gott sei Dank.«

»Und Bobo, der weiße Hase?«

»Der ist bei mir. Er ist wirklich süß. Auf Befehl macht er sogar Männchen.«

»Du und ein Haustier? Die Welt ist wirklich komisch. Wer ist das eigentlich, dein neuer Liebhaber?«

Marietta zündete eine neue Zigarette an, tat zwei tiefe Züge und stieß den Rauch durch die Nasenlöcher aus. Sie waren die einzigen Gäste, die sich trotz des strömenden Regens zum Abendessen unter einen breiten Sonnenschirm auf die Terrasse des Scabar gesetzt hatten, während die Speisesäle bis auf den letzten Platz besetzt waren. Doch Marietta wollte rauchen, und auch Laurenti bediente sich pausenlos ihrer Kippen. Seine Assistentin führte in ihrer riesigen Handtasche stets einen halben Hausstand mit, und Zigaretten en masse.

»Versprich mir, dass du es niemand sagst.« Marietta schaute ihm prüfend in die Augen.

»Ich schwöre es.«

»Nun, ich habe ihn in Facebook wiedergefunden. Antonio war meine erste Liebe. Mit vierzehn.«

»Der ist doch mindestens fünfzehn Jahre älter als du.«

»Na und?«

»Ein Dreißigjähriger war dein erster Freund? Den Altersdurchschnitt deiner Liebhaber hast du ja konsequent beibehalten.«

»Ausnahmen sind die Würze.«

»Hast du allen Ernstes gehofft, das könnte funktionieren? Nach so langer Zeit?« Laurenti lachte so laut auf, dass einige der Gäste, die zum Rauchen auf die Terrasse gekommen waren, sich nach ihm umdrehten. »Monatelang warst du unerträglich und hast wegen deinem Liebeskummer ein Gesicht gemacht, als wäre jemand gestorben. Was finden die Leute bloß an Facebook. Haben sie nichts anderes zu tun, als vor Langeweile dummes Zeug in den Computer zu tippen und alten Lieben nachzuspüren, während draußen das wirkliche Leben tobt?«

»Liebeskummer war das nur kurz, Proteo. Anfangs war es richtig aufregend. Solange es virtuell blieb und wir uns jeden Tag geschrieben haben. Man vergisst so viel, was dann plötzlich wieder zum Vorschein kommt. Und als wir angefangen haben, uns Fotos zu schicken, wurde es geradezu lustig.«

»Ich finde, er sieht aus wie eine Vogelscheuche, Marietta! Und wieso eigentlich Buenos Aires? Den Gerüchten zufolge arbeitet dein Lover im Staatsarchiv.«

»Ja, früher, bevor er ausgewandert ist. Der Großteil seiner Familie war, wie viele andere, gleich nach dem Krieg emigriert. Nur er und sein Bruder wuchsen hier bei entfernten Verwandten auf. In Buenos Aires arbeitet er für einen Autoverleiher. Er lebt in sehr bescheidenen Verhältnissen. Und er war schrecklich traurig.«

»Das konnte er wirklich nicht verbergen. Aber du hast schließlich ein großes Herz.«

»Antonio kam kurz vor Ostern nach Triest, weil sein Bruder gestorben ist. Natürlich habe ich ihn bei mir aufgenommen, bis er den ganzen Nachlass geregelt hatte. Und Bobo war das Tier seines Bruders, andere haben einen Hund oder eine Katze. Was hätte er mit ihm tun sollen?«

»Braten, mit einer Möhre im Maul.«

»Weißt du, Proteo, Antonio ging es ziemlich schlecht. Es

war sein letzter Verwandter. Nächtelang haben wir darüber geredet.«

»Nur geredet also.« Laurenti winkte dem Kellner und bestellte eine weitere Flasche Wein. »Deiner Laune hat das ganz und gar nicht gutgetan. Woran ist sein Bruder denn gestorben?«

»Er ist am Palmsonntag beim ehemaligen Grenzübergang Rabuiese mit Tempo hundertvierzig ungebremst auf das Bürogebäude geknallt. Die Zeitungen haben es lang und breit durchgekaut.«

»Ich erinnere mich. Es wurde darüber spekuliert, ob es Selbstmord war. Hat der nicht auch für Raccaro gearbeitet?«

»Nein, er war Anlageberater und Lele nur einer seiner Kunden.«

»Das ist doch schon etwas«, sagte Laurenti.

Marietta winkte ab. »Das habe ich mir auch gedacht und daraufhin nächtelang die Unterlagen durchgeforstet. Manchmal bis zum frühen Morgen, bevor das Material zum Nachlassgericht ging. Die großen Geschäfte hatte Lele jedenfalls nicht mit ihm abgeschlossen. Und einen Abschiedsbrief hat der Mann ebenso wenig hinterlassen, wie fremde Fahrzeugspuren an seinem Wagen zu finden waren. Das war ein Unfall – mehr oder weniger gewollt. Sonst nichts.«

»Und dein Antonio?«

»Er hat nicht viel Geld, und geerbt hat er auch nichts. Sein Bruder war restlos pleite, der hatte all sein Geld bei Lehman Brothers und Konsorten angelegt. Ein Nachlasskonkurs. Toni musste die Entscheidung des Gerichts abwarten, die Schulden wollte und konnte er nicht übernehmen. Als die Papiere endlich vorlagen, war ich froh, ihn nicht länger im Haus haben zu müssen.«

»Und das war alles?«

»Ja.«

»Und deine Unterwäsche im Büroschrank?«

»Als ich einmal früher nach Hause kam, habe ihn dabei erwischt …« Sie biss sich auf die Lippen und zündete die nächste Zigarette an. Dann nahm sie einen Schluck Wein und schaute in den nächtlichen Regen hinaus. »Lassen wir das, bitte.«

»Sag mal, Marietta, kann es sein, dass du mir nicht alles erzählst?«

*

»Wer ist dieser Galvano?«, fragte Candace aufgebracht die Inspektorin, als sie am Spätnachmittag in die Questura zurückkam.

»Wo sind Sie dem denn begegnet?« Pina Cardareto, die damit beschäftigt war, die Gegenstände aus Aurelios Aktenmappe zu sichten, schaute die junge Frau neugierig an.

»In der Klinik, im Zimmer meiner Mutter! Er hat sie ausgezogen und angegafft!«

»Was?« Die Inspektorin sprang auf. »Das gibt's doch nicht. Kommen Sie mit. Commissario!«, rief sie noch auf dem Flur und platzte schon in Laurentis Büro. »Kann es sein, dass Galvano durchgeknallt ist? Er geht ins Krankenhaus und zieht eine schwerverletzte Patientin aus. Das ist Candace Eliott, die Tochter von Miriam Natisone. Sie hat es mit eigenen Augen gesehen.«

Auch Laurenti war aufgestanden. Er zog die Tür ins Schloss und bat die beiden Frauen Platz zu nehmen.

»Sie waren aber schnell hier«, sagte er. »Wie geht es Ihrer Mutter?«

»Wir hatten schon gestern verabredet, dass ich komme. Als hätte ich's geahnt. Sie ist sehr schwach, doch die Ärztin sagt, sie würde sich rasch erholen. Wer ist dieser Dottor Galvano?«

»Ein pensionierter Gerichtsmediziner. Woher kennen Sie seinen Namen?«

»Er hat sich mir seelenruhig vorgestellt, als wäre das, was er getan hat, völlig normal.«

Laurenti atmete beruhigt auf. »Na, Gott sei Dank, so ist ja alles okay. Dann hat er wenigstens nichts zu verbergen. Der Dottor Galvano hätte Ihnen sonst was erzählt, an Phantasie mangelt es ihm nicht.«

»Finden Sie das etwa normal, Commissario? Haben Sie denn keine offiziellen Pathologen?«

»Ich kenne keinen besseren, Miss Eliott, seien Sie ganz beruhigt. Galvano ist zwar seit einigen Jahren im Ruhestand und auch ein bisschen eigenartig, doch habe ich selbst ihn darum gebeten, ein Auge auf die beiden Opfer zu werfen. Ich werde ihn danach fragen, was er getan hat. Und wenn es Sie beruhigt, dann erstatten Sie am besten Anzeige. Die Inspektorin nimmt sie auf.«

Er erhob sich, zum Zeichen, dass für ihn die Besprechung beendet war, doch Candace rührte sich nicht vom Fleck. Laurenti hob fragend die Augenbrauen.

»Meine Mutter hat ein paar Wörter in meinen Computer getippt. Die einzige Möglichkeit, sich zu verständigen, und auch dies nur mit Mühe. Sie schrieb, dass Alberto unschuldig ist und ein gewisser Aurelio sie überfallen habe. Wer ist das?«

»Gut zu wissen. Alberto wäre somit entlastet.«

»Wer ist Aurelio?«

Laurenti gab Pina ein Zeichen. »Sobald Ihre Mutter vernehmungsfähig ist, werden wir sie befragen. Doch seien Sie bitte beruhigt, die Gefahr ist vorüber. Meine Kollegin wird es Ihnen erklären. Wenn Sie mich jetzt bitte entschuldigen.«

»Kann ich im Appartement meiner Mutter übernachten?«, fragte Candace noch.

Laurenti warf der Inspektorin einen Blick zu.

»Es ist sauber«, sagte Pina. »Keine Fremdspuren.«

»Ja, natürlich«, sagte Laurenti und reichte Candace die

Hand. »Es wäre sicher hilfreich, wenn Sie uns über den Zustand Ihrer Mutter auf dem Laufenden hielten. Und auch darüber, was Sie Ihnen mitteilt.«

In Pinas Büro war es eng, und die hochgewachsene Candace klemmte sich nur mit Mühe auf den Stuhl, dessen Lehne gegen den nächsten Schreibtisch drückte, an dem ein Kollege damit beschäftigt war, die gesamten Personendaten von Aurelio Selva samt Vorstrafenregister, Fahrzeugzulassungen und Meldedokumenten seit seiner Geburt festzustellen.

»Wollen Sie Anzeige gegen Galvano erstatten?«, fragte Pina und legte die Unterlagen auf ihrem Schreibtisch zur Seite, um an die darunter verborgene Tastatur zu kommen. Ganz oben auf den Stapel legte sie die gerahmte Schwarz-Weiß-Fotografie aus Selvas Aktentasche.

Candace schaute sie fragend an. »Eigentlich wollte ich das«, sagte sie. »Aber nach dem, was Ihr Chef gesagt hat …«

»Wenn Sie meine persönliche Meinung hören wollen«, sagte Pina und legte den Papierstapel zurück auf die Tastatur. »Ich bin mir sicher, dass der Alte nichts Böses getan hat. Er hat sich vermutlich nur selbst vom Zustand Ihrer Mutter überzeugt. War sie denn in Panik?«

»Nein. Mummy war ganz ruhig. Er hat die ganze Zeit mit ihr geredet. Auf Englisch, mit amerikanischem Akzent.«

»Sehen Sie, dann hat er ihr sicher alles erklärt. Deswegen war sie ruhig. Galvano stammt aus Boston und ist zum Ende des Zweiten Weltkriegs mit den Alliierten hierhergekommen. Überlegen Sie es sich, die Anzeige können Sie auch ein andermal erstatten, wenn es ihnen nicht geheuer ist.«

»Was meinte der Commissario denn, als er sagte, die Gefahr sei vorüber?«

»Dieses Material hier«, Pina wies auf den Inhalt aus Aurelios Aktentasche, »haben wir dem Mann abgenommen, der Ihre Mutter verletzt hat. Er sitzt in einer der Zellen nebenan.

Ihre Mutter hat ihm eine Haarsträhne ausgerissen, die DNA wird alles beweisen. Sie muss jede Minute eintreffen.«

»Und weshalb hat er ihr das angetan?«

»Das müssen wir noch herausfinden. Ich halte Sie auf dem Laufenden, und Sie bitte uns. So, und jetzt muss ich mich an diese Auswertung machen. Nehmen Sie ein Taxi und fahren Sie in das Appartement, ruhen Sie sich aus. Wo habe ich bloß den Schlüssel?«

Wieder stapelte Pina die Papiere um, wobei der Stapel verrutschte und das gerahmte Foto vor Candaces Füße fiel und das Glas zersplitterte. Die junge Frau hob es auf und reichte es der Inspektorin. Doch dann zog sie auf einmal ihre Hand zurück und betrachtete das Bild genauer.

»Kann ich davon einen Abzug haben?«, fragte sie aufgeregt.

»Weshalb denn das?« Pina stutzte. »Das ist Beweismaterial.« »Woher haben Sie das Foto?«

»Der Mann, der Ihre Mutter angegriffen hat, trug es in seiner Tasche. Er behauptet, es gehöre nicht ihm, sondern Raffaele Raccaro. Eine sehr einflussreiche graue Eminenz.«

»Der Inhaber des Bildarchivs? Meine Mutter hat ihn getroffen. Und war entsetzt über seine rassistischen Äußerungen.«

»Niemand würde ihn als Liberalen bezeichnen. Aber warum regt Sie das Ganze so auf?«

»Dieser Tisch. Wir haben genau den gleichen Tisch zu Hause.«

Pina ging zu der jungen Frau hinüber, die das Foto mit beiden Händen hielt, und nahm es genauer in Augenschein. »Ein Foto aus der Zeit des Faschismus. Abessinien. Keine Ahnung, wer das ist«, sagte sie dann. »Aber Sie können es auf keinen Fall haben.«

»Dürfte ich es denn abfotografieren?« Candace zog ihre Kamera aus der Reisetasche.

»Nein«, sagte Pina. »Das geht leider auch nicht.« Dann

wandte Sie sich an den Kollegen am anderen Schreibtisch. »Komm mal einen Augenblick mit auf den Flur.«

Sie ließen Candace allein. Als sie zurückkamen, lag das Bild wieder auf seinem Platz. Ihre Reisetasche war geschlossen.

∗

Der Platz war knapp geworden, obwohl Marietta beim Verwaltungschef die Erlaubnis eingeholt hatte, den Konferenzraum zu belegen. Sie hatten, nach einer Vorbesprechung mit dem Commissario, die langen Tischreihen in Abteilungen unterteilt und ihre Beute nach Fundorten ausgelegt. Ein zwei Meter langes Stück war leer, nur ein Blatt lag darauf. Sein Titel lautete »Greta Garbo – Ravenna«, die zwei Unterpunkte basierten auf der telefonischen Auskunft der dortigen Kollegen: »Geldkoffer, 6 Mill. €«, und »Auswertung Scientifica Padua«. Zur Linken sortierte ein Beamter mit Latexhandschuhen den Müll, den sie aus Aurelio Selvas Küche mitgebracht hatten. Eine Mokka mit verbrannter Dichtung stand am Ende des Tisches, der organische Müll befand sich in einem Plastikeimer. Gott sei Dank kochte der Wohnungsinhaber offensichtlich nie zu Hause, das meiste war verbrauchtes Kaffeepulver, leere Joghurtbecher; Bananenschalen, Pfirsichkerne und Papiertaschentücher. Der Inhalt des Papierkorbs aus seinem Wohnzimmer war schon interessanter. Einige zerrissene Computerausdrucke, die Firmenstrukturen und Personenverbindungen und eine Menge roter Fragezeichen aufwiesen, ferner zehn Fotos, die die Grenzen der Amateurpornografie weit hinter sich ließen. Alle Beamten betrachteten sie eingehend und bemühten sich um einen sachlichen Gesichtsausdruck. Daneben lag ein Schild mit dem Titel »Fotos Raccaro«, vor dem ein beachtlicher Stapel Ausdrucke aus dem Speicher von Selvas Kamera lag.

»Was für Vorlieben diese Sphinx hat«, hatte Marietta gerufen, kaum dass der Kriminaltechniker ihr die Bilder aushändigte. Sie war damit sofort zu Laurenti geeilt, der dabei war, Aurelio Selva auszuquetschen. »Bist du dir sicher, dass ich diese Fotos auslegen soll? Alle Kollegen werden sie sehen.«

Laurenti blätterte den Stapel durch und fing an zu lachen. »Natürlich, Marietta! Wir ermitteln schließlich. Keine Geheimnisse, bitte! Und ich Esel dachte immer, diese Vittoria sei die einzige Transe in der Stadt.«

Um ein Haar hätte er die Blätter weggelegt, bevor er alle Fotos durchgesehen hatte. Beim Anblick der letzten sträubten sich ihm die Haare.

»Hier! Schau dir das an! Jetzt ist die Luke dicht. Ich fress einen Besen, wenn das nicht der dicke Deutsche ist, den die Hafenfeuerwehr aus dem Meer gezogen hat.«

»Birkenstock?«, fragte Marietta. »Verdammt, du hast recht. Und er knetet Vittoria durch.«

»Weißt du, wo das aufgenommen wurde?«

»Ein Boot.«

»Ein Zweimaster mit rostroten Segeln! Wie viele gibt es davon bei uns?«

»Die ›Greta Garbo‹.«

»Und Selva war dabei und hat fleißig geknipst. Schau auf das Datum, Marietta.«

»Also hat er Lele mit seinen Gespielinnen aufgenommen und auch Birkenstock mit Vittoria.«

»Und angefangen hat alles mit dieser Engländerin. Die Szenen, die wir nach dem anonymen Hinweis in Gazzas Wohnung gefunden haben. Der Informant kannte sich dort verdammt gut aus.«

»Aurelio Selva war bis zu seinem sechzehnten Lebensjahr unter der gleichen Adresse in der Via dell'Eremo gemeldet. Du glaubst doch nicht etwa, dass er ihm die Sache eingebrockt hat und Gazza unschuldig ist?«

»Die Richterin will ihn morgen vernehmen, bevor die achtundvierzig Stunden abgelaufen sind. Noch eine Nacht im Bau kann nicht schaden.«

Auf der gegenüberliegenden Seite der in Hufeisenform angeordneten Tische breitete Pina Cardareto die Dokumente aus Aurelios Aktentasche aus, die sie in ihrem Büro vorsortiert hatte. Zuoberst lag, mit zersprungenem Glas, ein gerahmtes altes Schwarz-Weiß-Foto aus der Zeit des kolonialisierten Addis Abeba. Ein großer, schneidiger Befehlshaber stützte sich auf einen Tisch, in dessen Mitte das Savoyer-Wappen prangte. Ganz offensichtlich sprach er zu seinen Offizieren, deren aufmerksame Blicke auf ihn gerichtet waren. Unterhalb dieses Fotos lagen weitere Listen, die den zerrissenen aus Selvas Papierkorb glichen. Allerdings trugen sie handschriftliche Ergänzungen. Auf einem weiteren Blatt stand lediglich »Laptop Selva«. Das Gerät befand sich noch immer bei den Spezialisten, die darum bemüht waren, das Passwort zu knacken.

Die letzte Abteilung trug den Titel »Fotos Alberto«. Seine Kamera hatten die Spurensicherer im Park in den Zweigen eines Hibiscus syriacus gefunden, dessen purpurfarbene Blüten sich im Morgenlicht allmählich öffneten. Alberto war kein großer Fotograf. Häufig waren die Köpfe abgeschnitten oder die Aufnahmen unscharf. Doch einige waren klar und zeigten Aurelio Selva, der auf den Spuren von Miriam Natisone die Stadt durchstreifte.

Laurenti hatte sich den jungen Mann vorgeknöpft, der so alt war wie Livia – und wie Gemma. Trotzig saß ihm Aurelio Selva am fest im Boden verankerten Tisch in dem fensterlosen kahlen Raum gegenüber, dessen Wände mit abwaschbarer Ölfarbe in kaltem Grau gestrichen waren. Dem Blick Laurentis wich er konsequent aus.

Nach seiner Verhaftung vor Raccaros Wohnungstür hatten

ihn zwei Uniformierte zu Fuß zur Questura gebracht, für Aurelio war es ein Spießrutenlauf gewesen. Schon als sie im Erdgeschoss aus dem Aufzug traten, kam ihnen der Professor und Experte in Sachen Kriminalliteratur entgegen. Der kultivierte Mann hatte ihn, wie immer, wenn sie sich begegneten, freundlich lächelnd begrüßt und die Situation offenbar erst begriffen, als die schwere Haustür fast ins Schloss gefallen war. Man vernahm noch sein Murmeln: »In der Literatur sind Festnahmen spannender.«

Und auch der kurze Weg entlang des Teatro Romano war für Aurelio wenig erfreulich gewesen. Um die Touristen, die die Ruinen bestaunten, während in der Ferne der Donner grollte und die ersten schweren Regentropfen fielen, scherte er sich nicht. Dafür bekümmerte ihn der spöttische Gruß des Barkeepers nebenan, der natürlich umgehend seine Stammgäste von der Festnahme informierte, die es sich nicht nehmen ließen, Aurelio ein schönes Wochenende und gute Erholung zu wünschen.

Nach der Feststellung seiner Personalien musste er zuerst seine Taschen leeren und den Gürtel seiner Jeans ablegen. Die Flip-Flops durfte er anbehalten, doch nachdem einer der Beamten ihn abgetastet hatte, musste er sich auch von seiner Halskette mit dem Feueropal trennen. Als er der nachdrücklichen Aufforderung endlich nachkam, war das wütende Funkeln in seinen Augen erloschen.

»Haben Sie sich verletzt?«, fragte Laurenti als erstes.

Der junge Mann schwieg.

»Beim Kämmen oder beim Sex? Oder hat der Friseur Ihnen etwa die Haare ausgerissen? Dann könnten Sie Schmerzensgeld verlangen. Wenn Sie es wünschen, nehme ich selbstverständlich Ihre Anzeige auf. Fahrlässige Körperverletzung, würde ich sagen.«

Aurelio wollte natürlich zuerst heraushören, wie viel die Ermittler wussten. Längst hatte er auf seinen Anwalt bestanden, doch wollte ihn der Commissario zunächst allein in die Mangel nehmen.

»Sie haben so schöne gepflegte Haare, und die neue Farbe steht Ihnen ausgezeichnet. Und ein hübscher Junge sind Sie auch. Ich bin mir sicher, dass Sie sofort einen Verehrer im Knast finden werden, der Ihren Arsch sexy findet. Also hören Sie, Selva, Ihre Situation ist die folgende: Die Spezialisten der Kriminaltechnik in Padua arbeiten eine Probe nach der anderen ab. Dank der technischen Möglichkeiten, die sie haben, entgeht ihnen nicht das geringste Detail. Sie kennen das sicher aus den Fernsehserien, nicht wahr? Das dauert natürlich seine Zeit. Auf die Auswertung der drei Härchen am Fensterrahmen des Kaffeeimporteurs müssten wir theoretisch Wochen warten, bis die DNA vorliegt. So lange wären Sie ganz sicher auf freiem Fuß. Aber ist das wirklich Ihr Wunsch, Selva?«

Laurenti schwieg eine Weile, nur der Atem der beiden war in dem engen Raum zu vernehmen. Er streckte seine linke Hand in die Blickrichtung des Gefangenen und winkte. »Hier bin ich!«

Aurelio rührte sich nicht.

»Im Falle von Kapitalverbrechen sind die Kollegen allerdings blitzschnell. Trotz der Menge an Material, das stündlich bei ihnen eintrifft. Und was bedeutet das für Sie?«

Wieder legte Laurenti eine Pause ein. Aurelios Blick huschte einen Sekundenbruchteil zu ihm hinüber, bevor er sich wieder stur auf die Wand heftete.

»Ich stelle Ihnen eine besondere Frage, die dann auch ins Protokoll kommt: Wo waren Sie heute früh um sechs Uhr?«

Aurelio blickte kurz auf. »Mein Name ist Aurelio Selva, wohnhaft Via Donata 1, geboren in Triest am … Mein Name ist Aurelio Selva, wohnhaft Via Donata 1, geboren in Triest am …«

»Sparen Sie sich Ihren Sermon«, unterbrach ihn Laurenti

barsch. »Bei dieser Frau im roten Kleid, eine englische Journalistin namens Miriam Natisone, fanden sich nicht nur drei Haare, als ich sie heute früh mit durchgeschnittener Kehle im Park von Schloss Miramare gefunden habe. Nein, Selva, ein ganzes Büschel hielt sie in ihrer Faust. Und bei solch einem Verbrechen ist es eine Frage von wenigen Stunden, bis die Resultate vorliegen. Ob Sie es glauben oder nicht, kümmert mich wenig. Übrigens wurde sogar der Dreck unter ihren Fingernägeln gesichert. Dass es sich um Hautpartikel handelt, wissen wir bereits. Es bleibt ganz Ihnen überlassen, ob Sie mir antworten oder nicht. Ihre Aussage zu diesem Fall kostet nur unnötig Papier und Druckerschwärze. Ich brauche sie eigentlich nicht. Die Laborergebnisse genügen. Doch eine Frage stelle ich Ihnen trotzdem: Haben Sie schon einmal darüber nachgedacht, ins Zeugenschutzprogramm aufgenommen zu werden? Oder vertrauen Sie weiter auf die väterliche Liebe Raccaros? Sein Einfluss macht vermutlich auch vor den Mauern des Gefängnisses keinen Halt. Tentakeln wie eine Qualle, wer ihnen zu nahe kommt, verbrennt sich. Überlegen Sie es sich in Ruhe. Noch weiß er nichts von Ihrer Festnahme. Er befindet sich nämlich in stürmischen Gewässern.«

Laurenti gab dem Beamten das Zeichen, Aurelio abzuführen, worauf dieser ihm wieder die Handschellen anlegte, die er ihm zu Beginn des Verhörs abgenommen hatte.

Laurenti erhob sich erst, als die Tür sich hinter den beiden fast geschlossen hatte.

»Was haben Sie anzubieten?«, rief Selva und drehte sich so forsch um, dass er dem Griff des Polizisten entwich. Mit den gefesselten Händen riss er die Tür auf, noch bevor der Uniformierte ihn an den Schultern packen konnte.

»Nichts. Gar nichts.« Laurenti lächelte. »Ich warte auf Ihre Offerte, Selva. Haben Sie das noch immer nicht verstanden?«

*

So viele Länder hatte Candace mit ihren vierundzwanzig Jahren schon als Fotografin bereist, doch Afrika hatte sie bisher strikt gemieden. Und trotz der vielen Erzählungen wollte sie Miriam nie nach Äthiopien begleiten, so dass auch ihre Mutter auf die Reisen verzichtete.

Aber immer, wenn sie alte Fotos von diesem Land betrachtete – in der Wohnung in Coleville Mews stapelten sich die Bildbände –, wuchs eine Wehmütigkeit in ihr. Obgleich die schrecklichen Bilder des Todes gegenüber der Schönheit der Landschaften, der Städte, dem Obeliskenfeld von Akhsum und dem Hochland dominierten. Selbst das mit Ornamenten reich verzierte Haus in Harar, in dem Arthur Rimbaud 1883 sich als Waffenhändler einquartiert hatte, zeigte unverhüllt die Greuel der Kriegsverbrechen der italienischen Kolonialisten, ebenso der Palast des Selassie – und bei Bahir Dar, am Tanasee, lagen Leichen nach einem Giftgasangriff auf dem verglühten Land am Ufer des blauen Nil, der dort seinen Ursprung hatte. Miriam hatte auch erzählt, dass ihr Großvater dem Thema stets ausgewichen sei, wenn sie ihn als Kind danach gefragt hatte. Sie wusste lediglich, dass er 1940 desertiert war und sich Partisanen im Westen des Landes angeschlossen hatte, die sich mit Waffen aus dem Sudan versorgen konnten. Anstatt ihre Fragen zu beantworten, schwärmte er davon, wie abwechslungsreich und üppig das Land einst war, in dem es der Hälfte der Bevölkerung heute an allem mangelte.

Candace hatte, auf dem Weg von der Questura in die Strada del Friuli, eine Pizza mitgenommen und zwei Flaschen Bier. Im strömenden Regen saß sie, von der ausgefahrenen Markise geschützt und den Laptop auf dem Schoß, kauend auf der Terrasse des schicken Appartements und starrte auf die Vergrößerung der Ablichtung, die sie im Büro der Inspektorin von dem alten Schwarz-Weiß-Foto geschossen hatte, als die beiden Polizisten sie einen Augenblick allein ließen, um etwas Vertrauliches zu besprechen. Ein mit Orden dekorierter, hochgewachsener und gut aussehender Mann in Uniform stützte sich auf einen Tisch, an dem Männer mit niedrigeren Dienstgraden saßen. Auch den handschriftlichen Titel auf der Rückseite des Bilderrahmens hatte Candace rasch fotografiert. »Amedeo d'Aosta 1939 in seiner Residenz in Addis Abeba mit Offizieren und Adjudant«.

Candace suchte einen neuen Bildausschnitt und vergrößerte den Tisch so lange, bis er den Bildschirm füllte. Es gab keinen Zweifel.

»Der Tisch. Unser Tisch«, murmelte sie ungläubig. »Mummy hat immer erzählt, dass der Urgroßvater ihn aus dem geplünderten Hauptquartier des Savoyers in Addis Abeba mitgebracht habe, als die Italiener nach ihrer Niederlage abgezogen waren.«

Dann verkleinerte sie die Fotografie wieder und fokussierte jedes der Gesichter. Es war Jahre her, dass Candace ein Foto von dem Mann gesehen hatte, mit dem die italoafrikanische Familienmischung ihren Anfang nahm, zu der sich später auch noch der englische Teil fügte, als hätten die beiden Kolonialmächte einst nicht gegeneinander um die Herrschaft in Ostafrika gekämpft. Die Aufnahme stand gerahmt in Miriams Schlafzimmer auf dem Nachttisch und zeigte Paolo und seine Familie. Das einzige Foto, das sie damals mitgenommen hatte, als Spencer sie nach London brachte. Großeltern, Eltern, die fünf Kinder und dazu noch Onkel und Tanten. Die Köpfe waren alle sehr klein, die einzelnen Gesichtszüge hatte sie sich nicht eingeprägt. Sobald sie zurück in London wäre, würde sie auch dieses Bild einscannen und vergrößern, so weit es ging.

Im Internet suchte Candace nach dem Befehlshaber und Vizekönig Ostafrikas und war überrascht über die vorwiegend positiven Beschreibungen des Mannes, der das Kommando über die faschistischen Truppen führte, die die Bevölkerung gnadenlos mit ihren Senfgasangriffen dezimierten. Doch die einschlägigen Websites bezeichneten ihn fast durchgängig als sogar vom Feind geschätzten Gentleman. Der Duca d'Aosta habe stets darauf bestanden, die Hierarchien flach zu halten. Er habe sich geweigert, eine Sonderrolle einzunehmen, und ließ sich nicht einmal als Königliche Hoheit anreden. Alle seine Biografen waren sich darin einig, dass er sehr volksnah war. Das machte ihn so beliebt. Ganz abgesehen von seinen exzellenten Flugkünsten.

Candace hatte die Pizza nicht einmal zur Hälfte gegessen und zündete sich einen Joint an. Dann schaltete sie erschöpft den Computer aus. War ihr Urgroßvater einer der Männer auf dem Bild? Wie hätte er sonst von dem Tisch wissen können? War er einfach nur einer der Plünderer, warum hatte er ihn dann überhaupt nach Jimma gebracht? Sie müsste Miriam danach fragen, ob es noch andere Fotos ihres Urgroßvaters Paolo gab. Doch würde sie damit warten müssen, bis es ihrer Mutter besserging und sie zurück in London wären.

*

Raffaele Raccaro, den alle Lele nannten, kochte vor Wut, als er den Waggon der ersten Klasse in Richtung Triest bestieg. In Ferrara müsste er auch noch umsteigen. Natürlich hätte er auch ein Taxi nehmen können, doch weshalb so viel Geld raushauen. Dreihundertsiebzig Kilometer wären es gewesen, und eines stand fest: An diesem Abend hätte er nichts anderes getan, als auf die Anrufe seiner Leute zu warten. Zu dem Empfang mit Galadiner in der Präfektur hätte er es ohnehin nicht rechtzeitig geschafft, ganz abgesehen davon, dass er dazu nun wirklich nicht aufgelegt war. Seine sechs Millionen hatten die Polizisten eingezogen, anstatt die Bank in San Marino. Er würde sie rasch zurückbekommen, das war nicht das

Problem. Aber er rechnete auch damit, dass er in den nächsten Monaten Besuch von der Guardia di Finanza bekommen würde. Eine Betriebsprüfung im Palazzo Vianello? Na und? Einer der Vorgesetzten saß mit ihm in der gleichen Loge. Und was die Herkunft der sechs Millionen betraf, war schließlich die Behörde in der Beweispflicht. Niemand hatte gesehen, dass er das Geld nach dem Abendessen mit den Russen in Empfang genommen hatte. Doch wo war eigentlich Vittoria? Die Nutte hätte wenigstens auf ihn warten können, schimpfte er in sich hinein. Ihn zu finden wäre selbst ihr nicht schwergefallen, wo hätte er schon anders sein können als bei der Polizei? Er hattte sich ihr gegenüber immer großzügig gezeigt.

Was Lele jedoch bekümmerte, war, dass Aurelio nicht ans Telefon ging. Immer wieder ließ er es lange klingeln. Abgeschaltet war das Gerät im Gegensatz zu dem von Giulio Gazza also nicht. Wo steckten diese Taugenichtse, wenn man sie einmal brauchte? Vielleicht sollte er sein Testament doch noch einmal überdenken und die beiden enterben? Er würde sie die nächste Zeit genauer unter die Lupe nehmen und dann entscheiden. Sollten sie Geschäfte auf eigene Rechnung machen, wäre es aus. Doch Raccaro machte sich auch selbst Vorwürfe: Hätte er Gazza damals anerkannt, seine Vaterschaft eingeräumt, dann wäre zwar die Ehe seiner Mutter in die Brüche gegangen, die seine Sekretärin war und mit der Lele über Jahre ein Verhältnis hatte, doch aus dem Kerl hätte vielleicht noch etwas werden können.

Bald lief der Intercity in Ferrara ein, wo Lele fast eineinhalb Stunden auf den Anschlusszug warten musste. Er verspürte Hunger und ging in der Bahnhofshalle zu einem Imbissstand, wo er einen Cheeseburger bestellte und ein Bier. Er setzte sich an ein schmutziges Tischchen und starrte kauend auf die Bahnanlage hinaus, über deren Dächern das Gewitter tobte und der Sturm den Regen gegen die Fensterscheiben jagte. Fröhliche junge Leute, die das Wetter nicht kümmerte, stiegen am gegenüberliegenden Gleis lachend in den Zug nach Bologna. Kurz darauf war der Bahnsteig wieder leer. Lele holte noch ein Bier, einen zweiten Burger und eine Portion Pommes frites. Während er den Fraß mit großen Bissen verschlang, klingelte sein Telefon. Er nahm sofort ab, als er die Nummer seines Triestiner Anwalts erkannte.

»Störe ich dich beim Essen, Lele?«

»Was gibt's?«, fragte er schmatzend. »Du verdirbst mir den Appetit.« Er schob ein paar Pommes in den Mund.

»Deine beiden Söhne wurden eingelocht. Giulio schon gestern Nachmittag in Udine, doch das habe ich erst jetzt zufällig erfahren, nachdem mich der Anruf von Aurelio erreicht hat und ich ihn gleich in der Questura aufgesucht habe. Der Commissario hatte ihn bereits ohne mich vernommen, aber er hat die Klappe gehalten.«

»Welcher Commissario? Und mit welcher Begründung?« Unwirsch warf Lele den Burger auf die Kunststoffverpackung.

»Laurenti führt die Ermittlungen. Giulio sitzt wegen versuchter Erpressung dieser britischen Abgeordneten. Ich werde mich gleich morgen früh um ihn kümmern. Bei einer Haussuchung in seiner Wohnung hat man angeblich den Speicherchip mit den Fotos gefunden. Das hat Aurelio mir ganz beiläufig mitgeteilt. Er habe leider vergessen, mich auf Giulios Wunsch hin zu verständigen.«

»Na, der kann was erleben. Und dieser Laurenti auch, lass sofort eine Haftbeschwerde raus, unternimm etwas.« Leles Stimme war gepresst, nur mit Mühe konnte er sich beherrschen. »Und was liegt gegen Aurelio vor?«

Der Anwalt hingegen blieb ruhig. »Das wiegt deutlich schwerer. Mordversuch in zwei Fällen. Die DNA ist leider eindeutig. Und auch seine Wohnung wurde auf den Kopf gestellt.«

344

Lele war der letzte Bissen aus dem Mund gefallen, mit einer wütenden Handbewegung fegte er ihn samt der Schale Pommes vom Tisch. »Und wen soll er versucht haben umzubringen?«

»Eine englische Journalistin und einen Vu comprà. Heute morgen um sechs im Park von Miramare. Der Commissario hat mir Aufnahmen gezeigt, die beweisen, dass Aurelio offensichtlich schon tagelang hinter dieser Frau her war. Akteneinsicht habe ich noch keine erhalten, das läuft über die Staatsanwaltschaft. Laurenti hat sich sehr bedeckt gehalten, nur einmal hat er ihn süffisant als leidenschaftlichen Fotografen bezeichnet. Mehr hat er nicht herausgelassen. Aurelio habe ich zum Schweigen verdonnert. Wo bist du eigentlich?«

»Auf dem Weg zurück. Ich komme mit dem Zug um 22 Uhr 58 in Triest an. Hol mich am Bahnhof ab.«

»Ich muss mit meiner Frau zum Empfang beim Präfekten.«

»Dann brichst du eben früher auf«, zeterte Lele. »Deine Frau wird's auch ohne dich dort aushalten. 22 Uhr 58, verstanden!«

Die Nachricht hatte gesessen. Lele hatte sein Essen stehenlassen. Bis der Anschlusszug einfuhr, ging der kleine Mann ohne Unterlass im Stechschritt den Bahnsteig auf und ab. Aurelio musste durchgeknallt sein, und Gazza war schlichtweg ein hoffnungsloser Trottel. Den hätte er schnell wieder draußen. Lele selbst könnte bezeugen, dass die Fotos nur Aurelios Werk waren. Und wenn das mit dem Mordversuch stimmte, käme es auf eine Verurteilung in dieser Sache auch nicht mehr an. Einen seiner Söhne müsste er vermutlich opfern, wenn seine Anwälte keine neuen Fakten hervorzaubern oder die Gesetzeslage zurechtbiegen konnten.

Jetzt war nur wichtig, die Ermittlungen Laurentis einzudämmen. Die großen Skandale begannen stets mit Kleinigkeiten. Raccaro hatte Aurelio gewarnt.

Als er den Wagen erster Klasse bestieg, staunte Lele. Vittoria strahlte ihn freudig an, als sie ihn entdeckte. Ihr Gesicht war ungeschminkt und grob. So hatte er sie noch nie gesehen.

Der Tag der Sphinx

Mordversuch im Park von Miramare, lautete die Schlagzeile
der Sonntagsausgabe der Tageszeitung. *Intensive Arbeit unter
der Leitung der Staatsanwältin Iva Volpini führte schon am
Nachmittag zur Verhaftung des Tatverdächtigen. Die Legende
sagt, dass ein Fluch auf dem Schloss liege, der keinem seiner Bewohner einen natürlichen Tod vergönnt. War die kleine Sphinx,
die der Erbauer einst aus Afrika mitgebracht hatte, heute Nacht
wieder aus ihrem steinernen Schlaf erwacht? Die Filmarbeiten
des deutsch-italienischen Fernsehteams wurden von diesem Vorfall jäh unterbrochen. Leben wir wirklich noch in der friedlichen
Stadt, in der Kapitalverbrechen die Ausnahme sind, oder brauchen nun auch wir eine freiwillige Bürgerwehr? Können Polizei
und Carabinieri uns noch ausreichend schützen?*

Vier Fotos schmückten den ganzseitigen Artikel im Lokal-
teil. Groß war die verwitterte Marmorskulptur des Löwen
mit dem Menschenkopf eingeklinkt, ein zweites Bild zeigte
die Leute vom Film vor den Tischen des Caterings, ein kleineres die Statue des Amedeo Duca d'Aosta und das letzte das
Porträt der Staatsanwältin. Über die Opfer wusste die Presse
nur, dass es sich um eine Frau und einen Mann handelte, einen Afrikaner. Und auch über den Täter hatte die Redaktion
kein Detailwissen, nachdem in der Presseverlautbarung lediglich seine Initialen bekannt gegeben worden waren und
die Tatsache, dass es sich um einen gebürtigen Triestiner von
achtundzwanzig Jahren handelte. Dafür lobte der Artikel
wortreich die zielsichere Ermittlungsarbeit, obwohl Iva Volpini noch neu in der Stadt war. Über Laurenti und seine Mitarbeiter verlor der Journalist kein Wort. Dafür aber hatte das
Blatt ganz unerwartet einen Ton angeschlagen, der den
Scharfmachern gefallen musste. Ein »Attentat«.

Laurenti schlug verärgert die Seite um, er las von den Schäden, die der Schirokko angerichtet hatte: die Besatzungen dreier Yachten waren von Einheiten der Guardia Costiera aus Seenot gerettet worden, und das vom Wind über die Mole gepeitschte Meer hatte die Cittavecchia und die große Piazza unter Wasser gesetzt.

Dann aber blieb sein Blick an einer äußerst knappen, unbebilderten Notiz hängen. In vorauseilendem Gehorsam hatte die Redaktion die Meldung klein gehalten:

Triestiner Geschäftsmann in der Marina von Ravenna festgenommen. R. R. ist der versuchten Unterschlagung von Beweismitteln angeklagt. Nach zweistündigem Verhör wurde er unter Auflagen freigelassen. Jeder Quadratzentimeter seiner schönen Yacht, ein Zweimaster aus den dreißiger Jahren mit rostroten Segeln, wurde von Kriminaltechnikern inspiziert. Der einflussreiche Unternehmer, der am Freitag zu einem längeren Törn aufgebrochen war, fuhr noch am selben Abend mit dem Zug zurück nach Triest. Eine Stellungnahme war nicht zu bekommen.

Nach dem Abendessen mit Marietta hatte er gegen Mitternacht völlig durchnässt die Vespa zu Hause abgestellt. Trotz der Tatsache, dass kein Fetzen Stoff an seinem Leib trocken war, rannte er die letzten Meter durch den peitschenden Regen zum Haus und direkt ins Badezimmer, wo er sich der Klamotten entledigte und eine heiße Dusche nahm.

Lauras Anruf hatte er erst nach langem Klingeln vernommen.

»Wo seid ihr?«, fragte Proteo.

»In Rovinj. Wir ankern in der Bucht, im Hafen war kein Platz mehr. Von wegen Wirtschaftskrise, alle sind zu dieser Zeit in Ferien.«

»Und Mariantonietta? Steht der Mast noch?«

»Kein Grund zur Sorge, Lieber. Aber dieser Sturm ist wirklich fürchterlich, und die Wetteraussichten sind auch nicht rosig. Ich komme morgen zurück. Entweder mit der Yacht oder mit dem Tragflächenboot, je nachdem.«

»Ich dachte, drei Frauen allein hätten sich so viel zu erzählen?«

»Das kann man jederzeit nachholen, Proteo. Hat Mutter dir das Abendessen zubereitet?«

»Ich bin ausgegangen und erst vor ein paar Minuten nach Hause gekommen. Dem Lärm nach zu schließen, schaut sie wieder eine dieser Talkshows, mit denen man den Leuten die letzten Hirnzellen versengt.«

»Sie langweilt sich eben. Ein bisschen Ansprache würde ihr guttun.«

Laurenti schaute sich um, doch außer ihm war niemand zu sehen.

»Du kommst ja morgen schon zurück. Solange wird sie's aushalten. Und außerdem kümmert sich ja das Baby um sie.«

Natürlich machte seine Schwiegermutter wieder ein vorwurfsvolles Gesicht, als er sie mit einem Weinglas in der Hand begrüßte. Auf dem Bildschirm flackerte die tränenreiche Szene eines unglücklichen Paares, das durch die Zurschaustellung ihres Seelenlebens hoffte, es für alle Ewigkeit miteinander auszuhalten. Die Wiege mit dem Baby stand nicht im Wohnzimmer, Patrizia war also daheim und hatte sich mit der kleinen Barbara zurückgezogen. Laurenti ging zu ihrem Zimmer im Anbau hinüber.

»Stimmt es, dass du heute über Mittag auf der Diga vecchia warst?«, fragte Patrizia sogleich, nachdem er das Baby in sein Bettchen zurückgelegt und sich gesetzt hatte.

»Ich hatte eine Stunde Zeit und einen Sprung ins Meer nötig, um mich aufzufrischen. Das war vielleicht ein Tag!«

»Kann es sein, dass du mit Gemma dort warst?«, forschte Patrizia weiter.

Er blickte sie erstaunt an. »Ja, woher weißt du das? Unsere Ärztin war auch zufällig dort.«

349

»Mamma hat es mir gesagt. Eine ihrer Freundinnen hat dich gesehen und sie sofort angerufen. Ihr sollt in der Bar ziemlich eng beieinandergesessen haben. Kann das sein? Habt ihr etwa ein Verhältnis?« Patrizia platzte vor Neugier. »Das wäre ja zu komisch! Und geraucht hast du auch wie ein Schlot. Erzähl schon, Papà.«

»Um Himmels willen. Wenn die Leute nichts zu tratschen haben, geht es ihnen nicht gut.«

»Das habe ich Mamma auch gesagt.«

»Du kannst dir nicht vorstellen, wie viele unbegründete Verdächtigungen täglich auf meinem Schreibtisch landen. Aber was hast du denn den ganzen Tag gemacht?«

»Ach, ich war am Strand mit Guerrino. Weißt du, Gigi kommt morgen zurück«, sagte Patrizia. »Sein Schiff läuft gegen Mittag ein.«

»Mhm.«

»Und deswegen musste ich noch ein paar Kleinigkeiten regeln.«

»Das heißt, du hast deinem Forstbeamten den Laufpass gegeben?«

»So würde ich es eigentlich nicht sagen. Manches geht durchaus parallel. Eine Frage der Organisation.«

»Ja, parallel, Patrizia.«

»Mal sehen! Bringst du mich zur Mole, Papà? Ich möchte Gigi gerne abholen. Mit der Kleinen natürlich. Er hat sie noch nie gesehen.«

»Sag Marco Bescheid, dass wir einen Gast mehr haben. Laura hat gesagt, dein Bruder würde uns morgen bekochen.«

Bora und Schirokko lagen im Widerstreit, der Wind wechselte alle Augenblicke, manchmal hatte die Regenwand dank des Windes aus Süden Oberhand, dann setzte sich der Sturm aus Ostnordost wieder durch und fegte sie aufs Meer hinaus. Es war ein großes Spektakel, wie die Böen über das Meer wischten und die weißen Wellenhunde mit sich forttrugen – und im nächsten Moment abbrachen, als wäre ein Schuss gefallen und hätte die Welt zum Stillstand gebracht: die Stadt der Winde. Während die Familie noch schlief, selbst für die Schwiegermutter war es noch zu früh, stand Laurenti auf der Terrasse und ahnte schon, dass das Blau des Himmels gegen Mittag gesiegt haben würde. Die Temperatur aber war gefallen, und so verzichtete er auch an diesem Sonntagmorgen auf sein morgendliches Bad in der Adria. Bereits um sieben saß er an seinem Schreibtisch.

Wenn es stimmte, was die Zeitung schrieb, dann hatte er gut daran getan und würde die zu erwartenden Gegenschläge besser kontern können. Er kontrollierte die elektronische Post und überflog den knappen Bericht des Kommissariats in Ravenna. Ungeachtet der Uhrzeit griff Laurenti zum Telefon und störte den Kollegen, der Lele gestern Nachmittag in Kur gehabt hatte, bei der Zubereitung des Familienfrühstücks.

Der Chefinspektor in Rimini erzählte sogleich, dass sich Raccaro am Tag zuvor, nach seinem Telefonat mit dem Anwalt einer prominenten Mailänder Sozietät, doch noch von dem prall gefüllten Aktenkoffer getrennt habe. Die Kollegen hatten eine ganze Weile gebraucht, bis sie die sechs Millionen abgezählt und noch einmal überprüft hatten. Zwölftausend Fünfhunderternoten. Ein hübscher Haufen, zehn Stapel von je zwanzig Zentimetern Höhe.

Doch Raccaro habe nur mitleidig gelächelt und darauf beharrt, dass es keinen Unterschied mache, ob er fünfzig Euro in der Brieftasche habe oder eben eine so hohe Summe bei sich trage. Den Banken würde er nicht mehr vertrauen, jeder wisse schließlich, was sie getrieben hätten. Und seine Generation habe neben alldem auch noch den Krieg miterlebt.

Lele erhielt eine Anzeige wegen versuchter Beweismittelhinterziehung, die er fies grinsend unterschrieb, so wie es alle taten, die sich sicher waren, dass ihre exzellenten Kontakte sie retten würden, wenn es wirklich darauf ankam. Das Geld wurde gegen Quittung sichergestellt, was er damit kommentierte, dass ihm das ganz recht sei, denn es gäbe kaum einen sichereren Ort, doch leider brachte der keine Zinsen. Anschließend wurde er auf freien Fuß gesetzt, gerade mal zwei Stunden hätten sie ihn festhalten können. Ein Taxi habe ihn direkt zum Bahnhof gefahren. Nachdem er den Zug nach Triest bestiegen hatte, verzichtete man auf die weitere Observierung. Natürlich war den Kollegen in Ravenna die Sanmarineser Limousine vor der Einfahrt zum Gelände der Küstenwache aufgefallen, doch als Beweis für illegale Geschäfte reichte dies nicht.

»Die Kollegen der Steuerbehörde habe ich unterrichtet, Commissario«, sagte der Kollege.

»Die restlichen Informationen kriegen die dann heute noch von mir.« Laurenti informierte ihn knapp über die Listen aus Aurelio Selvas Aktentasche, die Pina Cardareto analysiert hatte: Raccaros Welt – ein detailliertes Abbild seiner Geschäfte und seines Gefüges aus Abhängigkeiten. Dann notierte er sich die Daten des Beamten der Guardia di Finanza und wählte gleich dessen Nummer. Danach holte er die Staatsanwältin aus den Federn.

Die Ruhe vor dem Sturm. Laurenti legte die Füße auf den Schreibtisch und schaute zu dem Hochhaus hinüber, in dessen obersten Stockwerk der Adlerhorst lag. Er war sich sicher, dass schon am frühen Montagmorgen eine halbe Armee in graue Uniformen gekleideter Beamter der Guardia di Finanza vor dem Hochhaus und dem Palazzo Vianello vorfahren und Lele aus dem Schlaf holen würde. Bevor dieser die Möglichkeit hätte, irgendetwas zu verschleiern.

Meist waren es Kleinigkeiten, die die großen Skandale ins Rollen brachten.

*

Auf das Fragezeichen im Display seines Mobiltelefons antwortete er nach einem kurzen Zögern mit einer SMS: »Windstärke 10«. Es hatte keine tiefere Bedeutung, doch Laurenti fiel nichts Besseres ein, und warten lassen wollte er Gemma auch nicht.

Fest stand, dass die Bullenköpfe der freiwilligen Bürgerwehr Alberto zusammengeschlagen hatten. Die Blutspuren des fliegenden Händlers an den Jacken dieser Wichtigtuer waren dem Laborbericht zufolge eindeutig, das Blut der rothaarigen Journalistin war auf den Klamotten der Kerle jedoch nicht zu finden. Die DNA der Haarsträhne sowie der Hautpartikel unter ihren Fingernägeln verwiesen klar auf Aurelio Selva. Von einem zweifachen Mordversuch konnte also nicht die Rede sein. Auch Alberto hatte Spuren von ihrem Blut an beiden Händen, das Messer jedoch hatte er den Abdrücken zufolge nur mit zwei Fingern angefasst. So kann keiner zustechen. In der Logik des Tatverlaufs klaffte ein Loch, das erst zu schließen sein würde, wenn die beiden Opfer aussagen konnten. Oder wenn er den drei Bullenköpfen einheizte, die nachts angeblich die Bürger schützen wollten. Sie saßen in weit auseinanderliegenden Einzelzellen, ein Rechtsanwalt aus Varese, der weit entfernten Hochburg der Lega Nord, hatte gestern bereits ihr Mandat übernommen und gegen ihre Inhaftierung Protest eingelegt. Die Partei schien ihre Mitglieder zu schützen. So weit ihr Arm eben reichte.

Laurenti beschäftigte etwas anderes. Gilo Battinelli antwortete so matt, als sei er durch den Anruf geweckt worden. Mit einem Kollegen hatte der Inspektor die ganze Nacht das Haus observiert, in dem Vittoria gemeldet war. Sie war noch immer nicht zurückgekehrt.

Als Proteo Laurenti um halb elf vor dem Polizeipräsidium seinen Wagen aufschloss, hatte die Bora bereits deutliche Löcher in die dunkle Wolkenschicht gerissen und dort dem heiteren Blau eines Tiepolo-Himmels zum Durchbruch verholfen. Ganz offensichtlich besann sich der Sommer wieder seiner Kraft. Laurenti entschied sich anders, verschloss den Wagen wieder und ging am Teatro Romano entlang zum Hochhaus.

Auf sein Klingeln wurde der Türsummer gedrückt, ohne dass ihn jemand über die Gegensprechanlage nach seinem Anliegen gefragt hätte. Ganz so, als würde er erwartet.

Der kleine Mann stand in der Wohnungstür, als Laurenti aus dem Aufzug trat. Fassungslos starrte er den Commissario an.

»Sie?«, fragte Lele ungläubig.

»Haben Sie mich etwa nicht erwartet, Lele? Wann sind Sie zurückgekommen?«

»Was wollen Sie?«

»Reden, was sonst. Sie könnten mir einen Espresso anbieten. Am liebsten ›Jamaica Blue Mountain‹.«

Raccaros Hand lag fest auf der Türklinke, nach ein paar Sekunden erst gab er zögerlich den Eingang frei. Er führte den Commissario in den Salon und hieß ihn an einem Tisch Platz zu nehmen. Laurenti hörte ihn in der Küche hantieren, und es schien ihm, als redete er verhalten mit einem anderen Mann. Kurz darauf kam er mit einem Tablett in der Hand zurück, auf dem zwei Espressotassen standen.

»Kopi Luwak, Commissario«, sagte Lele. »Das exklusivste Getränk der Welt. Das haben Sie garantiert noch nie getrunken.«

»Schmeckt nach Regenwald, Lele. Die Steine der Kirschen werden vom Fleckenmusang ausgeschieden. Ein putziges hermaphroditisches Tierchen. Die Katzenkacke sieht aus wie ein Müsliriegel.«

Raccaro taxierte ihn stumm.

»Übrigens, ein schönes Bild haben Sie dort an der Wand.«

»Gustave Courbet«, hob Lele an. »»Le bouche du Timavo‹.

Von unbeschreiblichem Wert. Aber deswegen sind Sie wohl kaum gekommen.«

»Ich wollte Ihnen zu Ihrem zweiten Sohn gratulieren, Lele. Schade, dass sie beide sitzen.«

»Was geht eigentlich vor, Commissario?«, schrie Raffaele Raccaro plötzlich. »Ihr überzogenes Geltungsbedürfnis gefährdet das Allgemeinwohl. Auf Kosten des Steuerzahlers.«

Wie eine Furie beugte er sich zum Commissario, und sein Gesicht war von einem so tiefen Rot, dass Laurenti fürchtete, den Notarzt verständigen zu müssen. Für gewöhnlich brachte den Mann nichts aus der Ruhe, und sein immerwährendes Grinsen, selbst in Situationen, die für andere fatale Konsequenzen hatten, war berüchtigt. Doch plötzlich zuckte seine Hand, in der er die Tasse hielt. Der Kaffee hinterließ einen dunkelbraunen Fleck auf seinem weißen Hemd.

»Wie kommt es eigentlich, dass Sie schon von Ihrem Törn zurück sind, Lele?« Laurenti lehnte sich lächelnd zurück. »Nett, dass Sie plötzlich Zeit für mich haben. Und jetzt haben Sie vor lauter Aufregung auch noch den Kaffee verschüttet.«

Den Bruchteil einer Sekunde hielt Raccaro inne und schaute an sich hinab. Dann brüllte er sofort wieder los. »Glaubt bloß nicht, das ihr mit solchen Aktionen unseren Kampf für Demokratie und Freiheit aufhalten könnt.«

»Von was reden Sie? Ich sehe nur Sie und mich.« Laurenti schaute sich gekünstelt um.

»Sie überziehen, Commissario. Sie und diese Staatsanwältin, die keine Ahnung hat, welche Konsequenzen auf sie zukommen werden.«

»Das hat mir gestern schon Ihr Anwalt gesagt, und ehrlich gesagt, verstehe ich Sie beide nicht. Was ist denn vorgefallen?«

»Sie haben meine Söhne eingelocht, Laurenti. Und Sie werden sich wundern, wie schnell Sie die wieder freilassen müssen.«

»Dass auch Gazza Ihr Sohn ist, habe ich erst vor ein paar

Stunden erfahren. Ein Kuckucksei? Seine Geburtsurkunde lautet anders.«

»Die Unschuld von Giulio Gazza ist klar erwiesen. Und auch Aurelio werden Sie nicht bekommen. Und jetzt verschwinden Sie, sonst gehe ich wegen Hausfriedensbruch gegen Sie vor.«

Laurenti stand auf und ging zum Flur, während Raccaro ihm folgte. »Wo ist eigentlich Vittoria? Ich brauche ihre Zeugenaussage.«

Der Schlag hatte gesessen. Laurenti zog die Tür ins Schloss.

Zehn Minuten später ging der Commissario, nachdem er sich zuvor an der Pforte ausgewiesen hatte, durch die menschenleeren weitläufigen Flure des Gerichtspalasts und klopfte schließlich entschieden an die Tür der Staatsanwältin.

Iva Volpini saß an ihrem mit Akten überladenen Schreibtisch. Ihr Haar war unfrisiert, sie trug die Bluse vom Vortag. Die Luft in dem Raum war stickig.

»Danke, dass Sie mich geweckt haben, Commissario«, sagte sie säuerlich. »Ich habe die ganze Nacht über diesen Unterlagen gebrütet und war gerade eingeschlafen, als Ihr Anruf kam. Ja, Laurenti, Sie haben mich hier erwischt, nicht daheim. Und eine funktionierende Kaffeemaschine gibt es offenbar im ganzen Gebäude nicht. Aber wenigstens ist die Sache jetzt klar. Ich habe entschieden, dass –«

Laurenti hob die Hand und unterbrach sie. »Warum erzählen Sie mir das nicht in einer Bar, Dottoressa?« Bevor sie hinausgingen, öffnete er unter dem fragenden Blick der Richterin das Fenster.

Iva Volpini war entschlossen, Raccaro aufgrund der Fotos von Vittoria und dem Deutschen festzunehmen. Immerhin waren die letzten Bilder von Harry Bierchen auf der »Greta Garbo« geschossen worden und in Aurelio Selvas Apparat gespeichert. Leles Sohn. Das kleine Stückchen Stoff, das die Kriminaltechniker auf dem Schiff gefunden hatten, stammte von der Hose des Deutschen, und die Zettel aus den Taschen des toten TV-Direktors verwiesen auf die AFI.

»Um Himmels willen, Dottoressa«, sagte Laurenti am Tresen der Bar X in der Via del Coroneo, während die Richterin den zweiten Caffè latte bestellte. »Meines Erachtens ist das zu früh. Wenn Sie Lele festnehmen, entwischt uns Vittoria. Sie war vermutlich die einzige Zeugin von Birkenstocks Tod. Wenn nicht sogar der Täter.«

»Raccaro und Bierchen heißen die beiden. Keine Spitznamen, bitte.« Die Ermittlungsrichterin löffelte den Milchschaum.

»Lassen wir ihm doch noch ein bisschen Zeit. Der Eingang zum Hochhaus wird observiert, Dottoressa. Sollte Vittoria bei Raccaro sein, kommt sie irgendwann heraus. Wenn Sie erlauben, ich setze sehr darauf, dass bei einem Zugriff der Kollegen der Guardia di Finanza Licht in Leles Geschäfte kommt. Aurelios Aufzeichnungen sind mehr als aufschlussreich.«

»Bei mir standen gestern Abend die Telefone nicht still, Laurenti. Alles war dabei, vom guten Zureden bis hin zu mehr oder minder versteckten Drohungen.«

»Ob wir heute zugreifen oder morgen, macht wenig Unterschied. Raccaro haut nicht ab, er ist immer noch davon überzeugt, dass er die Dinge lenken kann. Von Aurelios Unterlagen weiß er nichts, und meine Leute sind so müde wie Sie, Dottoressa. Gönnen wir ihnen doch den Tag zum Ausruhen. Vernehmen Sie Giulio Gazza noch, bevor die achtundvierzig Stunden um sind?«

»Ich habe den Termin für dreizehn Uhr anberaumt, warum?«

»Lassen Sie ihn frei. Der Idiot ist der einzige, der dieses Mal nichts verbrochen hat, und Lele bucht es vielleicht als einen ersten Erfolg seiner exzellenten Verbindungen. Wenn Gazza sich dann mit Lele in Verbindung setzt, hören wir mit.«

»Mit Raccaro, Laurenti. Keine Spitznamen. Die werden Ihnen vor Gericht sonst noch irgendwann zum Verhängnis. Keine formalen Nachlässigkeiten also.«

*

Laurenti grinste breit, als er sich durch den Verkehr in Barcola schlängelte. Wollte die Ermittlungsrichterin etwa einen anderen Menschen aus ihm machen? Er war nun wirklich nicht dafür bekannt, sich akkurat an die Regeln zu halten, und trotzdem war er bisher immer ans Ziel gekommen. Und dass er gleich Patrizia und das Baby in seinen Dienstwagen laden würde, war schon der nächste Verstoß gegen die Vorschriften. Aber es war der einfachste Weg, um die beiden ohne große Umstände in das Freihafengebiet zu bringen.

Die »MS EVER Miriam« war ein 2006 in Südkorea gebautes Containerschiff von dreihundert Metern Länge und mit einer Ladekapazität von über achttausend TEU. In riesigen weißen Lettern stand der Name der Reederei »Italia Marittima« an seinem tiefblauen Rumpf. Patrizia hatte es schon von zu Hause aus in den Golf einlaufen sehen und sofort ihren Vater verständigt. Gigi war als Erster Offizier einer der fünfzehnköpfigen Besatzung, doch würde es dauern, bis das Schiff, das auf hoher See eine Reisegeschwindigkeit von fünfundzwanzig Knoten erreichte, den Lotsen an Bord nehmen und sich wie in Zeitlupe in den Hafen schieben würde, wo es von Schleppern an den Pier bugsiert wurde.

Trotzdem hatte Patrizia mit Barbara bereits ungeduldig an der Straße auf ihren Vater gewartet. Ihre Nervosität hatte sich aufs Baby übertragen, das aus voller Kehle schrie und sich erst kurz vor der Zollschranke beruhigte. Laurenti nahm es zufrieden zur Kenntnis, so blieben ihm wenigstens Fragen erspart. Er hielt seinen Dienstausweis ans Fenster und erhielt umgehend freie Durchfahrt. Sogar am Sonntag herrschte im

Hafen Hochbetrieb – Ware, die sich nicht bewegte, war totes Kapital.

Laurenti war lange nicht mehr im Freihafengebiet gewesen und verfuhr sich mehrfach, bis er endlich zum Pier im Containerterminal fand, wo die »MS EVER Miriam« soeben vertäut wurde. Fahrzeuge der Küstenwache, der Schifffahrtsagentur und einiger Versorgungsunternehmen standen in Sichtweite und warteten darauf, dass die Gangway heruntergelassen wurde. Hoch oben am Brückendeck lehnten fünf Männer, Patrizia griff zu ihrem Mobiltelefon und wählte Gigis Nummer. Er antwortete sofort und winkte, als sie ihm Laurentis Dienstwagen beschrieb. Sie stieg aus und hielt die Kleine hoch, die plötzlich glucksend lachte, als ahnte sie, dass sie in Kürze zum ersten Mal ihrem Vater begegnen sollte.

Eine Sirene ertönte mit einem markerschütternden Klang, und Laurenti schrak zusammen. Gigi winkte heftig. Eine riesige gelbe Kranbrücke steuerte auf sie zu, der Commissario zog seine Tochter in den Wagen und startete durch. Um ein Haar hätte er einen Sattelschlepper gerammt, der zum Ladeplatz unterwegs war. Er stieß einen derben Fluch aus und suchte einen Parkplatz nahe dem Fahrzeug der Küstenwache.

Eine halbe Stunde später stürmte Gigi die Gangway hinab, und Laurenti konnte seine Tochter nur mit Mühe daran hindern, ihm entgegenzulaufen. Erst als der Seemann nur noch drei Wagenlängen entfernt war, durfte sie aussteigen. Gigi ließ seinen Koffer fallen und rannte auf die beiden zu.

Mit weißem Leinen und Blumen war der runde Tisch auf der Terrasse geschmückt, und sorgsam gefaltete Servietten lagen auf jedem Platz. Außerdem Stäbchen, wie in einem asiatischen Restaurant. Proteo Laurenti zählte sieben Gedecke und stutzte. Patrizia und Gigi waren sogleich in ihrem Zimmer verschwunden, die Urgroßmutter wiegte die kleine Barbara. Livia war im Bad.

»Sehr schön hergerichtet, Marco. Aber ein Gedeck für das Baby?«, fragte Laurenti und klopfte seinem Sohn anerkennend auf die Schulter.

»Mensch, Papà, der siebte Platz ist doch nicht für die Kleine. Mamma kommt zurück, sie hat das Tragflächenboot genommen und müsste jeden Augenblick eintreffen. Hat sie dir etwa nicht Bescheid gesagt?« Marco hielt seinen Joint auf dem Rücken und hoffte darauf, dass sein Vater zumindest so tat, als würde er ihn nicht bemerken.

»Ach so«, sagte Laurenti. »Und was gibt's eigentlich zu essen? Ich hab wirklich Hunger.«

»Das ist ein Geheimnis. Ihr müsst raten.«

»Deine Mutter hat gesagt, dass du tagelang zum Fischen rausgerudert bist.«

»Kann schon sein.«

»Ja, und mich hat er nicht in die Küche gelassen«, beschwerte sich die Signora Camilla. »Nicht einmal die Flasche für das Baby durfte ich aufwärmen. Dafür stank der Müll schrecklich nach Fischabfällen. Aber Gräten befanden sich keine darin, keine Muschelgehäuse, keine Panzer von Krustentieren. Nur eine stinkende helle Masse. Und wegwerfen musste *ich* das Zeug. Sogar den zweiten Kühlschrank hat er mit seinen Plastikbehältern belegt und kiloweise Meersalz verbraucht. Und außerdem raucht er immer dieses stinkende Zeug.«

Marco verdrehte die Augen. »Sie kann es nicht ertragen, wenn sie nicht über alles Bescheid weiß«, flüsterte er seinem Vater zu. »Und kaum schnappt sie etwas auf, tratscht sie es umgehend weiter. Deshalb.«

»Und was trinken wir?«

»Zuerst einen Cocktail, nachher den Wein vom Karst natürlich«, sagte Marco.

*

360

»Sie haben mich rausgeworfen, diese Schweine«, sagte Livia beim Aperitif. Ihrem Lächeln zufolge war sie alles andere als unglücklich über diese Entscheidung. »Aber was ist das denn für ein Getränk? Ein Hammer, Alkohol fehlt nun wirklich nicht.«

»Er nennt sich Jellyfish-Cocktail«, behauptete Marco. »Ich habe ihn extra stark gemixt, um euch Mut zu machen.«

»Qualle! Du spinnst.«

»Wegen der Farbe heißt er so, der Rest ist Wodka, blauer Curaçao, Sambuca und Rahm.«

»Und was hat nun den Ausschlag dafür gegeben, dass du von einer Sekunde auf die andere deinen Job verlierst?« Laura war vor einer halben Stunde zurückgekommen, sie hatte ihr dickes blondes Haar hochgesteckt, und auch ihr Schritt war energisch. Alle hatte sie herzlich begrüßt, Gigi geradezu überschwänglich. Nur Laurenti erntete einen missbilligenden Blick. »Gott sei Dank, du bist gesund«, war ihr einziger Kommentar gewesen, die Frage nach dem verfrühten Ende ihres Törns tat sie einem Hinweis auf das Wetter ab.

»Wegen der Unterbrechung gestern morgen, als Papà im Park von Miramare mit dem Dienstwagen durch die Szene bretterte und alles versaute. Der Regisseur war der Meinung, ich hätte dies verhindern können, worauf ich ihm alles ins Gesicht gesagt habe, was ich seit Drehbeginn in mich hineingefressen hatte.«

»Ich dachte immer, die vom Film seien exzentrische Ausbrüche gewohnt.«

»Na ja«, gab Livia kleinlaut zu. »Als er mich auslachte, habe ich ihm den Kaffee ins Gesicht geschüttet. So heiß, wie er war. Aber ich konnte einfach nicht mehr. Ob ich jetzt noch mein Geld für die vergangenen Wochen bekomme, weiß ich nicht.«

Weder Proteo Laurenti noch Laura waren geübt im Umgang mit den Essstäbchen, die Urgroßmutter verlangte sofort nach Besteck, was Marco ihr anstandslos brachte. Alle außer ihr lobten das Essen mit stark asiatischem Einschlag, sättigend, aber leicht. Ingwer, frischer Koriander, Knoblauch und Frühlingszwiebeln, geröstete Sesamsamen und Chili schmeckten sie heraus, doch keiner vermochte die Hauptzutat der Vorspeise zu erraten.

»Tagliatelle, aber zu zäh und zu kurz«, sagte die Signora Camilla trocken und stocherte in den dünnen, zwei Zentimeter langen Streifen, die wie Elfenbein schimmerten. Ihre Konsistenz war anfangs leicht knusprig und danach wie Gelatine. Ihr Geschmack war frisch wie das Meer.

»Nein, das ist Tintenfisch«, behauptete Patrizia.

»Egal, was es ist, mir schmeckt's«, fügte Livia hinzu. »Also sag schon!«

Marco lächelte zufrieden. »Nach dem nächsten Gang verrate ich es.«

»Hamburger!«, rief Laurenti und nahm einen Bissen. »Nein, Kartoffelkuchen mit einer Füllung von dem, was du als Salat zum Entree zubereitet hast.«

Nur Gigi schwieg, während alle sich in wilden Spekulationen ergingen und ihn schließlich aufforderten, auch einen Tipp abzugeben.

»Ich habe das zuletzt in Hongkong gegessen«, sagte er schließlich. »Ich will Marco den Spaß nicht verderben.«

»Proteinreich und gesund, keine gesättigten Fettsäuren, kein Cholesterin. Und direkt aus dem Meer. Es ist nur eine DNA-Sequenz vom Blattsalat entfernt, trotzdem ein Tier, doch ohne Hirn. Und seine Proteine enthalten Kollagen, gesund für Haut, Zähne und Knochen.«

»Gigi, sag du es!«, rief Patrizia. »Bevor Marco einen Vortrag hält.«

»Quallen! Diese weißen Lungenquallen, die der Schirokko auch zu uns in den Golf treibt.«

Für einen Augenblick lang hatte es allen die Sprache verschlagen. Nur das Baby gluckste zufrieden in der Wiege.

»Ab morgen bereite ich wieder das Essen zu.« Lauras Mutter erhob sich abrupt und trug unter Protest ihren halb leer gegessenen Teller hinaus, während Laurenti und Marco, Patrizia, Livia und Gigi sich vor Lachen kaum halten konnten, in das endlich auch Laura einfiel.

»In Leles Wohnung hängt übrigens ein echter Courbet, wusstet ihr das?«, schloss Laurenti seinen Bericht über den Zwischenfall im Schlosspark und nippte an seinem Caffè shakerato, den Marco zum Abschluss serviert hatte: ganz schwach gesüßt und mit einer Spur echtem Sternanis verfeinert. Zuerst hatte Livia ihren Vater darum gebeten, von seinem Einsatz zu berichten, der sie den Job gekostet hatte. Und dann insistierten die anderen so lange, bis er, ganz entgegen seiner Gewohnheit, doch von der Arbeit erzählte.

»Wow. Was ist das für ein Bild?«, fragte Laura neugierig.

»Es hat den Titel ›Les Bouches du Timavo‹.«

Laura lachte laut. »Ach das? Eine mickrige Fälschung, aber kein Courbet. Es wurde mir schon vor einigen Jahren angeboten.«

»Lele behauptet, er habe Millionen dafür bezahlt, und heute sei es noch viel mehr wert.«

»Das ist sein Problem. Nur, die Experten sind sich alle einig. Hübsch anzusehen ist es ja, doch genauso falsch wie ›La mare dei mona‹, das angeblich von Leonor Fini stammt.« Laura lächelte versonnen. »Ich habe es erst gestern Abend erfahren. Ein Trugschluss.«

Veit Heinichen
im Paul Zsolnay Verlag

Die Ruhe des Stärkeren
Roman. 320 Seiten, 2009

Als Commissario Proteo Laurenti nachts von einer EU-Sicherheits-
konferenz nach Triest zurückkehrt, wird im selben Zug der Tierpräpa-
rator Marzio Manfredi ermordet. Die Ermittlungen belasten Laurenti
zusätzlich, denn die Zeremonie zur Erweiterung der Schengen-Zone
erfordert seine ganze Konzentration. Im sechsten Kriminalroman von
Veit Heinichen über die dunklen Machenschaften in der Grenzregion
um die Hafenstadt Triest geht es um viel Geld und die politisch-wirt-
schaftlichen Veränderungen in Europa.

»Heinichens neues Buch, man reibt sich verblüfft die Augen, ist der
überaus zeitgerecht erschienene Krimi zur internationalen Finanzkrise.«   Walter Grünzweig, *Der Standard*

»Ein Autor, dessen Kriminalromane auf hohem Niveau unterhalten.«
Markus Vorauer, *Oberösterreichische Nachrichten*

»Heinichen unterhält auf hohem Niveau – nicht nur der inneren
Spannungsbögen wegen, der ausgezeichneten Überblendtechnik des
Erzählens. Mit dem Gespür des Psychoanalytikers legt er die Gesell-
schaft in Triest als den Prototyp der paneuropäischen Stadt bloß.«
Michael Zimmermann, *Badische Zeitung*

»Ein Heinichen-Roman at it's best!«
Hans-Jürgen Medicke, *Salzburger Fenster*

Totentanz

Roman. 315 Seiten, 2007

In Veit Heinichens fünftem Kriminalroman mit dem Triestiner Commissario Proteo Laurenti hat dieser einen Sack voll privater Probleme zu lösen. Darüber hinaus beschäftigt ihn die internationale Müll-Mafia, hinter der alte Bekannte stecken, die ihm an den Kragen wollen. Was Laurenti jedoch nicht ahnt: Die Verbrecher besitzen ein einzigartiges Präzisionsgewehr, auf das sogar die Amerikaner scharf sind, da es unliebsame Schnüffler aus größter Distanz erledigen kann. Ein typisch europäischer Fall, bei dem alles ganz anders läuft, als die Protagonisten es geplant haben.

»Ein Unfall im Weingarten, Falschgeld auf einer Bank in Klagenfurt, Sondermüll und Waffenhandel, dubiose Konsulate und glücklose Killer – Heinichen zieht alle Register und läuft zur Hochform auf.«

Ingeborg Sperl, *Der Standard*

»Heinichen hat sich eine Lesergemeinde erschrieben, die seine Italien-Krimis für raffinierter hält als die von Donna Leon.«

Volker Hage, *Der Spiegel*

»Wie Henning Mankell, Vásquez Montalbán und Andrea Camilleri hat Veit Heinichen einen Kommissar erfunden, der die typischen Eigenschaften eines Detektivs mit individuellen Marotten verbindet … Man möchte noch öfter mit ihm auf Spurensuche gehen.«

Maike Albath, *Süddeutsche Zeitung*

Der Tod wirft lange Schatten
Roman. 360 Seiten, 2005

In einem abgelegenen Tal auf dem Karst wird eine unbekleidete Männerleiche gefunden. Der Obduktionsbefund: Erstickungstod. Als der Tote identifiziert ist, weiß man rasch, dass er sich des öfteren mit Mia, einer jungen Australierin, getroffen hat. Mia regelt für ihre Familie eine Erbschaft, zu der eine Lagerhalle gehört, die nicht nur zu Mias Überraschung bis zur Decke mit alten Waffen gefüllt ist. In seinem vierten Fall hat es Kommissar Laurenti nicht nur mit einfachen Kleinkriminellen, sondern auch mit der Hochfinanz jenseits der Grenze und den Kollegen vom italienischen Geheimdienst zu tun.

»Höchst spannend und hinreißend komisch.«
Peter Münder, *Hamburger Abendblatt*

»Ausführliche Recherchen, eine fundierte historische Kenntnis und der Wille zum politischen Statement zahlen sich aus – der neueste Krimi von Veit Heinichen ist ein großer Roman geworden.«
Günther Grosser, *Berliner Zeitung*

»Ein vielstimmer und vielbödiger Roman, ein provozierendes Buch.«
Walter Grünzweig, *Der Standard*